D1798104

小学館文庫

ハンティング

ベリンダ・バウアー
松原葉子 訳

PUBLICATION DATE: 11.09.13
DO NOT REMOVE
FILE COPY

小学館

FINDERS KEEPERS

by Belinda Bauer

Copyright ©2012 by Belinda Bauer

Japanese translation rights arranged with

Belinda Bauer

c/o Gregory & Company Authors' Agents

through Japan UNI Agency, Inc., Tokyo

ハンティング

＊主な登場人物＊

ジョーナス・ホリー……………………… シップコット村の巡査。1年半前に妻ルーシーを亡くした。

スティーヴン・ラム……………………… シップコット村在住の17歳の少年。連続殺人犯に殺されかけた過去を持つ。

ルイス……………………………………… スティーヴンの幼なじみ。

デイヴィー・ラム………………………… スティーヴンの11歳の弟。

シェイン…………………………………… デイヴィーの親友。

エミリー・カーヴァー…………………… スティーヴンのクラスの転入生。愛称はエム。

レノルズ…………………………………… 重大犯罪課の警部補。

エリザベス・ライス……………………… レノルズの部下の巡査部長。

ケイト・ガリヴァー……………………… 心理士。ジョーナスのカウンセリングを担当。

ジョン・トゥック………………………… 〈ブラックランズ・ハント〉の元マスター。

ボブ・コフィン…………………………… 〈ブラックランズ・ハント〉の元猟犬係。

ジェシカ・トゥック（愛称ジェス）、ピーター・ノックス（愛称ピート）、チャーリー・ピーチ、メイジー・クック、カイリー・マーティン

……………………………………………… シップコット村などエクスムーアの村の子どもたち。

ロニー・トレウェル……………………… カーマニアの若者。

ミセス・パドン…………………………… ジョーナスの隣人。

マーシー・メイリック…………………… フリーの女性記者。

ジュリアン・チャード牧師……………… 1年半前に父のライオネル牧師を殺された。

ロバート・ブラッキ医師に捧ぐ

第一部　五月

1

狩りもシーズン終盤を迎えていた。もっとも、ジェシカ・トゥックは狩りに参加していなかった。車にひとり残って見ていただけだ。見ていた、とも言えないか。

過去一年、十三歳のジェスにとって〝狩りに行く〟とは、父の馬運車《ばうんしゃ》の助手席に座り、大音量でヒップホップを聴くことを意味した。春の早朝は肌寒く、車の窓の内側は瞬く間に白く曇って外が見えなくなる。

夜のうちに輝く霜に覆われたエクスムーアは、まるで贈答用のラッピングでも施されたかのようで、今は五月ながらクリスマスみたいな雰囲気を醸し出していた。朝日が丘陵を金色に染め、朝露が宝石みたいにきらきらと光っている。そんな景色を求めて、ここには世界中から観光客が訪れる。だが、ジェスは目下その景色を無視して、にわか曇りガラスに囲まれた空間と、ヒップホップの場違いなビートと、かすかな馬糞《ばふん》の臭いのなかに閉じこもっていた。この世に生まれて最初に、羊水で濡《ぬ》れた肺に吸い込んだ空気も馬糞の臭いがしていたし、家族は皆その臭いに慣れきっている。

ジョン・トゥックは狩猟団体〈ミッドムーア・ハント〉を指揮、管理するハントマスターだ。ジェスはよく、共同マスターでしょと意地悪く指摘する。両親が離婚して以来、ジェスが父と過ごすのは週末のみだ。距離を置いたことで、父を見る目は辛辣《しんらつ》になり、父の痛いところをピンポイントで突くのが異様にうまくなった。浮気をした挙げ句に娘の自分と母を捨てた父への仕返しに、ジェスは馬にまたがり一緒に狩りに出ることをやめた。残念だったが、それよりも父を苦しめてやりたい気持ちが勝った。

対する父は、狩りのある土曜日の朝に娘がひとり家に残ることを許さず、馬のブルーボーイを仏頂面で馬運車に乗せると、やはり仏頂面でジェスを助手席に乗せた。そして、現場に着くと馬だけ連れ出し、ジェスのことは砂利敷きの待避所なり道路べりの草地なりにとめた車に置いていった。父は毎度、でこぼこした不格好なサンドイッチを娘のために作ったが、ジェスは父を懲らしめるためにけっして口をつけなかった。

ジェスは足先にヒーターの風を当てようと、車のキーを回した。曇ったフロントガラス越しに差し込む日差しに目を細める。頭の片隅でぼんやりと、自分の視覚も聴覚も及ばないどこかで、父は大声を上げたり仲間に威張り散らしたりしているのだろうなと思った。父のそういうところが大嫌いだった。馬を華麗に旋回させたり停止させたりしようとして、手綱《たづな》を過度に鋭く引く姿も目に浮かぶ。それが乗馬上級者だと勘違いしているのだ。

ジェスはため息をついた。ときどき、意地の張り合いをやめたくなる。父を傷つけているつもりで、それ以上に自分が傷ついている気もする。だいたい、意地を張るのは疲れる。そんなことに力を使うくらいなら、友達にショートメッセージを送ったり、アグのブーツをねだったりしていたい。

あたしの人生、最悪。アリソンにそう送るには、朝の六時四十五分は早すぎるかな。早すぎるよね。

そのときふいに、白く曇った助手席側の窓が暗くなり、次の瞬間ドアが勢いよく開いた。ジェスはびくっとして、自分を脅かした父を罵《ののし》るつもりで口を開けた。その口があんぐりと開いたままになる。目鼻立ちのわからない妙にのっぺりとした顔の男が身を乗り入れ、腕を回してきたのだ。ジェスは車から引きずり出された。

一瞬の出来事だった。

ジェスの足が砂利の地面を打ち、スエットシャツがめくれ上がって腰の辺りに冷たい空気を感じた。ジェスは身をよじり、足を蹴り、頭を捻《ひね》って男の強い腕に嚙《か》みついたが、オイルドコットンジャケットの苦い油の味がしただけだった。

土の上を引きずられていく。ジェスはどうにかして立ち上がろうともがきつつ、同時に、男が自分を抱えきれなくなるようにぐっと体重をかけた。イヤホンが耳から外れ、首の辺りから薄っぺらなビートが弱々しく漏れ聞こえた。砂利をこする音や、絞り出すような自分の呼吸音も聞こえる。父の馬運車が視界から消え、早朝の雲が淡い水色の空にコットンボールみたいに浮かんでいるのが見えた。ミセス・バーロウのトレーラーが一瞬目に入り、ジェスはとっさに車体の腹に取りつけられた、干し草を束ねる紐《ひも》の束を摑《つか》んだ。だが、その手は抵抗むなしく引き剝《は》がされ、摩擦で指を火傷《やけど》し、ジェスは悲鳴を上げた。

これは現実なんだ。

本当に起きていることなんだ。

自分の悲鳴で声の存在を思い出したジェスは、試すように、それでいて少し怒ったように「助けて」と言った。

映画のなかの被害者みたいに助けを求めて叫ぶのは恥ずかしかった。だって、あたしはジェス・トゥックだ。つまらない田舎に暮らす普通の女の子だ。それでももう一度、さっきより大きな声で繰り返したら、男に口と鼻を乱暴に塞《ふさ》がれた。痛さに涙が滲《にじ》んだ。怖い。馬運車から降ろされて砂利混じりの空き地をただ引きずられていた間は感じなかった、自由と尊厳を踏みにじられる恐怖だった。男はウールの手袋をしていて、土の匂いがした。ジェスはその手を振りほどこうとしたが、男は彼女の顔をがっしりと摑んで放さない。柔らかな唇に歯が食い込むほどの力で押さえ、息をできなくし、圧倒的な力でジェスに残されていたわずかばかりの力も奪っていく。

男がジェスの耳元でささやいた。「叫んだら頭を撃つ」

恐怖のあまり足に力が入らなくなった。太腿《ふともも》にじわっと温かいものを感じた。

怖さと恥ずかしさにジェスはすすり泣いた。

男がジェスを反対向きにして、今度は押した。硬い何かが臀部《でんぶ》に当たり、ジェスは後ろ向きによろめき、六、七〇センチの落差のある場所に倒れた。硬い絨毯《じゅうたん》らしき感触があった。

足を持ち上げられ、投げ込まれる。車のトランクに入れられたのだと理解すると同時に蓋《ふた》が下りてきた。ジェスの叫びも光も――彼女がこれまでに想像し得たいかなる未来も――バンッというたったひとつの金属的な音で断ち切られた。

その日の狩りは散々だった。

猟犬の一団は、四輪バギーに乗ったテリアマン（テリアを使役犬として訓練し使う人）が人工的につけた臭跡を最後まで辿《たど》りはしても、途中で本物のキツネの匂いを運よく嗅ぎつけて狩りをにわかに活気づけてくれることはなかった。馬のブルーボーイは、ウィジプール・コモンのふもとの小川を跳び越えようとして着地でつまずき、一日が終わる頃には足の運びがおかしくなっていた。猟犬係は猟犬係で、有刺鉄線の柵に引っかかった猟犬を、ワイヤーを切って助けるのに、十五分も無駄にした。おまけに、分不相応に立派な馬に乗ったグレアム・ギグマンのばかが、狩猟参加者のみならず、マスターまでをもしょっちゅう追い越すではないか。あの白い脚と、薄い青色の目をした馬など、生まれ落ちた瞬間に撃ち殺してしまえばよかったんだ。それが、ジョン・トゥックの忌憚《きたん》のない意見だった。

要するに、皆が馬運車をとめたダンケリー・ビーコンのふもとに戻る頃には、トゥックは不機嫌になっていたということだ。

「雨が降らなかっただけましだな」とグレアム・ギグマンが大声で言い、彼を乗せた忌々《いまいま》しい馬がトゥックの脇を斜めからかすめるようにして、最後にもう一度追い越していった。最後といっても、次回もどうせ同じだろうが。

トゥックはグレアム・ギグマンを無視して、むっつりとブルーボーイから降りた。鹿毛《かげ》の馬の左前脚の膝が腫れていた。

やれやれ。この様子じゃ、月曜日はスコッティに乗るしかない。あれはブルーボーイと比べたらてんでだめな馬なのに。

トゥックはブルーボーイを馬運車に乗せると、ドアを乱暴に閉め、汗で蒸れた乗馬帽を取り、運転席のドアを開けた。

「キツネなんか一匹もいやしない」と、ジェスにこぼした。

ただし、そこに娘の姿はなかった。

かわりに、車のハンドルにメモが残されていた。黄色の四角いメモだった。

ジョン・トゥックの口元が険しくなる。生意気なジェス。すっかり反抗期だ。離婚前は素直な子どもだったのに。今度はいったいどこをほっつき歩いてるんだ？

トゥックは手を伸ばしてハンドルからメモを引き剝がした。眉間にしわが寄る。だが、その表情の意味は、文字を追うにつれて苛立《いらだ》ちから困惑に変わった。書かれていたのは単純かつ不可解な、わずか四文節の文だった。

おまえは　彼女を　愛して　ない。

2

光と闇の間。生と死の間。それが妻の死後、ジョーナス・ホリーが生きてきた場所だった。

ジョーナスは肉体と精神が分離した状態で生きていた。見事なまでに分離していたから、毎朝目を覚まし、体を起こし、着替えをし、腕や足を動かし、瞬《まばた》きをする間も、彼の心は人生という名の偉大なる分電盤から電力が供給されないみたいに、ただそこに座っていた。精神活動が及ぶ範囲は目の前の現実的な問題に限られた。暗くなったから明かりをつける。牛乳が配達されたから取り込む。喉が渇いたから水を飲む。そして、ごくたまに腹が減ると食べた。冷凍庫や食品庫に残っていたものや、ミセス・パドンが玄関先に届けてくれた料理を食べきるのに二カ月もかかった。もとからひょろっと長身だったジョーナスはすっかり痩せ細り、ベルトの穴が足りなくなった。やがて、インゲン豆に缶詰のトマトをかけて食べたところで食料が尽き、飢えか買い物かの選択を迫られた。後者を選んで村に歩いて出かけるまで、三日かかった。

　ジョーナスの行動は原始的かつ動物的なものに限られた。話すことはめったになかった。数日おきに、彼を案じて声をかけてくれる隣人のミセス・パドンに「大丈夫です、ありがとう」とぼそぼそと答えはするが、その後はそそくさと家のなかに戻ってしまう。週に一度、一時間のカウンセリングを受けてもいるが、心理士にあれこれ訊《き》かれても事実上何も答えずにきた。わざわざブリストルまで出かけてカウンセリングを受けている理由はただひとつ、職務に耐え得ると診断されなければ復職できないからだ。そして、復職しようと思う唯一の理由は、仕事以外に何をして残りの人生を過ごせばいいのか、見当もつかないからだ。そもそも人生をどう生きたいかなどということに興味はなかった。

ケイト・ガリヴァーはそれなりの心理士なのだろうが、ジョーナスは信用していなかった。彼女が悪いわけではない。ジョーナスはもう誰も信用していなかった。自分自身さえもだ。

というよりも、自分自身を一番信用していなかった。

ジョーナスはときどきバスルームの鏡を凝視《ぎょうし》する。しかし、そこに映るのはこちらを訝《いぶか》しげに見つめ返す己の茶色い目だけだ。その目は、あの一連の出来事に関する彼自身の記憶さえ疑っている。ジョーナスは、あのナイフのことは覚えていた。血も覚えていた。そのふたつがどうつながっているかも覚えていた。少なくとも、覚えていると思っていた。ジョーナスの記憶はつねにあやふやで、ナイフや血のイメージに附随するはずの恐怖の感情が欠落しているために、果たして本当に自分の記憶している形であの出来事は起きたのか、わからなくなった。それとも、今はまだ心が耐え得る範囲でしか記憶が表面化していないのだろうか。もしかしたら、抜け落ちている記憶はもう少し時間がたってから戻るのかもしれない。ジョーナスがもうひとつの真実と向き合えるようになったときに。

そのときが来ないことを、ジョーナスは願った。

それでなくとも、妻と暮らした小さなコテージの二階に上がろうとするたびに、玄関を入ってすぐの石の廊下を通らねばならず、真実を突きつけられている。ここで妻ルーシーは息絶え——もう少しで自分もあとを追うはずだったのだと。ジョーナスはときに庭で用を足し、一階のソファで眠った。

真実は必ずしもよいものではない。

ケイトは——そう呼ぶようにと、心理士から促された——喪失による悲嘆には段階があると話し、ジョーナスに心の内側をのぞいて自分の感情を確かめてほしいと言った。ジョーナスは、それはまずいやり方だと思った。己の感情が心のクローゼットの高い棚のどこかにあることはわかっていたが、踏み台を取ってきてそこに手を伸ばしてみる気にはなれなかった。

思いがけず別のものまで発見するのではないかと思うと、恐ろしかった。

否認、怒り、取り引き、抑鬱《よくうつ》、受容。今やジョーナスは喪失時の五段階の心理を空《そら》で言えるようになっていた。後ろから言うこともできる。五つを皿みたいにジャグリングすることもできる。しかし、それぞれの段階で実際にどう感じるかを知っているわけではなかった。

だから過去八カ月、嚙《か》み合うことのないカウンセリングの席で、ジョーナスは適当な期間をあけ、その時期に適切と思われる感情を言葉にしてきた。

「罪悪感を覚えますか?」と、ケイトが尋ねるとする。

「もちろんです」と、ジョーナスは答える。「もっと早く帰れていたら。間に合っていたら。止めることができていたら」

ケイトは真剣な面持ちでうなずき、ジョーナスは自分の両手に目を落とす。

三週連続で完全な沈黙を貫いたこともある。いかにもカウンセリング用にしつらえられた部屋で、ケイトが長い間隔をあけながら慎重に問いかけをする間、安っぽい絨《じゅう》毯《たん》をぼんやりと眺め続けた。そうしていると気持ちが落ち着いたし、そんな自分をケイトは抑鬱状態と解釈するだろうと想像した。

近いうちに気力を振り絞って怒りを表現しなければならないだろう。ジョーナスはそれを先延ばしにしてきた。

心のどこかでは、感情を演じてみせることで本物の感情がぽっと出てきてくれたらいいと願っていたが、妻の死後は奇妙な無感覚の状態が続いており、それが曇りガラスみたいに現実世界を遮断していた。

唯一何かを感じるとすれば、それは夢のなかだった。ジョーナスはよくルーシーの夢を見た。いつも思いがけない場所で彼女を見つけた。ティヴァートン行きのバスに乗ったら、最前列の席に、足元に買い物袋を置いたルーシーが座っていたこともあれば、異国のバザールで安物のアクセサリーを盗んで振り返ったら、真後ろにルーシーが立っていたこともある。一度など、ウェストンスーパーメアの桟橋の床板の隙間から彼女の姿を見つけたこともある。隙間ごとに見えては消える妻を追うように、ジョナスは桟橋の上を、ルーシーはその下の濡《ぬ》れた砂地を歩き続け、砂浜に辿《たど》り着くと抱き合った。

ふたりは必ず抱き合った。

必ず喜びの涙を流した。

やっと見つけた。見つけた。ジョーナスは唇を動かすことなくそう繰り返した。それは心から湧き上がる歌であり、ジョーナスの体は喜びに震えた。

夢の終わりはいつも同じだった。ルーシーが泣きじゃくりながら、ジョーナスの耳元で言うのだ。「ジョーナス。私を探しに来てはいけなかったのに」

そこで初めて、ジョーナスは温かいはずのルーシーの体が冷たいことに気づき、その恐ろしい事実に愕然《がくぜん》としている間にも、腕のなかのルーシーは死肉の塊に変わっていく。

そして、ジョーナスは目覚める。ルーシーを探し求め、汗と涙で枕をぐっしょりと濡らし、暗闇や夜明けの薄明かりに向かって「愛してる」と呼びかけながら。

それらの事実は、ケイトには一切話さなかった。

記憶のない時間帯があることも黙っていた。ソファで眠りに落ち、ふと目覚めると台所でナイフを手にしていることがあること。その光る刃をくわえ、血がホースの水みたいに流れ出るまで、舌や口蓋《こうがい》を突き刺したいという凄《すさ》まじい衝動に襲われること。己の手が制服のズボンを結んで輪を作るさまを見つめたことが、一度ならずあること。それは着古したズボンで、ボタンがひとつ取れていた。裁縫のできない男には、あるいは裁縫のできる妻のいない男には、使い物にならないズボンだった。

丸一日、記憶が欠落していることもあった。宇宙人に連れ去られでもしたみたいに、頭の内側に引き込まれてしまうのだ。やがて外の世界に戻されると、そこは何も変わってはおらず、時計の針だけが進んでいる。

ときに、そんなふうにしてカレンダーの月が変わっていることもあった。

動物的に生きるようになった新しいジョーナスは、それらの事実は伝えないほうがいいと本能的に知っていた。追究などせず、そっとしておいたほうがいい。

それだから、ジョーナスは何も言わず何も感じず、光と闇の間——生と死の間——をさまよいながら、エクスムーアの村の巡査として復職することが許される日をただ待ち続けた。

3

三百ポンドでいったい何が得られるか。スティーヴン・ラムも明確に思い描けていたわけではない。だが、少なくともこれではない。

ロニーから、バイクはそのままでは走らないとは聞いていた。「そこはちゃんと走るようにするから、心配すんな」と、マインヘッドに向かう車中でロニーに言われてもいた。だから、スティーヴンは安心していた。ロニー・トレウェルの手にかかれば、動かないものなどない。その点については、きちんとロックをかけ、盗難防止の警報器や固定装置をつけていたにもかかわらず車を盗まれた、サマセット州中のドライバーが太鼓判を押してくれるだろう。

しかし、一二五ＣＣのスズキのバイクが、無数のばらばらな部品にしか見えない状態だとは、ロニーは教えてくれていなかった。二本のタイヤとバイクのフレームは見てそれとわかるものの、それ以外は、エンジン部品もケーブルもライトもタンクもレバーもナットもボルトも、あらゆる部品がふたつの巨大なプラスチックの箱にごたまぜにして入れてあった。

「それに全部入ってるから」

ロニーが「ゲーリー」だと紹介した、ずるそうな目をした油まみれの男が言った。

「いいやつだから」ロニーはそうつけ加えた。まるで、スティーヴンが初対面の男を信用し、全財産をはたいて単なる部品の山を買うのに、それだけ保証すれば充分だと言わんばかりに。

「そこにエキゾーストパイプがある」と、親友のルイスが箱をのぞきながら言った。エキゾーストがあるなら残りのパーツも当然そろっているはずだと言わんばかりに。

スティーヴンは、ジーンズのポケットに入れてきた金を稼ぐために、雨の日も雪の日も、足元の悪いなか、まだ暗い早朝から新聞の入った鞄《かばん》を腰にさげて歩いてきたことを思った。十三歳からずっとだ。手がかじかみ、つま先が青くなり、焦げ茶色の髪から飛び出ている耳が痛くなるほどの寒さに耐えながら配達を続け、四年かかって稼いだ金だ。その金でこれまでにもいくつか買い物はした。スケートボード用の高級ベアリング〈ボーンズスイス〉に、母への誕生日プレゼントのネックレス、祖母の新しいショッピングカート。弟デイヴィーに言うことを聞いてもらうため、たまに一ポンドの小遣いを渡してもきた。それでもこの二年はバイクがどうしてもほしくて、それを目標に頑張ってきた。ロニーやティゼコット兄弟の車に乗せてもらったり、髪を紫に染めたおばあさんや牛の匂いのする男たちでいっぱいの田舎のおんぼろバスに乗ったりしなくても、地元のシップコット村から自由に出かけられるようになると想像するだけで、歩き続け、働き続け、金が貯《た》まる日を待ち続けることも苦にならなかった。

「取り引き成立か?」と言って、ゲーリーが手を差し出した。

スティーヴンがルイスを見ると、友は視線をそらした。何だよ、意気地なし。続いてロニーを見たら、彼は背中を押すようにうなずいた。

「成立かな」スティーヴンは肩を落としつつも、ゲーリーが伸ばした手を取って握手しようとし、相手の手のひらが上を向いていることに気づいた。ゲーリーは金を催促しているだけで、紳士みたいに取り引き成立の握手をしたかったわけではないのだ。ばつが悪かった。まごつくスティーヴンをゲーリーは笑い、スティーヴンは大人の男たちのなかで、ひとり自分だけが子どもみたいな気分になった。

かすかな胃のむかつきを覚えながら、紙幣《しへい》で膨《ふく》らんだ封筒をポケットから取り出し――母の牛をわずかばかりの魔法の豆と交換してしまったジャックみたいに――ゲーリーに渡した。

領収証だけは是が非でも書いてほしかったし、母からも必ずもらうように言われていたが、ゲーリーは早くも金をポケットにしまい、部品の箱の片方を持ち上げていた。「車に積むのを手伝ってやるよ」ゲーリーが言う。詐欺行為を見破られる前に、さっさと証拠を消してしまおうとしているように見えなくもなかった。

ルイスがフレームを持った。その場で一番軽いものだった。むしろ、足が悪くて引きずって歩かなければならないロニーのほうが、もうひとつの箱を持ってくれた。スティーヴンは両腕にひとつずつタイヤを抱えた。

ロニーがどこからか借りてきたというトレーラーに、バイクの部品を積む。それらを組み立てたら正真正銘のバイクが完成することを、スティーヴンは祈らずにはいられなかった。積み終わると、ゲーリーを除く三人はフォード・フィエスタに乗り込んだ。ルイスが助手席に陣取り、スティーヴンは後部座席を年老いたグレイハウンドと分け合った。窮屈だった。その老犬は普段、体を伸ばして後部座席を独り占めすることに慣れきっているらしく、スティーヴンのために渋々場所をあけはしたものの、すぐに彼の太腿《ふともも》の上に足と頭を載せてきた。

ロニーはシップコットにある自宅まで、車を飛ばしに飛ばした。ロニーがカーブを攻めるたびに、犬の前脚の骨張った肘がスティーヴンの太腿に食い込んだ。

4

レノルズ警部補は前髪の心配をしていた。むろん、少女のことも心配だったが、前髪は一生の問題であり、少女は一案件に過ぎない。過去に捜査し、今後も捜査するであろう多くの事件のうちのひとつだ。家出の可能性も高い。こういったケースでは往々にしてそうなのだ。家出ではなかった場合――本当に誘拐だった場合――少女は発見されるかもしれないし、されないかもしれない。助かるかもしれないし、殺されるかもしれない。死んだほうがましだと思うような状況で、この先一生生き続けるはめになる可能性もある。

ひどく冷たい言いようだが、それが子どもの失踪《しっそう》の現実だ。当然少女の発見には全力を尽くすが、目下少女の運命はいかようにも転び得る。一方、レノルズの前髪はそこにとどまるものだ。

とどまることをレノルズは祈った。

鏡に向かって前髪の具合を確かめ、片側に流すと、今度は逆側に流してみた。今朝は冷え込んだのを口実に、怖《お》じ気づいてウールのニット帽をかぶってきた。しかし、いつまでも隠してはいられない。トーントン警察署の男性用トイレの、冷たい蛍光灯の明かりの下で見ると、どういうわけか自宅のバスルームで見たよりも、植毛だと露骨にわかる気がした。

もう一度前髪を反対に流してみた。同じことだった。レノルズはため息をついた。短く切りすぎたのかもしれない。同じく植毛のエルトン・ジョンのマッシュルームカットにぞっとして、がらにもなくマッチョな髪型を選んでしまったのだ。

くそっ。

苦労してこつこつと貯《た》めてきた四千ポンドのほぼ全額をつぎ込んで植毛したのに、終日トイレに隠れ続けるわけにはいかない。

レノルズは大きくひと息吸うと、ジェス・トゥック捜索の指揮を執るべく、男性用トイレから勢いよく出ていった。

おまえは　彼女を　愛して　ない。

レノルズはそのメモをすでに証拠品袋に入れて保管していた。犯罪現場かもしれない場所からメモが発見された事実は、非公表とするよう命じてある。ジェス・トゥックが誘拐されたのなら、犯人を誘導する罠《わな》に使えるかもしれない。また、やってもいないのに犯人だと名乗り出る頭のおかしな連中を排除するのにも役立つ。

トーントンからエクスムーアに向かう車中で、レノルズは何度もメモを見返した。ジェス・トゥックの失踪からまだ三十六時間。筆跡鑑定人は、捜査が本格的に始まる前に鑑定をすることは渋ったが、一文字一文字、丁寧に書かれていることから、メモを書いた人物は日頃字を書く機会は少ないだろうと言った。実に参考になるではないか。犯人像がおおいに絞られたよ。今の時代、ペンと紙で毎日――毎日どころか一日でも――書く人間がどこにいる？　レノルズ自身も、ちょっとしたメモを走り書きしたり、ノック式ボールペンをカチカチやりながら考え事をしたりするためではなく、まともな書き物をするために最後にペンを握ったのがいつだったか、思い出せない。ペンはキーボードに取ってかわられた。打った言葉は箱のなかに消え、その後電源が落とされる。書き手は、次に電源を入れたときに書いた内容が残っていることを信じるしかない。レノルズは職場のペーパーレス化には大賛成なのだが、トーントンの重大犯罪課は、どういうわけか日に日に紙であふれ返っていくようだった。無尽蔵のA4用紙に包まれた謎だ。

レノルズは内心ほくそ笑んだ。ロシアを〝謎のそのまた謎に包まれた謎〟と評したチャーチルの言葉をもじった、今みたいなウィットに富んだ言葉は、理解してくれる人相手に口に出して言いたいものだ。刑事巡査部長のエリザベス・ライスはそこそこ頭はよいものの、レノルズほど博識ではない。

ただし、実に優良なドライバーではある。だから、レノルズは運転はつねに彼女に任せた。そうすれば、父からしつこく頭に叩《たた》き込まれたせいで追い出せなくなってしまった呪文、〝ミラー、ウィンカー、次の動き〟にがんじがらめになることなく、考え事に集中できる。

高速道路を下りるとすぐに、曲がりくねった道が続くようになった。移行区間などない。二十一世紀を走っていたと思った次の瞬間には、一九五〇年代にタイムトリップしたみたいになった。棘《とげ》のある木や生け垣に両側から窮屈に挟まれた狭い道は、さながらエクスムーアにくねくねと押し出された黒い歯磨き粉みたいだった。レノルズのポケットのなかの携帯電話は、確認するまでもなく、すでに圏外になって電波を探しているはずだ。

「またここに戻ってくることになるなんて、変な気分だわ」

ライスの言葉は、レノルズの思いをそっくりそのまま代弁していた。

レノルズがこの場所に戻ってくるのは、殺人者がエクスムーアを震撼《しんかん》させた事件以来、初めてだ。一年余り前に、退院したジョーナス・ホリーを車で自宅まで送り届け、彼の妻を殺した犯人を必ず捕まえるからと誓って以来となる。

約束は果たせないままだ。

それでもこれまでに三度、ジョーナスに電話はかけている。そのたびに、相手は自分からの電話だとわかってあえて応答しないのではないかという思いを強くした。正直なところ、安堵《あんど》していた。三度ともよい知らせではなかったからだ。科学捜査で得た、数少ない頼りない手掛かりからも、結局何もわからなかった。事件は今も継続捜査中ということにはなっているが、とてつもない幸運が降ってくるか、あらたな殺人でも起きない限り、事件が重大犯罪課の最優先案件に返り咲くことはないだろう。

今年の一月――ジョーナスの妻の死から一年後――に電話をかけたとき、ジョーナス・ホリーの留守番電話の応答メッセージは、ルーシーの声のままだった。「こちらはジョーナスとルーシー・ホリーの自宅電話です。メッセージをいただけましたら折り返しご連絡いたします。もしくはジョーナスの携帯電話に……」

亡霊の声。

レノルズは背筋が寒くなった。

「たしかに」と、レノルズはうなずいた。「実に妙な気分だ」

ついでに言うなら、警察の覆面車両ではなく汚れた白いバンに乗っているのも妙な気分だ。バンはトーントンにあるRJホールディング&サンズ建設で実際に使われているものだ。ロジャー・ホールディングが内勤の巡査部長の従兄弟《いとこ》だったことから、トゥック家に近づく際、警察であることをカムフラージュできるよう、バンを一台貸し出してくれたのだ。身代金目的の誘拐は東欧の一部地域を除けば廃《すた》れたも同然だが、可能性を確実に排除できるまでは従来の手順を踏んだほうが無難だ。それはそうと、バンの運転席に座るエリザベス・ライスは、ジーンズとスエットシャツという出《い》で立ちで、直毛の金髪を邪魔になるからとポニーテールにしているにもかかわらず、妙に魅力的に映った。こんなことなら薬物対策課のティム・ジョーンズに運転させればよかった。あの男は見た目も匂いも土工そのものだ。

車内にはファストフードの包み紙が散らかり、レノルズの足元にはあらゆる意味で不潔な雑誌が落ちていた。助手席に乗ろうとしてその雑誌を見つけたレノルズは、ライスが憤慨したり、あろうことか下ネタでも発したりしてはたまらないと、道中ずっと、自分の足で極力雑誌を隠している。

レノルズは、〝ジェシカ・トゥック〟と書かれた膝の上のフォルダーにメモを戻し、少女の写真を見つめた。

ティーンエージャーの失踪の場合、〝誘拐〟よりもまず〝家出〟の可能性が疑われる。あらゆる可能性を吟味しなければ気のすまないレノルズでさえ、十代の少年少女が失踪するたびに誘拐事件として扱っていては、不機嫌な子どもを親友の家のベッド下から引っ張り出したり、ロンドンのバス停にいるところを、大きな網でも投げて保護したりするだけで一生が終わってしまうと知っている。失踪したティーンエージャーの大半は自宅に戻る。誘拐だという明白な証拠がない限り、最初の二十四時間はそうなる可能性が高いものとして待機の色合いが濃くなる。非公式にではあるが。

ただ、今回のケースでは二十四時間が経過しても少女は戻っていない。今までのところは。報告書によれば、通報を受けた地域の巡査が慎重に対処を始めている。友人や親戚宅を当たり、自宅近くの森や納屋などを捜索している。これでジェスが八歳児だったなら、捜索隊が即刻派遣されただろう。だが、十三歳だぞ? 相手がティーンエージャーとなれば警察の対応も変わってくる。よって日曜日は〝待機〟の日となった。ジェスが寒さや退屈や空腹に耐えきれなくなるか、機嫌を直す気になるなどして、両親いずれかの家に歩いて帰るのを静観しようというわけだ。しかし、結局日曜の昼まで待っても少女は戻らず、トーントン警察署に一報が入り、緊急性のある案件としてレノルズを指揮官とした捜査チームが正式に編成された。

そうして迎えた月曜の朝、本格的な捜査が始まろうとしている。親族や友人への正式な聞き取り調査。捜索活動の指揮と、協力を申し出てくるはずのボランティアの管理。ボランティアに関しては内密に身辺調査を実施する必要がある。誘拐犯の男が捜査に潜り込もうとする場合も想定されるからだ。女の可能性もあるが、とレノルズは思った。先入観は持たないほうがいい。もっとも、女が子どもをさらう場合、往々にして狙われるのは赤ん坊だ。子どもほしさにやってしまうのだ。一方、男が子どもをさらう場合は……。

レノルズはそれ以上考えるのはやめた。ジェス・トゥックの身に起きているかもしれない現実を想像したところで、気が滅入《めい》るだけで捜査によい影響などひとつもない。こういう事件では冷静かつ客観的な視点を保つためにも、そういった詳細とは一定の距離を置くことが肝要だ。

ライスは髪について言及してこない。

それがよいことなのか悪いことなのか、レノルズにはわからなかった。

ジョン・トゥック宅の私道のカーブを回ったところでライスが低く口笛を吹き、言った。「すてき」たしかにそのとおりだ。

幅の広い砂利敷きの私道の前に現れたのは、白漆喰《しっくい》の壁に立派な藤が這《は》う、横長の家だった。並びには馬房が六つある。広い庭は芝が二、三センチに刈りそろえられている。私道には車が三台とまっていた。どれも警部補の一年分の給与が軽く吹き飛ぶ高級車だ。

レノルズはその場で〝身代金〟をジェス・トゥック誘拐の動機候補の上から二番目に格上げした。

家のインテリアは、金をかけているわりにセンスのかけらも感じられなかった。詰め物をしすぎたタータンチェックのソファがいくつか置かれ、狩りの絵が十枚以上もごてごてと飾られ、真鍮《しんちゅう》とガラスのコーヒーテーブルには、もう少しで人が乗れそうなほど大きな銅製の馬の置物が鎮座していた。

ジョン・トゥックはがっしりとした体格で、赤ら顔だった。酒と日焼け、どちらのせいだろうとレノルズは思った。両方かもしれない。部屋には他に女性がふたりいた。ジェスの母バーバラと、トゥックの恋人レイチェル・ポラックだ。青い目と金髪のレイチェルは、バーバラを若くスリムにした感じだった。

スリムで頭を弱くした感じだなと、彼らと数分言葉を交わした段階でレノルズは断定した。中年の危機まっただなかにいる男には最高の相手だ。レノルズは一度も結婚をしたことがないが、家庭を持っていたなら大概の男よりもよい夫になる自信があった。以前、車のバンパーにこんなシールが貼られているのを見たことがある。〝妻、それは一生つき合う相手。ハネムーンで終わりじゃない〟そのとおり。

三人の力関係は興味深かった。同情を示してジョン・トゥックの手を握って放さな

本物の絆《きずな》

いのはレイチェルだったが、拘束しているというのが実際のところだろう。本物の絆《きずな》——家族の絆——は、あきらかにトゥックと元妻の間にある。ふたりとも、押し潰されそうな不安と今にも崩れそうな希望を抱き、ジェスに関すること以外、まったく眼中にない。わかり合うふたりにレイチェルが一度ならず口元を険しくするのを、レノルズは見逃さなかった。

ジェスを連れ去った人物は、トゥックにもバーバラにもいまだ接触していない。

「連絡があれば、どれだけましか」というバーバラ・トゥックの言葉に、レノルズも同感だった。何もわからないより、わかっているほうがいい。少なくとも取っ掛かりにはなる。

「ジェスにボーイフレンドは？」レノルズが尋ねると、両親はそろって激しくかぶりを振った。

「あの子はまだ十三だ」トゥックが言った。

「いれば、私にはわかります」バーバラが言った。

レノルズは手帳に書いた〝ボーイフレンド〟という単語の隣に疑問符をつけた。

そして、ジェスの部屋を見せてほしいと頼んだ。あてがわれていたのはこの家で一番いい部屋だったが、汚かった。ティーンエージャーにしかできない散らかしぶりだ。レノルズはぎょっとして、自分に子どもがいなくてよかったと思った。

「ミスター・ラビット！」バーバラ・トゥックが目に涙を浮かべて、床に落ちていた古びたぬいぐるみを拾い上げた。「あの子はどこに行くにも絶対にミスター・ラビットは置いていかないのに」

そんなわけがない。子どものいないレノルズにもそれくらいはわかる。ティーンエージャーとは身勝手な生き物で、待たせているボーイフレンドがいれば、幼い頃のおもちゃなど平気で放り出す。

トゥックが振り向いて慰めるようにバーバラを抱きしめ、レイチェルも腕を伸ばしてぎこちなくバーバラの肩を撫《な》でた。その手には真っ赤なマニキュアが塗られていた。

「ジェスの携帯電話はありますか？」レノルズは尋ねた。

「馬運車の近くで見つけました」トゥックが答えた。「娘が落としたんでしょう。今はお宅の仲間が持っている」

「化粧ポーチはどうです？」ライスが訊《き》く。

「あの子は化粧はしてないわ」バーバラが言い、問いかけるようにジョン・トゥックを見た。「少なくとも私といるときはしてない」

「僕といるときもだ」トゥックもやり返し、元妻を抱きしめるのをやめた。

ナイトテーブルには自立式の小さな鏡が置いてあったが、引き出しにはがらくたしか入っていなかった。安っぽいアクセサリーが少々と、アニメーションのキャラクターが描かれたキーホルダー、小銭、クリーム、壊れた電話、そして五十種類前後ものヘアピン。

ライスがベッドの足側の床に置かれたバックパックに目を留めた。「あれはお嬢さんの通学鞄《かばん》ですか？」

「ええ。月曜日はジョンが朝学校まで送って、帰りは私が迎えに行くんです」

ライスがなかをあらためると、すぐにピンクの小さな化粧ポーチが出てきた。ストロベリー色のリップグロスとマスカラ、五ポンド紙幣が二枚入っていた。バーバラ・トゥックが元夫を睨《にら》む傍らで、レノルズとライスはまったく異なる視線を交わしていた。ジェス・トゥックが家出したのであれば、何をおいても化粧道具と金だけは持って出たはずだ。ミスター・ラビットが何と言おうと、間違いない。

五人はぞろぞろと連なって一階に戻り、レノルズは今後の捜査の流れを説明した。どのような手順を踏むか、捜索はどのように行われるか。今日と同様、バーバラ・トゥックの自宅も訪ねることになること。家族担当の警察官をつけること。それから、身代金を要求するメモなり電話なりがあった場合の家族の対処について。

「僕は金なんてないぞ」トゥックが言った。「馬に全部吸い取られちまうから」

呆《あき》れてものも言えない発言だったが――こんな状況だから――残りの四人は情けをかけて聞き流した。

レノルズはトゥックと元妻のふたりに、恨みを買っている人物に心当たりはないかと尋ねた。お決まりの質問だが、相手は大抵気を悪くする。

バーバラは首を横に振ったが、ジョン・トゥックはあっさり認めた。「いるよ。誰だってひとりやふたり、そういう相手がいるだろ」

レノルズは驚いた。バーバラも唖然《あぜん》としている。

「ジェスを誘拐されなきゃいけないほど、誰の恨みを買うっていうのよ！」

トゥックは肩をすくめた。「知らないよ。近頃はとんでもないばかがいるからな」

なるほど、こいつは人の恨みも買うはずだと、レノルズは思った。


ダンケリー・ビーコンのふもとに、ジョン・トゥックの馬運車がぽつんと取り残されていた。簡易駐車場の入り口には規制線が張られ、そのすぐ外側に数台の車と、無人のパトロールカーのランドローバーがとまっている。ただし、それを運転してきたはずの警察官の姿は見当たらない。

きょろきょろと周囲を見回していたレノルズとライスだったが、しばらくしてライスが、近くのハリエニシダの茂みの奥で蛍光色の何かがちかっと光ったのを見つけた。太った警察官がファスナーを上げ、茂みから出てきて車のほうへ戻ってくる。そして、ダンケリー・ビーコンにいるエイヴォン&サマセット警察管区の警察官はもはや自分ひとりではないと気づくと、歩調を速めた。

レノルズは挨拶をしてライスのことも紹介したが、握手はあからさまに遠慮した。

「公の場で用を足すときは反射ジャケットは脱いでくれ。でないと、立ち小便してるのがウェールズからも見えてしまう」

「申し訳ありません」

「現場に規制線が張られたのはいつだ？」

「昨夜です」

ちっ。ジェスの失踪から四十八時間近く経過している。科学捜査をしたところで茶番にしかならないではないか。

「少女の携帯電話を持っているのは君か？」

「私は携帯のことは存じません。署に最初に連絡を入れた巡査にお訊きください」

「ジョーナス・ホリーか？」

巡査は驚き、すぐに気遣わしげな顔になった。「いいえ。彼は休職中です」

いまだに？　レノルズは何も言わなかった。ジョーナスの妻を殺害した犯人を捕まえ損ねたのは自分だと、説明したくない。自分が約束を果たしていたなら、ジョーナスは今頃職場復帰を果たしていたかもしれない。それでも、レノルズはジョーナスが復帰していない事実に安堵《あんど》せずにはいられなかった。過去の失敗をあえて思い出したくはない。ついでにあの抱擁も記憶から抹消したい。最後にジョーナスに会ったとき、レノルズは彼を抱きしめたが、ジョーナスは一切反応しなかった。レノルズは結果として一方的にジョーナスを抱きしめ、奥さんを殺した犯人は必ず捕まえるからと約束したのだった。空虚な抱擁と空《から》約束。そのどちらもレノルズは恥ずかしかった。

レノルズは、一時間弱で科学捜査班が到着する旨を巡査に告げた。それまでは誰も規制線の内側に入れてはならない。言うまでもないことだが。

「そこにある車は誰のものだ？」

「ハイキング客です。何で駐車場が使えないんだと、今朝は文句を言われっぱなしでしたよ」

駐車場か。土を平らにならしただけの一画なのに。レノルズは思わず苦笑しかけた。レノルズとしては早く馬運車の内部を見たかったが、ただでさえ手掛かりがほとんど期待できない現場なのに、自分とライスの足跡を車付近の地面に加えて荒らすのはまずい。

待とう。

レノルズはつねづね忍耐強さを自負してきた。

5

転入生がやって来た。エミリー・カーヴァーという少女だった。

スティーヴンは彼女のほうを見まいとしたが、目をそらすこと自体、彼女を意識しているようで恥ずかしかった。相手に気づかれる心配がなくなってから、彼女の後頭部を見つめた。豊かな茶色の髪を緑色のビロードのリボンで緩く結んでいる。

ぽうっとなっていたのか、出席を取られているのが耳に入らず、ミスター・ピーチに二度も呼ばれてしまった。

しかし、唐突に現れた転入生にも教室内はほとんどざわめかなかった。なぜなら、ジェシカ・トゥックがやはり唐突に失踪《しっそう》していたからだ。

学校中がその話題で持ちきりだった。ポップコーンをポリポリ食べる音が映画館を満たすみたいに、全教室が興奮のざわめきに包まれた。注意欠陥障害や注意欠陥多動性障害の生徒、そして、障害はないが都合のよい言い訳としてそう自称している生徒たちは普段以上に〝手の掛かる〟状態になった。教室の外では、そこここで女子のグループが、あたかもジェスと仲がよかったかのように泣いたり抱き合ったりして、その友情を男子や教師たちが疑うことを許さない空気を醸《かも》し出していた。それに対抗するように、男子は男子で残酷な推測を繰り広げた。女子や大人が言葉にするのを憚《はばか》るようなひどいことも、平気で口にした。廊下に響き渡る声で最悪のシナリオを披露し、デイジーが咲き誇る校庭でサッカーをしながら好き放題に議論した。

「絶対に見つからないね」

「もう死んでるよ」

「犯人は親父だな。ジェスは前から大嫌いだって言ってたから」

スティーヴンはそういう会話には加わらなかった。ボールにのみ集中し、対戦チームの注意がそれている隙に二点決めた。行方不明の子どものことを憶測したくはなかった。数年前、彼自身が危うく行方不明になりかけた。家々の背後に広がる荒野で、アーノルド・エイヴリーという名の男が策を巡らせ、スティーヴン・ラムを殺そうとしたのだ。その経験が、スティーヴンを年のわりに慎重にした。

しかし、そんなスティーヴンの過去を知っていても、友人たちの興奮が収まることはなかった。

一番しゃべっていたのは、いつものごとくルイスで、何がどこでどのように起こったのか、今後警察はどう動くべきなのか、よくもまあ、それだけ思いつくと感心するほど並べ立てた。ラロ・ブライアントは、妹はひとりで荒野に出ることを禁止されたと言い、女きょうだいがいる少年たちはそれは妥当な用心だとうなずいて、今日下校したらさっそく見張りに立つと宣言した。とりわけ張りきっていたのはティゼコット家の双子だった。ふたりの妹は有名な問題児なのだが、体だけはすっかり大人なので、きょうだい愛と見せかけて徹底的に監視してやろうという魂胆なのだ。

チャイムが鳴り、だらだらと教室に戻る段になって初めて、ラロ・ブライアントが言った。「転入生のエマだけどさ」

「エミリー」スティーヴンは訂正した。

「何でもいいよ。あいつ、いいよな」

「一発やってやるか」ルイスも同調する。

ルイスが一発やりたいと思わない女など、この世にほとんどいない。十七歳のルイスの、真っ赤なにきび面にもめげない自尊心の高さには感服する。それでもスティーヴンはむっとして、茶色の髪と緑色のビロードのリボンの少女を守ってやりたい思いに駆られた。

「ふーん、だけどこっちは願い下げかもよ?」

一行が振り返ると、すぐ後ろにエミリー・カーヴァー本人がいた。

スティーヴンはつま先まで真っ赤になり、友人たちはきまり悪そうにもぞもぞしながら視線をそらした。

そんななか、つねにゴムボールみたいで打たれてもへこたれないルイスは、すぐに立ち直って下手な強がりを言った。「俺を拒否する女なんかいないね」

　エミリー・カーヴァーは足を止め、興味をそそられたような顔でルイスを上から下までしげしげと眺めると、笑い出した。

　抜群の破壊力だった。エミリーの笑いはどんな言葉よりも効果的にルイスを完膚無きまでに叩《たた》きのめした。にきびが燃え上がりそうなほどに真っ赤になっている。友達思いのスティーヴンは顔をそむけ、ついにやりとしてしまった表情を隠した。

　エミリーは相変わらずくすくす笑いながら少年たちの間を抜けて教室に向かった。

　ラロがルイスの肩を小突いた。「やり込められてんじゃねえか、ばか」

　ルイスはさらに強く突き返した。「あいつが後ろにいること、教えてくれてありがとよ、ぼけ」

「俺はおまえのママじゃねえよ」

「うるせえ」

　スティーヴンは口を挟まないでおいた。ルイスは親友だが、たまには鼻柱を折られるのを見るのも悪くない。ルイスにはいい薬だ。それがなかったなら、さすがのスティーヴンもあの傲慢さにはつき合いきれない。つき合いきれないというのはなかなかよい表現だ。覚えたての表現で、スティーヴンはことあるごとに会話に差し込もうとしていた。今回は完璧にはまった。

スティーヴンは先を歩くエミリー・カーヴァーを見つめた。友人たちは暗黙の了解で歩調を緩め、彼女に追いつかないようにしている。つまりはこちら側の完敗である。けれども、スティーヴンに敗北感はなかった。

スティーヴンが帰宅したときには、デイヴィーがすでに母と祖母にジェシカ・トゥックの一件を話してしまっていた。

いかにもデイヴィーらしい。

弟は溺愛され、甘やかされて育ってきた。そのふたつがそろってしまっては、弟が他人の気持ちや考えや希望を思いやろうとしないのも当然だろう。

しかし、スティーヴンは気にする。祖母が息子ビリーを誘拐され、殺され、孫が生まれてもなお、荒野のどこかに埋められた息子を見つけられなかった事実を気にする。スティーヴン自身もビリーの遺体を見つけようとして危うく殺されかけた事実も気にする。

だから、僕なら時間をかけて切り出す。ジェスの話題はあえて出さず、母や祖母がすでに知っているのか、それとも自分がその恐ろしい知らせを伝えなくてはならないのかを見極める。その上で必要最小限のことだけを伝える。ふたりがご近所の噂話《うわさ》を耳にしたり、ミスター・ジャコビーの店の新聞を目にしたりする形でニュースを知り、衝撃を受けないように。ミスター・ジャコビーの店の新聞をシップコット村の家々に毎朝配達しているのはスティーヴンだが、彼自身の家は新聞を取っていない。母レティは仕事が忙しくて読む暇などないし、祖母は、新聞なんか取ってもあたしはこれしか興味がないと言って、難解なクロスワードパズルばかりを集めた薄いペーパーバックを買っている。

スティーヴンなら如才なく慎重に切り出しただろう。

しかし、デイヴィーの辞書に慎重という文字はない。弟が一大ニュースをいかに母と祖母に伝えるか、スティーヴンは知っている。これまでも散々見てきた。玄関のドアを乱暴に閉め、通学鞄《かばん》を放り出し、「お母さん！　お母さん！」と叫んで台所に駆け込み、つんのめるようにして報告する。サッカーでゴールを決めたという重大ニュースや、パソコンの授業でBを取ったという驚愕《きょうがく》のニュース、そして、ジェシカ・トゥックの誘拐及び殺害という勝手な憶測。

母や祖母にどのように伝わるか、スティーヴンは知っていた。

だから、台所に行ってみたら母はシンクの前で猛然と煙草《たばこ》を吸い、祖母は解きかけのクロスワードパズルのやや上辺りの一点を無表情に見つめ、一方の弟は家族の取り分など考えもせずに山のように取ったフィッシュフィンガーに機嫌よくケチャップをかけていても、スティーヴンは驚かなかった。

母と祖母はもう知っている。

「ただいま」意を決して声をかけた。

「おかえり、スティーヴィー」母の声はかすれていた。

祖母が顔を上げてスティーヴンを見る。よみがえったつらい記憶に涙ぐんでいる。

弟のことは大好きだが、ときどきグーで殴ってやりたくなる！　このばか！

祖母が弱々しく腕を伸ばす。スティーヴンがその手を取ったら、祖母は彼を引き寄せ、腰をぎゅっと抱いた。

「無事に帰ってきてよかった」そう言って、祖母は腕を離した。スティーヴンはそのまま隣にとどまり、祖母の肩に片手を載せた。


その晩、スティーヴンとデイヴィーは普段より音量を下げて自動車情報番組「トップ・ギア」を観た。祖母は難しい顔でクロスワードパズルのヒントを睨《にら》み、レティは彼女がラム家の〝貴重品〟と呼ぶ品をコーヒーテーブルに並べていた。金属めっきのティーポットと、四つの不揃《ふぞろ》いの燭台《しょくだい》だ。レティはそれらを指が真っ黒になるまで磨いていた。

今のところ、誰もバイクのことは訊《き》いてこない。スティーヴンには好都合だった。祖母からは、早めの誕生日プレゼントとしてヘルメットを買ってあげると言われている。おそらく祖母はヘルメットの相場を知らないのだ。スティーヴンは、バイクがきちんと形になるまでは、とてもじゃないが祖母にそんな高い買い物はさせられないと思った。それに祖母はスティーヴンがヘルメットをかぶった姿を見たがるだろう。ヘルメットをかぶってバイクにまたがる姿を。

バイクなど、まだ影も形もないのに。

もし家族の誰かに訊かれていたなら、スティーヴンはタイヤ二本と雑多な金物類を買ってきたと告白せざるを得なかっただろう。

そう考えると、スティーヴンが厄介な状況を回避できたのはジェシカ・トゥック誘拐のニュースのおかげだった。

最低だ。

エクスムーア一帯で最も馴染《なじ》みがあるのがシップコット村だったため、レノルズとライスは村のパブ〈レッドライオン〉の部屋を捜査中の宿として確保していた。

それはあらゆる意味で失敗だった。

まず、宿泊費は安いが、うるさい。その上ベッドのマットレスは、太った宿泊客の体重を長年受けとめてきたために半分に折れかけており、反転させれば元に戻るだろうという安易な試みで表裏をひっくり返してあった。おかげで三角形のチョコレート

〈トブラローネ〉の頂きで寝ているみたいだった。初めてそこで寝た翌朝、レノルズは寝返りを打ち、バランスを失い、山の西の斜面を滑落して目覚めるはめになった。

レノルズとライスはひと気のないバースペースで落ち合い、朝食をとった。ライスはイングリッシュブレックファスト、レノルズはクロワッサンだ。しかし、そのどちらも、絨毯《じゅうたん》に染みついた、田舎のパブの気の抜けたビールや犬やポテトチップスの匂いをかき消すことはできなかった。

別の宿を取ればよかったと、レノルズは悔やんだ。ライスが揚げ焼きにしたフライドブレッドで皿のベイクドビーンズを拭い始める前に、彼は席を立った。ライスはそこそこ美人だし、よい面も多く持ち合わせているが、食べ方はいただけない。

「車で待ってる」レノルズは言った。

外に出たら、思わず目を細めるほどに日差しがすでにまぶしかった。前回とは大違いだ。あのときは真冬だった。寒さ厳しい一月で、いったん降り出した雪は延々と降り続け、レノルズはこのまま一生やまないのではないかと思った。空はつねに白かチャコールグレーか淡い青で、三十分先の天候さえ読めなかった。

爽《さわ》やかでまぶしい景色を前にしたら、罪悪感が、真新しいシャツに残っていた待ち針みたいにちくりと胸を刺した。

前回は、このパブでレノルズをはじめとする捜査員らが言い争ったり藁《わら》にすがったりしていた間に、殺人者は悠々と目的を果たした。パブから百メートルと離れていない老人ホーム〈サンセット・ロッジ〉では、迷走する警察を尻目に四人が殺された。殺人者がこじ開けた二階の窓の掛け金を、レノルズは鮮明に覚えている。殺人者は、玄関先にかきのけられていた雪の小山で手についた血を洗い、向こう　の店の脇を走る路地に隠れた。

シップコット村は、レノルズができることなら抹消《まっしょう》したい記憶のいわばモザイクだった。当時はやることなすこと、うまくいかなかった。マーヴェル警部率いる捜査チームははじめから劣勢を強いられ、最後まで挽回《ばんかい》できなかった。殺人者は密《ひそ》かに現れ、音もなく殺し、姿を消した。それはさながら、空から落ちる際はひとひらずつ独立していた雪片が、地面に落ちた瞬間に大きな塊の一部に戻るみたいだった。殺人者が、むごい犯罪現場以外の場所にもたしかにいたことを示す唯一の証拠は、その者がジョーナス・ホリーに残したメモだった。殺人を阻止できないジョーナスの無能さを嘲弄《ちょうろう》するメモ。そして、殺人者は最後の獲物としてジョーナスの妻の命を奪った。守るべきものを守れなかった若い警察官への残酷な罰だ。ひとつの案件、犯罪、場所にあそこまで翻弄され、打ちのめされた経験など、レノルズは初めてだった。

髪もごっそり抜けた。

レノルズは無意識のうちに前髪に触れた。そこここが禿《は》げてしまった頭皮ではなく、柔らかな髪の質感を感じられることを確かめる。

　レノルズは村に背を向け、パブと小川の背後に迫る小高い荒野を見つめた。ジョーナス・ホリーが、氷の張った水面で動かなくなっている遺体を見つけた小川。今日みたいな日には、この村で悪いことが起こり得るとは到底想像できず、かつて殺人劇が演じられた空っぽの舞台でも見ている気がしてくる。雲ひとつない青空、鮮やかなハリエニシダの上で輝く朝露、そして一帯を包む静けさ。そのすべてが映画のセットのようだ。ＢＢＣ４でよく放送しているジェーン・オースティンの映画にでも出てきそうだ。レノルズはオースティン映画の脚本もさることながら、その風景にも魅せられてきた。初夏のエクスムーアもそれとよく似た雰囲気をたたえ、時間が止まったように感じる。手前の丘陵のてっぺん近くの岩が動いた。レノルズが目の焦点を合わせると、それは水平線近くで草をはむ何頭かの鹿の群れだった。

　その光景に心が落ち着くとともに、レノルズの頭のなかでジグソーパズルが形をなしていった。ジェス・トゥックの父親と会った感触では、犯人の動機は性的なものよりも個人的な復讐《ふくしゅう》の線が濃厚に思える。それはいい。非常にいい。ジェス・トゥックが身代金や復讐目的でさらわれたのなら、彼女を生きたまま連れ戻す可能性は飛躍的に高まる。そして、誘拐事件を最悪の結末を迎えることなく無事に解決できれば、レノルズの経歴にも傷がつかずにすむというものだ。

そう、復讐こそが最も有力なシナリオであり、そうであれば最も望ましい決着を見る可能性も高い。今日みたいな日には人は楽観的にならずにはいられない。

ライスが駐車場を渡ってレノルズのほうに歩いてくる。彼女が口を開いて何かを言いかけたとき、携帯電話がふいに頼りない電波をとらえて鳴り出した。

ライスは携帯電話をポケットから取り出し、発信者名を見て眉をひそめると、鳴りやむのを待ってポケットにしまった。

おそらくエリックだ。

レノルズは、ライスはエリックと別れたのではないかと踏んでいる。確証はないが、数カ月前に、ライスが泣きはらした目で出勤してきたり有給休暇を取ったりしていた時期があった。それ以来、彼女が故意に携帯電話の着信に応じそびれる姿を、レノルズは一度ならず見ている。

エクスムーアの携帯電話の電波が話にならないほど微弱で幸いだったと、レノルズは思った。ジェス・トゥックの発見に全力を尽くすべきときに、恋人とのいざこざでめそめそされたり上《うわ》の空になられたりしては困る。

鹿の群れが、一頭一頭、空を背景につかの間シルエットと化し、丘陵の向こう側へ消えていく。丘のてっぺんで、立派な牡鹿が首を捻《ひね》って肩越しに振り返り、まっすぐにレノルズを見た。レノルズは思いがけず感動した。祝福のように感じられた——成功を約束されたように。

今回は前回の事件とは違う。すでに明確な違いがある。老人や弱者を狙った連続殺人犯は、子どもは誘拐しなかった。そもそも今回捜査を指揮しているのは自分だ。学位さえ持っていなかった、どこかの時代遅れな男ではないのだ。

必ず解決してみせる。ジェス・トゥックは発見できる。そして僕は英雄になる。殺人者が残した不吉な影も、あの日の雪に葬れる。


ジョン・トゥックに金がないという話は事実だと判明した。彼は他人の金を使うのがうまいだけだった。恨みを買っている人間としてトゥックが名を挙げた九人のうち、八人が債権者だった。そのなかの四人が実際に、「背後にはせいぜい気をつけるんだな」だとか、「家に火をつけてやる」などとトゥックを脅していた。

火曜の昼までには、レノルズとライスは四人全員から話を聴いていた。三人にはアリバイがあり、すぐに裏も取れた。土曜の早朝ともなれば、いかに田舎の人間でも七時過ぎまではベッドでごろごろしているもので、大概はそれを証明してくれる配偶者なり子どもがいた。

四人目のマイク・ハドンは装蹄師《そうてい》だった。上背がないため、行き場をなくした筋肉が外側に張り出している。その姿はたとえるならワイドテレビにぴったり収まったボディビルダーだ。

ハドンは異様に大きく節くれ立った真っ黒な手で、汚れたハードカバーの手帳を繰った。レノルズは思わずその手に見とれた。緑色ではないだけでハルクみたいだ。

「十二日にふた組、二十二日にまたふた組」ハドンがページを繰ってぎっしり書き込まれた手帳を見せながら、説明する。「二日に三組――このときはスコッティの分も入ってた。あいつは蹴るし、おまけに寄りかかってくるから、いつも追加料金をもらうんだ。十六日にもまたふた組、二十三日にひと組――」

「おっしゃりたいことはよくわかりました」レノルズは遮った。止めなければ、ハドンは未払いになっている装蹄代を全部読み上げるだろう。まだ一月分すら終わってないのに。「未払い金の総額はいくらですか?」

「一千百九十ポンド」

「そんなに?」ライスが驚く。「蹄鉄っていったいいくらするんです?」

「一般的なセットがひとつ六十五ポンド。鋲《びょう》や鉄板を希望する場合は追加料金がかかる。ちなみに蹄鉄は六週間から八週間おきに取り替える」

ライスが口をあんぐり開ける。どうして馬の靴代にそこまで無駄遣いする気になれるのかと、理解に苦しんでいるライスの様子に、レノルズはおかしくなった。彼自身は、その程度の金額で誘拐しようとまで思うだろうかと考えていた。

「そこまで大きな額とも思わないが」レノルズは思案するように言った。

「俺にとっては大金だ」ハドンは蔑むようにレノルズを見た。「あんたもそう思うだろうさ。雪のなか、五百キロもの体重を背中に受けながら作業して稼いだらな」

それは一理ある。

「それでは、あなたはミスター・トゥックを脅迫したのですか？」

ハドンは一瞬考えてから肩をすくめた。「ああ」

レノルズは自分の手帳を見た。「ミスター・トゥックによると、あなたは代金を払わなければ足をへし折ってやると脅したそうで」

「ああ」ハドンは挑戦的に答えた。「これからだって脅してやるさ」

「問題を解決する方法なら、他にましな手があるはずだ、ミスター・ハドン」レノルズが語気を鋭くした。

「ましな手ならな。だが、早くはない」

「我々があなたをこの場で脅迫の罪で逮捕できると理解した上での発言でしょうな？」

ハドンは黙ってレノルズを憎らしげに睨んだ。

「ミスター・トゥックのお嬢さんが失踪していることも、ご存じですね？」

「それは、まあ」ハドンは初めて少し躊躇《ちゅうちょ》した。「脅すのはあの子が戻ってからにするよ」

呆《あき》れたライスが思わずふっと笑い、慌てて咳《せき》でごまかした。レノルズは眉をひそめたが、ハドンはライスにウィンクした。彼女の笑いで緊張が緩んだらしい。

「トゥックはやな野郎だよ」ハドンは言った。「誰に訊《き》いてもそう言うだろうさ。あっちこっちで借金してるくせに、でっかい車を何台も乗り回して、馬も六頭所有してる。こっちはバンが今にも崩壊しそうだってのに。癪《しゃく》に障るんだよ、それだけさ。それにああいう男が相手の場合、一番うまく震え上がらせたもんが最初に金を払ってもらえる。だから脅す、単純なことだ。飼料会社〈ダルヴァートン・ファーム・フィード〉のビル・マーチャントに訊いてみるといい。トゥックに何千ポンドと貸しがあるはずだ。だけど彼は何も言わないから、トゥックは調子のいいことを言って払わない。そのうち破産したとでも言われてみろ。そのときには何もかも女の名義になっちまってるだろうさ。そうなったら俺たちはどうなる？　にっちもさっちも行かなくなる」

ハドンははたと口をつぐんだ。自分で自分の饒舌《じょうぜつ》に驚いた顔をして、ライスからレノルズ、そしてまたライスを見た。反論できるものならしてみろと言わんばかりだ。

ふたりは反論できなかった。

「つまり、ジェス・トゥックの居所に心当たりはないということですか？」レノルズがやや力なく言った。

ハドンは心底驚いたようだった。「俺が子どもをさらったと思ってるのか？　トゥックに金を払わせるために？」

「これは皆さんにお尋ねしていることです、ミスター・ハドン」

ハドンは渋い顔でかぶりを振った。「俺はさらってない。だが、うん――その方法なら効くだろうな！」

ジョン・トゥックの債権者のうち、脅迫的でないほうの四人は、全員頭にはきていたものの、払ってもらえるまで待つしかないという諦めの境地に達していた。

「他の債権者はミスター・トゥックを脅迫しています」レノルズはウィルフ・クーパーにそう伝えた。彼はトゥックの馬術練習場の修繕用に、九百ポンド相当の材木を納品している。

クーパーは微笑した。「そんな手荒な真似《まね》は必要ない。トゥックについては、先日少額訴訟の手続きに入った。支払いの延滞が生じた相手にはそうすることにしている。一カ月遅延したら、一度督促状を送る。その次は訴状だ。トゥックもじきに払うよ。心配はしていない。ああいう男にはよくあることだ」

「〝ああいう男〟とはどういう意味です？」ライスが尋ねた。

「離婚して若い女を恋人にする男。金を使わないのは格好悪いとばかりに、急に金遣いが荒くなる。トゥックの恋人――何という名だったかな？」

「レベッカ」レノルズが答えた。

「レイチェル」ライスが訂正する。

「まあ、何でもいいが、彼女が乗馬をしたがってね。キツネ狩りのためじゃないよ。まあ、それならまだ理解もできるんだがね。トゥックはハントのマスターだから。だが、そうじゃなくて彼女は競技会に出たがったんだ、馬場馬術の。それでトゥックは急遽《きゅうきょ》、気取った馬を買うはめになり、気取った鞍《くら》も買わされ、馬術練習場も作らされ、気取ったトレーナーも雇わされ、と、まあそんな具合だ。彼女が自分と寝て、満足してるふりをしてくれるようにさ。おっと失礼、お嬢さん」

ライスは肩をすくめて聞き流した。

「馬だけじゃないよ」クーパーは続けた。「トゥックの着てるもの、見たか？　数カ月前に貯木場に来たときなんかウエスタンブーツを履いてたよ！」その姿を思い出してクーパーが笑う。「必死に若作りしてた。金持ちのふりもしてな。まあ、しばらくの間ならそれもできるだろう。だが、いずれは続かなくなる。馬場馬術用の馬を売り、トレーナーを首にし、女の子は彼を捨て、皆、金を払ってもらえる。そうなるもんだと相場は決まってるんだ」

クーパーは感じがよく、なぜ彼がトゥックに恨みを抱いている可能性のある人物のリストに入っているのか、レノルズは理由がわからず困惑した。

「さあねえ」クーパーは大げさに肩をすくめてみせた。「トゥックは被害妄想の激しいあほだから」

レノルズもライスも驚いたことに、トゥックのリストの九人目は債権者ではなかった。ジョーナス・ホリーの隣人、高齢のミセス・パドンだった。

「彼女、八十は優に超えてますよ」とライスが言う。「いったい何の恨みを買うって言うのかしら」

「トゥック曰《いわ》く、地元のハントを解散させる運動のリーダーだったそうだ」

「たいしたおばあさんだわ」ライスはぼそっとつぶやいた。

レノルズはミセス・パドンを覚えていた。ひと筋縄ではいかない老人だった。明朝一番に話を聞くとしよう。相手は間違いなく早起きだろうから。

「僕が話をしよう」レノルズはライスに言った。老人からの受けはいいと自負している。母の友人たちにはいたく気に入られている。

ミセス・パドンは違った。

ミセス・パドンは、ライスやレノルズをエホバの証人のごとく警戒した。ドアを大きく開けてふたりをなかに通したのも、渋々だった。危うく玄関先の石段で聞き取りをさせられるところだった。

コテージの室内は暗かったものの、清潔にしてあった。そして、物を置けるありとあらゆる平面を、つまらない小物が埋め尽くしていた。いえ、つまらない小物とは違うと、間近で見てみてライスは思った。つまらない小物というのは、テイストがばらばらで趣味の悪い磁器の猫やスペイン土産のことを言うのだ。ミセス・パドンが飾っているのは、ずんぐりとした形状の実用品と、繊細なガラス細工の動物という、何とも珍しい取り合わせの品々だった。真鍮《しんちゅう》の気圧計や銅のやかんが、作りの華奢《きゃしゃ》な牧畜の神や、カットガラスのハリネズミにのしかかるようにそびえている。暖炉の炉棚には、虹彩のカーニバルガラスでできたポニーの隊列とともに、つるはしの柄が置いてある。そうして飾られた品々は、部屋の雰囲気をまとまりなく奇妙に分裂させていた。まるで、夫と妻とが物を置く場所を巡って日々陣取り合戦を繰り広げているみたいだ。もっとも、ライスの記憶ではミセス・パドンは未婚のはずだが。

ミセス・パドンはふたりに紅茶でもいかがと勧め、たたみかけるように牛乳はないけれどと言った。「お砂糖も」と、紅茶を出す気などさらさらなさそうなことをつけ足す。

「どうぞお構いなく」レノルズは言った。「またお会いできて光栄です、ミセス・パドン。お元気でいらっしゃいましたか？」

「ぴんぴんしてますよ」ミセス・パドンはそっけなく答えた。

老婦人は部屋の真ん中に立ったままで、レノルズとライスに席を勧めようとはしなかった。

「ジョーナスは？　最近はどんな様子ですか？」

「それは本人に訊くことね」ミセス・パドンは玄関のドアの内側にかけられたネットバッグを取りに行った。「買い物に出かけるところだったのだけれど」

レノルズはあからさまに辞去を促す言葉は無視した。「今日はジェス・トゥックの件でうかがいました」

「あら」老婦人は少々不意を突かれたようだった。口調が和らぐ。「かわいそうにね」

「ミスター・トゥックに、彼に恨みを抱いている可能性のある人をリストアップするよう頼んだところ、あなたのお名前も出てきたので驚きました」

ミセス・パドンは鼻を鳴らした。「私は恨みなどありませんよ！　それはね、天罰が下ればいいと思ったことはありますよ。あんな太った愚か者は、落馬して池にはまればいいいとね」

「でも、今は違うと？」ライスが尋ねた。

ミセス・パドンは、考えそのものを払いのけるみたいにネットバッグをぱっと翻した。「〈ブラックランズ・ハント〉は解散したの。私の望みは叶《かな》った。そりゃあ他にもハントはありますよ、きりがないくらいにね。けれども、私たちは当初の目的は果たしたのだし、国中を妨害をして回るには私は年を取りすぎたわ」

「妨害？」レノルズが尋ねた。

「妨害運動。キツネ狩り妨害運動よ」ミセス・パドンが説明する。「横断幕を掲げたり、笛を吹いたり、偽物の臭跡をつけたりするの」

「破壊活動をしたり、暴力を働いたり」レノルズが冷ややかにつけ加えた。

ネットバッグが再び翻る。「あら、私はそういうことはしなかったわ。それをするのは若い人やよそ者ね。私は〈ブラックランズ・ハント〉のメンバーをちょっと困らせただけ。トゥックを困らせただけ。それが効いてハントは解散。トゥックのリストに名前が挙がったのなら、私にとっては名誉の印だわね」

ミセス・パドンに淡い水色の目でウィンクされて、レノルズはつかの間まごついた。

「他に誰の名前が挙がっているのかしら、とっても興味があるわ」ミセス・パドンはそう続けた。

「申し訳ありませんが、それは機密事項なので」ライスが言った。

ミセス・パドンがもう一度鼻を鳴らす。「ばかばかしい！　エクスムーアに機密もへったくれもあるもんですか！　当ててみましょうか。装蹄師のマイク・ハドン。ファームショップのビル・マーチャント。シモンズバス村の〈スター〉のアンディ・クーツ。それから材木屋の――クーパーだったかしら？　彼の名も挙がってるはずだわね。今のところ当たっているかしら？」

レノルズはそわそわとして、咳払いをした。

「そもそもトゥックのリストに何人が名を連ねようと、それはあくまでジョン・トゥックが把握している人たちだわ」ミセス・パドンがまた笑う。「傲慢な人間というのは、自分で思う以上に嫌われていることに驚くものよ。そう思わない？」

レノルズはまったくもって同感だった。しかし、聞き取りの主導権を完全に奪われたレノルズとしては、認めたくなかった。彼の目の前で、ジョン・トゥックのリストは、庭の柵越しの噂話程度の当てにならないものに格下げされてしまった。

「ご協力ありがとうございました、ミセス・パドン」レノルズの口調が硬くなる。

「あら、気を悪くなさらないでね」ミセス・パドンは言った。「別にあなたの一日を台なしにしようってわけじゃないの、ミスター・レノルズ。ただ、誰かがジョン・トゥックへの復讐のために気の毒なあの子をさらったのだとしたら、その誰かは、ジョン・トゥック自身が恨みを買ったことすら覚えていない相手だろうと思っただけよ」

「どなたか、お心当たりがあるのですか？」

老婦人は時間をかけて真剣に考えているようだったが、やがてかぶりを振った。

「お役に立てなくて残念だけれど」とため息をつく。「人の頭のなかのことなど、誰にもわからないもの」

「いよいよ奇妙ね」バンから乗り換えた覆面のプジョーに乗り込みながら、ライスが言った。

「同感だ」レノルズも言った。

一年半前、自分たちの捜査が屈辱的な失敗に終わった、隣り合う瓜《うり》ふたつのコテージ。その前にとめた車のなかで、ふたりはそのまま一、二分ほど無言で座っていた。

「彼女、私たちがジェス・トゥックの件で訪ねたんだとわかって、ほっとしたように見えた」ライスが考えるように言った。

レノルズはうなずいた。「例の殺人の件で来たんだと思ったんだろう。きっと、自分がホリーを守らなければという気持ちなんだ」

「あんな結末だったんだもの、その気持ちもわからなくないわ」

レノルズはうなずき、ため息をついた。「まあ、少なくともジョン・トゥックがエクスムーア中の嫌われ者らしいことはわかった。彼のリストに挙がっていた以上の人たちから嫌われている。我々にとっては朗報だ。ジェスの失踪は変質者による通り魔的な犯行ではなく、復讐のための誘拐という線が濃厚ということだから」

ライスもうなずく。「そしてそれは、彼女を生きたまま取り戻すチャンスが充分にあるということだわ」

レノルズはライスに笑いかけ、ライスも笑い返した。こういった誘拐事件では楽観的な状況などそうそう生まれるものではないから、じっくり味わうに限る。

ライスは車のエンジンをかけ、ギアを入れた。レノルズの携帯電話が鳴った。

トーントンの内勤の警察官からだった。

「警部補。またひとり、やられたようです」

6

中世の石橋ターステップスは、どの季節に訪れても美しい。五月の朝ともなれば息をのむほどの美しさだ。川にはおとぎ話の巨人が並べたかのような、幅広の板状の石がいくつも渡されている。木のトンネルの下、暗く広がる水面に太陽の光がこぼれ、丸い小石に覆われた川床がティファニーガラスのように輝く。

聞こえる音は、川のせせらぎと、無数の鳥たちの歌だけだ。

そしてもうひとつ、駐車場からかすかに届く、ミセス・ノックスの泣き叫ぶ声。

レノルズとライスが到着したときには、ミセス・ノックスは甲高い声で泣いていて、三十分近くたった今もまだ泣いている。殺人課を経験しているレノルズは、彼女が当分泣き続けるであろうことを知っていた。一生、断続的に泣き続けることになったとしても驚きはしない。

考えようとしているときに、何とも苛立《いらだ》たしいことだ。

現場に一番に臨場した地域の警察官、コリン・ウォルターズ巡査が、指示を待つようにレノルズの隣に静かに立っている。ただでさえ外気にさらされてしわっぽくなっている巡査の顔に、懸念を表すしわがくっきりと刻まれている。

レノルズはため息をついて川に背を向け、巡査とともに重い足取りで丘をのぼり、駐車場に戻った。その駐車場で、九歳の少年ピーター・ノックスが一家の車から忽然《こつぜん》と姿を消し、かわりに——見破ることのできない悪趣味な手品みたいに——車のハンドルに黄色の四角いメモが残されていた。

おまえは　彼を　愛して　ない。

「愛してるのに。愛してるに決まってるじゃない！　いったいどういう意味なの？」とミセス・ノックスが泣きじゃくる。打ちひしがれることと取り乱すことを交互に繰り返す妻を、夫は抱きしめようとしていた。そうして彼女の苦しみも自身の苦しみも引き受けて耐えようとした。ところが、そんな夫の腕をミセス・ノックスは唐突に払い、くるりと彼に向き直ると、歯を剝《む》き金切り声で叫んだ。「あなたのせいよ！」夫が衝撃を受けてたじろぐ。「あなたのせいよ！　あなたがピートを車に行かせたせいよ。何で行かせたのよ。あの子はまだ九歳なのよ！　まだまだ赤ちゃんみたいなものなのに！　ばか。ばか。ろくでなし！」

ミセス・ノックスは棒立ちになっている夫に突進し、叩《たた》いた。顔や頭を何度も叩いた。見かねたレノルズとウォルターズが引き剝《は》がすと、ミセス・ノックスはフォルクスワーゲン社のゴルフのそばに崩れ落ち、うつ伏せに倒れてしまった。一週間、自然を満喫する予定でスウィンドンから家族で乗ってきた車だった。レノルズとウォルターズは助けを求めて反射的にエリザベス・ライスを見た。ライスは呆《あき》れたように目をぐるりとさせたが、それでもミセス・ノックスの傍らにしゃがみ込んだ。ミセス・ノックスは埃《ほこり》っぽいアスファルトの上で、空気の抜けたエアーマットみたいになり、しばらくさめざめと泣いていた。ライスはミセス・ノックスの背中をぽんぽんと優しく叩いた。三度目で、ミセス・ノックスはその手を振り払わなくなった。ライスは傷ついた子どもを相手にするようにミセス・ノックスに言葉をかけた。慰めと希望の言葉をそっとささやく。レノルズには、たとえ命がかかっていたとしても、ああはできなかっただろう。あんな温かな言葉がライスの口から出てくるのかと、レノルズはいささか意表を突かれた。

それはともかく、静かになったおかげでようやくまともに考えられる。

「奥様も本気でおっしゃったわけではないはずですよ」レノルズはミスター・ノックスに言った。「気が動転しているんでしょう。無理もない」

ジェフ・ノックスは黙ってうなずいたが、納得したようには見えなかった。息子が無事戻っても戻らなくても、先ほどの妻の言葉は一生忘れることはないという顔だった。

「たしかに息子を車に行かせたのは僕です」ジェフ・ノックスは惨めそうに言った。「タオルを取りに行かせたんです。あいつ、川に落ちたんですよ。片足が膝まで浸《つ》かっただけだけど。飛び石の上でふざけててね」

レノルズはうなずき、ミスター・ノックスは地面に力なく突っ伏す妻を見下ろしてから、先を続けた。その目は渓谷の向こう側をじっと見つめている。どこかに息子がいるのではないかというように。ハッピーエンドの可能性がまだ残されているかのように。

「車まではたかだか二百メートルの距離だったし、あの子は賢い子だから。大丈夫だと思った。駐車場には他にも車がとまっていたし、人はいたから。ほんの五分の距離だった。時間だって朝の九時じゃないか、ちくしょう！」

ミスター・ノックスは怒りを抑えきれずに口をつぐんだ。この場に神がいたならば、彼もまた先ほどの妻とそっくりに神を何度も叩き、どうにもならない絶望的な恐怖をぶつけるに違いないとレノルズは思った。

「車のナンバーはすべて控えました」と、ウォルターズが報告した。「うち二台は何者かに壊された形跡があります」

レノルズはぴくりと反応し、巡査に向き直った。

「たいした被害ではありません。それぞれ、窓を一枚割られていました」

「盗まれたものは？」

「これまでのところ確認されていませんが、まだ戻っていない車の持ち主もいるので、追って確認します」

「車上荒らしをしているところを少年に見られたのかもしれない」

ウォルターズは、リアウィンドウにテニスボール大の穴があけられた、トヨタRAV4へとレノルズを案内した。レノルズは前かがみになり、両手をひさしのようにして暗い車内をのぞいた。と、わずか数センチ先のガラスに、毛と歯と唾液の塊がいきなりぶつかってきて、レノルズは思わず飛び退いた。

「くそっ！」

心臓をばくばくさせながら、レノルズはリアウィンドウを乱暴に叩いて、後部座席を占領しているジャーマンシェパードに報復した。

ウォルターズがにやついているのではないかと、ちらりと視線をやったら、巡査はむしろ気遣わしげな顔をしていた。よかった。

レノルズは駐車場をさっと見渡した。先日のダンケリー・ビーコンとは違い、ここのはれっきとした駐車場だった。ざっと三十台分だろうか。まだ新しいトイレは、景観に配慮した田舎家風の造りだ。時刻は昼にもなっていない。駐車場には十台ほどの車がとまっている。何台かのそばには、退屈顔で立ったり座ったりしている所有者の姿がある。ハイキングの格好をした大人、ショートパンツ姿の子ども、リードをつけられた犬、それに自転車やバックパック。

「ウォルターズ、駐車場に誰も入れず、誰も出さないように」

「承知しました、警部補」

「それからハンドルにあったメモ。あの存在は外部には伏せておく」

「承知しました、警部補」

レノルズの先ほどまでの楽観的な気分は吹き飛んでいた。ジョン・トゥックがろくでもない連中から脅迫を受けているのは事実だとしても、そのうちのひとりが個人的な恨みからジェス・トゥックを誘拐したという希望的観測は、たった今粉々に砕け散った。

牡鹿の成功の約束は邪悪な呪いに変わった。レノルズは、四方いずれものぼり坂となっている荒野に目をやった。鳥のさえずりや木漏れ日は人を惑わすベールだ。その下では何かが腐って臭っている。

レノルズはため息をつき、ミセス・ノックスのだらりと伸びた脚をまたぎ、ノックス家の車のなかをのぞいた。休暇に当たり前に持っていく物であふれていた。地図、水筒、サンドイッチの包み紙、クーラーボックス、ビーチタオル。

しかし、そこに本来は九歳の少年もいるはずだったと思うと、ひどく空っぽに感じられて仕方がなかった。

・

見てみろ。

今になって心配している。手遅れになってから。この子の親は、この子が必要としていたときにどこにいた？　自分たちの人生に悪いことなど起きるはずがないと、橋のそばでのんきに待っていた。大事なものをなくす可能性を考えもしないで。自分たちの行動が招く結果を考えもしないで。今となっては彼らに残されたのはその結果だけだ。

ある意味、滑稽《こっけい》だ。まあ、立場が変われば違うんだろうが。あそこで子牛みたいに泣きわめいている母親にしてみたら、おかしくなどないだろう。せいぜい泣けばいい。みっともない女だ。両親そろって恥ずかしい連中だ。

まあ、ふたりには慣れてもらうしかない。人の順応性には驚くばかりだ。順応できないときに取る行動にも……。

それはさておき、これでよし。あの親より、こっちのほうがこの子を必要としてる。親以上に大事にもする。

7

四日間でふたりの子どもが失踪し、エクスムーアにはマスコミが殺到した。まるで、すき返したばかりの畑に舞い降りるカモメだ。最もおいしいところを持っていこうと甲高い声を上げ、羽を羽ばたかせたり突き合ったりしている。

とりわけ激しく突いていたのは、手ごわい女性記者、マーシー・メイリックだ。マーシーを手ごわくしているものは三つある。まずひとつ、彼女の年齢だ。三十九歳というのは三十からは離れすぎていて、もはや五十と大差ない。取材時のマーシーはたとえるなら恐竜、化石、絶滅鳥類のドードーだ。飛ぶことのできない小さな羽で邪魔なライバルを鋭く突き、有史前から存在していたドードーの足で踏みつけ、ネタに向かって猛然と突っ込んでいく。恋人も子どもも諦めて仕事を選んだマーシーが、ジャーナリストになりたてほやほやの溌剌《はつらつ》とした若手のために道をあけるわけがない。

そしてふたつめ、マーシーはフリーの記者だ。一コラム×一インチでいくらという契約で稼いでいる。四週間の有休と年金を含む生ぬるい雇用契約に守られているわけではない。マーシーの人生の目的は一にも二にも、自分の原稿を新聞掲載にこぎつけることだ。社内に記者がいて、通信社も使え、指先をちょっと動かせば偉大なるグーグルにもアクセスできるデスクのもとをどうにかして突破しなければならない。原稿料は安くなる一方で、マーシー・メイリックも痩せ細る一方だった。

そして、彼女を手ごわくする三つめの理由は、彼女がオーストラリア人ということだ。これにはもはや誰も太刀打ちできない。オーストラリア人の彼女は、どれほど記者泣かせな相手でも強引に取材する図太さと、ひどい侮辱を聞き流す厚顔さを持ち合わせ、ときに駄々っ子みたいに不機嫌になるので、腹黒い政治家も生まれながらの犯罪者も口の堅い警察の広報担当官も、彼女の前では当たり前のように口を割る。彼女の、耳のなかで蚊が鳴いているような、鼻にかかった甘言をあと一分でも聞き続けるくらいなら、摘発や譴責《けんせき》や刑務所送りのほうがましだと思ってしまう。

一昨年の冬、マーシー・メイリックはシップコット村をずたずたに引き裂いた連続殺人事件の警察記者会見に出席した。警察は、犯人逮捕の可能性は残されていると述べた。

「それは今年ですか？　来年？　いつか？　それともいつかは来ない？」その会見で、マーシーはいたぶるようにゆったりとした口調で尋ねた。当然、皆からはますます疎まれた。

現在、わずか一週間のうちに子どもがふたりも連れ去られたとあり、国中の報道機関が再びエクスムーアの特ダネを求めている。ピート・ノックスが行方不明になったのは、ジェス・トゥック失踪《しっそう》後の水曜日。木曜日の朝には五十人以上の記者、テレビカメラ班、カメラマンがエクスムーア中にあふれ、ＢＢＣの報道番組「ニューズナイト」での採用を目指して、この一大ニュースを追いかけた。

古参のマーシー・メイリックは、殺人と子どもにまつわる事件において重要なのはふたつだけだと知っていた。恐怖をあおる記事と、キャッチーな見出しだ。恐怖をあおることは本件では造作もない。過去にも殺人事件が発生し、未だ犯人が捕まっていない荒野で子どもが行方不明になったとなれば、殺人者が再び動き出したのかと考えるのは自然なことだ。恐怖や疑念を抱く風土もできあがっている。マーシーには実に好都合な風土だ。

マーシーは中身よりスピード重視で記事を書き上げると、許容時間いっぱいまで見出しを練った。第一にニュースデスクの関心を、次に国民の関心を摑《つか》まないことには話にならない。何事にも絶対ということはないが、それでもこの世界に長くいるマーシーは、どんな原稿整理係も地口やしゃれの効いたうまい見出しには抗えないことを熟知していた。それが、しがないフリーの地方通信員からの原稿であっても。

会心の出来とはいかなかったが、〝殺人ムーアに恐怖再び〟という見出しで、送信ボタンを押した。そして、時代遅れの恐竜らしく、煙草《たばこ》に手を伸ばした。

8

新聞配達の少年は、どういうわけかジョーナスの家に『ビューグル』紙を届けなくなっていた。かわりに隣のミセス・パドンの家に配達するので、それをミセス・パドンがジョーナスの玄関ドアの郵便受けに入れてくれるまで数日を要することもあった。

構わなかった。新聞は一切読まなくなっていた。ただ、取るのをやめるために考え行動するのが億劫《おっくう》で、それならば週に一度、玄関マットに落ちている新聞を拾い、台所へ直行し、不要なダイレクトメールともどもごみ箱に捨てるほうが楽だった。

その日、ジョーナスは玄関と台所をつなぐ廊下の途中で立ち止まり、一面に掲載されたジェシカ・トゥックの写真を見た。学校で撮られた写真だ。髪は麦わら色のストレート、かすかに出っ歯で、制服のネクタイをばかに短く結んでいる。それがおしゃれなのだろう。覚えのある顔だった。おそらく、よく見かけていたのだ。担当地区である七つの村を徒歩や車で巡回する途中、毎日、同じ制服を着た何百人という子どもたちとすれ違ってきた。そのなかのひとりだったのだろう。

ジョーナスのかつての巡回地区。

行方不明。そう書かれていた。しかし、記事の内容は曖昧で穴だらけだった。その穴を、ジョーナスの想像力は邪悪で恐ろしいもので埋めていった。

その夜、ジョーナスは再びルーシーを見つけた。今回は子どもを連れていた。ジェス・トゥックではなく、ルーシーの子だ。彼女はずっとほしがっていたのに、ジョーナスが拒み続けた子ども。夢の最後に抱き合ったとき、その子はふたりの間にいた。それは何ともぎこちなく、煩《わずら》わしく、おまけに子どもはふたりの注意を引きたがった。

翌朝起床すると、ジョーナスは台所のごみ箱の『ビューグル』紙を外のごみ箱に持っていった。ジェス・トゥックの顔写真を見ないよう、掲載面を伏せて捨てた。

スティーヴンはジョーナス・ホリー宅に『ビューグル』紙を届けなくなっていたが、ジョーナスの暮らすローズ・コテージの前を通らなければ、坂の上に新しく越してきた一家に新聞を取ってもらえるか訊《き》きに行けない。

スティーヴンはスケートボードを慣れた動作で立たせると、小脇に挟んだ。ローズ・コテージはミセス・ホリーが亡くなった場所だ。その前をスケートボードで通りすぎるのはいけないことのような気がして、スティーヴンは絶対にしなかった。だが、理由はそれだけではない。粗いアスファルト上をスケートボードで走るとガタガタとうるさい。スティーヴンは、自分が通っていることを誰にも気づかれたくなかった。

ミスター・ホリーに気づかれたくなかった。

なぜなら、ミセス・ホリーを殺したのはミスター・ホリーだから。スティーヴンには確信があった。

確信に近かった。

証拠はない。あれば、一年半前の冬の段階で警察に話していた。ちょうど、シップコット村を襲ったふたりめの殺人者を追って刑事たちが来ていたのだから。

しかし、証拠のない状況でスティーヴンに何が言えただろう。

ミスター・ホリーが妻の顔を平手で打つのを見たと？　そのときにスティーヴンがのぞき込んだミスター・ホリーの目には人間の感情は一切なく、空っぽだったと？　それが恐ろしくてたまらず腰が砕けて、危うく失禁しかけたと？　今でさえ思い出すと落ち着かず、スティーヴンは記憶を押しやった。全部押しやった。

僕には証拠がない。そもそも、僕は何だ？　ただの少年だ。

対してミスター・ホリーは？　大人の男だ。警察官だ。残忍な殺人者から妻を守ろうとして命を落としかけた警察官だ。

少なくとも村の人々はそう信じている。

スティーヴンは一度、自分の疑念をルイスに打ち明けるという過ちを犯した。

「おまえ、どうかしてるよ」あのときルイスは、こめかみを指先で叩《たた》きながらそう言った。「昔殺されかけたせいで、びびって何でも疑ってかかる。そろそろ立ち直れよ。ラロのおばさんの話だけどさ、ミスター・ホリーにはひどい傷跡が残ってるらしい。俺にもそんな傷跡があったらなあ。かっこいいよな」

ジョーナス・ホリーは皆の英雄になっていた。ひとりスティーヴン・ラムを除いて。スティーヴンはため息をついた。疑念は捨てたほうがいいのだろう。少なくとも口はつぐんでおいたほうがいい。過ぎたことなのだ。過去に生きることを選んでしまったら、未来は享受できない。だからスティーヴンは前に進むことを覚えた。クロールを泳ぐイメージだった。〝いやなこと〟というぼんやりとした塊を手で後ろへ大きくかき、もっとすばらしい人生が待つはずの岸を目指す。何度となく練習してきたから、今ではすっかりうまくなった。スティーヴンの人生はよくなった。よくなるように努力したのだ。そう思うたびに小さな喜びの火が心を温め、歩くべき道を照らしてくれた。

とはいえ、殺人者の家に新聞を届ける気持ちにはなれなかった。

コテージが次第に近くなる。ローズ・コテージとハニーサックル・コテージだ。それぞれの木の門に、それぞれのコテージ名が掲げてある。どちらの家も、小道を縁取る背の高い生け垣に半ば隠れていた。通りからは二階の窓と屋根しか見えない。それでも、門の前を通る際になかの様子をうかがうことはできた。かつては手入れの行き届いていた前庭は、雑草だらけになっていた。庭仕事は病気ながらももっぱらミセス・ホリーがしていた。彼女が亡くなる前の夏、スティーヴンは新聞の配達に訪れ、ちょうど枝葉を積んだ手押し車を自宅裏のコンポストに運ぼうとしていたミセス・ホリーを手伝ったことがある。ミセス・ホリーは植物の名前に詳しく、スティーヴンはジュードおじさんと庭の畑で育てている野菜の話をした。ニンジンや豆のこと。デイヴィーさえもが、庭で採れたレタスやトマトや新ジャガイモのサラダなら食べること。小ぶりな新ジャガイモは濃厚なクリームみたいで、ぼやけた味の古いジャガイモとは別物だ。

あの事件以来、ミスター・ホリーは自宅に引きこもっている。外に出ることがあるのだとしても、スティーヴンは見かけたことがなく、それをありがたいと思った。見かけなければ、彼のことを考えすぎずにすむ。週に一度、『ビューグル』紙をミセス・パドン宅に届けるのがスティーヴンにできる精一杯で、それ以上はミスター・ホリーに近づきたくなかった。

門を過ぎると前庭は見えなくなり、スティーヴンはうつむいて歩き続けた。そして、コテージから充分に離れてからようやくスケートボードを下ろし、地面を蹴って坂をのぼった。

〈オールド・バーン・ファーム〉は、〈スプリンガー・ファーム〉の残骸を過ぎてさらに百メートルほど行った先にあった。〈スプリンガー・ファーム〉が燃え落ちたあと、母はスティーヴンやデイヴィーがその場所に行くことを禁じた。残った壁が崩壊したり垂木《たるき》が落下したりして下敷きになったり、炭化した床が抜けたりしたら危ないからと、母は言った。スティーヴンはそもそも火事の前から〈スプリンガー・ファーム〉に行ったことはなかったが、母にそう言われてデイヴィーが好奇心に駆られないはずはない。しょっちゅう遊びに行っているのではないかとスティーヴンは怪しんでいた。

〈オールド・バーン・ファーム〉の新しい住人は、門も新しくしていた。鉄製の黒く大きな門は、スティーヴンが押しても開かなかった。どうしたものかと決めかねて、しばしその場に佇《たたず》んだ。門は設置したばかりらしく、近くのブラックベリーの茂みには、煉瓦《れんが》の柱に使われているモルタルの粉が飛んで埃《ほこり》みたいに付着していた。門から奥の建物まで、どれくらいの距離があるのだろう。毎週この門と格闘した挙げ句に一キロ以上も歩くはめになるのだとしたら、果たして新聞を取ってもらう価値はあるのか。日刊紙『ウェスタン・モーニング・ニュース』を取ってもらえた場合は、毎日のことになる。

「こんにちは」

呼びかけられて、声のしたほうに振り向いたスティーヴンは、門柱にスチール製のインターホンが据えつけられているのを見つけた。インターホン！　シップコットに！　〝話す〟と表示されたボタンがあったので、それを押した。００７になった気分だった。

「こんにちは。あの、新聞を……新聞を取るご予定は」スティーヴンはいったんボタンから指を離すと、あたふたと押し直し、「ないでしょうか」と丁寧に言い、もう一度押して、「よろしくお願いします」と言った。

ああ、どんくさい。

短い沈黙ののち、笑い声が響いた。

「私はここよ、おばかさん！」

馬にまたがったエミリー・カーヴァーが、スティーヴンの背後の道路べりの草地にいた。

スティーヴンは内心パニックに陥ったが、一秒とかからずに、何を言ったところで今さら自分の間抜けさはごまかせないと悟り、ばかだよねというように腕を広げて肩をすくめた。実感しているほどには赤面していないことを祈った。

エミリーは緑色のリボンはしていなかった。三つ編みにした茶色の髪を黒いゴムで結び、片方の肩に垂らしている。

「私、あなたと同じクラスよ」エミリーが言う。馬は――小さめで、黄色っぽい毛色をしている――頭を下げて道端の草を食べ始めた。

「知ってる」スティーヴンは言った。「エミリーだよね」

「エミリーって呼ばれるのは好きじゃないの。友達はエムって呼ぶわ」

「そっか」とうなずいたものの、スティーヴンは僕もエムと呼べという意味なのかどうか測りかねた。

「あなたの名前は？」

「スティーヴン」

エミリーはいたずらっぽくスティーヴンを見た。「ちなみに、あなたの赤毛の友達は？」

ようやく火照りが収まりかけていたのに、スティーヴンは再び真っ赤になった。

「ルイス」と答える。「あのときはごめんな」

エミリーはかわいらしく肩をすくめ、気にしなくていいというように手を振った。スティーヴンはそれを、親友の非礼はあなたの責任ではないという意味に解釈した。

「うちに入って父と話す？」

「何を？」

「新聞を取るかとか？」

そうだった。そのために来たんだった。

「そうだよね。うん。お願いします」

エムが小さなリモコンを門に向けると、門扉が静かに開いた。彼女は手綱を引いて馬の頭を上げさせた。

ふたりは並んで門を抜け、石を敷いた私道を、まだ見えない家に向かって無言で進んだ。エムが感じよく接してくれてスティーヴンはうれしかったが、頭のなかが真っ白になっていて、何を話せばいいかわからなかった。不自然で、機嫌を取っているようにしか聞こえないことしか思い浮かばない。

いい馬だね。

ここに引っ越してくる前は、どこに住んでたの？

今日は緑色のリボンはどうしたの？

どれもこれもだめだ。みんなはどうやって女の子との会話を始めるんだろう。女の子といっても、家庭科で同じ班だから話さざるを得ない女子ではない。こっちを見てくすくす笑い、友達に何か言い、その子たちと一緒にまたくすくす笑う女子でもない。ちゃんとした女の子だ。そういう子と、どうしたら普通の会話ができるのか。スティーヴンには皆目見当もつかなかった。

背後で門扉が小さくカチャンといって閉まり、スティーヴンは肩越しにちらりと振り返った。「立派で高そうな門だよね」

「ああ、あれ」エムはどうでもよさそうな口ぶりで言った。「トレーラーを盗まれちゃったからね」

9

ポーティスヘッドにある科学捜査研究所のジョス・リーヴズから電話があった。ピート・ノックスが行方不明になった現場にあった付箋《ふせん》に付着していたウールの繊維が、ジョン・トゥックの馬運車のドアハンドルに付着していた繊維とほぼ一致したという。

「ほぼ？」レノルズは訊《き》き返した。ちょうどシャワーを浴びようとしていたところだった。正確には、浴びられるか思案していた。レノルズは肥満ではないが、シャワーブースを目測した限りでは高さも幅も奥行きも足りない気がした。

「繊維自体は同じだがね」と、リーヴズが説明する。「ふたつめの現場の繊維からはブタンが検出された」

「ライターの燃料ということか？」

「そのとおり」

レノルズは父が使っていた古いジッポを思い浮かべた。両親が結婚して五十二年。

三人は仲のよい家族だが、母はいまだに父が煙草《たばこ》を吸うことを知らない。ジッポの匂いはレノルズに、父が煙草を吸う間、庭小屋内に積み重ねられた、蜘蛛《くも》の巣の張った素焼きの植木鉢の陰に父とふたり、身を潜めたことを思い出させる。ついでに、父が煙草の匂いをごまかそうとして、マーブルチョコレートの〈スマーティーズ〉みたいに噛《か》んでいた、メントールキャンディ〈フィッシャーマンズ・フレンド〉の薬っぽい強烈な匂いもよみがえる。

「つまり、犯人は喫煙者か」レノルズが言った。

「そうかもしれない」リーヴズは言った。「あるいはキャンパーか。はたまた焚《た》き火が趣味か」

「不良がハイになるために使うこともある、そうだろう？」

リーヴズが大笑いするので、レノルズは少し気を悪くした。「そういう使い方をするのは不良だけじゃないと思うが、まあ、そうだな——ハイになる安上がりな方法だよ。ガキどものな」

「被害者を動けなくする目的で使われた可能性はあるだろうか」

「もちろん。意識を失うまではいかないが、朦朧《もうろう》として酩酊《めいてい》状態になる」

「だが、ひとつめの現場からは検出されなかった」レノルズは再確認した。

「ああ、そうだ」

　レノルズはため息をついた。つまり、ブタンは重要な手掛かりとなり得る一方で、捜査を攪乱《かくらん》するためのものである可能性もあるということだ。意図的にウールに染み込ませてあったのかもしれないし、うっかりこぼしただけかもしれない。ただ、意図的だった場合、なぜひとつめの現場からは検出されなかったのか。

「ちなみに、ウール繊維が何に使われていたものかはわからないのか？」

「今のところは。当然、特定作業は進めているが」

　レノルズは礼を述べて電話を切った。リーヴズと話す前よりも苛立《いらだ》ちや行き詰まり感は募っていた。ジェス・トゥックの現場にはタイヤ跡や足跡が多数残っていたが、ターステップスの駐車場はアスファルトだったため、比較できるサンプルはほとんど採取できなかった。乏しい物証はレノルズらを焦《じ》らすばかりで助けになっていない。

　残されたメモだけが、ふたつの行方不明事件が同一人物による犯行であることを明示していた。

　おまえは　彼女を　愛して　ない。

　おまえは　彼を　愛して　ない。

　レノルズは駐車場で泣き叫んでいたピート・ノックスの母親のことを思い、彼女の叫びの悲痛さを理解した——いったいどういう意味なの？

ジョーナスはケイト・ガリヴァーの背後の壁を指差し、尋ねた。「それ、新しく掛けたんですか?」

ケイト・ガリヴァーは驚いた。この瞬間まで、今日のジョーナスとの面談もこれまでと同じくほとんど沈黙だけで過ぎていた。どのクライアントも最初は大抵難しい。それでも次第に心を開き、カウンセリングを受けるという初めて経験する奇妙な状況に慣れていくものだ。面談を数回重ねる頃には、クライアントは部屋に入ってきて椅子に座ると、前週どこまで話したかを覚えていて、続きを話し始める。自己を抑えつけることをやめ、進んで己と向き合っていく。そして、多くの人はそれを楽しむようになる。自覚していなかった自己のすばらしさを発見していく。

しかし、ジョーナス・ホリーは違った。彼は自分自身に対しても周囲のすべてに対しても、同程度の関心しか示さなかった――つまりは無関心だった。

今までは。

ケイト・ガリヴァーはジョーナスが指差す先を振り返りながら、黒っぽい髪を耳にかけた。その昔、女の子らしく見せたくてしていた仕草が、癖になって抜けないのだ。今や三十より四十歳のほうが近いのに。

ジョーナスが示していたのは、ケイトの机近くの壁に掛けられた、小さなクロスステッチの刺繍見本《サンプラー》だった。〝子どもたちを私のもとに来させなさい〟。

「いいえ、もう何年も前からあるわ」ケイトは答えた。

ジョーナスは一時間の面談が終わり次第、すぐに体を持ち上げられるように、伸ばしていた手を定位置の肘置きに戻した。

なぜ刺繍見本のことを尋ねたのか。ケイトは気になった。「刺繍見本を見て何か思った？」

「何も」ジョーナスが間髪入れずに答える。嘘《うそ》なのだろう。

「刺繍見本には今初めて気づいたの？」

ジョーナスが肩をすくめる。

「興味深いわね」ケイトは考えるように言った。

ジョーナスが何も言わないので、ケイトは続けた。「これまでその存在にまったく気づかなかったのに、急に目に留まっただけでなく、私に尋ねてみようと思うほどの何かを感じたということだもの」

ジョーナスはもう一度肩をすくめた。

ケイト・ガリヴァーはこれまでにも散々、ジョーナスが黙って肩をすくめるのを見てきた。

彼が抱える問題を理解し、乗り越えられるように導くことがケイトの務めだが、彼女にはどうやっても彼を導けなかった。妻の死後のつらい時期をジョーナスとともにもがきながら進むのは、ケイトの心理士人生のなかでも五本の指に入る厳しい体験だった。ときおり、一回目の面談から一ミリたりとも前進していない感覚に陥る。あの最初の面談の記憶は今もケイトの意識に鮮明に焼きついている。ジョーナスを覆う悲しみは、さざ波のように揺れ、触れられそうなほどはっきりと感じられるのに、その中心にいる本人はうつろでブラックホールのようだった。残酷な現場を目撃したり、残酷な行為に及んだりした警察官や軍人なら、過去にも多数見てきた。それにもかかわらず、ジョーナスとの一回目の面談は強烈な印象を残した。彼を助けようと手を差し伸べたなら、反対に彼の圧縮された悲しみになすすべもなくのまれる気がした。その体験にケイトは精神的に不安定になり、ひどく気が塞いだ。結局、ケイト自身も心理士を探すこととなり、面談のなかで、今後は真っ暗な目をした長身の若い警察官とは、心理士として本来取るべき適切な距離以上の距離を置いたほうがよいという結論に至った。

以降、ジョーナスに対しては形式的なカウンセリングを続けてきた。いいえ、違う！　そんなことはない……私はプロだ。最善を尽くしてきた。ただ、一日も早く〝復職可能〟という欄にチェックマークを入れ、厄介払いしたいというのが本音だった。たまに、ジョーナスの側もそんな私の面談に形式的につき合っているだけなのではないかと感じることもあったが、あまり突きつめて検証したい事実ではなかった。

そのジョーナスが——カウンセリングを開始して八カ月が経過した今になって——ケイトの祖母が少女時代に刺したクロスステッチの刺繍見本にあきらかに心を揺さぶられている。

「刺繍見本の何が気になっているのかしら？」

ジョーナスは肩をすくめるかわりに、椅子に座ったままもぞもぞと動いた。それもまた初めてのことだった。いつものジョーナスは夏の池のごとく動かない。

「わからない」わかっているのは明白なのに、ジョーナスはそう答えた。

それでもこれは前進だ。わからないというのは、気になることがあると認めたも同然の発言で、これまでの彼を思えば実に素直な告白だ。

「子どもがほしいと思ったことはある、ジョーナス？」特別な考えがあっての質問ではなかった。答えを期待してというよりも、会話を続けるために投げかけた問いだった。実際珍しくもない質問だが、ジョーナスは答えに窮していた。このまま答えないのだろうなと思っていたら、長い沈黙の末にジョーナスが言った。

「ない」

「ルーシーは？」ケイトは今度は慎重に尋ねた。

ジョーナスが出し抜けに立ち上がったので、ケイトはびくりとした。

彼はジーンズのポケットに両手を突っ込み、刺繍見本のそばに寄った。「これ、あなたがやったんですか?」と尋ねる。

ジョーナスが答えを探すようにクロスステッチに視線を走らせるのを、ケイトは見つめた。彼自身はケイトの質問は無視していたが、それ自体が答えになっていた。

「刺繍《ししゅう》したのは祖母よ。十三歳のときに。すてきでしょう」本来、クライアント相手に個人的な意見は差し控えるべきだが、いいではないか——私の家族のことなんだもの。

ジョーナスがいつまでも刺繍見本を見ているので、ケイトは次第に落ち着かなくなった。

「村の女の子が誘拐された」

唐突な話題の転換に、ケイトはすぐには言葉が出ず、しばし沈黙が流れた。

「ひどい話ね。知っている子なの?」

「そうかもしれない。覚えてない」

ケイトはもう何度もジョーナスの〝覚えてない〟という台詞《せりふ》を聞いている。しかし、他のクライアントと違い、彼がそう口にするときは、普通なら忘れようもない事柄を本当に思い出せないように見えた。とはいえ、〝僕のせいじゃない〟だとか、〝これは母とは何の関係もないことだ〟といった言葉を耳にするたびにぴくりと反応してきたように、〝覚えてない〟という言葉もケイトは基本的には鵜呑《うの》みにしない。それでも、今回は追及しなかった。

ジョーナスの心理を最大限掘り下げようと、次の質問を繰り出すタイミングをはかっていたら、ジョーナスが自ら言葉を続けた――またしても。

「人は子どもを傷つける」と、ぶっきらぼうに言う。

ケイトは戸惑った。ここは慎重にいかなければならない。ジョーナスとの面談が新しい局面を迎えようとしている。「ときとしてそういうことも起こるわね」

ジョーナスは何か言おうと口を開きかけ、また閉じた。

「人が子どもを傷つけることを、あなたはどう感じるのかしら？」そう尋ねてみたものの、答えは期待していなかった。これもまた会話を引き延ばすための、ありきたりな質問だった。ケイトはこの会話がどこへ向かっているのか、よくわからなかった。

刺繍見本を見つめるジョーナスの喉仏が上下する。彼がポケットのなかで拳《こぶし》を握っていることに、ケイトは気がついた。

ふいに、窓を開けてそよ風を感じるみたいにはっきりと、部屋の向こうから脅威の波が押し寄せてくるのを感じた。ジョーナスは刺繍見本を壊そうとしている。壁から引き剝《は》がし、足で踏み潰そうとしている。そうして次は私に向かってくるだろう。本能的にそう感じた。恐怖が、温度計の水銀柱が上昇するみたいに増幅し、その凄《すさ》まじさにケイトは座ったまま身震いした。ドアにすばやく目をやる。もしものときにはジヨーナスより早くドアに辿《たど》り着けるだろうか。いや、無理だ。部屋には非常ボタンがあるにはあるが、あいにく机の天板の裏にあり、その机とケイトとの間にジョーナス・ホリーが立ちはだかっている。悲鳴を上げたなら、誰かが気づいてくれるだろうか。走ってきてくれるだろうか。それともジョーナスを刺激するだけだろうか。助けが来るより先に、私は殺されてしまうだろうか。絞め殺されて絨毯《じゅうたん》の上に倒れているだろうか。刺繍見本の割れた額縁のガラス片で喉を切り裂かれているだろうか。瞬《まばた》きをするわずかな時間にそれらのイメージが脳裏をよぎり、心臓が暴れた。

しかし、そこではたと冷静になった。

ばかばかしい！　どうかしている。私は経験豊富な心理士で、ジョーナスはクライアントだ。むごい形で妻を失い、助けを必要としている警察官だ。クロスステッチに反応して私を殺すような錯乱した精神異常者ではない！　一瞬でもそんな想像をするなんて、まったくどうかしている。

ジョーナスはその場から動いてはいなかった。

ケイトは笑い出しそうになり、だが、声になる前にのみ込んだ。笑ってしまったら、本当に気が触れたように見えそうだ。理性を失うなんて私らしくない。衝動的に何かをしたことなど一度もない。行動する際は、必ずそれがもたらす結果について熟慮する。ケイトは今しがた感じた危機感がどこから生じたのか、自分がいかにそれにのまれ、にわかに噴き出した圧倒的な恐怖に体がいかに反応したかを分析しようとした。

そうすることで気持ちが楽になった。それでも、胃を満たした恐怖はシュワシュワと発泡を続け、すぐには消えてくれなかった。本能という名の炭酸水。体が、さっきの直感は本物だと叫んでいる。

ケイトは呼吸に意識を集中した。必要以上に長く時間を取ってから、口を開いた。話せることを自分自身に示すためだった。

「そろそろ時間ね、ジョーナス」

ジョーナスが、ケイトがそこにいたことさえ忘れていたような顔で振り返った。

「そうですね。ありがとう」

そして、片方の口角をかすかに上げて内気な笑みを浮かべると、刺繍見本を振り返ることなく出ていった。

ケイトは緊張を解放するように、震える息をふうっと長く吐き出した。両手が震え、擦り傷をこさえたよちよち歩きの子どもみたいに、への字になった唇がわななないた。こみ上げそうになる涙を懸命にこらえる。

何なのよ。どうしちゃったのよ。しっかりしなさい！

ケイトは咳《せき》払いをして、姿勢を正した。恐怖を感じたのには理由があるはずだ。そして、その理由は十中八九、私自身のなかにある。ジョーナス・ホリーのせいではない。祖母に関係することなのかもしれない。素直に認めるならば、祖母は不愉快な老人だった。カーテンを閉めっぱなしにした陰気な家に暮らしていた。ケイトは当時から薄気味悪いと思っていた。だから今も怖くなるのだ。これは私が自分の心理士と取り組むべき問題であり、クライアントのせいにするべきものではない。

ケイトはティッシュを目に当てて涙を拭いた。次のクライアントが来る前に化粧直しをしておかないと。

深呼吸をした。心と体が徐々に平常の状態に戻っていく。

ジョーナスはようやく怒りを見せた。ポケットに突っ込んだままの拳という、抑制された形ではあったけれど。そして、面談の終わりには落ち着きを取り戻していた。穏やかだった。それも一種の受容と言えるわよね？

喪失の五段階のうちの、欠けていたふたつのピースだ。

いいいいい、いいい。

あなたは彼を恐れている。

頭のなかの声は無視した。非論理的な声に振り回されては、プロとして失格だ。クライアントのためにできることをやり尽くした段階でそれを正しく認識し、その人が前に進めるよう背中を押すのが、心理士としての論理的で正しい行動だ。クライアントがその先の人生を歩いていけるように。

ケイト・ガリヴァーはジョーナスのファイルを開き、復職可能という項目にチェックマークを入れた。

10

スティーヴン・ラムの読みは正しかった。〈スプリンガー・ファーム〉はいつ崩れても不思議はなく危険だから近づいてはならないという母の警告は、弟をその場に惹《ひ》きつける磁石となった。デイヴィーとその親友シェインは暇さえあれば廃墟《はいきょ》となった〈スプリンガー・ファーム〉で遊んだ。真っ黒に焼けた母屋は汚く、骨組みだけが残り、炭化したオークの梁《はり》越しに空がぽっかり見えていた。骨組みの間を貫く石造りの煙突が、死者を悼む記念碑みたいだった。一方、中庭を挟んで並ぶコテージは地元の子どもたちにドアも窓も見事に破られていたので（その筆頭がデイヴィーとシェインだった）、誰でもなかに入って今すぐ住める状態だった。部屋に残された乏しい家具はどれも使い古してぼろぼろだったため、遺産としての価値はないとして放置されていた。部屋のひとつにいたっては、ベッドがマットレスつきの形でそのまま残っていた。ちなみに、その部屋の天井には黒い小さな手形がいくつもついており、マットレスのスプリングが今もへたっていないことを証明していた。

デイヴィーとシェインは母屋の灰をかき分けて宝物を探したり、炭の塊の匂いを嗅いだり、それを使ってコテージの壁に下品な落書きをしたりして遊ぶことにはまっていた。

Ｄ＋Ｓ軍団
この土地はラムとコリンズのもの。立ち入るな。
ミスター・ピーチはアホ。

たまに、ふたりにとって本物の宝が焼け跡から見つかることもあった。あるときは緑色の大理石の卵を、またあるときは狩りで仕留められたキツネの頭部を発見した。木製の盾に据えつけられたキツネの頭部は、片側がかすかに焦げていた。ふたりはキツネを巡って取っ組み合い、最後は強烈なヘッドロックが決まり、シェインが「別にほしくなかったし」と言って譲った。そして、緑色の卵を取った。
またあるときは、どちらのほうが体がつっかえることなくより高く煙突内をのぼれるかという勝負をしていて、シェインの足が、煙突の壁に楔《くさび》のごとく押し込んであったビスケットの缶に当たり、缶が落下したことがあった。中身は期待はずれで、少年やポニーが写った、色褪《あ》せて不鮮明な写真ばかりが何十枚も入っていた。デイヴィーは、今度はおまえが宝物を取っておく番だと言ったが、シェインは断固拒否した。自分の番をくだらないがらくたでふいにしたくはなかった。結局ふたりは、元あった場所に缶を戻した。

より高く煙突をのぼったのはデイヴィーだった。公正な判定のために足首に結びつけた撚《よ》り紐《ひも》によれば、記録は三メートル六十五センチ超だった。煙突から下りてきたデイヴィーは、ヴィクトリア朝時代の煙突掃除の少年みたいな有様で、その夜は鼻をほじったら黒い鼻くそがおまけみたいに出てきて、デイヴィーは目を丸くした。

当然のことながら、デイヴィーもシェインも、〈スプリンガー・ファーム〉はむろんのこと、少しでも危険な場所に近づくことは禁じられていた。スティーヴンのせいだとデイヴィーはむかっ腹を立てていた。スティーヴンが何年か前に殺されかけたせいで、俺らは迷惑をこうむっているんだ。デイヴィーの記憶は曖昧だった。わかっているのは祖母が自分よりもスティーヴンを愛していて、その理由はスティーヴンが殺されかけたためだということだけだ。そして、そのせいで母は午前のみ働き、ふたりの息子が下校する時間には必ず家にいるようになってしまった。おかげでこっちは大迷惑だ。ただし、デイヴィーもシェインも、正しく遊ぶために母親に嘘《うそ》をつくことは嘘のうちには入らないと思う幸せな性格だったので、当たり前のように嘘をついた。デイヴィーの母は、ふたりはシェインの家の裏庭で遊んでいると思っていたし、シェインの母はふたりはデイヴィーの家の裏庭にいると思っていた。一度その嘘が通って双方の母親が信じてしまえば、ふたりは気の向くままにいくらでも好きな場所に出かけられた。なかでもローズ・コテージとハニーサックル・コテージのある坂道はしょっちゅう通った。そして、コテージの前にさしかかると決まって走った。一方のコテージで女の人が殺されたのは有名な話だったし、もう一方のコテージには魔女が住んでいるからだ。あるとき、魔女が門のそばに立っていて、親にちゃんと居場所を伝えてあるのかと尋ねてきたことがあった。ふたりはコテージ前を通るという、自らに課した肝試しの怖さに笑いながら、魔女から走って逃げた。シェインが途中で振り返り、安全な距離から、侮辱を意味するVサインをしてみせた。魔女に見えていたかどうかはわからないが――デイヴィーは密《ひそ》かに見えていないことを祈った――いずれにしても気分は爽快だった。

今日もふたりは〈スプリンガー・ファーム〉に来ていたが、何時間も灰をつついて宝物や誘拐された子どもたちの死体を探したのに、収穫はなかった。死体を隠すのにここほどうってつけの場所はないと頑《かたく》なに主張したのはデイヴィーだったが、期待感いっぱいに始まった捜索は、三時間ほどの間に興奮を経て退屈に変わった。気がつけば太陽も沈んでいた。まあ、まだしばらくは明るさは残るが。

帰り道、ふたりはコテージの前は走って下り、その後はだらだらと歩きながら、いつものごとく、くだらないことをしゃべった。ふたりしてハシバミの枝を持ち、生け垣の足元の溝を縁取るように生えているシャクの白い小花を叩《たた》き飛ばしながら歩いた。容赦のない叩きぶりだったが、どんなに頭を飛ばされても、シャクは瞬く間に成長して元の姿に戻った。シャクの前はタンポポだった。シャクの次はギシギシだ。

デイヴィーが複数の茎をいっぺんに叩き切り、シェインが感心して笑った。多数が寄り集まって傘状に咲いている小花の塊が、道路に落ちてこんもりとした山になる。

「いいぞ！」シェインはペナルティーキックとばかりに、緑と白のその山を蹴った。小花はシェインのつま先を離れ、一メートルほど先の地面に落ちた。

「コリンズ、イングランドの決勝点を決めました！」と言って両手を上げると、ウォーッと吠えた。サポーターの歓声のつもりらしい。

しかし、デイヴィーは何の反応も示さない。

彼は今しがた叩き切ったシャクの茂みから出てきた、細長い紙切れを見下ろしていた。

紙切れなどではない。デイヴィーは前かがみになってそれを拾い上げた。

「何だ、それ？」シェインが尋ねる。

デイヴィーは口をあんぐり開けて体を起こすと、友に二十ポンド紙幣を見せた。

「まじかよ、嘘だろ！」シェインが慌ててデイヴィーの隣に戻る。紙幣は汚れて色も褪《あ》せていたが、間違いなく二十ポンドだった。これまでの人生で、ふたりがこれほどの額を一度に手にしたことはない。ふたり合わせてもない。

ふたりは紙幣をじっと見下ろし、顔を見合わせ、笑い、再び紙幣を見つめた。

「きっと生け垣のなかに紛れてたんだ」デイヴィーが言った。

「まだあるかもしれない！」シェインが応じる。

ふたりはシャクの茂みをやっつけにかかった。ディケンズの小説に出てくる校長さながらに、鞭打《むち》ち、叩く。叩き切られたシャクがアスファルトに落ちて緑と白の山となっていく。

「あった！」今度はシェインが手を伸ばし、二十ポンド紙幣を回収した。

「すげえ！」

ふたりは酔っ払いみたいに笑い、生け垣をどんどん破壊していった。

さらに三枚の紙幣を見つけたところで、魔女が前庭の門から身を乗り出し、大声で叱った。「生け垣を壊すのはやめなさい！」

手に入れた大金に有頂天になり、げらげら笑いながら、デイヴィーとシェインは坂を走って下り、家に帰った。

何年もかけてこつこつと貯《た》めた金と引き換えに手にした、鉄くずの山を見ることを思うと、スティーヴンは気が滅入《めい》った。それでもエムのトレーラーのためにと、夕方の軽食を食べ終わるとロニーの家に向かった。

ロニー・トレウェル――足を引きずる歩き方だけでなく、その生き方から、斜めのロニーと呼ばれている――は、荒野の傾斜にしがみつくようにある袋小路の奥の、みすぼらしい平屋に住んでいた。家とほぼ同じ大きさの車庫があり、ロニーは必ずそこに盗んだ車を隠した。

かつてはそうしていた。

ロニーは更生した――はずだった。カートを修理し、修理したカートでレースもできるという、若い車泥棒の更生を目的とした講座がティヴァートンで開講されており、それに参加したのだ。スティーヴンはカートレースのためなら右腕を差し出してもいいくらいなのだが、散々泥棒を働いたあとでなければ、そのような報酬は得られないらしかった。

スティーヴンがノックすると、ダギーが玄関のドアを開けた。ダギーとスティーヴンは同い年で、スケートボード仲間でもあった。

「よお、元気か?」

「うん。そっちは? ロニーはいる?」

「ちょっと待ってな」

ダギーが大声で兄を呼ぶ間、スティーヴンは老犬とフライドポテトの油の匂いがする湿っぽい廊下で待った。

ロニーはスエットパンツに部屋履きという出《い》で立ちで現れ、三人はそろって車庫に向かった。

トレーラーは相変わらずそこにあった。

「それ、返すの手伝おうか?」スティーヴンはさりげなく尋ねた。

ロニーは肩をすくめた。「あいつら、何台も持ってるから。一台くらいなくたって困らないよ」

バイクも相変わらずそこにあった——ばらばらの状態で。だが、機械全般をこよなく愛するロニーの情熱は伝染するようで、スティーヴンもじきに楽観的になり、バイクを完成させられる気がしてきた。ロニーは、エンジンはほぼ無傷でタイヤも摩耗していないし、タンクも錆《さび》はほとんど見られないと言った。スティーヴンが心密かに呪っていたゲーリーは、実際にはこまごまとした部品はプラスチック容器に入れ、ラベルまで貼ってくれていた。ロニーが熟練の目で、どれがどこの部品かをすばやく見分けるおかげで、三人の作業は間もなく軌道に乗った。

夜も近くなると、グレイハウンドが車庫にふらっと出入りしては、白濁した悲しげな目で、ちゃんと理解しているみたいに部品をのぞき込んだ。ロニーはカールスバーグの缶を回し飲みした。何ということもない時間だったが、スティーヴンは今夜のことは生涯忘れないと思った。目が痛いほどの蛍光灯の明かり、黒い扉を開いた状態の車庫の入り口からのぞく、薄暮の青緑色の空、油で汚れた指先に持った金属部品、そして舌の上にシュワシュワと広がる、苦くも明るい未来を予感させる味。

午後九時になったところで、スティーヴンは渋々立ち上がり、完全に暗くなる前に帰らなくてはと言った。

それから数分、ロニーとダギーにひとしきりマザコンだとからかわれたが、スティーヴンはただ微笑して、勘弁してよというように目玉をぐるりとさせ、ジーンズの尻についた砂埃《すなぼこり》を払った。

「ありがとう」とロニーに言った。

「いつでも好きなときに来て作業していいよ。鍵の場所はわかるだろ」

「うん。じゃ、また」

「気をつけて帰るんだぞ！」ロニーとダギーは最後にもう一度からかうと、家に戻り、口笛を吹いて犬を呼んだ。

スティーヴンは皆が寝静まるのを待った。午前零時を回ってすぐに静かに着替え、母が停電時に備えて台所のシンク下にしまっている懐中電灯を持つと、静まり返った村を歩いてロニー・トレウェル宅に戻った。

車庫の鍵はロニーが教えてくれた場所にあった。スイングアップドアはきしむことなく開き、トレーラーも難なく私道に引き出せた。

ここまでは順調だ。そう思いながら車庫の扉を閉め、枯れた雑草が入ったハンギングバスケットに鍵を戻した。

スティーヴンはトレーラーを引いて歩き出した。トレーラーはアルミニウム製で、タイヤにはきちんと空気が入っていたので、予想より短時間で坂を下って村に入ることができた。ところが、エムの自宅へと続くのぼり坂にさしかかると、五十メートルと進まないうちに汗をかき始め、持ちにくい金属を握りしめているせいで両手が痛くなってきた。スティーヴンはトレーラーが坂を滑り落ちていかないように横向きにすると、休んだ。

元あった場所までトレーラーを運びきれない可能性など、今の今まで考えもしなかった。そうなってしまったら最悪だ。この坂を引っ張ってのぼれないなら、ロニー宅へと続く、ここと似たり寄ったりの坂ものぼりきれない。そうかといって通りに放置するのもまずい。誰かが車につないで持ち去ってしまうかもしれず、そうなれば単に〝借りた〟ではすまず、今度こそ本当に盗まれてしまう。

立ち止まって考えたおかげで呼吸が落ち着き、スティーヴンは再びトレーラーを引いた。二十メートル進んだところでまた止まった。手が燃えるようにひりひりして痛い。スティーヴンは健康だが細い。一、二度行ったことのある、農業青少年クラブのディスコに入り浸っていたような、筋骨隆々の農家の若者たちとは違うのだ。長い坂は勾配が急で、おまけに路面はところどころくぼんだり盛り上がったりしている。昼間にスケートボードで通るときはかわせても、夜だと見えず、トレーラーはガタガタと揺れたり傾いたりした。それでも、スティーヴン・ラムは簡単に諦める少年ではない。大半の人は一生かかってもここまでは味わわないというほどの困難を、彼は十七年の人生で経験してきた。困難な状況に直面するたびに、その経験の泉を支えに乗り越えてきた。スティーヴンはときどき、自分の唯一の取り柄はこれだと思った——意志の強さ。他の男子はサッカーがうまかったり、クロスカントリーが得意だったり、女の子と上手にしゃべれたりする。僕はひたすら根気強い。諦めることが大嫌いだった。輝かしい才能とは言えないが、何もないよりはましだ。

スティーヴンはトレーラーの向きを変えて、引くのではなく押すことにした。やってみたら、そのほうが楽だった。体重をかけられる。それでも、五十メートルほど進むと再び止まり、腕で額の汗を拭かなければならなかった。

車が通りかからないことを祈った。トレーラーにライトはなく、スティーヴンは学校用の黒いセーターにジーンズという格好だ。トレーラーは返したいが、そのために車に轢《ひ》かれたくはない。それに今ここで轢かれて死んだら、僕がトレーラーを持ち主に返そうとしていたとは誰にもわからない。皆、僕が盗んだと思うだろう。泥棒として死ぬのはあまりに不当だ。

その思いに駆り立てられ、スティーヴンはもう一度力を振り絞った。小道が急に明るくなった。ハニーサックル・コテージの軒にあるセキュリティライトが、スティーヴンの動きを検知してついたらしい。

自分の姿が無防備にさらされ落ち着かない気持ちになりながら、スティーヴンはトレーラーを押し続けた。夜間にここに来なくなって久しい。一年ぶり以上だ。最後に来たのは雪の日で、スティーヴンは腰に新聞配達の鞄《かばん》をさげていた。あの夜のことは思い出したくなかった。とりわけ、ローズ・コテージの前を通らなければならない今は。

それでも記憶は押し寄せてきた。

ミセス・ホリーが殺害された夜の記憶。

彼女は僕にお茶を淹《い》れてくれた。お金もくれた。あのとき、あんまり強く抱きしめられたものだから、僕の目から涙がこぼれてミセス・ホリーの青いセーターの肩に落ちた。

それなのに、僕は何も返さなかった。一緒の時間があんなにあったのに。ミセス・ホリーは僕の毎日に興味津々で、穏やかな優しさで包んでくれたのに、僕は何も返さなかった。ミセス・ホリーがいつにも増して僕を必要としていたときにさえ。

あの夜以降、スティーヴンは己の臆病さを何百回と恥じてきた。自分は弱く、愛される資格のない人間だと感じてきた。

僕と一緒に行こう。

そう言うこともできたのに。そう言うべきだったのに。簡単なことだったのに。

だが、一緒にどこへ行こうというのか。僕は新聞配達の少年でしかなく、対するミセス・ホリーはまっとうな人生を生きる大人だ。足が弱くて杖《つえ》が手放せなくても、日々、大人として分別のある決断をしながら生きていた。暴風雪のなか、夜も遅くに少年の腕につかまりながら彼の家に向かうことを、彼女はきっと賢明な選択だとは思わなかっただろう。スティーヴン自身、それが突拍子もない提案にしか聞こえないことを承知していた。それに、助けが必要かとミセス・ホリーに問うことは、彼女が危険な状況に置かれていることを認めることを意味する。そんなことを本人にどう伝えればいいのか、あのときのスティーヴンには見当もつかなかった。

だから伝えるかわりに僕は彼女を残して去り、彼女は殺されてしまった。

その思いに、スティーヴンは身震いした。

あの夜のことを考えるのはやめにしないと。しっかり集中しなければ、忌々しいトレーラーは坂の下へと滑り落ち、僕も轢かれてしまう。粘り強く頑張らなくては。

スティーヴンは歯を食いしばり、痛む腕を突っ張って、力の限り強く勢いよくトレーラーを押した。汗が肩胛骨《けんこうこつ》の間をつたって背中を流れていくのを感じた。

セキュリティーライトが消え、スティーヴンはほっと息をついた。

あと少しでコテージの前を通過できる。

ローズ・コテージを四角く囲む生け垣の先は、小道の両側を縁取るようにして、伸び放題の生け垣が〈スプリンガー・ファーム〉や〈オールド・バーン・ファーム〉まで続いている。

しかし、コテージを通過する前にもう一度休まなければならなかった。ちょっとだけ――でなければ、腕がもげてしまいそうだ。スティーヴンはくるりと体の向きを変えると、トレーラーが動かないように背中で車体のお尻を押さえ、足を地面に突っ張りながら、声を抑えつつあえいだ。

セキュリティーライトが再び点灯した。

「やあ、スティーヴン」

スティーヴンは心臓が止まりそうになった。

白い光を背負ってシルエットと化していたのは、ジョーナス・ホリーだった。

できることならトレーラーを放り出して逃げたかった。散々苦労してここまでのぼってきたのにという思いが、スティーヴンをかろうじて踏みとどまらせた。

ジョーナスは、スティーヴンが記憶していたより長身に見えた。まぶしい光のなかに立つジョーナスがあまりに大きく細いので、スティーヴンは幻覚だろうかと思った。

「手伝おうか？」

予期せぬ申し出だった。ジョーナス・ホリーと一緒にいることは、スティーヴンが最も避けたいことだった。真夜中にふたりきりになるなど、もってのほかだ。

ふたりの間を低いささやきみたいな沈黙が流れる。スティーヴンはよほど断ろうかと思ったが、「結構です」と答えておきながら、こちらからは見えない一対の目が見ている前で亀の歩みを続ければ、ひどく滑稽《こっけい》に映るだろう。

スティーヴンに選択肢などなかった。

「お願いします」

ジョーナス・ホリーが放射状に広がる光を背負ってこちらに近づいてくる。きらきらとまぶしいハリウッド映画の天国から現れたみたいだった。セキュリティーライトが消え、スティーヴンは一瞬相手の姿を完全に見失い、ぞっとした。

気づいたときにはミスター・ホリーが隣にいて、身をかがめてトレーラーの角を持とうとしていた。スティーヴンもそれにならい、ふたりは力を合わせて坂をのぼり始めた。

さっきまでより断然早くのぼれた。

ジョーナスはひと言も話しかけてこなかった。トレーラーが路面の穴にはまり、ふたりして手首を強打した際に一度、「くそっ」と小さく毒づいただけだ。その後はまた黙ってトレーラーを押し続けた。沈黙を破るものは、トレーラーが揺れる音と、息切れと、力を振り絞るときに漏れるうなり声だけだった。

　ふたりは、つる植物の間からかろうじてB&B〈ベッド&ブレックファスト〉という看板の文字がのぞく、〈スプリンガー・ファーム〉の前を過ぎ、〈オールド・バーン・ファーム〉の真新しい黒い門に辿《たど》り着いた。

「ここです」スティーヴンが言い、ふたりはトレーラーの向きを変えて路肩に寄せると、体を起こした。

「門が新しくなってる」ジョーナスが言った。

「新しい一家が引っ越してきたんです」スティーヴンは返した。

　そして、インターホンの前に立ち、懐中電灯でパネルを照らした。暗証番号を打ち込む。一二〇四。私の誕生日なのとエムが教えてくれた番号だったから、スティーヴンは難なく覚えた。

　門扉が音もなく開く。

「新聞を配達するために暗証番号を教えてもらったんです」スティーヴンは説明し、ジョーナスへの配達を勝手にやめていたことを思い出して、余計なことを言わなければよかったと後悔した。ジョーナスにその事実を指摘されたら何と答えればいいのか。嘘の下手なスティーヴンはせいぜい黙り込むくらいしかできない。しかし、ジョーナスは新聞の件には触れず、ふたりはトレーラーを門の内側まで押すと、そこにとめた。スティーヴンは再び門扉を閉め、ふたりは静寂に包まれた闇のなか、坂を下っていった。

スティーヴンは、いくつもの問いが心の表面近くで、口に出してもらえるのを待ち構えているのを感じた。まるでオースティン家の池に住んでいる金と白の鯉《こい》みたいだ。あの鯉は、スティーヴンが『ビューグル』紙を配達に行くと、餌をもらえると期待して、暗い池の端からスティーヴンのあとをついてきて、帰りに通りかかると、また追いかけてくる。それと同じように、押し込めたままの問いも答えを欲して、スティーヴンとジョーナスのあとを、〈オールド・バーン・ファーム〉からローズ・コテージまでしつこくついてきた。

スティーヴンはひどく緊張し、震えた。

しかし、質問が口に出されることはなく、答えが語られることもなかった。夜中にトレーラーを運んでいた謎についても、ルーシー・ホリーが殺された晩についても。かわりに、ジョーナスは「おやすみ」とささやいてローズ・コテージに戻っていき、スティーヴンは「ありがとう」とつぶやいて、不気味さが少し増した世界を小走りで帰路についた。

11

明るい未来を約束するような夜明けとともに、ジョーナスは目覚めた。ジェス・トゥックの行方がわからなくなってから一週間。今年の五月はフィクションかと思うほど光にあふれている。これほどまでのうららかさは、児童文学作家イーニッド・ブライトンの物語くらいでしかそうそうお目にかかれない。

寝ている間にシーツを剝《は》いでいたジョーナスは、自身の裸体越しに、コテージの窓の外に広がる荒野を見つめた。

美しい。早くも淡いウェッジウッドブルーになっている空の下、エクスムーアが輝いている。冬の間は起伏する荒野を黒い焦土のように見せていたヒースは、魔法をかけられたように息を吹き返し、丘を緑のまだらに染めている。ほんの一カ月前まではぬかるみでしおれていた草も、麦わらのようにぴんと伸びている。ハリエニシダやエニシダの黄色い茂みからは、そこに無数の鳥が隠れていることを告げる初夏のさえずりが響いている。毛並みの美しい母馬のあとを、子馬が覚束《おぼつか》ない足取りで歩き、親を見失った子羊たちはもの悲しげに鳴いている。静かな日には数キロ先までも聞こえる鳴き声だ。そんな光景をノスリやチョウゲンボウが上空から見下ろし、平和を乱すことなく一瞬で獲物を仕留めようと狙っている。ジョーナスの前にこの家に住んでいた彼の両親は、写真や絵画ははなから飾ろうとしなかった。エクスムーアを望む窓こそが最高の装飾だと知っていたからだ。両親が生きていた頃にはぴんとこなかったジョーナスも、今日みたいな朝にはふたりの気持ちがよくわかった。この景色を前にしたら、ゴッホの絵もゴーギャンの絵もかすんでしまう。

ムクドリが窓の近くの軒下に飛んできた。ジョーナスのほぼ真上から、雛鳥《ひなどり》がコオロギみたいに騒がしく鳴く声が聞こえる。おそらく屋根裏にいるのだろう。雛鳥が巣立ったら屋根裏にのぼって穴を塞ぎ、かわりに巣箱を設置しよう。

そうするかもしれない。屋根裏にはあれから上がっていない……。

ルーシーが死んで以来。

ジョーナスはため息をついて、細長い板みたいに痩せ細ってしまった己の体に目をやった。骨と皮ばかりの下腹部から無駄に突き出ている生殖器がばかに大きく見え、早朝の光を受けてくっきりと浮き立つ肋骨《ろっこつ》は、凪《な》いだ海のさざ波みたいだった。そのふたつに挟まれた腹部にある傷跡の醜さも、普段以上に際立って見える。赤く隆起し、ねじれ、引きつっている。

医師たちは、時間の経過とともに赤みは引いて白くなると言っていた。

時間。

ジョーナスは目覚まし時計を見た。必要に迫られてそうしたのは実に一年以上ぶりだった。時刻は間もなく六時半だ。

ジョーナスは体を起こして足を床に下ろすと、シャワーを浴びに行った。バスルームのひとつの窓からは、シップコット村の端とその向こうに隆起する荒野が見える。村の人々の信頼を見事に裏切ってしまったのに、その村に再び戻るのだと思ったら胃が痛くなったが、その痛みをジョーナスは歓迎した。当然の報いだと思った。

もう一方の窓からは、手前の丘のてっぺんに立つ、焼け果てた農家の母屋が見えた。炭化した垂木《たるき》が空を突き刺している。ジョーナスは鏡を見るみたいにして〈スプリンガー・ファーム〉の残骸を見つめながら、石けんをつけた手で肋骨の浮き出た胸板を撫《な》でた。

ベッドにじっと腰かけて体が乾くのを待ってから、制服を着た。

レノルズは、〈レッドライオン〉の駐車場を捜索参加者の集合場所に指定していた。捜索の開始予定時刻は午前八時。レノルズは七時十五分には無人の駐車場に一番乗りし、七時半にはそわそわし出した。彼の他にその場にいるのは、記者とテレビカメラ班だけだ。

十三歳のときの誕生日会の記憶が脳裏にちらつき、不安になった。初等学校時代の同級生らはばらばらの中等学校に進学したのをこれ幸いとばかりに、レノルズと疎遠になった。母は、あなたがあまりに賢いから気後れしちゃうのよと言い、レノルズも母の言葉を信じた。それでも、多くの男子がパーティには来るだろうと思っていた。その目的が、シルクハットをかぶり、魔法の杖《つえ》とウサギを持った手品師、エル・グラン・スプリーモのマジックを見るためだけだとしても。

しかし、彼らは来なかった。

ふたり、来るには来たが、彼らは数には入らない。ひとりはひ弱なディグビー・ファーンワイルドだった。どこへ行くにも喘息《ぜんそく》用の吸入器と、鼻づまりに効くオルバスオイルを染み込ませたハンカチが手放せない。もうひとりは巨漢のブルース・ロックスミス。ただでケーキが食べられるなら、子どもの誕生日会どころか、狼《おおかみ》の巣穴にでも飛び込むような少年だ。ブルースはケーキをひとりでほぼ食べ尽くすと、エル・グラン・スプリーモの手品を半分も見ないうちに、くだらないから帰ると言った。そして、土産の袋を数人分持って帰った。レノルズとディグビーは無言のまま、ディグビーの母親が迎えに来るまで、デイベッドの両端にうつろな顔で座っていた。ディグビーが帰ったあと、レノルズの母は居間の絨毯《じゅうたん》にウサギの糞《ふん》がぽろぽろと落ちているのを見つけて激怒していた。

それ以来、レノルズはいかなる集まりも二度と開かなかった。

今日までは。そして今、誰にも集まってもらえない姿を全国のマスコミにさらすかもしれないと想像したら、いやな汗が出てきた。レノルズはグーグルマップでエクスムーアの中心を検索し、刷り出した地図に方眼を引いて番号を振ったものを多数用意していた。捜索区域をカバーするには最低でも五十人は必要だ。今日の捜索の責任者をライスにしておけばよかった。そうすれば、誰ひとり集まらなかったとしても恥をかくのは彼女だったのに。

幸い七時四十五分には、警察犬を連れた指導手四人を含む警察官十名強と、シップコットの住民十八名が集まった。ゼロよりはましだ。

レノルズは警察官を駐車場の片隅に集め、捜査状況をひととおり確認した。馬運車及びノックス家の車からはこれといった手掛かりは得られなかったこと。科学捜査研究所では、両方の現場から採取された緑色の繊維に加え、ピート・ノックスの現場の、割られた車の窓ガラスからごく微量見つかった、粘着性の白いビニールの鑑定を進めていること。そのビニールが何なのか、誘拐とどのように関係しているのか、そもそも関連があるのかどうかは不明であること。そして、それらの詳細な情報は現段階では報道陣には公表しないこと。残されていたメモについては、レノルズは黙っていた。あれは僕の大事な切り札だ。

黒っぽい制服を着た警察官らは、早くも少し暑そうだった。今日は気温が上がりそうだ。ひとりが、ジャケットなしで捜索に当たってもよいかと尋ねた。レノルズは「だめだ」と答えようとしたのに、ライスが「もちろん」と了承してしまった。あとで注意しなくては。

捜索開始五分前になると、車が続々と駐車場に乗り入れ、近隣の村の住民たちが何十人と集まってきた。午前八時には捜索ボランティアは総勢八十名ほどになっていた。そのほとんどが、赤ら顔の男たちや、たくましい体軀《たいく》の十代の若者たちで、何人かはロープのリードにつないだ犬を連れていた。ハンチング帽に軽く触れて挨拶をしたり、身を乗り出して握手したりしながら、集まった理由が理由だけに、声を落として短い言葉を交わしている。しかし、その底流にはひとつの目的のために集まった高揚感がたしかにあった。レノルズは集団リンチでも始めそうな連中だと思いつつも、集まってくれてありがとうと、彼らの足にキスでもしたい気分だった。

ライスは住民ボランティアの名前と住所を訊《き》いて回った。あんたの名前と住所はとからかわれても、相手にしなかった。誘拐犯が捜索に加わろうとする可能性はつねにある。理由は大きくはふたつ、捜査方法や状況を把握するため、あるいは被害者の隠し場所に捜索が迫った場合に追及の目をそらすためだ。スリルを味わうのが目的という場合もある。自分だけが真相を知り、コントロールできるという優越感に浸りながら、血眼になって捜索をする人々を間近で観察するスリル。

レノルズはパブの店内から持ち出した椅子の上に立ち、自分の姿が皆から見えるように、そして願わくば全員に自分の声が届くようにと、そこから石炭庫の低い屋根にのぼった。

レノルズはメモ用紙の角をそろえ、スピーチの出だしを頭のなかで復習した。

皆さん。本日はお集まりいただき、ありがとうございます。こうして集まった理由はご承知のとおりです。（ここでひと呼吸置く。）皆さんの大切な子どもが何者かによって誘拐されました。（ひと呼吸。）本日の我々の使命は――皆さんの使命は――子どもたちを見つけ出し、家族のもとへ返すことです……。

我ながらいいスピーチだ。幸い、それを聴いてくれる人も集まった。これで聴衆が二十人程度だったなら、スピーチは大げさに聞こえたろうが、百名近くもいればチャーチルさながらに皆の感動を呼ぶだろう。テレビ放送でも……。

レノルズが咳《せき》払いをし、さあ話そうと口を開きかけたとき、驚きのざわめきと、それに続く歓迎の声が広がった。顔を上げたレノルズの視線の先にいたのは、ジョーナス・ホリーだった。

レノルズは暗い気持ちになった。

休職中のはずではなかったのか？

人々がジョーナスに向き直って握手をしたり、そっと肩を叩《たた》いたりするのを、レノルズは見つめた。この様子だと過去一年半、住民たちもレノルズ同様に、ジョーナスの姿をほとんど見かけていなかったらしい。ジョーナスは見る影もなく痩せていた。面白くないと苛立《いらだ》ちながらも、レノルズはその痩せぶりに衝撃を受けた。もとからそれ以上落とす余地などないほどに細かったのに。頬がこけ、目もぎょろりとしていた。悪いものにでも取り憑《つ》かれているかのようだ。

——こちらはジョーナスとルーシー・ホリーの自宅電話です……。

留守番電話の応答メッセージは今もそのままなのだろうかと、レノルズは思った。そうして、日に日に痛ましさよりも不気味さを増しているのだろうか。

ジョーナスの震えは止まっていた。

坂を下って村に入ることは——自分を軽蔑しているに違いない人々のなかに入っていくことは——やはり緊張する。ミスター・ジャコビーの店にベイクドビーンズを買いに行くのとはわけが違う。私用ならば、ジーンズにセーターという格好で、階段下の物入れで見つけた父の使い古しの釣り用の帽子を目深にかぶって顔を隠すこともできる。しかし、今日のジョーナスは制服姿で公衆の面前に立たなければならない。生まれ育った村を守れなかったのに、今一度、警察官としての重責を担わなくてはならない。

〈レッドライオン〉に向かう途中、ジョーナスは運動用のフィールド前で立ち止まった。スケートボード用斜面《ランプ》とブランコ、そしてイヴォンヌ・マーシュが死んだ小川のあるフィールドだ。地域住民との対面のときを先延ばしにしたくて、ジョーナスはフィールドに入っていった。ふた冬前には霜が降りてパリパリと鳴っていた芝は、今日は日照り続きのためにパリパリと鳴った。ジョーナスはスピノサスモモの古木の下を流れる小川を見下ろした。半裸の女性の上にかがみ込んで蘇生《そせい》を試みる間、氷みたいな水に浸《つ》かった足が芯まで凍えて痛かったことを思い出した……。

ジョーナスはバス停の屋根の下で再度立ち止まり、深呼吸をした。両手が酔っ払いみたいに震えていた。胸の内側で大きなあぶくみたいに膨らむパニックを、懸命に抑えた。やっぱり無理だ。家に帰りたい。

そこにボブ・コフィンが通りかかった。夏みたいな陽気なのに、バブアーの緑色のしわくちゃなジャケットを着て、アウトドア用のゲイターを足元につけた彼は、ハンチング帽のつばに触れてジョーナスに挨拶した。

「ミスター・ホリー」と、まるで昨日も会ったかのように声をかける。

ジョーナスは動揺しつつもうなずき返した。

ボブ・コフィンが立ち止まる。彼は〈ブラックランズ・ハント〉の猟犬係を四十年近く務めた男で、猟犬を運動させるという重労働を続けてきた足は、O脚ながらもたくましかった。深くくぼんだ目は明るい青で、ボブはその目で用心深い小鳥のようにジョーナスを見つめた。背丈はジョーナスの顎に届くかどうかという程度だが、そんな彼が〈レッドライオン〉のあるほうへ頭をかしげ、「行くかい?」と言うと、ジョーナスはつかの間逡巡《しゅんじゅん》しただけで、子羊のようにボブのあとについていった。

そんなふうにして集合時間にやや遅れて、ちょうどレノルズが演説を始めようとしていたところに駐車場に到着したジョーナスは、人々が自分に気づいて振り返り、迎え入れようとする様子にまごついた。皆、優しかった。非常に優しかった。ジョーナスの手を取って握手し、肩を叩き、頑張れとささやき励ましてくれた。エリザベス・ライスにいたってはジョーナスに腕を回して顔を下げさせ、頬に挨拶のキスまでした。ジョーナスは面食らったが、誰もひやかさなかった。ルーシーを思ってのことだろうと、ジョーナスは想像した。

人々がこちらに構うのをやめ、レノルズの話を聴こうと反対を向いたときには、思わずほっとした。ようやく息がつけた。

落ち着きを取り戻したところで改めてレノルズに目をやったジョーナスは、彼に髪があることに気がついた。

頭全体がふさふさになっていた。

レノルズは話をしようと手を挙げて静粛《せいじゃく》を求めたが、誰も見ておらず、もう一度咳払いをしようとしたら今度は金属的な蹄《ひづめ》の音がして、三十頭以上の馬が通りをやって来て駐車場の入り口で止まった。ボランティア住民たちから歓声が湧き起こる。〈ミッドムーア・ハント〉がジョン・トゥックのために――彼が単なる共同マスターであっても――ひと肌脱ごうと集結したのだ。率いているのはもうひとりの共同マスター――大半のメンバーが本当のマスターだと認める――チャールズ・スタウアブリッジだ。彼が静粛を求めて手を挙げると、場は一瞬にして静かになった。

「おはよう」というスタウアブリッジの声は、グローブ座で聴きたいほどによく通った。「我々には見つけ出すべき子どもたちがいる」

住民たちが再び拍手喝采《かっさい》してスタウアブリッジに向き直ったので、レノルズは百人の後頭部を見つめるはめになった。配下の警察官たちさえもが背中を向け、肩章だけを見せる有様だ。

ばかどもが。

「我々は協力するためにここに来た」こちらに謙虚にうなずきかけるスタウアブリッジを見て、レノルズは彼が嫌いになった。協力するために来たに決まっているだろうが！　他に何がある？　捜索を仕切ろうとでも思ったか？　グーグルマップを持っているのはこの僕なんだぞ！

　捜索隊がようやくこちらを向いたところで、レノルズは口を開いた。「皆さん。本日はお集まりいただき――」

「後ろまで聞こえないぞ！」誰かのしわがれ声が響く。「もっと大きな声で話せ！」

「皆さん」レノルズが仕切り直す。

「そこはもうわかったから！」

　レノルズは植毛した髪の根元から汗が噴き出すのを感じた。にわかに、用意したスピーチが無駄に凝りすぎている気がしてきた。低俗な農民に聴かせたところで理解できないだろう。

「ここに地図を用意してある！」レノルズは怒鳴った。「エクスムーアのダンケリー・ビーコンを中心とした半径八キロ圏内を、十二の区画に四角く分けてある！」

　チャールズ・スタウアブリッジがモーセさながらに群衆を割り、石炭庫の前まで騎乗したままやって来ると、地図をもらおうと当然のように手を伸ばした。その様子があまりに堂々として威厳に満ちていたので、レノルズは地図を一枚、渡すより他になかった。スタウアブリッジは地図を馬首にもたせかけて検討した。

「捜索は」と、レノルズが大声で続ける。「農家の離れや納屋、雑木林を集中的に行う。子どもたちが隠されていそうな場所だ！」

レノルズは皆が彼の言わんとする意味を理解していることを願った――現段階では、ジェスとピートを生きて発見する希望を捨てていないのだと。

「ふたりがすでに死んでたらどうするんだ?」先ほどと同じしわがれ声が言った。レノルズはむっとして声の主を探したが、厄介者を見つけ出すことはできなかった。ジョーナス・ホリーに目をやると――長身の彼は見つけやすい――彼は傾聴するようにこちらを見ていた。

今の質問に群衆が静まり返ったので、レノルズは叫ぶ必要がなくなった。「ジェスとピートが死んでいると考える根拠はない。皆さん、我々が捜索するのは遺体ではありません。あなた方の助けを待っているふたりの子どもを探すのです」

ぱらぱらと拍手が湧き、レノルズは奪われかけていた権威が戻ってくるのを感じた。

「よかった」間髪入れずにスタウアブリッジが言った。「それなら演説などで時間を無駄にするのはよそう。捜索を始めるぞ!」

再度歓声が湧き、人々が押し寄せて地図をひったくっていくものだから、石炭庫が揺れた。レノルズは、ボランティアを少人数のグループに分け、各グループに警察官をひとりつけて監督させようと綿密な計画を立てていた。それなのにスタウアブリッジはこうのたまった。「よし。我々〈ミッドムーア・ハント〉が区画一、二、三、五、六を捜索する。捜索範囲は広いし、馬に乗った我々のほうが短時間で回れるから」そして、レノルズに異議を唱える暇を与えず、再び群衆の海を割り、〈ミッドムーア・ハント〉は蹄の音を響かせて駐車場を出ていった。

レノルズが銃を持っていたなら、スタウアブリッジの背中を撃っていただろう。


捜索は百名以上が参加して丸三日かかった。農家の離れや納屋が重点的に捜索されたのは、荒野全体を闇雲に捜索しようとすれば、千人が一年がかりで探しても、ジェス・トゥックやピート・ノックスの足取りさえ摑《つか》めないかもしれないからだ。

天気は文句なしにすばらしかった。むしろ暑すぎるくらいだった。雨が降る気配はなく、例年ならこの時期に海から海賊みたいに忍び寄り、夏の荒野に冬みたいな水たまりを作る冷たい靄《もや》さえ、発生しなかった。

熱を感知する赤外線カメラを搭載した警察のヘリコプターが捜索エリアの上空を縦横に飛び、その音が——遠くから聞こえる飛行音も頭上を過ぎていく轟音《ごうおん》も——捜索活動のサウンドトラックとなった。

チャールズ・スタウアブリッジが〈ミッドムーア・ハント〉を指揮し、レノルズは徒歩組と車組を統率することに甘んじた。

ライスはボランティアの名簿と性犯罪者の記録との照合を慎重に進め、捜索活動二日目の朝、ランデイカーブリッジ・エリア担当班にいた男を密《ひそ》かに捜索から外した。

三十六歳のテリー・ニードルズははるばるブリストルから、魔法瓶とサンドイッチ、そして児童ポルノをダウンロードしたという有罪判決を携えて来ていた。それから二十四時間、彼はマインヘッドの警察署の留置場に拘束された。はじめの四時間は、警察の予想に反して堅かったアリバイを確認するためであり、残りの涙を誘う二十時間は、ニードルズが手にしている自由がいかに危ういものであるかを本人に思い知らせるためだった。

レノルズは八十五人のボランティアを、十二人のグループ六つと十三人のグループひとつに分け、各グループに地元の警察官をひとりつけた。その七グループで、スタウアブリッジが慈悲深くも残してくれた七区画を捜索した。作業は時間を要し、皆汗まみれになったが、捜索隊のスタミナと、子どもたちを絶対に見つけるんだという決意には、レノルズも感銘を受けずにはいられなかった。彼らは自分たちの昼食と、地元住民としての土地勘も提供してくれた。

エクスムーアで最も標高の高い村、ウェドンクロスをスタート地点とする捜索班のリーダーに指名されたのは、ジョーナスではなかった。レノルズが指名したのは、隣のデヴォン&コーンウォール警察管区の内勤警察官だった。

「ジム・クーリエです」と、その警察官は挨拶した。「テニス選手と同じ」

彼の年代がわかるというものだ。ジョーナス自身は、そういう名のテニス選手がいたことはうっすら記憶にある程度だった。それはともかく、ジョーナスはクーリエに興味はなかった。それよりも同じ捜索班にジュリアン・チャード牧師がいることのほうが気にかかった。ジョーナスはセントメアリー教会の牧師を正視できないまま、その一挙手一投足を意識していた。間もなく、その動きがジョーナスに向けられた。チャード牧師はジョーナスの手を両手でしっかりと握り、その顔をのぞき込んだ。

「復帰できたようで本当によかったよ、ジョーナス。調子はどうかな？」

ジョーナスは牧師の顔をまともに見られなかった。見れば、牧師の父ライオネルの顔が浮かんでしまう。死んだ老人の両の眼窩《がんか》に血がたまっていたことを思い出してしまう。殺人者はジョーナスの時間を止めてしまったのに、ライオネル・チャードの息子はこうしてジョーナスの手を握り、戻ってきたことを歓迎している。ジョーナスを許してくれている。

むろん、それが彼の仕事だと言えばそれまでだ。チャード牧師は神に仕える身だ。許す以外に道はない。

自分が彼の立場だったら、同じようにはできなかっただろう。ジョーナスがその場にふさわしい答えをぼそぼそとつぶやくと、チャード牧師はうなずき、ほほ笑み、ジョーナスの肩を優しく叩いた。ふたりはチームとともに歩いた。

一行はまず村内から捜索を開始した。母屋の離れや石炭庫を調べて回る。それが終わると、次は北西側の畑や牧草地、農家の庭、納屋、家畜小屋、干し草貯蔵庫、搾乳小屋を探した。村の人々は、単なる捜索隊が自宅近くに来ると表に出てきて手伝い、捜索隊が次に移っていく際には、汗臭い小規模な捜索隊であるにもかかわらず、出兵していく軍隊でも見送るみたいに手を振り幸運を祈ってくれた。ジム・クーリエは制服の上着を脱いで肩にかけた。ジョーナスも同様にした。

ヒースの茂る丘をのぼりながら、ジョーナスは目を細めて太陽を見上げた。もう何年も太陽の熱を顔に感じていなかった気がする。こんなふうにその熱が肌の下まで浸透し、芯まで温めてくれるのを感じるのはいつぶりか。遠い夏の日や、〈スプリンガー・ファーム〉の節くれ立ったリンゴの木から失敬した未熟なリンゴの酸っぱさを思い出した。ルーシーのことも思った。死んで冷たくなった彼女は土中深くに埋められ、太陽の光がどんなにまぶしくジョーナスに降り注ごうとも、ルーシーがその顔に太陽の温《ぬく》もりを感じることは二度とない。

ふと我に返ると、他のメンバーから遅れを取っていた。ジョーナスは歩調を速めた。班で唯一の女性が――ほっそりとして焦げ茶色の髪をした、いかにもアウトドア好きの女性で、ファスナーで切り離して長さ調節のできるトレッキングパンツをはいている――皆にチョコレートを配り、メンバーは取り留めのないおしゃべりをしながら歩いた。踏み越し段や分岐点でクーリエが迷うたびに、ジョーナスが正しい道を示した。

しかし、気温の上昇とともに朝の元気は失《う》せ、人々は農家の離れから遠くの小屋まで我慢強く歩きながらも、必要最低限の会話しか交わさなくなった。

体力もなく若くもないチャード牧師は、昼を迎える頃には疲れ果てていた。ジョーナスはクーリエと密かに言葉を交わし、クーリエから牧師に、今日はもう充分頑張っていただいたのでお帰りくださいと促してもらった。牧師は形ばかりの抗議をしたものの、ほっとしたようにウェドンクロス村にとめた車に戻っていった。きっと、村のB&B〈レスト・アンド・ビー・サンクフル〉でジョッキ一杯のよく冷えたリンゴ酒を飲んでいくに違いない。

帰っていく牧師を、ジョーナスは安堵《あんど》と多少の羨望の気持ちで見送った。かつての体力を想定して捜索を始めてはみたものの、ぼんやりと座るだけの毎日を一年以上も続けてきたジョーナスの肺に、これほどの活動を支えるだけの力があるはずはなく、足も痛んだ。一日の始まりにジョーナスを温かく包んでくれた太陽も、今となっては体力を奪うばかりで、おやつ休憩を迎える頃にはジョーナスは腹が減り、よちよち歩きの子どもみたいに不機嫌になっていた。

ふと、列車の形のスプーンを前に、バラの蕾《つぼみ》みたいな口を開ける赤ちゃんと、そのすべすべの顎に垂れた離乳食をすくい取ってやるルーシーが脳裏に浮かんだ。赤ちゃんの目はジョーナス似だ。ルーシーがこちらを向いて幸せそうににっこり笑う。ジム・クーリエが傍らにやって来て、地図上の何かを指で示した。ジョーナスはうつむいたままうなずいたが、実際にはクーリエのぼんやりと霞《かす》む指以外、何も見えていなかった。

一行は先に進み、ジョーナスは心を空《から》にして、初夏の香り漂う丘陵を歩く自分の足元だけを見つめた。

三日間の捜索活動中、途中で脱落したボランティアはひとりもいなかった。

各チームの警察官からの無線機による報告や、ヘリコプターからの音のひび割れた報告、そしてスタウアブリッジがエクスムーアの様々な地点の異なる電話から寄越す報告を受けるたびに、レノルズは衛星写真上の荒れ果てた納屋や木立にバツ印をつけ、時間の経過とともに捜索場所がなくなっていくのを見つめた。

はじめこそ、捜索地域を体系的に網羅できて満足していた。しかし、捜索対象の納屋や雑木林が尽きてきてもなお、子どもたちは発見されず、そうなると特定の区画の捜索が終了したことを示す無情なバツ印の列は、まったく別の印象を放ち始めた。印がひとつ増えるごとに、レノルズは達成感ではなく絶望感を募らせていった。

ボランティアは捜索の手を抜くことなく、信頼できる仕事ぶりを発揮してくれた。そして、スタウアブリッジの言葉どおり、〈ミッドムーア・ハント〉は広域を誰よりも早く捜索してくれた。

だが結局は、何も発見できなかったという結論に至る時間が短縮されただけだった。

おかしなもんだ。手遅れになってから大騒ぎする。皆で荒野中を探し回って。無駄なのに。

別に好きで一緒に探したわけじゃない。必要だったからそうしたまでだ——怪しまれないために。捜索に参加しなければ、皆が噂《うわさ》し始めるかもしれない。訊《き》いてくるかもしれない。

詮索してくるかもしれない。

にしても、連中ときたら……いかにも胸を痛めてるような目をしてるやつも、ぱらぱらいたなあ。なるべくじろじろ見ないようにはしたが。万が一、こっちの目から何かを読まれたらいけないからな。だが、連中が消えた子どもや、その子らを連れ去ったいかれた犯人のことをあだこうだと嘆くのを聞いてたら、全員蹴飛ばしてやりたくなった。いい加減なばかどもが。

近頃じゃ、誰も物事に感謝するってことをしない。自分が手にしているものを、ありがたいと思わない。なくなって初めて、その価値に気づくんだ。子どもらはいなくなった。いなくなったんだよ。永久にな。

12

それは夜、ミセス・パドンがうとうとと、眠りと覚醒の間を心地よく行ったり来たりしているときだった。子どもの泣き声が聞こえた。ミセス・パドンは耳がだいぶ遠くなっており、ハニーサックル・コテージの石造りの壁は九十センチの厚みがあったが、それは間違いようもなく子どもの泣き声だった。ミセス・パドンは九十近い高齢で、子どもを持ったこともなかったので、その声を聞いても、母になったことのある人のように飛び起きはしなかった。目を閉じたまま、かすかに聞こえるすすり泣きに、ジョーナスの子ども時代を思い出していた……。

ジョーナスは陽気な少年だったが、しょっちゅう危なっかしいことをするので、ミセス・パドンはひやひやさせられたものだった。裏庭の木から落ちたり、急な坂道を自転車で下っていて転んだり、〈スプリンガー・ファーム〉でポニーに振り落とされそうになったり急に駆け出されたりしていた。

そんなとき、ジョーナスの泣く声が、ちょうど今と同じように聞こえたものだ。そうするとミセス・パドンはやっていたことの手を止めて、誰かしらがジョーナスを慰めに行ったと確信できるまで、じっと耳をそばだててた。母のキャスが優しくなだめながら、痛いの痛いの飛んでいけとキスしたり、父のデズモンドが土を払ってやり、頑張れと励ましたりする声が聞こえるまでだ。しばらくすると、絆創膏《ばんそうこう》を貼ってもらって元気になったジョーナスが、もう一度木に登ったり、自転車に乗り直したりする姿が見える。それを自分の目で確かめてからでしか、ミセス・パドンはやっていたことに戻ろうとはしなかった。

今、人生の最晩年にさしかかり、シングルベッドに横たわるミセス・パドンは、子どものすすり泣きを聞きながら再び眠りの世界に戻っていった。そして、キャスとデズモンドがまだ生きていて、ジョーナスは愛らしい無邪気な子どもで、自分もまだ若かった、あの穏やかな日々の幸せな夢を見た。

翌朝目を覚ましたとき、ミセス・パドンは眠りを妨げられたことさえ覚えていなかった。覚えていたのは、いい夢を見たことだけだった。

スティーヴン・ラムが、復職したジョーナス・ホリーが村を巡回する姿を最初に目にしたのは、フィールドのスケートボード用ランプで滑っていたときだった。あまりの衝撃にリップ（頂上の水平部分の縁のこと）でのターンに失敗し、ハーフパイプ型の傷だらけのランプの底に腹這《ば》いで滑り落ちた。ラロ・ブライアントは目を丸くした。「だせえ！」と、ラロが笑う。スティーヴンはいい友達だが、ラロは以前このランプで足首を骨折しており、頭の片隅には痛みにわめいた記憶がつねにあった。あの怪我《けが》は他の誰でもなく自分の責任だったのだが、自分だけがそれでは格好がつかないから、日頃から仲間の失敗を笑う機会をうかがっていたのだ。

立ち上がったスティーヴンは何も言わなかったが、胃がむかついていた。

丘の上の自宅に世捨て人のように引きこもってくれているうちは、ミスター・ホリーの存在を忘れていられた。しかし、制服姿で淡々と村を歩く姿を目の当たりにし、今後は毎日そうするのだと悟ると、スティーヴンは軽いパニックに陥った。青々とした芝の上を歩いてスケートボードを拾い上げると、腕に抱えてその場をあとにした。

「怒ることないだろ！」ラロが叫んだ。

だが、スティーヴンの耳には入っていなかった。

スティーヴンが道路に出る頃には、ミスター・ホリーはすでに〈レッドライオン〉前にさしかかっていた。バーンスタプル通りはシップコット村を走る目抜き通りで、ほぼ唯一の道路でもあった。行き先の選択肢が少なかった、今よりもシンプルな時代につけられた通り名だ。

スティーヴンはジョーナス・ホリーのあとをつけた。自分が何を期待しているのかも、なぜそんなことをしているのかもわからない。スティーヴンの心の一部、いや、大半は、ミスター・ホリーを見張ろうという幼稚な考えを恥ずかしく思っていた。ティーンエージャーが警察官を監視するなど、ばかげているし無意味だ。二十四時間続けられるわけでもない。それでもスティーヴンは前を行く長身の男のあとをついていった。接近しすぎないように注意し、ミスター・ホリーがミスター・ジャコビーの店の窓に貼り出された貼り紙を読もうと足を止めると、靴紐《くつひも》を結ぶふりをした。そして、相手が歩き出すと尾行を再開した。

村の外れの学校前まで行くと、ミスター・ホリーは通りを渡り、反対側の歩道をこちらに戻ってきた。スティーヴンはもう一度靴紐を結んだ。

ふたりの距離が縮まっていく。

スティーヴンはどこを見ればいいのかわからなかった。ミスター・ホリーに挨拶したくはなかったが、避けられそうにもない。

スティーヴンは通りに面した家々の窓に顔を向けた。レースのカーテンがかかっている窓もあったが、大半はなかが丸見えだった。スティーヴンの体育の教師、ミスター・ピーチの家の窓には、埃《ほこり》をかぶったサボテンが、色の合うブルーの陶製ポットに植えられ、いくつも並んでいた。アヒルに目がないミセス・ティゼコットの窓辺には、アヒルのコレクションが――プラスチック製のドナルドダックも含め――誇らしげに飾られていた。それが原因で、双子の息子クリスとマーク・ティゼコットは学校に上がって以来、幾度となく友達と喧嘩《けんか》になっている。アヒルのコレクションは、赤毛や眼鏡やノーブランドのスニーカー同様に、からかいの種になったのだ。双子が、頼むからアヒルを窓辺に飾るのをやめてくれと母に懇願する姿を、スティーヴンは二回は目撃しているが、少女時代からアヒルを集めてきたミセス・ティゼコットは聞く耳を持たなかった。スティーヴン自身は、別にアヒルくらい並べさせてあげてもいいのではと思ったが、双子に同情はした。というのもスティーヴンの祖母もかつては、自宅の通りに面した窓辺に立ち、気が触れたかのようにじっと外を見て、死んだ息子がミスター・ジャコビーの店から帰ってくるのを何年も待ち続けたからだ。それが物笑いやいじめの種となり、家族も苦労した。

そんなことを思い出しているうちに、ミスター・ホリーはいつの間にか通りの反対側を行きすぎていて、スティーヴンは挨拶をせずにすんだ。

よかった。

それでも、ジョーナス・ホリーが職務に戻ったと知った以上、心が安らぐことは二度とないとスティーヴンは思った。

13

森に一台の車があった。春のブルーベルや、ラムソンの星型の白い花の絨毯《じゅうたん》のなかにぽつんと放置されたまま、木漏れ日を浴びている。三年ほど前、ロニー・トレウェルがその場所まで運転してきて、取り乱して火をつけたのだ。彼がもう少し大人になり、車を盗んで猛スピードで走らせることが、麗しき友情の第一歩になることを知る以前の話だ。

ロニーは初めて盗んだ車が燃えるのを惨めな気持ちで見つめながら、車を無駄にするような真似《まね》は二度とするまいと心に誓った。そして、それ以降は盗んだ車を手元に置いた。車体がみすぼらしくなっていれば塗装を剝《は》がし、下処理をし、再塗装した。エンジンが不調なら分解して修理し、イグニッションキーを回したのか回していないのかわからないほど滑らかにした。インターネットで調べたその車本来のパフォーマンスが得られないと、エアクリーナーやスパークプラグといった部品やエンジンオイルを自腹で新しくした。要するにロニーはよい車を盗み、よりいっそうよいものに仕上げていたのだ。

最終的にはジョーナス・ホリーがやって来て車庫を開け、ロニーが不当に手にした宝を返すように告げるのだが、そのたびにロニーはロックナット大の塊が喉にこみ上げるのを感じた。

それでもジョーナスを恨みはしなかった。憎みもしなかった。それが道理だとわかっていた。人は物をなくす。そして、いずれは返却を求める。ジョーナスはただその仲介をしているだけだ。

そして、彼はいい仲介者だった。ロニーが単なる泥棒ではないと、車を愛しているのだと、理解してくれているようだった。

あるときロニーが目に涙を浮かべ、パウダーブルーのトライアンフ・スタッグが（ワイヤーホイールを再クロームめっきしてリフレッシュされた状態で）低床トラックに積まれて運ばれていくのを見つめていたら、ジョーナスに優しく肩を叩《たた》かれた。

「ロニー、こういうことは終わりにしないと」あのとき、ジョーナスはそう言ってため息をついた。ジョーナスもとうとう堅苦しい警察になっちまったかと、ロニーが苦い思いを噛《か》みしめていると、彼はこう続けた。「これだけ情熱を注いでいるのに、その努力が報われないようなことはさ」

そうしてジョーナスは、ロニーが警察の支援するカート講座に参加できるように計らってくれた。おかげで、ロニーの整備士としての才能と猛スピードで運転できる才能は、家族にとって不名誉ではなく輝かしいものとなった。

トライアンフ・スタッグが、ロニーの盗んだ最後の車になった。

そして、この森にあるものが最初に盗んだ車だ。半焼した、かつては赤かったはずのオープンカー、マツダＭＸ５だ。

ロニーがそれを見に森に戻ることは二度となく、かわりに車を発見して頻繁に遊ぶようになったのがデイヴィーとシェインだった。もっとも、ふたりはけっして――頭のなかでさえ――〝遊ぶ〟という言葉は使わなかったが。

お気に入りのゲームはラリー・クラッシュだった。ひとりが、シェインの母の寝室から勝手に持ち出したクッションを敷いた運転席に座り、もうひとりを轢《ひ》くというゲームだ。ちなみに、なぎ倒される側はラリーの観戦に来ていた不運な客という設定だ。ドライバー役はギアチェンジをやかましく実況しつつ、衝突の瞬間には危ないと叫び、不運な観客役は恐怖の悲鳴を上げて、下草に派手に吹き飛んでみせるのがお約束だ。ドライバー役は車を降りて観客の死を宣告する。あるいは、シダのなかに倒れた観客役が虫の息で腕を伸ばし、ドライバーの首を絞める。

結末はふたりの気分次第だった。

もうひとつ、逃走というゲームもよくしている。ふたりとも銀行強盗という設定で、五十メートルほど先にある大きな切り株を銀行に見立てて強盗に入る。そして、警察の狙撃や催涙弾をかわし、自動小銃ＡＫ－47をぶっ放しながら逃走車まで戻る。マツダのルーフは燃えてなくなっており、ふたりは車に乗り込む危険な方法を何通りも考案した。なかでも塗装にぼつぼつと気泡ができているトランクの上を滑って飛び込む方法は、派手で睾丸《こうがん》が縮み上がるほどスリリングだった。

デイヴィーとシェインは、〈スプリンガー・ファーム〉にいなければ、大抵は森の奥深くにある、ロニー・トレウェルの焼けた車のなかにいた。

今日のふたりは退屈して気が短くなっていた。始まりは悪くなかった。銀行強盗を二、三度繰り返し、そのたびに二十ポンド紙幣五枚を盗んだ。先日見つけたものの、いまだ使い道が決まらない金だ。ところが、デイヴィーがシェインを轢いてイラクサの茂みに倒したあたりから雲行きが怪しくなった。シェインが不当にデイヴィーを責めたのだ。こんなゲームをしたところで、所詮この車は動かないじゃないかと。

それで短い口論になり、てめえなんか失《う》せろと言い合ったあと、ふたり並んで車内に座り、むっつりと黙り込んだ。

するとそのとき、デイヴィーがあっと大きく口を開けた。「すげえゲームを思いついた！」

シェインは内容を聞きもしないうちに――すべてを許して――友のアイディアに乗った。

「誘拐ゲームだよ」と、デイヴィーが言う。「こないだ、ふたり誘拐されただろ」

「いいじゃん！　で、どんなゲームなんだ？」シェインが尋ねた。

「どっちかが車のなかにいて、もうひとりが忍び寄って誘拐するんだよ」

シェインの顔にゆっくりと笑みが広がった。「それは、まじですげえ」

「だろ」デイヴィーはそう言うと、運転席から降りた。「俺が先に誘拐犯をやる」

「いいよ」シェインは同意した。「でも、近づいてくるおまえを見つけたら、俺の勝ちだからな」

今から初めてやるゲームの、まだ存在すらしないルールを勝手に改正されて、デイヴィーは不機嫌に顔をしかめたが、最後にはいいだろうというようにうなずいた。

「わかった、でも嘘《うそ》はつくなよ」

「わかった」とシェインは答えた。実際彼はよく嘘をつくので、デイヴィーが釘《くぎ》を刺すのももっともなことだった。

デイヴィーは森のなかに走り、シェインに見つからないよう慎重に、マツダの三十五メートル後方に回り込んだ。シダのなかに膝をついたら、小枝を二本見つけた。

木々を盾にして身を隠しながら、忍び足で車に近づいていく。ある地点まで来ると、開けた区画をいったん越えなければ、体を隠せるだけの大きさのある次の木に辿《たど》り着けなくなった。デイヴィーは小枝を一本、マツダの上を越えるように投げた。枝が落ち、シェインがはっとして狙いどおりに落下音のしたほうを向くのを見て、デイヴィーはしてやったりと思った。次の木の背後に急いで忍び寄る。残りはわずか十メートル余りで、シェインは相変わらずデイヴィーに後頭部を向け、友を探して車を挟んで反対側を見ている。

二本目の小枝を使うまでもなかった。最後の数メートルを猫のように進み、鉤《かぎ》状に曲げた肘でシェインの首を捕らえた。

「誘拐だ」と荒々しく告げる。「動いたら殺す」

「くそっ」とシェインが毒づいた。

デイヴィーはシェインを手荒く車から引きずり出そうとした。

「痛えよ！」シェインがわめく。

「これは誘拐なんだ。それらしくやらないと」デイヴィーは息を切らした。

シェインがもがいたりデイヴィーの顔を殴ろうとしたりして、さらにそれらしくする。デイヴィーはシェインを車外に引きずり下ろし、ラムソンの茂みに押し倒すと、ジーンズのポケットから撚《よ》り紐《ひも》を取り出し、シェインの両手を背中で縛ろうとした。

「いってえ。何すんだよ、デイヴィー！」シェインは身をよじってデイヴィーの束縛から逃れてひざまずくと、顔を真っ赤にして怒った。「おまえはいっつも調子に乗りすぎるんだよ」それはシェイン自身がときどき母から言われる言葉だったが、人に言ってみると自分だけが正しいみたいで気分がよかった。

「知るか」デイヴィーはそっけなく言った。「リアルにやらなかったら面白くないじゃないか。とにかく俺の勝ちだ」

「次は俺が誘拐犯だ」シェインが言い、ふたりは役を交代した。

誘拐される側になるのは、誘拐犯になることの半分も楽しくなかった。シェインの姿が見えなくなったとたんに、森がやけに静まり返り、デイヴィーは落ち着かなくなった。どちらを向いても、背後から見られている気がした。まるで森そのものがこちらを見ているみたいだ。自分の鼓動がはっきり聞こえるのもいやだった。デイヴィーは首を伸ばしてシェインを探したが、姿が見えないどころか彼の立てる物音すら聞こえなかった。

くそっ。俺よりシェインのほうが誘拐犯役がうまかったら、このゲームは二度とやらない。

デイヴィーは森に注意深く視線を走らせたが、友の姿は見当たらなかった。

緑色の天蓋《てんがい》の下に広がる静寂は不気味だった。そよ風が木の葉をカサカサと揺らし、どこかデイヴィーの視界から外れた場所で、木が痛がっているかのようにギシギシときしんだ。頭上高くでは、キツツキがタタタタッと木をつつく機械的な音がしている。

「シェイン?」デイヴィーはためらいがちに呼びかけてみた。「おい、シェイン!本当は出てこいよ。気づいたらすごい時間になってた。そろそろ帰らないとやばい」本当はまだ五時だったが、庭の芝刈りを頼まれていたとでも言えばいい。

「シェイン？」

デイヴィーはもぞもぞと膝立ちになり、後ろを向いて暗くなりつつある森を見つめた。目を凝らし、友の居場所を告げる物音が聞こえないかと耳を澄ました。だが、聞こえるものは自分の浅い息遣いと耳のなかで鳴っている心臓の鼓動だけだ。

「シェインの腰抜け！」

そのときだ。背後から凄まじい力で捕らえられて、デイヴィーは思わずうめいた。そのまま横倒しにされ、車のドアの窓から引きずり出され、頭から地面に落ちた。背中を膝で押さえられ、口のなかにシダが入った。

「俺の勝ち！」シェインが叫び、おまけとばかりにもう一度デイヴィーの顔をひんやりとしたシダの葉にうずめてから、笑いながら立ち上がった。

相手がシェインでよかった。その安堵《あんど》感がとにかく大きく、デイヴィーはしばらく顔を下に向けたまま、じっと横になっていた。そうして心が静まってから、拳《こぶし》を横に振り出し、シェインの膝を強打してやった。シェインが痛みに声を上げ、デイヴィー同様に地面に倒れ込んだ。

デイヴィーは立ち上がってシェインを見下ろした。「ずるしやがって」

「ずるなんかしてねえ」シェインが上体を起こして座り、膝に手をやった。「足が折れるとこだったじゃないか、ぼけ」

　デイヴィーは言い返しかけて、はたと、これでシェインと喧嘩《けんか》別れになったら、ひとりで森を通って帰らなければならないのだと気づき、悪態をのみ込んだ。

「ごめん」かわりにそう言い、手を差し出した。シェインは疑《うたぐ》るようにその手を見てから、友に助け起こしてもらった。

「大丈夫か？」デイヴィーが尋ねる。いつになく下手《したて》に出る友に、シェインの態度も紳士的になった。

「うん、たいしたことない」彼は答えた。

「肩、貸そうか？」

「うん」

　その日のゲームは終わりにして、シェインとデイヴィーは家路についた。村に着くなりシェインは大げさに足を引きずり、デイヴィーの肩を借りた。デイヴィーは友の気のすむまで怪我《けが》を見せびらかせてやった。逆の立場なら自分もそうしただろうから。

「あれはすげえゲームだったよ」自宅前でシェインが言った。

「おお」デイヴィーは返した。「すげえだろ」

14

それは国語の授業のときだった。エミリーが話しかけてきた。「土曜日のショーに一緒に行かない？」

「いいよ」スティーヴンは答えてから、尋ねた。「何のショー？」

エミリーは笑ったが、今日のそれは感じのよい笑顔だった。「ハント主催のホースショー。〈ディープウォーター・ファーム〉であるの」

スティーヴンはホースショーに出かけたことが一度もない。そういうものが今も開催されていることは知っている。農業や狩猟や牧羊犬コンテストやジャム作りが――スティーヴンにはかかわりのないものばかりだが――今も彼の周囲で行われていることをぼんやりと認識している程度には。

〈ディープウォーター・ファーム〉がどこにあるのかも、ショーに行って何をするのかも、スティーヴンには見当もつかなかったが、そんなことは些細《ささい》な問題で、エミリーが誘ってくれたというときめきに水を差すものではなかった。とはいえ、スティーヴンはうれしそうにするでもなく淡々としていた。クラスメートの目があったからだ。

「わかった」とスティーヴンは答えた。「行くよ」

〈ミッドムーア・ハント〉は、娘が行方不明となっているマスターの心情を慮《おもんぱか》り、毎年恒例のショーの主催を見合わせた。

ただの共同マスターじゃないかと、ジョン・トゥックのいない会合で数名の会員が不服そうに指摘した。チャールズ・スタウアブリッジはジョン・トゥックの擁護に立ち上がったが、関節炎でも患っているかのような立ち上がりぶりで、主催見合わせの提案は六票差というぎりぎりでの可決となった。

〈ブラックランズ・ハント〉は歴史ある狩猟団体だったが、年々弱体化し、昨冬ついに〈ミッドムーア・ハント〉に吸収された。凋落《ちょうらく》は何年も前から始まっていた。連続殺人鬼アーノルド・エイヴリーが、ハントの活動区域だった荒野を個人的な共同墓地に変えてしまったときからだ。殺された子どもたちが埋められた大地の上を馬で駆けるのはどうにも気が引け、ハントの支援者の多くが熱意を失った。

その後キツネ狩り禁止法が施行されると、キツネ狩りに反対する急進的な動物愛護主義者らは妨害活動を活発化させた。全員がよそ者やプロの活動家ではなく、なかには地元住民も含まれていた。法律という――頼りないながらも――盾ができたことで、ようやくキツネ狩り反対という本音を表明できるようになったのだ。衝突はあった。激しい衝突だ。エッジコットでは、地元の妨害活動家フランク・マンクが、ハント・

フォロワー（狩猟中のハントに徒歩や車などで同行する人）のランドローバーに足を轢《ひ》かれて骨折した。すると、その報復に若いデイヴィッド・ロッジが馬から引きずり下ろされ、鎖骨を骨折した。驚いて駆け出したロッジの馬は沼にはまり、助ける前に力尽きて死んでしまった。キツネ狩りは楽しさを失い、キツネ以上にその愛好家にとって危険なスポーツとなってしまった。熱心なハント・フォロワーも、我が子は同行させたがらなくなった。参加者――とハントの命綱である会費収入――は激減した。会員のなかには〈ブラックランズ・ハント〉存続の危機をいち早く察知して見限り、規模の大きい〈ダルヴァートン・ウエスト〉や〈エクスムーア・フォックスハウンド〉へ移る者もいた。会員数が多ければ安心だという判断だ。

それが〈ブラックランズ・ハント〉の終焉《しゅうえん》を早めた。苦境に立たされていたふたつのハントのうち、小さかった〈ブラックランズ・ハント〉が消えた。職が失われ、馬は売却され、猟犬は処分された。悲しいが致し方なかった。〈ブラックランズ・ハント〉のマスターだったジョン・トゥックは〈ミッドムーア・ハント〉の共同マスターに収まったが、新しいハント内で立場の弱いマスターがどちらなのかは一目瞭然だった。

そして、ぎくしゃくとした合併からわずか半年の今、〈ミッドムーア・ハント〉のオリジナル会員の多くは、トゥックの緊急事態のせいで長年の伝統である夏のホースショーを主催できなくなったことへの不満をあらわにした。おまけに傷口に塩を塗り込むかのように、〈エクスムーア・フォックスハウンド〉が、うちがかわりにショーを仕切りますよと、不謹慎なまでの早さで申し出てきた。相手の秘書は、会場はすでに押さえているのだし、障害馬術用の障害物もテントも発注して支払いもすませ、日程も公表し、参加申し込みも受けつけているのだものと、言った。

「だってね」と、秘書の女性は電話越しにチャールズ・スタウアブリッジに言った。「かわいそうなジェス・トゥックももうひとりの男の子も、すでに誘拐されちゃってるんですよ。その上犯人に、みんなの楽しみまで台なしにさせたらいけないと思うの」

このよくわからない論理が〈ミッドムーア・ハント〉の会員たちに伝えられると、彼らは土曜日が雨になればいいと願った。しかし、いつになく好天続きの初夏は彼らの期待を裏切った。

土曜日の朝。ジェス・トゥックが何者かに連れ去られて、ちょうど二週間たった。ジェスがボーイフレンドの携帯電話やロンドンの公衆電話から自宅に連絡を寄越すことはなかった。農家の誰かが干し草小屋でピート・ノックスを発見して驚くという展開もなかった。

ふたりの子どもは忽然《こつぜん》と姿を消してしまった。

子どもたちを発見できないまま時間だけが過ぎ、その一分ごとにレノルズ警部補のフラストレーション指数も上昇した。

レノルズを悩ませているものは今回の事件だけでなく、むしろエクスムーアを襲った前回の事件を解決できなかった挫折感だった。断っておくが、前回の捜査の指揮官はマーヴェル警部であって僕ではない。それに、荒野の駐車場にとめられていた車から子どもがふたり連れ去られた事件は、凶悪性からすれば、八名もの尊い命が奪われた前回の事件とは比べものにならない。

そう思いつつも、レノルズは今回の事件もこの先凶悪な展開を見せる気がしてならなかった。

これは勘ではない。勘などに頼るくらいなら、この目をくりぬいたほうがましだ。マーヴェルは勘と本能で生きていた。そんな彼を、レノルズはオペラの舞台にも匹敵する情熱を持って軽蔑していた。思いつきや先入観をもとに捜査上の判断をするなど愚の骨頂だ。まったく、今は二十一世紀なんだぞ。僕がふたつの学位――犯罪学では第一級優等学位、法学では第二級上位優等学位――を取得したのは、愚か者を暴行するためでも魔女狩りをするためでもない。だが、捜索からも科学捜査からもはかばかしい成果を得られない今、レノルズの頭に生じていたのは、事件は解決に向けて好転する前に暗転するのではないかという仮説だった。

そしてその仮説は、観光シーズンを迎えたエクスムーアの駐車場を、連日埋めると想定される車の台数に比例して強固になっていく。村に、道端に、パブの裏に、道路脇の砂利の待避所に、景勝地の駐車場に、フラワーショーや蒸気自動車が集まるスチーム・ラリーの会場に、そして村の祝日にとめられる車。ジェス・トゥックとピート・ノックスの行方不明事件の報道を受け、駐車後の車は大半が無人だろう。しかし、レノルズは三十七年の人生ではっきり学んだことがある。

人間は、ばかだ。

レノルズは自分と同じ人間がいかに愚かになれるかを、過小評価しないことにしている。いかに無知で無謀で残酷であるかを。どれほど警告されようとも、人は懲りずに飲酒運転をし、一度くらいいいだろうとコカインをやる。ちょっと郵便局に寄るだけだから、街角の小さな売店でちょっと牛乳を買うだけだからと、子どもを車に置いていく。

自分の身に悪いことが降りかかるはずはないと高《たか》をくくる人がいるのだ。すぐ近くで、自分と似たような人々に起きていることなのに。

そして、とレノルズは心のなかで鼻を鳴らす。そういう愚かな人々が売店に寄る用事は、宝くじの購入だったりする。大当たりする確率よりも、通りがかりの変質者に我が子を連れ去られる確率のほうが高いという、背筋の凍るような計算さえできずに。誘拐犯が次の犯行を考えているのだとしたら、潜在的な獲物はいくらでもいる。レノルズにできることは警察官を極力効果的に配置して、週末の間、さらなる犯行の予防に努めることだけだ。そして、予防以上の活動の必要が生じないことを祈る。

ジョーナス・ホリーの復職は、現場に動員できる人材がひとり増えたことを意味し、レノルズは彼を〈ディープウォーター・ファーム〉のハント・ショー会場に配置した。

スティーヴンは、エムがポニーの淡い色のたてがみを編む様子を見つめながら、自分が感じている妙な感覚はいったい何なのだろうと考えていた。呼吸はやや浅く、少し不安で、少し舞い上がっている。話そうとしても口がうまく動かない。

もしかしたら馬アレルギーでもあるのかな。

スキップ。それがポニーの名前だった。エムがクリーム色のたてがみを指で分けて編む間、スキップは瞼《まぶた》を半分閉じ、下唇を緩めておとなしく立っていた。スティーヴンは、エムが両手をねじったり交差させたりするごとに三つ編みが魔法みたいに長くなっていくのを眺めた。エムは集中した顔をしている。編んだたてがみが崩れないようにと針と糸で留め、手際よく小さな団子状にして、輝く金色のボタンみたいにポニーの首に固定する。

ひとつ終わると、次の三つ編みを始める。

馬小屋を包む静寂に、スティーヴンははじめのうちは落ち着かなかった。何か言わないと。面白いことを言わないと。エムを感心させられる何かを。

しかし、しばらくすると肩の力が抜けた。エムの作業を見れば見るほど、今起きていることを自分はほとんどわかっていないのだと自覚していく。エムのこと、馬のこと、ショーのこと——何ひとつわからない。その僕が何か話したところで、中身のない雑音にしかならないだろう。だからスティーヴンはただその場に座って、エムと言葉を交わすことなく見つめ続けた。

エムのすることに間違いはない。それをポニーは理解していたし、無知なスティーヴンも見ているだけでそれがわかった。エムの動作には迷いがなく、静かな自信をたたえている。ポニーとスティーヴンにできることは、彼女が作業に集中できるように邪魔をしないことだけだ。エムがスキップに対して舌を鳴らし、胸に触れると、ポニーはエムが喉元にかがめるように素直に後ろに下がった。エムはスティーヴンに、小さな木箱を取ってくれないかと頼んだ。たてがみに手が届きやすくなるよう、その上に立って作業をするのだ。スティーヴンは、エムとポニーとの距離がどの程度であれば作業がしやすいだろうかと懸命に考え、慎重に木箱の置き場所を決めた。そして、エムが位置を調整することなく木箱に乗ったのを見て、うれしくなった。

スティーヴンはスキップのとろんとした茶色の目をのぞき込み、ポニーと自分とは仲間だと感じた。

エムがポニーに高級な匂いのするつややかな黒革の鞍《くら》をつけ、コンクリートの中庭へと引いていく。ココナッツの殻で叩《たた》いているみたいな音が響いた。

エムが汚れた青いオーバーオールを脱ぐ。下に着ていたのは、目がくらむほどに真っ白なジョッパーズと、ノースリーブのコットンシャツだった。日曜学校の話に登場する天使みたいだ。

「乗馬はできる?」エムに尋ねられ、スティーヴンは黙ってかぶりを振った。「乗ってみる?」

何と答えるのが一番いいのだろうと、スティーヴンは迷った。腰抜けだと思われるのはいやだが、落馬したくもない。

「馬から落ちそうで怖い」そう答え、自分の間抜けさに唖然《あぜん》とした。

だが、エムは理解を示すようにうなずいた。「うん。落ちるのは最悪」

そして、青いビロードのライディングジャケットを着ると、鞍にまたがった。「帰りに乗ってみたらいいよ。それなら、馬から落ちても一日が台なしになることもないでしょ」

スティーヴンが驚いて見上げると、エムは小さな白い歯を見せてにっと笑っていた。

「わかった」と言って、スティーヴンは声を上げて笑った。

ふたりの背後で黒い門扉がカチリと閉まり、スティーヴンとエムは夏みたいな空気のなか、曲がりくねった道を進んでいった。エムのきれいに磨かれたブーツがスティーヴンの腕に柔らかに当たる。エムはポニーに優しく声をかけ、ぴくりと動くポニーの肌にとまっていたハエを鞭《むち》で払った。静寂が広がる。まるで、水面が鏡のように凪《な》いだ、澄んだ湖みたいだ。やがてどちらかがその湖に言葉という小石を投げてみる。波紋が広がるようにして会話が自然と弾み、ショー会場が近づくほどに、スティーヴンのアレルギー症状も治まっていった。

15

チャーリー・ピーチは、マイクロバスの車内で座って待つことに慣れていた。別に構わなかった。むしろ、そうしていることが好きだった。チャーリーは今ある現状が好きだった。何も変わらないでほしかった。父がベッドに寝かせてくれたら、横になっていることに満足した。父が起こしてくれたら、起きることに満足した。だから、マイクロバスに乗っているときはいつも、外に出ずになかにいたかった。

もちろん、いずれは降りる。ただし、ロビーやミランダみたいにではない。ふたりはいつも足をばたつかせながらわめき、物事が思いどおりにならないと床に突っ伏した。ミセス・ジョンソン曰《いわ》く、大騒ぎするのだ。

だが、チャーリーはけっして大騒ぎはしない。バスを降りるときが来たら、ミセス・ジョンソンかミスター・キングがシートベルトを外してくれるのを静かに待ち、ふたりの手を借りて降りた。

このマイクロバスは新しい。前のバスよりずっと居心地がいい。古いバスはシートのビニールが破け、トイレみたいな匂いがしていた。チャーリーは一日中でもにここにとバスのなかに座っていられそうだった——暑かったけれど。

はじめにバスを降ろしてもらったのはロビーとミランダだった。いつもふたりが最初なのだ。バスに残っているのはチャーリーとテディとベスだけだ。テディは子どもたちのなかで一番賢かった。うまく話すことはできないが、彼の聡明《そうめい》さは皆が認めている。専用のパソコンで物を書くことさえできる。

「テディ？」チャーリーが呼びかけると、チャーリーの隣の少年はぎこちなく頭をひねり、涎《よだれ》まみれのてかてかの顎をチャーリーに向けた。

チャーリーは頭をかしげて目線を合わせ、歌い出した。

男がひとり　草刈りに行った

メダル（牧草地《メドウ》の間違い）に草刈りに行った

チャーリーはテディが一緒に歌ってくれるのを待ったが、テディが加わらなかったので、ベスのほうを見た。ベスは強度の斜視なので、こちらを見ているのかどうかはわからなかったが、彼女が「うるさい、ばか」と言ったので、チャーリーはひとり小さな声で先を続けた。

男がひとり　犬と一緒に
メダルに草刈りに行った

テディ・ルースモアは顔をそむけ、フロントガラス越しに外を見た。駐車された車列が、牧草地の真上にのぼった太陽の光を反射している。マイクロバスは他の車からは少し離れた、テントやトイレに近い場所にとめられていた。ベスはトイレが近くにないとだめなのだ。

一行は時間に遅れていた。マイクロバスで出かけるときに、時間どおりにいったためしがない。テディはそれが不満だったが、どうすることもできなかった。母が誕生日に買ってくれた腕時計を見ようとしたが、手首を意図する方向へ向けることができない。もう一方の手で手首を摑《つか》み、腕時計の文字盤を自分のほうへ向けた。間もなく午前十一時。一日の半分が終わってしまった。他の子どもたちはそういうことは気にしなかったが、テディは気にした。遠足の日は、普通の人と同じ時間に動きたかった。自分以外の子どもたちは、ホースショーに来ていることすら、きっと理解していない。テディは心のなかでため息をついた。口のなかで、それは奇妙なうなり声になった。もう間もなく、名前がメアリーのミセス・ジョンソンと、名前がマイケルのミスター・キングが、僕とベスを連れに戻ってくる。他にふたりいるボランティアは、ロビーとミランダのそばについたままのはずだ。テディは、ミセス・ジョンソンとミスター・キングが急いでくれないかなと願った。車内は暑いし、早く馬が見たい。次にバスを降ろしてもらえるのが自分でよかったと、テディは思った。チャーリーが最後だろう。彼はけっして大騒ぎをしないから。

かわいそうなチャーリー。

誰に聞いたわけでもないけれど、テディはチャーリーの身に起きたことを知っていた。テディの体がよじれていて、言葉も話せず、いつも涎まみれだから、大人たちはテディの前で平気で個人的な話をする。そのためテディは、生まれるときに臍帯《さいたい》が首に巻いていたせいで、チャーリーは十四歳になった今も知能は四歳で止まっていることを知っていた。

周囲は気づいていなかったが、テディはあらゆることを知っていた。一度聞いたことは忘れなかった。ミセス・ジョンソンの義理の娘が酒浸りで、飲酒運転で子どもを学校に送っていることも知っていた。ミスター・キングの奥さんが、体格は彼の二倍でIQは彼の半分しかない男の人を選んで出ていってしまったことも知っていた。ベスのお母さんが客引き《ソリシティング》で捕まって刑務所に入っていることも知っていた。ただ、事務弁護士《ソリシター》になることがなぜ罪になるのかは、よくわからなかった。

テディは本やインターネットで読んだ話もよく覚えていた。ヒーローや発明家や兵士や宇宙飛行士の話。それらを読むとき、テディは自分が実際にその場にいて、自由で、健康で、飛んでいるような気分だった。現実にはテディは歩行さえできない。チャーリーは少なくとも歩くことはできる。この地球の上を自分の二本の足で歩くことはできる。好きな場所へ——二階にだって——行けるし、そうしたければ裸足《はだし》で牧草地を駆けることもできる。頭がどれほど損傷を受けていようとも。

テディの母は日頃から、テディがいかに恵まれているかを説いている。生まれた国がイギリスであなたは幸せだ、これがインドだったなら、きっと道端のどぶで物乞いをしている、とか。アフリカの子どもたちは本もなければ、それを読むための電気スタンドさえないのに、あなたはインターネットが使えて幸せだ、とか。生きていることと自体が幸せだ、とか。

テディは怒ったように頭をがくがくと動かした。ときとして、自分が恵まれていると思うことはとても難しかった。

チャーリーが隣で小さく歌っている。いつものことだった。チャーリーは歌を三つしか知らない。「男が草刈りに行った」と「緑色の瓶が十本」と「ワルツィング・マチルダ」だ。チャーリーは歌詞をところどころ間違って覚えていたし、十以上の数を数えられず、大きい数から小さい数へと逆には数えられないことを考えると、歌の選択もまずかった。テディはときどき、臍《へそ》の緒が残忍なニシキヘビよろしくチャーリーの細い首を絞める光景を想像した。臍の緒が首に巻いていなかったら、チャーリーはどんな人生を送っていただろう。どんな歌を歌っていただろう。それでも悪いことばかりではない。首に巻きついた臍の緒はチャーリーの脳から知能をきれいさっぱり絞り出してしまったかもしれないが、それと一緒に悪いことも全部絞り出したのだから。あとには太陽みたいな朗らかさと、笑顔と、息の混じった旋律を奏でる、幼く美しい少年の声だけが残った。

テディはふいに、チャーリーと一緒に歌ってあげなかったことを申し訳なく思った。

「戻ってきた」とベスが言い、テディも、ミスター・キングとミセス・ジョンソンが青々と茂る牧草地をこちらへ戻ってくる姿を見つけた。ふたりして色の濃いサングラスをして、スパイみたいだ。テディはスパイになれたら楽しいだろうなと想像して、考えてみれば自分はすでにスパイみたいなものなのだと気がついた。大人たちが、まさか自分たちの会話をテディが理解しているとは考えもしないなか、密《ひそ》かに情報を得ているのだから。頭のなかではテディはスパイだった。

頭のなかでなら、何にでもなれた。

テディはうれしくなり、チャーリーが四人からひとりまでカウントダウンしたところで――途中、間違って九人という数が混じっていたけれど――一緒に歌った。

……と犬のスポットと！　シュワシュワのソーダ！

チャーリーがくすくすと笑った。そこの歌詞を知っているのはテディだけだ。もっとも、彼が歌うと「ぬ、スパ！　ウアウア・オーア！」という具合に聞こえるのだが。

メダルに草刈りに行った！

「寒くないかい、チャーリー？」ミスター・キングがサングラスを外してチャーリーにウィンクすると、チャーリーは笑ってうなずいた。ミスター・キングはにっこり笑って少年の細い金髪をくしゃくしゃと撫《な》でた。「すぐにチャーリーのことも迎えに来るからね。大丈夫かな。お兄ちゃんだもんな？」

「大丈夫だよ、ミスター・キング」ミスター・キングにお兄ちゃんと呼ばれるのが、チャーリーは大好きだった。

ベスとテディがマイクロバスを降りる。車椅子のテディは昇降用のリフトを使う。皆の機嫌がよいときに、そのリフトに乗せてもらうのがチャーリーは好きだった。チャーリーはバイバイと言って、皆が牧草地を渡ってテントや馬や旗がある楽しそうな場所へ向かうのを見送った。


ジョーナスは簡単な飲食物が置かれたテントから、安全な距離を保って馬を見つめた。子どもがときどき、手綱で引かれた、鞍《くら》をつけた犬みたいなポニーにまたがって乗馬を楽しみ、終わると手間取りつつジョッパーズを脱いでアイスクリームを買ってもらったりしている。しかし、大半の馬は、牧草地の中央付近を三つの四角いアリーナに区切る青いナイロンテープの向こう側にいた。三つのアリーナのうち、ふたつは馬場馬術に、ひとつは障害飛越《ひえつ》馬術に使われていた。

ホースショーに来るのは久しぶりだった。子どもの頃以来か。当時〈スプリンガー・ファーム〉から借りていたポニーの名前は忘れてしまったが、背中に日差しが降り注ぎ、ちょうど今のように、革や熱せられた草や肥やしの匂いがしていたことを思い出した。

それらの記憶に、ジョーナスはどういうわけか落ち着かなくなった。

間もなく、駐車場の次の見回りの時間だ。はじめの二回はとにかく話しかけられた。皆が声をかけてきて握手を求め、調子はどうだと聞きたがった。ジョーナスは三度目の巡回に出る時間を先延ばしにするみたいに、ほとんど飲み干してしまった紅茶をのろのろと飲んでいた。

現在、馬場馬術アリーナにいるのは〈エクスムーア・ハント〉のフォックスハウンドだ。舌を出し尾を振って、赤いジャケットと白い乗馬ズボン姿で白い鞭《むち》を握っている猟犬係の周りに集まっている。アリーナ内には子どもたちが招かれ、茶色と白の大型犬を撫でさせてもらっている。今のうちから勧誘しておこうという、ハントのＰＲ作戦だ。子どもたちのなかには電動車椅子に乗った少年もいた。少年がねじれた腕を上下に動かしながら空を見上げる間、一頭の犬が車輪に尿をかけた。

たまに、群れから離れて何かの匂いを追ってアリーナをゆっくり駆けていこうとする犬の姿も見受けられたが、鋭く名前を呼ばれると即座に群れに戻った。ジョーナスにはどの犬も同じに見えるのに、四十頭前後はいるであろう犬を正確に見分ける猟犬係には毎度感心させられる。

「デイジー！」

「ダンディー！」

「ミロ！」

そのひと声で、群れを外れかけた犬は茶色と白のパッチワークみたいな集団に戻っていく。

ジョーナスから一番近いアリーナで、太った灰色のポニーが急に停止し、乗っていた小さな女の子が膝丈の障害の向こう側に放り出された。女の子の母親がナイロンテープをくぐって子どものもとへ駆けていく。そして、泣いている五歳児を立たせ、土を払い、涙を拭き、草をはんでいるポニーの背中にひょいと戻すと、踵《かかと》と手綱《たづな》を使って誰が主人なのかをポニーにわからせないとだめよと、お決まりの指示を出す。ポニーテールの幼児は鼻をすすり、一生懸命に何度もうなずき、ピーチ色のがりがりの足を上下させてポニーの脇腹を蹴ると、ポニーは速歩で円を描き、演技をやり直した。まったく同じ光景が繰り返された。失格を告げるベルが鳴り、審査員がトレーラーハウスから、少女の果敢な挑戦に盛大な拍手を、と促した。母親が片手で女の子を、もう一方の手で言うことを聞かないポニーを引いて、アリーナから撤収する。見るからに、ポニーよりも女の子に対して腹を立てている。

信じられないと、ジョーナスは思った。大人たちは、子どもが自転車で学校に通うことは許さないのに、知能の低い、ばかでかい筋肉の塊に我が子を乗せ、尻を叩《たた》いて速く走らせようとする。

ルーシーなら、こういうショーに心を躍らせたのだろうな。

どこからともなくそんな思いが湧き上がり、ジョーナスは喉がひりひりした。

紅茶のカップと受け皿を、スプーンがカタカタいうほど勢いよく置くと、ジョーナスは駐車場に向かった。


日差しはかなり強くなってきていたが、チャーリーは構わなかった。太陽のほうに顔を向け、目を閉じて、瞼《まぶた》が小さな毛布みたいに温かくなるのを感じた。

どこからか大きな声が響いている。運動会の日のミスター・キングみたいだ。そよ風に乗って言葉が切れ切れに聞こえてくるけれど、チャーリーにはほとんど聞き取れなかった。声がやむたびに、辺りは夜のおやすみの時間みたいに静かになった。

チャーリーはうとうとしかけた。

そのとき、何かが割れる鋭い音がして、チャーリーはぱっと目を開けた。

はじめは何も見えなかった。目を細めてまぶしい日差しに目を凝らしたら、駐車された車の間に男がいるのが見えた。男が棒を持った手を振りかざし、車の窓を叩く。

ガラスの割れる音にチャーリーは跳び上がった。

「大変！」と、チャーリーは言った。「大変！」

悪い人だ！　窓を割っちゃった！　とっても悪い人だ！　ニコラ・パークが学校の温室のガラスを割っちゃったときには、ミセス・ジョンソンはかんかんになって怒ってた！

チャーリーがなおも見ていると、男は一台一台の車内をのぞきながら数列移動した。そして――左右をちらりと気にしてから――足を止め、もう一度同じことをした。

チャーリーはテントのほうを見た。

「ミスター・キング！」と叫ぶ。「ミスター・キング！」

顔を上げた男がチャーリーに気づく。チャーリーは座席の背に背中をくっつけるようにして縮こまった。

男がこちらに向き直り、早足でマイクロバスに近づいてきた。距離がつまるにつれて、男が大きな緑色の手袋をはめていて、目も鼻も口もない、妙に真っ平らな顔をしているのが見えた。去年の十一月五日の焚《た》き火の夜に学校で作った、ガイ・フォークス人形みたいだ。それが生きて歩いている。

こんなに恐ろしいと思ったのは、チャーリーは生まれて初めてだった。夜、明かりを消すときよりも怖い。

「ミスター・キング！」チャーリーは、乗り込んできた男がチャーリーのシートベルトを外しにかかるのを阻止しようともがきながら、悲鳴にも似た声で必死に叫んだ。

「ミスター・キング！」

しかし、会場には先ほどの大きな声が再び響いており、それに続いて人々の拍手が起きていた。

チャーリーは助けを求めて叫び続けたが、その恐怖の叫びはすぐに、病院の匂いのするウールの手で塞がれてしまった。

ジョーナスは、駐車場に辿《たど》り着くまでに六回は呼び止められた。皆、気に掛けてくれているだけだ。それがわかっていたから、ジョーナスは笑顔で礼儀正しく応じた。頼むから放っておいてくれと言いたい気持ちはぐっとこらえた。そのとき、サングラスをかけたワイシャツ姿の男が何か聞き取れないことを叫び、こちらに向かって駆け出した。男が近くまで来ないうちから、ジョーナスは悪い予感がしていた……。

16

門を閉めろ。門を閉めろ。門を閉めろ門を閉めろ門を閉めろ……。

頭に響く言葉のリズムに呼応するようにジョーナスは走った。一年以上ぶりに走った。そして、巨大な鐘みたいな音を響かせて門を勢いよく閉めた。ちょうど小道を折れて入ってこようとしていたBMW X5が、ぶつかりそうになって急ブレーキを踏んだ。

「何しやがる！」運転手は怒鳴ったが、ジョーナスの制服を見て、「何かあったのか？」と、抗議の言葉をいくらか和らげた。

「子どもが行方不明になったんです」ジョーナスはあえぎながら答えたが、運転手のことは見もしなかった。その視線はチャーリー・ピーチの姿を探して早くも牧草地に向けられていた。ジョーナスは声を張り上げ、繰り返した。「子どもが行方不明になりました！」

火災警報が鳴り響いたかのようだった。人々は磁石で引きつけられたみたいにジョーナスの周りに集まった。

蛍光色のベストを着て門番を務めていたのは、〈レッドライオン〉の店主グレアム・ナッシュだった。

「ここを出ていった人はいますか？」ジョーナスは尋ねた。

「何人か」

「誰です？」

ナッシュはそんなことを言われてもという顔をした。「知らない。入場者の対応だけで手一杯なんだ。出ていく人を見るのは俺の仕事じゃない」

「気になる人物はいませんでしたか？　見慣れない顔は？」

「勘弁してくれ、ジョーナス、わかるわけないだろ。全員を見知ってるわけじゃないんだから。子どものことだ、アイスクリームでも買いに行ったんじゃないのか」

ジョーナスはチャーリー・ピーチを知っていた。同じシップコット村に住んでいる。だから、アイスクリームを買っている可能性がないこともわかっていた。ジョーナスはグレアム・ナッシュに、道に立ち、ショー目当ての車を入れないよう頼んだ。

「でも、まだ昼にもなってないじゃないか」ナッシュは抗議した。「入場料を払っているのに俺がなかなか入れなかったら、何を言われるかわかったもんじゃない」

「男の子が見つかるまで、この門は開けない」ジョーナスは冷たく宣言すると、祈るような気持ちで携帯電話に目をやった。かろうじて電波が届いているのを見て、圏外にならないよう、その場から一歩も動かずにレノルズ警部補に一報を入れた。

レノルズは、すぐに向かうから誰も会場から出すなと言った。ジョーナスは対応ずみだと説明して時間を無駄にする真似《まね》はせず、「了解しました」とだけ答えて電話を切った。

ジョーナスとマイケル・キングは審査員のいるトレーラーに走って戻ると、拡声装置を乗っ取った。ジョーナスはハウリングを起こしキーンと鳴るスピーカーを通して、各アリーナの全審査員に、チャーリー・ピーチを捜索する間、競技を中断するよう求めた。そして、少年の特徴を説明させるべく養護者にマイクを渡した。

放送の終了と同時に、ショー会場の空気がスイッチを押したみたいに一変した。緊急事態であることも、何をすべきかも明白だ。馬は馬運車につながれ、人々はデッキチェアから立ち上がり、お茶のカップを置き、テントや車の間をわらわらと歩きながら、車の下をのぞいたり、トランクを開けたり、仮設トイレを調べたりした。

いかにも馬の愛好家らしいと、ジョーナスは思った。彼らはよくも悪くも行動力がある。


拡声装置を通してジョーナス・ホリーの声が聞こえてくると、スティーヴンはびくりとした。エムが気づくほどだった。

「どうしたの？」

「何でもない。びっくりしただけだよ」

エムがほほ笑み、スティーヴンも笑い返そうとしたが、うまく笑えなかった。にわかに緊張した。

ふたりは草の上に座って放送を聞いた。頭の上ではスキップがまどろんでいる。ジョーナスとは別の大きな声が響き、少年は金髪で、ＳＦドラマのドクター・フーのＴ

シャツを着ていると説明した。

「少年の名はチャーリーです」と、その声が告げる。「チャーリー？　もしこれを聞いていたらマイクロバスに戻っておいで。できるだろう？　お兄ちゃんだもんな。バスで待っているからね」

スティーヴンとエムは周囲を見回した。

「アイスクリームでも買ってるんじゃないのかな」エムが言った。

「うーん」そうであることをスティーヴンは祈った。

それから一分ほど、そのまま座っていたものの、内心そわそわと落ち着かなかった。何もせずにじっとしていることなどできない。スティーヴンは立ち上がった。「探すのを手伝ってくる」

エムもぱっと立ち上がる。「私も行く」

そして、近くにあった適当な馬運車にスキップをロープでつなぐと、泥よけに自分のジャケットをかけた。「すぐ戻るからいいよね」と、肩をすくめる。

スティーヴンは、大勢の人々が車のなかや下をのぞいたり、テントやトイレを探す様子を見つめた。少年があのどこかにいるのなら、誰かしらが見つけるだろう。そこに加わるかわりに、スティーヴンはエムを連れて牧草地の端に向かった。境界をぐるりと囲むのはサンザシの生け垣で、クレマチス・ビタルバやヒルガオも生い茂り、ところどころ野生種のクレマチスも咲いていた。

「行方不明になってる子たちとは知り合いなの？」エムが尋ねた。

「いや」スティーヴンは肩をすくめた。「ジェスって子は同じ学校だけど、僕は知らない」

「知らないのなんてスティーヴンぐらいなんじゃない？」エムが茶化す。

スティーヴンは肩をすくめて、続けた。「男の子のほうは、この辺の子じゃない」

ふたりは牧草地の端を時計回りに歩いた。生け垣は幅が広く、反対側の牧草地はまったく見えなかった。ところどころ厚みが少ない場所もあったが、棘《とげ》が多いのでくぐり抜けられない。牧草地は端に向かって下っており、ショー会場は背後の地平線の向こうに消えて見えなくなった。それとともに音も聞こえなくなった。ふたつ目の角の、ぽつんと一本だけ立っているオークの木のそばで、生け垣がいったん途切れているのをエムが発見した。腰丈のイラクサに阻まれて近づけなかったが、少し先まで歩いて振り返ると、踏み越し段の柱が見えた。使われていないらしく、生い茂る葉にほとんど隠れてしまっている。

「あそこから外に出たってことは、あるかしら？」エムが言った。

スティーヴンはイラクサに目をやり、かぶりを振った。「誰かが通ったなら、踏み潰したあとが残っているはずだ」

ふたりはまた歩き出した。人々がいなくなった少年を血眼になって探している場所から九百メートルほどしか離れていないにもかかわらず、ここは静かだった。最も大きな音は、草むらに潜むコオロギの鳴き声と、危険を知らせ合って逃げていくウサギたちが立てる、ガサガサという音だけだ。まだ危険を知らない一羽の赤ちゃんウサギが、人間が近づいてくるのに、見通しのよい開けた地面に座っている。ふたりが三メートル弱の距離まで近づいたところで、子ウサギはおどけたようにぴょこんと跳ね、生け垣のなかに入っていった。ふたりは思わず笑った。

再び沈黙が流れる。日照り続きで乾燥した草が足の下で立てる音が、はっきりと聞こえるほどだった。

「トレーラーを戻してくれてありがとう」突然、エムが言った。

スティーヴンの胃が持ち上がった。「僕は盗《と》ってないよ」

「誰が盗ったかなんて、どうでもいいの」エムは肩をすくめた。

スティーヴンはエムの腕に手を置き、彼女を立ち止まらせた。肌に触れた瞬間ぞくっとして、彼女がこちらを向くと慌てて手を引っ込めた。

「嘘《うそ》じゃない」と、真剣に訴える。「僕は盗ってない」

盗っているかいないかの違いがスティーヴンにとって重要であることを理解して、エムはうなずいた。「でも、戻してくれたのはスティーヴンでしょ。暗証番号を覚えていたのね」そして、スティーヴンが目をそらすまで、彼を見つめ続けた。

再び歩き出すとき、エムが手をつないできた。

腕が鳥肌立ち、震えが胸にまで広がった。アレルギー症状が一気にぶり返した。

スティーヴンはちらりとエムを盗み見た。平然としているように見えた。ふたりの腕はV字を描いていた。スティーヴンの細いが筋張っていて長すぎる腕と、エムのノースリーブから伸びる華奢《きゃしゃ》で美しい腕。V字の底でふたりの手がしっかりとつながり、心地よく揺れている。昔からずっとそうしてきたかのようだ。

エムが何かを言ったが、スティーヴンが聞いていなかったので、彼女はもう一度繰り返した。

「あの警察官に踏み越し段のことを伝えたほうがいいと思うの。念のために」

スティーヴンは、エムが丘をのぼって駐車場に戻ろうとしていることに気づいた。今いる低い位置からでも、車のルーフを見下ろすほど長身のミスター・ホリーの姿が見える。先日は彼を尾行した。しかし、言葉を交わすとなるとまったく別の話だ。

「やめとこう」スティーヴンは言って、足を止めた。

エムも立ち止まり、つないでいた手がするりと離れた。

「どうして？」

スティーヴンは口ごもった。「とにかく、やめとこう。ほら、なんか、忙しそうだし。それにむやみに歩かないほうがいいし……その……犯罪現場の上をさ」

「犯罪現場？　ショーで子どもが迷子になるなんて、よくあることよ。必ず見つかって、競技だって何事もなかったみたいに再開する」エムが語調を少し強めた。そう口にすることで、それが現実になるかのように。スティーヴンも、ぎこちないながらもそれにならった。

「そうだね。きっとすぐに見つかるね」

しかし、いったん口を衝《つ》いて出た言葉は取り消せない。エムは不安げだった。

「やっぱりあの警察官に教えてくる。一緒に行く？」

エムは歩き出した。スティーヴンはついていかなかった。

エムがジョーナス・ホリーに声をかけ、説明を始めると、彼は車のルーフ越しに牧草地の角に目をやった。一瞬、スティーヴンと目が合った。

エムがスティーヴンのそばに戻ってきた。「確認するって言ってた」

「そうか。よかった」

その場を離れながら、エムは訝《いぶか》しげにスティーヴンを見た。「あの警察官と何か問題でもあるの？」

「まさか。そんなことないよ」

「だけど、スティーヴン、さっきから変よ」

何を話せばいいというのか。スティーヴンひとりが、村の巡査は妻を殺害したのではないかと疑っていることを説明しても、頭がおかしいと思われるだけだ。

それに、ここに来て別の疑念も生じていた。スティーヴンの心にあらたな思いが形をなし始めていた。ミスター・ホリーは、子どもが三人、立て続けに行方不明になったのとときを同じくして再び姿を現した。スティーヴンは偶然の一致というものの存在を否定するわけではなかったが、直感は信じたほうがいいと、これまでの人生で学んでいた。直感はまず裏切らない。

むろん、そんな話はエムにはできない。自分の妙な態度のわけを説明するために、狂気ともとられかねない考えをあきらかにしたところで、エムに呆《あき》れられるだけだ。スティーヴンはそのことも直感的にわかっていた。そして、それがわかるということは、自分もある程度は正常なのだろうと思って、ほっとした。

エムは相変わらずスティーヴンを見つめたまま、答えを待っていた。

「ごめん」スティーヴンはようやくそう言った。

エムはしばらくスティーヴンを見てから、向こうを向いた。

スティーヴンはエムのあとについて、スキップの待つ場所まで戻った。スキップは日だまりでまどろんでいた。

おまえは　彼を　愛して　ない。

ハンドルに貼られた黄色のメモを見つめながらも、ジョーナスはこれがいたずらであってほしいと願っていた。冗談であってほしい。実はチャーリーは目立ちたがり屋なのかもしれない。あるいは別の子どもがチャーリーをそそのかしたのかもしれない。今この瞬間も、チャーリーは仮設トイレに隠れて、皆が大騒ぎしているのをくすくすと笑って見ているかもしれない。そんなふうにジョーナスは考えた。

そう願った。

なぜなら、これがいたずらでないのなら、もはやチャーリー・ピーチを救うことはかなわないのではないかという恐ろしい予感がしたからだ。

人々はショー会場を隈《くま》なく探している。ひとつの広い牧草地を、ざっと三百人ほどが捜索している。チャーリーが今も会場にいるなら、そろそろ見つかってもいい頃だ。そして、チャーリーがすでに会場にはいないなら、門の閉鎖が間に合わなかったということになる。

この時間帯に優先されるのは、ショー会場に人を入れることであり、午前早くの競技を終えたり、車で人を送り終えたりして、早々に会場をあとにする数少ない人々に監視の目を光らせることではない。ジョーナスにはグレアム・ナッシュを責めることはできない。門番の彼に求められていたのは、せいぜい出ていく車が入ってくる車と衝突しないように気をつけることくらいだ。誘拐した子どもをトランクに閉じ込めたり、手足を縛って後部座席に放り込んだりして、去っていく車がないかを確認するためにいたわけではない……。

違う。それは俺の仕事だ。

ジョーナスは会場全体を見渡そうと、丘を少しのぼった。牧草地の傾斜に沿ってとめられた車や馬運車が、明るいうろこみたいに見える。ふと、何列分か内側に駐車された車の窓に、黒っぽい点のようなものがあるのが目に留まった。ジョーナスは眉をひそめ、そちらへ歩いていった。近づいてみると、それはシルバーのルノー・メガーヌの後部座席の窓にあいた丸い穴だった。ジョーナスは両手をひさしのようにして、窓から暗い車内をのぞき込んだ。何か盗むに値する貴重品が後部座席にあるのだろうと思った。しかし、あったのは破れた地図と、散らかったクレヨンと、小さな女の子用のカーディガンだった。反対側のリアウィンドウにも同様の穴があいていて、ジョーナスは確認するためにそちら側にも回ってみた。穴は子どもの手さえ通らないほど小さく、ふと見るとメガーヌのドアはロックされたままだった。何者かが何らかの道具を穴からさしこみ、鍵を開けようと試みたのだとしたら、邪魔が入ったのだろう。

クレヨンを盗もうとして、邪魔が入った。

肩越しに振り返ると、マイクロバスが見えた。ジョーナスはメガーヌから離れ、バスに向かって歩き出した。フォード・フォーカスの横を通りすぎるとき、やはり窓が割られているのが目に入った。小さな丸い穴で、周囲の安全ガラスにはモザイク状のひびが入っていた。直径五センチの穴から車内をのぞいたら、後部座席にチョコレートブラウンの太ったラブラドール・レトリーバーがだらりと横になっていた。頭を上げてワンとひと吠《ほ》えしたものの、暑すぎてそれ以上は何もできない様子だった。

ジョーナスは考えるよりも先にドアを開けようとしていた。しかし、鍵がかかっていた。

しまった。

これで俺の指紋がドアハンドルについてしまった。くそったれ。レノルズは当然のことながら激怒するだろう。何しろ前回の事件捜査の際にも俺は大失態を演じてしまったのだ。あのときは、ジョーナスの指紋や毛髪が複数の犯罪現場から採取された。いずれも職務上現場にいたわけだが、マーヴェルはがみがみと騒ぎ立て、以降はジョーナスを目のかたきにした。同じことをレノルズとの間で繰り返したくはない。

それよりも、チャーリー・ピーチの発見につながる有益な情報を可能な限り集めることだ。

ジョーナスはもう一度マイクロバスのほうを見た。距離はざっと五十メートルか。

よく見える。誘拐犯はこの窓を割ったあとで、自分を見ていたチャーリーと目が合ったのだろうか。もしくは彼の声を聞いたのだろうか。ジョーナスは膝を曲げてかがみ、一九〇センチ超の長身を平均身長に近づけた。十五センチ低い位置からでも、マイクロバスをはっきりととらえることができた。

車内の犬が重たい体を持ち上げてのっそりと立ち上がり、鼻先を窓ガラスの穴に押し当てた。安全ガラスのかけらが少し、ぱらぱらと落ちた。

警察車両のサイレンが聞こえてきて、ジョーナスはレノルズと合流するためにマイクロバスのそばに戻った。

チャーリー・ピーチは隠れているわけでもふざけているわけでもなかった。チャーリー・ピーチは忽然《こつぜん》と姿を消した。

レノルズはジョーナス・ホリーの責任だと腹を立てた。百パーセント、あいつが悪い。彼の役目はただひとつ、何者かが他人の子を連れて、唯一の出口からショー会場をあとにすることがないように目を光らせることだった。それなのに、ジョーナスは見事にしくじった。

この男はもはやジンクスだ。

レノルズは再度、マイクロバスのハンドルに貼られたメモに目をやった。手に取って確かめるまでもなく、紙の端の接着面に緑っぽいウールの小さな繊維が付着しているのが見えた。

捜査チームが追っていた人物がここにいたのだ。仕切られた牧草地内に。その者を見つけるために警察官が特別配備されていた、この場所に。

考えれば考えるほど、状況のまずさが浮き彫りになる。

ジョーナスが隣にやって来た。長身の彼には植毛した頭部が丸見えだろうと思ったら、にわかに落ち着かなくなった。レノルズは不機嫌そうにジョーナスを押しのけると、チャーリー・ピーチがいたはずのマイクロバスを平手で苦々しく叩《たた》き、言った。

「戻ってきてくれてうれしいよ、ホリー」

レノルズの棘のある言葉にはあとから苛《さいな》まれることになりそうだったが、ジョーナスはひとまず聞き流し、これまでに得た情報を警部補に報告した。レノルズが補足的な質問をし、ライスが記録を取っていく。レノルズはジョーナスに規制テープを渡して現場を保存するよう命じると、ライスとともに他の車を確認しに行った。

誰かがジョーナスのために金属の杭《くい》を運んできて、マイクロバスの周囲の硬い地面に打ち込むのを手伝ってくれた。それがすむと、ジョッパーズをはいてリボン徽章《きしょう》をつけた子どもたちが目を丸くして見守るなか、ジョーナスは規制線を張った。

そして、マイクロバスのそばに立って空っぽの座席を見つめた。心の目にはチャーリー・ピーチの姿が見えていた。近づいてくる誘拐犯に怯《おび》えていたかもしれない。あるいは興味津々だったかもしれない。チャーリーは、お菓子をあげるからとかXboxで遊ばせてあげるからと言われて、ついていってしまったのだろうか。それともシートベルトを外されて強引に引きずられ、蹴ったり噛《か》んだりして抵抗しただろうか。助けを求めて叫んだだろうか。そもそも我が身に起こっていることを理解できていただろうか。養護者によれば精神年齢は四歳らしい。ふいに、そんな子どもを連れ去った犯人への怒りがこみ上げてきた。

その子を助けてあげて、ジョーナス。

頭のなかでルーシーの声がはっきりと響き、ジョーナスははっとした。ルーシーの姿を探して振り返りそうになるのを懸命にこらえた。

彼女はここにはいない。ルーシーは死んだんだ。ここにはいない。

どこにもいない。

最初の衝撃が過ぎると、ルーシーの声のこだまにジョーナスの心は穏やかになった。いつもそうだった。

ジョーナスは小さな黄色のメモを見つめたが、その実、目には入っていなかった。「助けるよ」ジョーナスは小声で、しかし決然と誓った。「約束する」

警察が到着してすぐに、スティーヴンとエムはショー会場を出ることを許され、三キロの道のりを歩いて帰った。沈黙を破るものは、ポニーの蹄鉄《ていてつ》がアスファルトを引っかく音だけだ。エムは上《うわ》の空で、スティーヴンにポニーに乗ってみるかとは言わなかった。スティーヴンは彼女が行方不明になった少年のことを考えていることを願いつつも、本当は退屈しているのではないかと恐れた。あるいは、ジョーナス・ホリーに対するスティーヴンの妙な態度に苛立《いらだ》っているか。

〈オールド・バーン・ファーム〉の門の前まで来ると、エムは「またね」と言った。門のなかまで送らせてもくれないんだ。スティーヴンは打ちのめされた。

「うん、また」ぎこちなくそう言って、つけ足した。「ありがとう」本心だった。

「また学校でね」

「また学校で」

スティーヴンはスキップの温かな首をぽんぽんと叩くと、きびすを返して自宅に向かって歩き出した。背後で門の開く音がする。

「今度……また一緒にどこか行く？」

スティーヴンはびっくりして振り向いた。

エムは珍しく緊張した顔をしていた。「行きたくなかったらいいんだけど」

「行きたい」

「よかった」エムが笑顔になった。「私も」

そして、彼女は手を振った。

「またね」スティーヴンはもう一度そう言って、同じように片手を上げた。

エムがスキップを私道へと促し、スティーヴンは歩いて家に帰った。たぶん、歩いて帰ったのだと思う。うれしさにすっかり舞い上がり、頭のなかでくるくると円を描いて走りながら笑ったり叫んだりするのをようやくやめて我に返ったら、ちゃんと自宅にいたから。


ショー会場に駐車されていた車と馬運車は合計百二十七台。午後六時には、三台を除く全車両が出入り口での検問を経て、欠伸《あくび》をするグレアム・ナッシュと仕事熱心なエリザベス・ライスの立つ門を抜けて帰路についた。

残ったのはマイクロバスと、窓を割られたフォーカスとメガーヌの三台で、ポーティスヘッドの科学捜査研究所から臨場した三人が現場検証と資料採取に当たっていた。

車に戻れない所有者と、その子どもや犬は、待ち時間が長引くほどに腹をすかせ、疲れ、機嫌を損ねていった。見かねたジョーナスは、現場の平和と静けさを維持するために、自分が全員をそれぞれの自宅に送っていくと申し出た。二回に分けて送った。

まずはフォーカスを所有している、エクスフォード在住のおしゃべりなアリソン・マークスとその家族だ。ロクスホア在住のバーバラ・ムーアクロフトとは会話を交わすことはなかった。彼女の二頭の神経質なレークランドテリアは家に着くまで吠えどおしで、一方三人の子どもたちは耐えるように静かにしていた。がみがみ怒られて言うことを聞かされるのに慣れきってしまっているらしい。

自宅に戻る途中、ジョーナスはウィジプール・コモンの頂上で車をとめた。エンジンを切り、心を癒す芳香のように自分を包む静寂に耳を澄ませた。

ルーシーが死んで以来、静寂が当たり前になっていたジョーナスは、物音がいかにストレスになるかをすっかり忘れていた。話したり、人と接したりすることがこんなにもストレスになるとは。かつては毎日人と話をしていたなど、今のジョーナスには信じられなかった。そして、そういう日常に今一度慣れなければならないのだと気づいて、考え込んでしまった。

自信がなかった。

ジョーナスは震えるような長い吐息をついた。何時間も前、チャーリー・ピーチが行方不明になったと知ったときに吸い込んで以来、ちゃんと吐き出していなかった気がする。あれ以降に起きたことは、ぼんやりとしか覚えていない。ショー会場を満たしていた混乱も叫び声も慌ただしい動きも自責の念も、すべて霞《かすみ》がかかったみたいになっている。

それでも、荒野のてっぺんにひとりきり、開けた窓から流れ込む夏の夜風に心を慰められているうちに、ジョーナスは考える力を取り戻していった。静けさに浸りながらも、その静けさのなかにもさまざまな音が含まれていることに気づく。どこか近くにいるクロウタドリ、丈の長い草がそよぐ音、ハリエニシダの立てるカサカサという乾いた音。耳元に寄せては引く空気の流れは、息の混じったモールス信号みたいだった。

ジョーナスはその場にじっと座って、頭のなかの靄《もや》を荒野が払うに身を任せた。できることなら今日一日のことは考えたくなかった。だが、割れた窓の記憶が彼を悩ませた。

ピート・ノックスが誘拐されたターステップスに駐車されていた車の何台かも、おそらく窓を割られていたはずだ。ダンケリー・ビーコンの駐車場にとめられていた車に関してはレノルズに確かめなければわからない。そちらでも窓が割られていたのだとしたら、誘拐犯と関連があることはあきらかだ。

それでも謎は残る——何のためなのか？

その答えは、キャンプの焚《た》き火を避けて遠巻きに様子をうかがう狼《おおかみ》のごとく、陰に身を潜めたままだった。

17

わずか二週間で三人の子どもが行方不明になった。

大衆紙『サン』は、エクスムーアの子どもたちを保護者の鼻先から神隠しのように奪い去った犯人を、ハーメルンの笛吹き男と呼び、他のタブロイド紙もこぞってそれにならった。高級紙さえもがその名を使って報道した。もっとも、〝一部ではハーメルンの笛吹き男にもなぞらえられている事件〟と見下すように書くことで、その呼称を使いつつも、我々は高尚な新聞であり大衆紙とは違うのだと知らしめていた。

何にせよ、レノルズにとっては迷惑な話だった。そんな呼称をつけられては、道化の格好でブリキの笛を吹く男のあとを、列をなして踊りながらついていく子どもたちを見つけられない警察は無能だという、まずい印象を与えてしまうではないか。

それだけでなく、大衆紙の記事は、ひとりだけ誘拐した犯人より三人を誘拐した犯人を捕まえるほうがはるかに容易なはずだと示唆していた。本件が全国メディアで大々的に報じられていることも考え合わせると、レノルズは今や国中に醜態をさらすリスクを背負っていた。

そのストレスに己の毛髪が耐えられることを、レノルズは祈るしかなかった。

捜査チームにはあらたに三人の警察官が配属され、レノルズは記者会見を開いた。そして、苦々しさを滲《にじ》ませながら、行方不明者の発見や誘拐犯の特定につながる情報の提供者に、『サン』紙が一万ポンドの報奨金を提供することになったと発表した。その後会見の模様を放送で確認したら、植毛した髪の映り具合は、テレビ用の強烈な照明を浴びているわりにすこぶるよく、レノルズは胸を撫《な》で下ろした。

皆がその話で持ちきりだった。

レノルズの髪ではない――報奨金だ。

その夜、ケイト・ガリヴァーはジョーナス・ホリーの様子を訊《き》くべく、レノルズ警部補に電話をかけた。

応対したのはエリザベス・ライスだった。

「はじめまして、ライス巡査部長です。警部補はあいにく席を外しておりまして」

「折り返しお電話いただけるよう、お伝えいただけるかしら？」

「もちろん」ライスは答えた。「失礼ですが、ご用件は？」

ケイトはむっとした。私はライスを知らないが、彼女のほうは私が警察の認定を受けた心理士だと承知しているはずだ。こちらがレノルズの個人的な問題で連絡している可能性も考えられるなかで、内容を訊くのは失礼だ。失礼極まりない。

しかし、ライスは女性であり、ケイトは男社会で奮闘する女性をぞんざいに扱うことをよしとしていなかった。相手がお茶汲《く》みの女性であってもだ。女同士には、私たちは同じ環境下で闘う同志、親友だという連帯感があり、その親友を無下に扱えば、いやな女だと叩《たた》かれかねない。

だから、守秘義務があるのでと答えるかわりに、ジョーナス・ホリーのことで電話したと伝えた。

「復職後の様子はどうかと思って。それだけよ」

むろん、それだけのはずがない。ケイト・ガリヴァーがジョーナスは職務に耐え得ると確信を持っていたなら、そもそも電話などしなかった。

「大丈夫、だと思うわ」ライスは少し驚いたように答えた。「問題なさそうに見える」

ケイトは「よかった」と言い、女同士の連帯感を呪った。ライスから答えを得てしまっては、これ以上レノルズと話したいとは言えないではないか。ケイトはレノルズの見識は信頼していたが、ライスとは面識がない。それにもかかわらず、同志として振る舞うならば、下っ端刑事の見解を受け入れ、感謝し、失礼しますと言って電話を切らなければならない。

実際、そうせざるを得なかった。

ライスは電話を切ると、難しい顔で〈レッドライオン〉の店内の中空を見つめた。私はレノルズほど博識ではない。それでも、これまでに会ったどの男よりも良識はある。その良識に照らし合わせると、ケイト・ガリヴァーのジョーナスに対する懸念は普通ではなかった。

これは勘ではない。論理的に考えたまでだ。

ジョーナスは人生が一変してしまうような恐ろしい経験をした。ライス自身も、最後にシップコット村を訪れて以降、何カ月も悪夢に悩まされた。ジョーナスが階段下の血まみれの床で、死んだ妻のまだ温かい体を抱いていた光景は、一生忘れられないだろう。今でさえ――〈レッドライオン〉の明るく気楽な雰囲気の店内にいるのに――ルーシー・ホリーの蘇生《そせい》を試みた際に唇についた、温かな血の感触を思い出し、エリザベス・ライスは身震いした。鉄の匂いと、どういうわけかゴムが焼けたような匂いがしていた。ジョーナスは妻の顔から目を離そうとせず、ただ、腹部に負った深い傷から血が流れ出ていくにつれ、その目はどんどん暗くなっていった。

あの日、あとになってシャワーを浴びたとき、足首の周りの水がピンク色に染まるのを見て、ライスは泣いた。膝についた乾いた血を、ごしごしとこすり落とさなければならなかった。警察が提携している精神科医を訪ねなかったのは、ひとえに弱い女だと思われたくなかったからだ。

ガリヴァーの電話は通常業務の一環だったのかもしれない。しかし、ライスの理屈からすると、そうではなかった。

第一に、時刻は午後六時を回っている。それはつまり、ガリヴァーは業務時間内にかつてのクライアントの様子を簡単に確認できればよかったのではなく、レノルズときちんと話がしたかったということだ。第二に、レノルズの電話にライスが出たことでガリヴァーの声に苛立《いらだ》ちが混じったのを、ライスは聞き逃さなかった。一瞬、ふたりは仕事以上の関係にあるのかもしれないと思ったが、すぐにその考えは捨てた。レノルズが誰かと寝ているところなど想像もできない。自慰さえ想像できない。ということは、ガリヴァーが苛立った理由は、あれが簡単な問い合わせではなかったからだ。重要だったからだ。ガリヴァーはジョーナスの復職後の様子を真剣に知りたいのだ。それはすなわち、ジョーナスが問題なくやっているかどうか、百パーセントの自信はないということだ——確証が持てるまで向き合うのが彼女の仕事であったにもかかわらず。

レノルズがライスにはリンゴ酒の〈サッチャーズ〉を半パイント、自分には白ワインを手に戻ってきた。

ライスはとっさに、レノルズにはガリヴァーに折り返し電話するよう伝えるに留《とど》めることにした。ジョーナス・ホリーに問題があるならば、レノルズが勘づくはずだ。

彼はすでに何らかの理由でジョーナスを嫌っている。なぜなのかは不明だが、ライスは理不尽な理由である気がしていた。上司の不当な嫌悪を増幅させることに荷担したくはない。ジョーナスは被害者であり、彼に向けられるべきは同情だ。

ただ、ジョーナスの心理士が――復職可能と診断した心理士が――彼のことを案じているのなら、私も気にかけておこうとライスは心に決めた。

18

何とも奇妙な空気だった。エクスムーアは相も変わらず晴れて暑い日が続いているのに、同時に驚くほどの暗雲が垂れ込めている。不安感も漂い、そのあおりを誰よりも食ったのが子どもたちだった。荒野を自分の庭くらいに思っていた子どもたちは、突然、狭い裏庭でしか遊ばせてもらえなくなった。天気に恵まれた最高の初夏なのに、親たちは百八十度の方針転換をして、暗くした部屋でゲームをすることを推奨するようになった。

よちよち歩きの幼児が、最近はあまり見かけなくなっていた幼児用ハーネスをつけられている光景を頻繁に目にするようになり、ハーネスをつけるには大きくなりすぎた子を持つ親は、その様子をうらやましそうに見つめた。保証金が返金されないために旅の予約を取り消せない観光客は、ジグソーパズルや、ポールにゴム紐《ひも》でつけたボールをラケットで打ち合うスウィングボールを荷物に詰め込んでやって来た。すばらしい好天に負けてハイキングに出た場合でも、道路の待避所や荒野の駐車場で、うんざり顔の子どもたち相手に、危険だからひとりでふらふらとどこかへ行ったりしないようにと、厳しく言って聞かせる親の姿が見受けられた。

しかし、そこまでしていざ車で丘陵地を走ったりビーチへ向かったりしても、今度は警察の検問を受け、トランクを開けるように言われ、デッキチェアもウインドスクリーンも凧《たこ》も予備のトイレットペーパーも全部道路に出すはめになる。それでも、行方不明の子どもはいっこうに見つからない。

商店も打撃を受けた。エクスムーアでは、冬はひたすら堪え忍ぶ季節で、人口が五十倍に膨らむ夏こそにぎわい栄える。しかし、ジェス・トゥックの誘拐から二週間もしないうちに、あきらかに様子が違ってきた。夏の観光客やアウトドアレジャーを楽しむ人々の需要を見込んで仕入れた商品はほとんど売れなかった。それにもかかわらず商品自体がそこそこの速さで消えるのは、車で待つことを許されずに母親のあとから渋々店に入ってきた不機嫌な子どもたちが、憂さ晴らしにあれこれ万引きするという暴挙に出たからだ。ダルヴァートンでは、十二歳のジェームズ・メルドラムが〈フィールド&ストリーム〉でクラスの男子全員分の真新しい釣り竿《ざお》を盗み、堂々と店をあとにして、つかの間クラスの人気者になった。もっとも、間抜けにも彼は翌日同じ店に戻り、八十ペンスの釣り針一パックをポケットにねじ込んだところを見つかった。

しかし、その程度の損失ですむのは稀《まれ》だった。

商店の店主らは一様に険しい顔をしていたし、B&Bのオーナーたちは座って電話が鳴るのを待つ日々だった。パブの主人らは、地元住民に半パイントのドリンクや、たまに注文の入るプラウマンズランチ（パン、チーズ、サラダ、ピクルスなどの軽食）を提供しつつも、その目はつねに入り口を気にしていた。大幅な値下げに、前倒しのセール。エクスフォードからリントンまでトラクターを運転したボブ・モートじいさんは、二十キロ以上の道中、一度も左に寄せてトレーラーをかわすことはなかったらしい。それはのちのちまで語りぐさとなる出来事だった。四月にヒースの花が咲くくらい珍しい。

要するに、観光客はこぞってエクスムーアを避け、美しい自然が広がる別の場所を旅先に選び、子どもたちを車内に放置したのだった。

デイヴィーとシェインは例の金をまだ使っていなかった。

何せ額が大きすぎる。見つけたのが五ポンドだったなら、ミスター・ジャコビーの店で一度に使いきっただろう。十ポンドだったなら、ダギー・トレウェルに頼んで缶ビールを買ってきてもらい、酔っ払う感覚を味わってみたことだろう。

しかし、百ポンドは大金だ。あれこれ使い道を思いつきはするものの、手に糊《のり》でくっついてでもいるみたいに、金を放すことができない。

手っ取り早い解決策は金を折半することだったが、丸々百ポンドを自由に使えると想像することに慣れてしまったふたりにとって、五十ポンドしか使えないというのは受け入れがたい転落だった。

デイヴィーは自分が金を管理すると提案したが、シェインはただちに警戒した。疑われたデイヴィーは憤慨したが、シェインに自分が家で管理すると言われると、やはり信用できずに躊躇《ちゅうちょ》した。最終的には妥協案に収まった。一方がひと晩、自宅で現金を管理したら、翌日校庭の隅でもう一方に渡し、今度はそっちがひと晩管理する。

金のやり取りが次第にぞんざいになっていたある日、マーク・トランブルがふたりの問題を一発で解決した。

「金を寄越しな」と言って、手を差し出したのだ。

「失《う》せろ」と、デイヴィーは言った。相手は自分より三十センチも背が高く、十三キロも重く、昔はいじめっ子でもあったが、ポケットのなかの金がデイヴィーを短気で大胆にした。

「そうだ、失せやがれ」シェインは一歩下がりながら言った。

マーク・トランブルは不良の脅し文句も賢い駆け引きも相手にするタイプではなかった。彼は無言でデイヴィーの胸部を殴った。そして、地面に倒れてあえぐデイヴィーのポケットをあさり、紙幣を奪った。その間、シェインは安全な距離からわめいていた。マーク・トランブルは歩き去った。

「ミスター・ピーチにちくってやるからな！」シェインはそう叫んだものの、はたと、ミスター・ピーチは息子のチャーリーが誘拐されて休職中だったと思い出し、ただでさえ間抜けな脅しがまったく脅しになっていないことに気づいた。

くそっ。

19

スティーヴンは女の子とつき合ったことが一度もない。だから、初めて彼女ができた今、どうしたらいいのかわからなかった。

「やればいいじゃん」スティーヴンが悩みを打ち明けると、ルイスはそう助言した。

「最低でもフェラはしてもらえ」

スティーヴンは訊《き》くんじゃなかったと目をぐるりとさせた。

ふたりはベビーシッターをしていた。最近はシャンテル・コックスがマインヘッドにある〈チーキーズ〉に母親やいとこと出かける金曜の晩に、よくふたりで子守をしている。

始めたのはルイスで、その後、冷蔵庫にうまそうなものが入っているし、テレビでポルノも見放題だからと言ってスティーヴンを引っ張り込んだ。だが、実際にはスティーヴンの家と同様に、コックス家の冷蔵庫にも大したものは入っておらず、ポルノ・チャンネルにいたっては作り話だった。もっとも、ルイスは〝死ぬほど〟見たと言い張り、嘘《うそ》を貫くために、金曜の夜ごとに最低十分はリモコンを指で突いては、信号がどうのとぶつくさ言っていた。

おまけにベビーシッター代も支払われなかった。スティーヴンとしては、ルイスがもらっている子守代の一部をもらえるものと思っていた。少なくとも多少のおこぼれはあるだろう。ところが、むずかり出した赤ん坊が「トップ・ギア」の番組が終わるまで延々と泣き続けた際にそのことを切り出したら、ルイスは笑ってこう答えた。

「ばかだな、金なんてもらってねえよ」

その段になってスティーヴンはようやく、ふたりが子守をしている赤ん坊の父親はルイスなのだと気がついた。すべてが腑《ふ》に落ちると同時に、スティーヴンはあらたな——用心深い——目で赤ちゃんジェイクを見るようになった。スティーヴンはいまだセックスを経験したことがなく、それがもたらし得るものを目の当たりにしたこともなかった。しかし、セックスと赤ん坊とのつながりをぞっとするほどまざまざと見せつけられ、その現実を知ると、いやでも冷静になった。ルイスが子育ての大変な面ばかりにかかわっている姿や、うんちまみれのおむつを替えている最中に赤ん坊に吐かれたりする姿を見ることは、コンドーム以上に強力な避妊法になった。

そういうわけで、スティーヴンはエムとはやらなかった。

かわりに、ただ一緒に過ごした。他の友達も一緒にバス停にたむろすることもあれば、ふたりで森や荒野に出かけることもあった。あるとき荒野にのぼったら、凧《たこ》が、たまたま乗っかっていた蛇もろとも上がり、びっくりした蛇が慌てて凧に絡みつく瞬間を目撃した。

エムがスキップにブラシをかけるのをスティーヴンが手伝うこともあれば、スティーヴンがバイクを組み立てるのをエムが眺めて過ごすこともあった。スティーヴンは、自分がいないほうがよほど早くスキップの世話を終えられるんだろうなと思ったが、エムはけっしてそうは言わなかった。ちなみに、ロニー・トレウェルの車庫でエムと過ごす時間は最高だった。彼女は途中で飽きたりせずに、買い物の話などをしていた。スティーヴンの作業を見つめ、感心したような声を出した。そうすると、スティーヴンは自分のしていることに自信が持てた。エムがそばにいてくれると、形になっていないバイクでも、がらくたではなく、それらしく見えてくるから不思議だった。あるときなど、エムは午後中ずっと、前輪のクロムめっきの泥よけの曇りを金属研磨剤で磨き、ふたりでにっと笑った顔がきれいに映るほどにぴかぴかにしてくれた。

ふたりきりのときには手をつないだ。スティーヴンは何度となくキスしたいと思ったが、最後の最後で怖《お》じ気づいてやめてしまっていた。エムもそれを期待しているように思えるときでさえもだ。ひどい失態を演じてしまったらと思うと怖かった。顔を近づけたのに唇を外してしまったり、エムが何か言おうとした瞬間に唇が当たってしまったりしたらどうしよう。自分の唇がかさかさすぎたり、逆に濡《ぬ》れすぎていたりしたらどうしよう。初めてのキスを台なしにしたくなかった。またねと別れるたびに、スティーヴンはぐずぐずし、恋人にキスもできない己の意気地のなさに腹を立てた。

当然、キス以上のことも想像した。自然なことだ。しかし、その妄想すら大して先へは進まなかった。些細《ささい》なことですぐに興奮するからだ。空想のなかのたった一度のキスだけで、あるいはほんの少し触れるだけで——ときにはささやかれるだけで、どきどきした。

エムを見かけるたびに、スティーヴンの鼓動は一拍飛んだ。今なら、自分が馬のアレルギーでも別の何かのアレルギーでもないのだとわかる。これは愛だ。初めての感覚だけれど、たしかに愛だ。誰にも打ち明けなかったし、なるべく考えないようにした。エムを愛しているという思いはスティーヴンにはあまりに大きく、彼の思考はその周辺をうろうろするばかりで、気持ちと正面から向き合うことができなかった。愛していると認めてしまったら——それが自分自身に対してだけでも——魔法が解けてしまう気がした。

エムが自宅に帰るにはローズ・コテージの前を通らなければならないので、スティーヴンは必ず送っていった。ジョーナス・ホリーが、彼の家の前を通るエムをじっと見ているかもしれないと思ったら心配だったからだが、そのことはエムには黙っていた。無事帰るのを見届けたいから、とだけ言った。

「心配しなくても大丈夫よ」エムは言った。「体力ならあるし。足も速いから」

「それでもさ」とスティーヴンは肩をすくめた。「何があるかわからないから」

「私には何も起きないわよ」エムは笑った。

スティーヴンは少しためらってから、こう言った。「じゃあ、一緒にいて僕が誰かに誘拐されそうになったら助けてよ」

エムの両親はスティーヴンの名前を知っていた。母親はお茶とケーキを出してくれた。コンビニのケーキではなく、皿に載せられて出てくる手作りのちゃんとしたケーキで、フォークで食べることが前提だった。エムの父親もスティーヴンを邪険に扱いはしなかったが、警戒はしていた。スティーヴンと握手して、元気かいと尋ねはするが、彼が遊びに来ているときは必ず密《ひそ》かにそばにいて、眉間にしわを寄せてふたりを見張っていた。

　スティーヴンはいささか気を悪くしたが、父親の心配もわからなくはなかった。

　ふたりがスティーヴンの家に行ったのは一度きりで、軽食の時間だった。母はしきりに、食パンしかなくてごめんなさいねと謝り、祖母は小さかった頃のスティーヴンの写真をエムに見せた。

　そのうち一枚に写っていたスティーヴンは、裸だった。

　だから、行くとしたら大概はエムの家だった。

　台所のテーブルで一緒に勉強したり、エムの部屋で音楽を聴いたり、スティーヴンの家の一階全体よりも広い居間でテレビを見たりした。荒野で子馬を撫《な》でたりもした。バスでバーンスタプル通りまで出かけ、エムがCDを買ったり、スティーヴンが思わずくらっとくるようなキャミソールを彼女が選んだりするのにつき合ったりもした。

　スティーヴンの友人たちは当然からかってきた。

「彼女、転校してきたばっかだからな」と、ラロ・ブライアントが言った。「そのうち目を覚ますさ」そして、皆、どっと笑う。

「一度もやってないなら、そんなのつき合ってるとは言えないね」ダギー・トレウェルも断言した。スティーヴンはやってないとは一度も言っていないのだが、皆、スティーヴンが自慢してこないということはそういうことだと決めつけていた。彼ら自身は性体験を自慢した。皆、当たり前に経験しているみたいだった。少なくとも男子は全員。スティーヴンは不安になった。早くそういう関係にならないと、エムが愛想を尽かして、しっかりリードしてくれる他の男子に乗り換えてしまうのではないか。

しかし、強烈なとどめのひと言を発したのはルイスだった。彼は重いため息をついて、スティーヴンの背中をぽんと叩《たた》いた。「あいつはおまえにはもったいないよ。いや、悪気はないんだけどさ」

スティーヴンはルイスを殴ってやりたかった。

図星だったからだ。

エムは特別な女の子だった。スティーヴンの友人たちもそう思っていたし、女子たちですらそう感じていた。何人かの女子は早くも、今までは下ろしっ放しで風が吹くたびに口に入っていた髪を、ビロードのリボンで結ぶようになっていた。

だが、スティーヴンは特別ではない。

今までは気にもしなかったことなのに、急に重大な問題となった。胸をえぐる問いが次々に湧き上がる。エムはどうして僕とつき合ってるんだろう？　僕のどこが好きなんだろう？　からかってるだけなのかな？　僕の友達が公然と笑っているみたいに、エムも裏で密かに僕のことを笑っているんだろうか？　そんなことを想像したら胸が苦しくなった。

夜になると、スティーヴンは長時間バスルームにこもって鏡を睨《にら》み、にきびを気にし、どうして僕の耳はこんなに突き出ているんだろうと思った。

「お母さーん！　スティーヴィーがバスルームから出てこない！」

「黙れ！」

「そっちが黙れ！」

「どっちも黙りなさい！　スティーヴン、バスルームから出てきなさい！」

スティーヴンはバイクジャケットのための貯金をやめ、クレアラシルとジレット・マッハスリーを買い、毎朝顎と頬に塗り広げて剃《そ》り残しがないように頑張った。

ある日、バーンスタプルに出かけた祖母が、フレグランススポディースプレーの〈リンクス〉を買って帰ってきた。

「彼女とはどうなんだい？」祖母は遠慮なく訊いた。フレグランススプレーをあげるのだから、訊く権利もあるというわけだ。

ダギーの言葉が耳のなかでこだまし、スティーヴンははぐらかした。「あの子は彼女なんかじゃないよ。ただの友達」

祖母がふんと鼻を鳴らし、じっとこっちを見るものだから、スティーヴンは赤くなった。

「やっぱり思ったとおりだね！」祖母は勝ち誇ったようにそう言うと、ずんずんと階段を下りていった。

　自分に彼女ができたことを祖母が知っている事実を、スティーヴンは半分うれしく思い、だが半分は恐ろしく思った。人に知られれば知られるほど、いつか、皆が好き勝手に予言したとおりにエムに捨てられてしまったときの屈辱も大きくなる。

　その日が来てしまうのを待つ間、スティーヴンは体から〈リンクス〉の香りをさせていた。

20

　ジョーナスは担当区域を巡回する日々に戻った。

　毎日午前八時からパトロールを開始し、午後六時半に車でシップコット村に戻る頃には疲れ果てていた。今のジョーナスには体を使って一日働くことは体力的に相当厳しく、長らく最小限の物しか食べずにきた体には余分なエネルギーの蓄えもなかった。〈レッドライオン〉の前に車をとめ、老人ホーム〈サンセット・ロッジ〉のほうを見た。

　あそこにも顔を出すべきだ。以前は必ずそうしていた。

　巡回コースに組み込まれていた。紅茶のカップを膝に載せ、サウナみたいなガーデンルームに座ったものだ。受け皿には紅茶に浸してしんなりしたカスタードクリーム・ビスケットが載っていた。

老人たちを安心させるためだった。

実際、それは有効だった。そうだろう？　安いビスケットと空約束《から》で武装して、殺人者を牽制《けんせい》していたはずだった。だが、殺人者は構わずやって来た——窓の錠の掛金にナイフを差し込み、施設内のあちこちに惨劇を物語る血痕を残し、夜の闇へと消えた殺人者。だめだ、どの面を下げて〈サンセット・ロッジ〉の敷居を再びまたげというのだ。チャード牧師は神に仕える身である以上、俺を許さざるを得ないかもしれないが、他の皆が許してくれるとはジョーナスは思っていなかった。

ふと気づくと、通りの反対側、何軒か先の家の窓から、スティーヴン・ラムがこちらを見ていた。玄関を開けると目の前がスレート敷きの狭い歩道という、明るい色に塗られたテラスハウスのなかの一軒だ。ジョーナスは手を挙げて挨拶したが、少年は暗い室内へとゆっくり後ずさりしてしまった。

ジョーナスはため息をついた。かつては当然のように享受していた信頼を築き直すには、長い年月がかかるだろう。

ジョーナスはランドローバーを降りて鍵をかけると、パブに入っていった。

レノルズはメルローの白をひと口飲み、ジョス・リーヴズの科学捜査報告書に目を通した。〈レッドライオン〉で仕事をするのは、駐車場にとめられた狭苦しいバンにこもっているより、よほど快適だった。とりわけ何時間も缶詰になっていたあとでは。

「割られた窓ガラスに付着していた白い物質は、ポリ塩化ビニールテープ――」

「たとえば絶縁テープみたいなもの？」ライスが三杯目のリンゴ酒をあけ、満足そうに息を吐いた。

レノルズがうなずく。「そして緑の繊維は品質の悪い、化学繊維とウールの混紡で、染料はマラカイトグリーン。中国で生産される製品によく使用されるそうだ」

「つまり私たちが追っているのは、緑色の安いミトンをはめた中国人電気技師ってわけね」

レノルズは、半月型の眼鏡の縁から相手を見据える校長みたいに、メルローのグラス越しに咎《とが》めるようにライスを見た。

「すみません」ライスは謝った。

「繊維は手袋のものかもしれない。子どもをさらうときにかぶせる毛布のものかもしれない。犯人が着用していたマフラーのものかもしれない……」レノルズは肩をすくめ、先を続けた。「問題はだ。ピート・ノックスとチャーリー・ピーチの現場で見つかった緑色の繊維にはブタンが染み込んでいたが、ジェス・トゥックの現場のものにはそれがなかった」

「妙ね」とライスは言った。「ジェスは犯人の想定以上に抵抗したのかも。それで手口を変えざるを得なかった」

「あらゆる可能性が考えられる」レノルズがため息をついた。

たしかにそうだと、ライスは思った。犯人に関する情報に乏しい今、いかなる可能性も排除できない。


ジョーナスが〈レッドライオン〉の店内に入ると、レノルズとライスが科学捜査報告書とおぼしき書類に目を通していた。

ライスは笑いかけてきた。レノルズは笑わなかった。

「あら、ジョーナス、こっちに来て座ったら？」とライスが促すと、レノルズは座る位置を少しずらして場所をあけた。ジョーナスは気詰まりな思いでローチェアに浅く腰かけた。

「ジョー会場で窓を割られていた車のことですが」ジョーナスはためらいがちに切り出した。「何かが盗まれたという届け出はなかったんですよね？」

「ない」レノルズが答えた。

「どうして？」ライスが尋ねた。

ジョーナスには、その問いに満足に答えられるだけの仮説があるわけではない。だから、答えるかわりにもうひとつ質問をした。

「ターステップスでも、車の窓が割られていたとおっしゃっていましたよね？」

「そうだ」

「そこでは何か盗まれていたのですか？」

「ピート・ノックス以外に？」レノルズが嫌みを言った。

「盗まれたものはなかったわ」ライスが答え、幾分咎めるようにレノルズに視線をやった。

レノルズがため息をつく。「我々は行方不明となっている三人の子どもを探すのに忙しいんだ。窓が割られた程度の些末《さまつ》な破壊行為にかかわっている暇はない」

「ああ、そうですよね。これは失礼しました」ジョーナスは言った。「ただ、何も盗まれてないのだとしたら、窓が割られたのには別の意味があるのかもしれません。何らかのメッセージとか。だってそうでしょう？　子どもを誘拐したあとも、その辺をうろついて窓を割る犯人がどこにいますか？　何らかの意味があるはずです。きっと」

ライスがレノルズを見た。彼は肩をすくめて言った。「そうだな、ただしジェス・トゥックの現場の窓は割られていなかったがな」

「そうですか……」ジョーナスはその事実は知らなかった。仮説にほころびができた。いったいこのほころびは、どの程度の大きさなのだろう。

「何か飲む、ジョーナス?」ライスが尋ね、それからジョーナスを頭からつま先まで見た。「それとも何か食べる?」

「いえ、結構です」

ジョーナスが腰を上げると、レノルズは向こうを向いて地図に手を伸ばした。彼の茶色の髪が、人形の髪みたいな房状に生えていることにジョーナスは気づいた。レノルズは会話を打ち切った。それはジョーナスも理解していたが、このまま帰ってしまっては、この件に関して二度と持ち出せなくなる。

「我々は、ターステップスで窓を割られた車の所有者の名前は把握しているんでしょうか」自分が数に含まれていないと知っていながら、〝我々〟などと口にしたくはなかった。自分も警察官なのだとレノルズに思い出させようとしているのが見え見えの、下手な試みだった。

レノルズが顔を上げてもう一度ジョーナスを見た。「当然だ」

「よろしければ私から二、三、彼らに質問をしたいのですが」

「というと?」

「まだ具体的にはわかりませんが」

レノルズは口元をすぼめた。却下する理由を探しているのだろう。しかし、結局はこう言った。「まあ、いいだろう。あとは任せても構わないかな、エリザベス？」そして、報告書に視線を戻した。

ライスは立ち上がると、ついてくるようにとジョーナスに合図した。ジョーナスは古いパブのきしむ廊下や階段を、ライスのあとについて歩き、彼女の部屋まで行った。

「散らかってるけど」とライスは言ったが、ジョーナスが見る限り、片づいていないものは肘掛け椅子の背にかけられた黒いレースのショーツだけだった。

ライスは衣装簞笥《だんす》からボックスファイルを取り、ベッドに置いた。彼女が中身をがさがさとやっている間、ジョーナスは部屋に入ってすぐの場所で静かに待っていた。

やがて、ライスがにっこり笑ってＡ４サイズのファイルを掲げた。

「あったわ。名前と連絡先を書き出すわね」

「ありがとう」

ライスはジョーナスに背を向け、傷だらけの小さな机に向かった。椅子は机に合っておらず、おまけにがたついていた。

しばらくしてこちらを振り向いたライスは、用紙を差し出しながら尋ねた。「調子はどう、ジョーナス？」

「問題ありません」ジョーナスは用紙を受け取りつつ、機械的に答えた。

「仕事に戻ってみて、どう？　不思議な感じがするんじゃない？」

「まあ、多少は」ジョーナスは肩をすくめた。

エリザベス・ライスが自分の状態を気にする理由がわからなかった。純粋に心配してくれているのか、仕事を任せて大丈夫なのかと探りを入れているのか。

「焦らずゆっくりね」

そのひと言が嫌みなのか何なのか計りかねたので、ジョーナスは答えなかった。彼女が書いたメモに目を落とした。「これ、ありがとう」

「どういたしまして。何かわかったら報告してね」

「そうします」

ジョーナスはドアノブに手をかけた。早く出ていきたかった。

「ジョーナス？」

ジョーナスが部屋の入り口で振り返ると、ライスがそばまでやって来た。

「誰かに話を聞いてほしいときは、私がいるから」

ジョーナスは困惑気味にライスを見てから、「ありがとう」というようなことをごにょごにょとつぶやき、帰っていった。

ジョーナスが出ていき、部屋のドアが閉まると、ライスは恥ずかしさに身震いした。

私がいるから。こんなB級映画みたいな台詞《せりふ》、どこから出てきたんだろう。あれじゃ、そのうち会いに来てねとジョーナス・ホリーを誘っているも同然じゃないの。

そりゃあ、誰かいい男が会いに来てくれたら、それはうれしい。エリックとは半年前に別れており、男の存在が恋しくなっていた。仕事では毎日男に囲まれているが、それとこれとは違う。彼らは警察官だ。エリザベス・ライスは、朝から晩まで警察と働いた挙げ句、寝る相手も警察というのはごめんだった。それなのに、気の毒なジョーナス相手に、誘惑するメイ・ウエストみたいな台詞を吐いてしまった。散々苦しんできたはずのジョーナスに。私は単に、話し相手がほしいときはいつでも聞くからと伝えたかっただけだったのに。

まあ、彼に魅力がないわけじゃないけれど。ふと、そんなことを思った。痩せすぎではあるけれど、均整の取れた体をしている。考えてみればそんな人は自分の周りにはなかなかいない。すてきな目をしているし、短く刈った色の濃い髪もいい。それに、あのまじめで慎重なところもいいなと思う。とはいえ、なぜあんな意味深長な言葉を口にしてしまったのか、ライスは自分でもわからなかった。仕事に私情を挟まない職業人を自負してきたのに。むろん、女の世界最古の職業のことではなく……。

ライスはため息をついた。まあ、いいわ。こんなの、きっといらない心配よ。エリックは頭に鉄床《かなとこ》でも落とされるくらいわかりやすく伝えられない限り、ライスの気持ちを察したりはしなかった。男なんてそんなものだ。ジョーナス・ホリーも、私がうっかり口走った誘い文句になど気づいてもいないだろう。

ライスはボックスファイルを箪笥に戻そうと振り返った。

嘘《うそ》でしょ！

昨日の下着が椅子の背にかかったままになっていた。

21

スティーヴンの助けを借りて金を取り返そうと言い出したのはシェインだった。

「スティーヴン？」デイヴィーは啞然《あぜん》とした。「俺の兄ちゃんのスティーヴン？」

「そう」シェインは答えた。「スティーヴンなら、マーク・トランブルのばかよりでかい」

「ちょっとだけじゃん。それにあいつに喧嘩《けんか》は無理」

「喧嘩しなくてもすむかもしれないだろ。マークよりでかくて、年上ってだけで充分かもしれない。返せって言えば、マークは言うことを聞くかもしれない」

デイヴィーは肩をすくめた。「スティーヴンはやらないよ。あいつ、弱虫だもん」

「いいじゃないかよ、デイヴィー！　俺に兄ちゃんがいたら絶対頼むよ。でも、いないんだからさ」シェインには姉のダヴィーナしかおらず、若い女性向け映画を観て泣くような姉がマーク・トランブルから金を取り戻すなど、はなから期待できなかった。「どうせ金なんかほとんど使っちゃってるよ」デイヴィーは暗い声で言った。その予想は当たらずも遠からずだった。マーク・トランブルはロニー・トレウェルに頼んでミスター・ジャコビーの店でリンゴ酒の〈ドライ・ブラックソーン〉を四缶買ってきてもらい、あとになってブランコの脇で吐いた。それを四日連続で繰り返したところでミスター・ジャコビーが怪しみ出し、ロニーは協力するのをやめた。それで二十ポンドが消えた。その後、マークはラロ・ブライアントから十二ポンドでスケートボードと、ポルノ雑誌を二冊買った。『巨乳《ビッグジャグス》』と『ビーバー・パトロール』（ビーバーは女性の陰部）だ。結局彼は総額三十八ポンドで至福のひとときを不当に手に入れた。「そうかもしれないけど、使ってないかもしれない」シェインはどうにかデイヴィーを言いくるめようとした。「頼むだけなら害はないだろ！」

害、大ありなんだよ。

シェインはあほだ。

そのふたつが、奪われた金をマーク・トランブルから取り戻すのを手伝ってほしいと兄に頼んですぐに、デイヴィーが悟った真実だった。

単純に「いやだ」と答えたり、頼みを聞き入れてただちに動いたりするかわりに、スティーヴンは立て続けに質問を投げて寄越したのだ。それらの厄介な質問をデイヴィーは予期していなかったが、いざ訊《き》かれてみると、訊かれることくらいばかでもわかりそうだと思った。

いくら盗《と》られた？

その金はどこで手に入れた？

デイヴィーは嘘《うそ》つきだ。今回も、シェインの誕生日祝いと、それからシェインの金持ちのおじさんからもらった金があって、そのたなぼたの金をどういう風の吹き回しかあいつが俺に半分くれてさと、嘘という名の蜘蛛《くも》の巣を張った。しかし、口にするそばから自分の嘘が穴だらけなのがわかる。スティーヴンもその穴を瞬時に見抜き、同じ質問を静かにしつこく繰り返したので、さすがのデイヴィーも真実が喉元まで出かかった。

二十ポンド札を百ポンド分、坂道の途中にある魔女ばあさんちの近くの生け垣で見つけた。

口のなかでその真実を転がしてみたら、それほどまずくもない気がした。これからはもう少し本当のことを言うようにするか。それに、実際に本当のことを打ち明けたら、スティーヴンがすぐに信じたこともわかった。何で本当だってわかるんだ？　デイヴィーは困惑したが、真実を告白するという難題が片づいてすっきりした。これでマーク・トランブルの問題をどうするかという次の段階に進める。

しかし、スティーヴンの考える次の段階とデイヴィーの次の段階とは、まったく違っていた。

すぐにベッドから立ち上がって動くかと思いきや、スティーヴンは黙り込んだ。あまりに静かだから、ナイトテーブルに置かれた目覚まし時計の針の音が聞こえるくらいだった。電池式の時計なのに。

デイヴィーは兄に考える時間をやり、その間に兄の部屋を見回した。以前ふたりで一緒に使っていた部屋より狭く暗かった。その気になれば、自分のほうが年上だから広い部屋を寄越せと言うこともできただろうに、なぜスティーヴンが狭いほうを選んだのか、デイヴィーには謎だった。この部屋には青いカーテンがかかり、新しい絨毯《じゅうたん》が敷かれていた。長年――ビリー叔父さんが殺されたりしたことが原因で、兄弟がこの部屋に入ることを許されていなかった頃には――醜い茶色の絨毯が敷かれていたのだが、少し前に祖母が新しい絨毯を買ってきた。水色の絨毯は安っぽく、その下の床板がところどころ、でこぼことしているのがわかるほどに薄かった。それでも古いものよりはましだ。

ビリー叔父さんの物はもうなかった。昔はレゴブロックで作った何かが床で埃《ほこり》をかぶっていて、棚にはぼろぼろのペーパーバックが数冊並び、ナイトテーブルにはビリーの写真が飾られていた。今も残っているのは写真だけで、それにしても本棚の高いところに置かれ、かつてデイヴィーがほしいとせがんだバットマンのアクションフィギュアにほぼ隠れている。今や部屋を占拠するのはスティーヴンの物ばかりだ。ドアの後ろに放り出された丸まった靴下、ナイトテーブルの上のｉＰｏｄ、衣装箪笥《だんす》にもたせかけたスケートボード。

デイヴィーは基本的にはスティーヴンの物に触ることは許されていなかったが、兄が最初にスケートボードを買った際には試しに乗らせてもらった。颯爽《さっそう》と滑れるものと思っていた。簡単そうに見えたし、スティーヴンも頑張れと励ましてくれた。だが、現実にはデイヴィーは目も当てられないほど下手だった。スティーヴンは何度転んでも諦めずに練習したが、デイヴィーは痛さに耐えられず早々に脱落し、あんなものは時間の無駄だと、スケートボードもスケートボード・ランプもスティーヴンのことも否定した。時間とともに兄のスケートボードの腕が上達し、実力でどんどん水をあけられていくにつれ、デイヴィーのスケートボードに対する嫌悪感は増した。シェインと、他に数名いる運動神経のよろしくないクラスメートに、スケートボードがいかにくだらないかを吹き込んだ。彼らの間で〝くそスケーター〟は、相手がスケーターであろうとなかろうと関係なしに、定番の悪態となった。

「坂の上で何してたんだ？　〈スプリンガー・ファーム〉で遊ぶのは禁止されてるはずだろ」

兄の言葉はデイヴィーが期待していたものではなく、うまい言い訳も思いつかなかったので、〈スプリンガー・ファーム〉には行っていないと答えた。

スティーヴンは今回もデイヴィーの嘘を見抜いたようだった。「次にあそこに行ったら、お母さんに言うからな」

「あんなの、ただの古い廃墟《はいきょ》じゃないか。入ったって誰も気にしない」

「おまえはわかってない。あそこに行くのは危険なんだ」

デイヴィーは呆《あき》れたように目をぐるりとさせた。「はいはい、わかりましたよ、おばあちゃん」

スティーヴンが、デイヴィーが思わず声を上げるほどの強さですばやく弟の上腕を摑《つか》んだ。「まじめに言ってるんだ！　丘の上には行くな、わかったか？」

デイヴィーは腕をよじって兄から離れた。「わかったって！　いってえな。わかったって言ったじゃないか」そう言って腕をさする。「で、俺らの金を取り返してくれるの、くれないの？」

「取り返すよ」スティーヴンは静かに答えた。

「ほんとに？」デイヴィーは疑《うたぐ》り深く訊き返した。

スティーヴンは答えなかった。黙ってベッドから立ち上がり、スニーカーを履いた。

マーク・トランブルは屋根つきのバス停で『ビーバー・パトロール』を見ていた。

スティーヴンはマークに近づき、その手から問答無用で雑誌を取り上げた。

「何すんだよ！」と、マークが立ち上がる。年齢はスティーヴンより二つ下だが、身長はほとんど変わらず、体重は彼のほうが重かった。そして、人から乱暴に扱われることに慣れていなかった。

「金はどこだ？」スティーヴンは冷ややかに言った。

「何の金だよ？」マークが言い返す。「雑誌を返しやがれ」

「僕はデイヴィー・ラムの兄だ」

「あっそ。だから？」

「金はどこだ？」スティーヴンはもう一度尋ねた。

「あいつの金なんか持ってねえよ。いいからそれを返せ」

スティーヴンはそこで初めて雑誌に目をやり、その視線をマークに戻した。

「おまえの家なら知ってる」と言って歩き出す。

「嘘つけ」

「七十二番地」

マークは慌ててスティーヴンのあとを追った。右手で拳《こぶし》を握ったものの、デイヴィーの兄を殴っていいものか迷った。スティーヴン・ラムに関しては、学校全体が無意識に共有する共通認識がある。そこから得た印象が、マークを柄にもなく慎重にさせた。「雑誌を返せよ。殴られたいのか、ぼけ」

スティーヴンは無視して歩き続けた。マークはそわそわと通りの先に目をやった。自宅はわずか四十五メートル先で、家には両親がいる。

「おい！」マークは怒ってスティーヴンのTシャツの背中を摑んだ。スティーヴンが振り向き、丸めた『ビーバー・パトロール』でマークを強くはたいた。マークはとっさに頭の片側を押さえながら、歩道から道路へとよろめき落ちた。

それでもスティーヴンは歩き続ける。

そして、トランブル家の玄関前に立った。

「金はどこだ？」

マークは一、二メートル後方に立ち、大混乱に陥っていた。どうしたらスティーヴンがドアをノックするのを止められるのか。いや、ただのはったりかもしれない。どうせノックする気なんかないんだ。

スティーヴンはノックした。「金はどこだ？」と繰り返す。

「くそっ！　ほら！」マークは歯の隙間から絞り出すように言った。「ほら！　だから……早くドアから離れろって。ほら！」マークはジーンズのポケットを漁《あさ》り、スティーヴンに金を突き出した。くしゃくしゃの紙幣。硬貨が歩道にばらばらと落ちる。

「足りない」スティーヴンは言った。

「使ったんだよ。残ってるのはこれだけだ。ほんとだって。嘘じゃねえよ！」マークは汗をかき、動転して半泣きになっていた。スティーヴンはトランブル家の玄関前から動かない。何で動かないいんだよ？

スティーヴンは雑誌をちらりと見た。「他に何を買った？」

「リンゴ酒。あと、雑誌をもう一冊。それとスケートボード。頼むよ、相棒……」

「明日、学校にスケートボードを持ってきてデイヴィーにやれ」

「わかった！　そうする。約束する。だから頼む……！」

ドアが開いた。マーク・トランブルの母が苛立《いらだ》った顔で立っていた。

「何か用でも？」とスティーヴンに言い、息子の姿に気づいた。「いったい何なの、マーク？」

いじめっ子は懇願するようにスティーヴンを見た。スティーヴンはマークの母に丸めた『ビーバー・パトロール』を渡し、立ち去った。

自宅に戻るスティーヴンを、デイヴィーとシェインが戸口の上り段《ステップ》で待っていた。

「取り返したの？」まだ二十軒ほど手前にいるスティーヴンに、デイヴィーが叫ぶ。

デイヴィーが同じ質問を三回繰り返したところで、スティーヴンはふたりを押しのけるようにして家のなかに入り、階段を上がって自室に入るとドアを閉めた。

「取り戻せなかったんだ」シェインはがっかりした声で言うと、デイヴィーにくっついてなかに入った。

デイヴィーは平手で兄の部屋のドアを叩《たた》いた。「スティーヴン！　取り戻したのかよ？」

「何を騒いでるんだい」祖母が表に面した居間から言った。「『ローグ・アサシン』を観てるのに聞こえないじゃないか」

ひと呼吸置いて、スティーヴンが部屋のドアを開けた。「残ってた金は取り戻した。六十ポンドくらいだと思う」

デイヴィーとシェインは肩をすくめ合った。

「ゼロよりはましだよ」とシェインが言う。「ありがとう、スティーヴン」

「すげえよ、スティーヴン！」デイヴィーも言う。「で、金はどこ？」

「あれはおまえたちのものじゃない」

「俺らのもんだよ！」デイヴィーはかっとなった。

「見つけただけだ。見つけたからって、自分のものになるわけじゃない」スティーヴンは言った。「マーク・トランブルが盗《と》った金でスケートボードを買ってた。明日おまえに返すように言ってあるから、戻ってこなかったら言ってくれ」スティーヴンは再びドアを閉めると鍵をかけた。

理不尽な展開にシェインは口をあんぐり開けている。一方、デイヴィーの怒りのボルテージは一気に上昇した。デイヴィーはドアを蹴った。

「ばかか！」とわめく。「スケートボードなんかいらねえよ！　金を返せ！」

デイヴィーはさらに三度、ドアを蹴った。その威力に、木製のドアの鍵の周囲が割れてへこんだ。

デイヴィーは頭に血がのぼっていて、母レティが階段を上がってくる音が聞こえなかった。シェインはすばやく脇にのき、次男に突進するレティに道をあけた。

22

エリザベス・ライスからもらったリストに載っていた三名のうち、管轄エリア内に住んでいたのは二名だった。残りの一名、スタンリー・コットンはイングランド北西部のカンブリア州在住だった。ジョーナスは子どもの頃に一度、湖水地方を訪れたことがあるが、あれほど風光明媚《めいび》な場所に住んでいる人が、休暇にわざわざエクスムーアに来る気持ちがさっぱり理解できなかった。

　サマセット州ダンスター村のデイヴィッド・テッドワーシーの塵《ちり》ひとつない自宅には、これといって見るものはなかった。メルセデス・ベンツの割られた窓はすでにガラス交換をすませてあった。

「確認したければ、写真はありますよ」と、デイヴィッドが協力的に言った。彼も彼の妻も、ジョーナスが訪ねていった瞬間から実に協力的だった。メアリー・テッドワーシーはジョーナスのためにお茶を淹《い》れ、歯が折れそうなほどに硬い自家製スコーンまで出してくれた。いただくまでは車を見せてもらえそうにもなかった。ジョーナスはスコーンを少しずつかじり、最後の何口かは夫妻の飼い犬にこっそりやった。体臭のする老齢のゴールデン・レトリーバーは、ジョーナスが席についた瞬間から彼のズボンに涎《よだれ》を垂らしていたのだ。その後ようやく見せてもらった、購入して三カ月というぴかぴかの新車のメルセデス・ベンツは、洗車したてで水が滴っていた。これでは警察官ではなく見込み客にでもなった気がしてくる。

　ジョーナスは、アップル社製の最新モデルのパソコンでデジタル写真をひと通り見せてもらった。後部座席の窓に一カ所、小さな穴があいていた。

「この写真は現場で撮ったのですか？」ジョーナスは尋ねた。

「いいえ――帰宅してからです。保険用に」

ジョーナスは写真から目を離さずにうなずいた。写真からは、窓の奥の車内が清潔に片づいていることしかうかがえない。窓ガラスの穴の周辺にも、これといって気になる痕跡や指紋は見当たらない。むろん、写真を見ただけで断定はできないが、指紋が残っていたなら科学捜査研究所で検出されたはずだ。

「あの日、普段とは違う不審な点などに気がつきませんでしたか？」

「いいえ」とミスター・テッドワーシーが答えた。「気づけなかったのが悔やまれます。まだ小さな男の子が、かわいそうに」

ミセス・テッドワーシーもうなずく。「孫娘がちょうど同じ年なんです」そう言って、ジョーナスがこれまで見たこともないほど不細工な子どもの写真を差し出した。

「クロエというの」と、言い足す。大事なことであるかのように——あるいは、それで事態が改善するかのように。

「かわいいですね」ジョーナスはかろうじてそう言った。

「クロエに何かあったら、私——」ミセス・テッドワーシーが夫にちらりと目をやると、彼が、僕が万事対処してあるから悪いことなど起きないよ、だからそのかわいい頭を悩ませなくてもいいんだよというように、妻の手に自分の手を重ねた。

残念ながらそれは違うと、ジョーナスは悲しい気持ちで思った。子どもの身の安全を百パーセント保証することなどできない。それが可能だと考えるのは思い違いだ。

ルーシーは子どもをほしがったが、ジョーナスは持たないほうがいいと知っていた。その判断が正しかったことを今一度証明できたところで、喜びなどないが。ルーシーは世の中がいかに危険に満ちているかを理解できていなかった。

　そして、この先も理解しなくてすむ。

　たいした慰めにはならないが、そのことに少しだけジョーナスは救われた気がした。

　彼は立ち上がって辞去しようとした。

「そういえば、ひとつだけ思い出したわ」ミセス・テッドワーシーが言った。「不思議ねえって話していたのよね？」と彼女が夫を見ると、彼もうなずいた。

「何ですか？」ジョーナスはにわかに緊張した。

「それがね、後部座席の後ろのリアシェルフに刺繍《ししゅう》用品を置いてたの。けっこうな数があったし、安い物じゃないのよ。すぐ目につく場所にあったの。それなのに……犯人は盗んでいかなかったのよ」

　ジョーナスは一拍待った。ひょっとしたら彼女は冗談を言っているのかもしれない。

「変だと思いません、ミスター・ホリー？」ミセス・テッドワーシーはなおも言った。

「はあ、犯人は裁縫が趣味ではなかったのかもしれませんね」ジョーナスは答えた。

　タムジン・スキナーは移動住宅の金属製のステップに座っていた。爪の汚れが丸見えの、ピンクのビーチサンダルを履いて脚を見せびらかしている。

「保険には入ってるけど、請求するだけ無駄。保険会社なんて、こっちから巻き上げるばっかりなんだから、そう思わない?」

「そうですね」ジョーナスは返事をしながら、一九八七年式のポンコツ日産サニーのリアウィンドウにあけられた穴をのぞいた。穴の大きさはせいぜいピンポン球大だが、修理するとなれば代金は車体の価値以上になるだろう。価値など実質ゼロなのだから。

スキナーは——がりがりに痩せた四十歳で、くすんだ肌と唇のしわが長年の喫煙習慣を物語っていた——リストに書かれた三人のなかで唯一の前科持ちだった。薬物事犯の他に、客引きで一度警告も受けている。

「だったら自腹を切ってまで直す価値ないと思わない?」スキナーは肩をすくめ、カットオフジーンズの前ポケットに入れた刻み煙草《たばこ》入れを出すのに、必要以上に後ろにのけぞり、ジョーナスに臍《へそ》ピアスを見せつけた。あと少しでブラジリアン脱毛をした場所まであらわになりそうだった。

「ないかもしれませんね」ジョーナスは同意した。

スキナーは「やっぱりね」と鼻を鳴らし、煙草を巻いた。

「あの日、駐車場で不審な物や人物を見かけたり、気になることがあったりしませんでしたか、ミス・スキナー?」

スキナーは煙草を肺の奥まで吸い、煙をそこにとどめたまま、かぶりを振った。

「知ってることは全部サツに話してあるよ」と言いながら、鼻と口から煙を吐く。「何も見なかったし、何も聞かなかったし、何も気づかなかった。あんなことに関係ありそうなことはさ。わかるでしょ？」

ジョーナスはうなずいた。それ以上訊《き》くことはなかったが、カンブリア州まで赴いてスタンリー・コットンに事情を聴き、車を見せてもらうことは難しいと考えると、何の収穫もないままタムジン・スキナーのみすぼらしい家をあとにしたくなかった。

長い沈黙が流れる。これ以上ジョーナスがその場にとどまる理由などないことは明白だったから、次第に気詰まりになっていった。ミセス・テッドワーシーならスコーンのおかわりを勧めてきたことだろう。タムジン・スキナーは後ろに肘をついて上体を支えるようにして、胸を突き出した。

ジョーナスは顔をそむけて車の周りをもう一周した。本当に保険がかかっているのか、かなり怪しい。本題に入らせないために適当なことを言ったのかもしれない。道路税は期限が切れてすでに二カ月が経過している。

「道路税の納税がまだのようだ」ジョーナスは言ったが、実際にはそれをどうこうする意図はなかった。

スキナーは胸を少し引っ込め、「ほんと？」と、今初めて気がついたみたいに言った。

ジョーナスは窓の穴の前に戻り、もう一度よく見ようと前かがみになった。

「あんた、結婚してるの？」スキナーが出し抜けに尋ねてきた。

「はい」ジョーナスは答えた。

「いい男はみんなしてんのよね」

「と世間では言いますけどね」ジョーナスは当たり障りのない返答をした。

この会話が万が一にも厄介な方向へ進んだらと思うと、顔を上げてスキナーと目を合わせたくなかった。ジョーナスは穴とその周辺のこまかいひびがひどく気になっているふりをして、さまざまな角度から検証した。

そうするうちに、先ほどは見落としていたものを見つけた。

半分は窓から飛び出すように、もう半分はなかに突き抜けるようにして、五センチほどの黒い毛がひび割れたガラスに挟まっていたのだ。すぐにレノルズと彼の房状に生えた髪のことが脳裏をよぎったが、目の前の毛はレノルズの髪よりも色が濃かった。タムジン・スキナーを振り返る。彼女は髪を金髪に染めていて、根本は茶色かった。黒ではない。

ジョーナスの腹の底に小さな興奮が生じた。この毛が誘拐犯のものならば、一週間とかからず犯人のＤＮＡ鑑定の結果が得られるだろう。エクスムーア全体で大規模な

ＤＮＡ検査を実施し、ひと月以内に犯人逮捕。ひと月以内ならば、ジェスもピートもチャーリーもまだ生きているかもしれない。助けられるかもしれない。無事保護することは可能だろうか。湧き上がった純粋な希望に胸の鼓動が速くなる。もう何年も味わっていない感覚だった。文字どおり、何年も。

「ここに毛がある」ジョーナスは言い、スキナーを振り返って毛を指差した。彼女は立ち上がって腰を左右に小さく揺らしながらやって来ると、必要以上にジョーナスのそばに立った。自分の腕を彼の腕にこすりつけるようにして、毛に目を凝らす。

そして、うなずいた。「ジャックのだわ」

「ジャックとは誰です?」ジョーナスの希望が揺らいだ。

「あたしの犬」

「犬がいるんですか」質問というより、単なる発言だった。

「そう」とスキナーが答える。「ラーチャーなの」

「なるほど」ジョーナスは辺りを見回した。「どこにいるんです?」

「パブよ」スキナーは言い、ジョーナスがなおもじっと彼女を見ていると、弁解するように続けた。「彼と一緒に」

「なるほど」と、ジョーナスは繰り返した。窓から毛を抜き取り、捨てた。もっと重量のあるものなら、移動住宅の背後の藪《やぶ》に力いっぱい投げ捨てて、この失望感を多少は発散できたのに。誘拐犯の毛髪はなし。ＤＮＡも逮捕もなし。子どもたちの発見も保護もなし。

何もなし。

割られた窓には何か意味があるはずだと確信していたのに。

見つけたのはただの犬の毛だった。

犬。

ジョーナスは殴られたみたいにはっとした。

車に残された犬。

「あの日、ターステップスにいたとき、犬も一緒でしたか？」

「もちろん。どこに行くにもだいたいは連れてくわ。置いてくと自分のうんちを食べちゃうのよ」

「窓を割られたとき、犬は車のなかにいましたか？」

「いたわ。何で？」

「ちょっと失礼」ジョーナスはポケットから携帯電話を取り出し、スキナーから少し離れた。

デイヴィッド・テッドワーシーにも同じ質問をした。

夫婦は飼い犬のガスをターステップスまで散歩に連れていき、戻ってきて車に乗せてから、夫婦だけで一時間のハイキングに出たという。「ガスは老犬で足腰が弱ってましてね。長い散歩はもう無理なんです。車で待っているほうがガスも幸せなんですよ」

　続いてジョーナスは番号案内サービスに電話し、バーバラ・ムーアクロフトにつないでもらった。ショー会場にいた間、犬を車に残していた時間帯はなかったかと尋ねた。

「ありましたよ」とバーバラは答えた。犬がキャンキャン吠《ほ》える声が、背後でかすかにしていた。「子どもたちを連れてピクニックの準備をする間だけ。すんだら、犬たちを迎えに車に戻りました。そのときに窓を割られていることに気づいたんです。そのあとすぐに、男の子が行方不明になったと大騒ぎになったから、犬を連れて急いで子どもたちのもとに戻りました。無事を確かめるために。駐車場にいたあなたに話をしに行ったのはそのあとです。でも、そのときにはあなたはすでに車の窓の穴を見ていました」

　ジョーナスは電話を切った。あらたな希望に目が回りそうだった。先ほど感じた希望など、安っぽくつまらないものに思えた。

「それ、何か大事なことなわけ?」スキナーが訊いてきた。

　ジョーナスは答えなかった。彼女の問いかけはほとんど耳に入っていなかった。もう行かなくてはというようなことをぼそぼそとつぶやき、早く道路税を払うように告げて、ランドローバーに戻った。

タムジン・スキナーはターステップスで犬を車に残していた。デイヴィッド・テッドワーシーもしかり。ショー会場で窓を割られた二台の車にも犬が残されていた。そして、決定的な事実――バーバラ・ムーアクロフトは車に犬を二頭残していた。彼女のルノー・メガーヌの窓にあいていた穴もふたつ。

一頭につき、ひとつ。

震える手でスタンリー・コットンに電話をかけた。番号を三度も押し間違え、ようやく正しい番号にかけたら、今度は呼び出し音が延々と鳴り続けた。留守番電話に切り替わってしまうのかと焦《じ》れて、ジョーナスは思わずうなった。しかし、長い呼び出しの末に不機嫌な声が応答した。ジョーナスは簡潔に自己紹介した。

「警察にはすでに話をした。現場に半日も拘束された。たいして大きな穴でもなかったのに。僕の財布にあいた穴は大きいがね」

「窓を割られたとき、車内に犬を残していませんでしたか、ミスター・コットン？」

「おいおい！　そんなどうでもいいことにかまけてる暇があるのか？　誘拐された少年を探すのが先決だろうに」

「残していませんでしたか？」ジョーナスは語気を強めて繰り返した。

「残してたよ。それが何なんだ？」

ジョーナスは電話を切った。めまいがした。すべては犬のためだったのだ。なぜなのか、そこにどんな意味があるのか、三人の子どもが行方不明になったこととどんな関係があるのか、それはわからない。それでも、犯人が車の窓に穴をあけたのは犬が理由だということだけは確信していた。

ジェス・トゥックが誘拐されたダンケリー・ビーコンはどうか？　レノルズの話では、窓を割られた車はなかった。その一点だけが、うまくはまらないパズルのピースのようだった。

車のハンドルに置いた自分の手が震えるのを、険しい顔で見下ろすうちに、答えが突然降ってきた。

あの日、早朝のダンケリー・ビーコンにいた犬はハントの猟犬だったはずで――働くためにあの場に連れてこられていた。

車に犬は残されていなかった。だから窓も割られていなかった。

解けたぞ。

何が解けたのか、ジョーナス自身よくわからなかったが、直感的に、これでチャーリー・ピーチを助けるというルーシーとの約束を守ることに一歩近づいた気がした。

23

レノルズ警部補は、ジョーナス・ホリーが事件解決の糸口を見つけたとはまったく思わなかった。

「犬?」と、レモンでもかじったような顔で言った。

「その可能性もあるかと」ジョーナスは答えたが、先ほどまでの自信は揺らいでいた。レノルズの態度に困惑した。前回の事件捜査で一緒になった際はいたって合理的で友好的な男に思えた。しかし、考えてみれば、マーヴェル警部と並べばヨシフ・スターリンでさえ寛容で友好的に思えたはずだ。となると、レノルズのことも一から評価し直す必要がありそうだ。

「犯人が窓を割るのは、暑い車内に犬が取り残されているからではないかと思うのです」

レノルズは胸の前で腕組みしてうなると、覆面パトカーのプジョーのドアに寄りかかった。

「それはどうかしらね、ジョーナス」ライスが疑問を呈した。「子どもを誘拐しようと考えている人が、そんなことを気にするかしらね? そこまで案じているのなら、子どもではなく犬をさらえばいいじゃない？　もしくは犬も連れていくか。あるいは窓を完全に叩《たた》き割って、犬が外に出て駆け回れるようにしてやればいい」

「僕にもわかりません。ただ、ショー会場で車に残された犬を見たとき、僕でさえ、ドアを開けて新鮮な空気を入れてやりたいととっさに思いました」

「だが、窓を割れば捕まるリスクも高まる」レノルズが指摘した。「もっと違う理由があるはずだ。そもそもダンケリー・ビーコンには当てはまらない」

「あの現場に犬はいませんでした」ジョーナスは答えた。「フォックスハウンドと、あとはテリアが数頭いたかもしれませんが、皆猟に駆り出されていたはずです。車や馬運車には一頭も残ってなかったと思います」

　レノルズはもう一度唇を酸っぱそうにすぼめた。「仮にその説が正しかったとして──誘拐犯に……犬の救急救命士などという副業があったとして……それが犯人逮捕にどう役立つんだ？」

「わかりません」ジョーナスは認めた。「ですが、何らかの取っ掛かりにはなるでしょう？」

「まあ、犯人にも思いやりがあるのはわかるわね」ライスが言った。

「犬への思いやりがな」レノルズは言った。彼は猫派だった。

「それでも思いやりは思いやりよ」ライスが鋭く応酬した。「他者に共感できるなら、犯人は完全な精神病質者ではない」

「一九六〇年代に子どもを連続して誘拐、殺害したマイラ・ヒンドリーはプードルを飼っていた」レノルズは言った。「いいか、犯人に子どもへの思いやりがあるなら、そもそも親元から連れ去ったりしない」

ジョーナスは肩をすくめた。「我が子をろくに見守ることさえしていなかった親からですか?」

レノルズとライスが驚いてジョーナスを見た。

「僕が言いたいのは」と、ジョーナスは弁解するように両の手のひらをふたりに向けて言った。「犯人の私利私欲だけが犯行の動機とは限らないということです。ひょっとすると、犯人は車にひとり残された子どもを見つけて、自分のほうがその子を守ってやれると考えただけなのかもしれない。残されたメモもそれを示唆しています」

「君はただ、子どもたちがまだ生きていると信じたいだけだ」レノルズが言った。

「信じてますよ」ジョーナスは鋭く言い返した。

「私も」ライスが静かに同調した。

「だったら、犯人はどこに子どもたちを隠しているんだ?」レノルズが厳しく問いただす。「教えてくれたまえ。君がそんなに犯人のことをよく理解しているなら」

ジョーナスは困ったように腕を広げた。「わかりません。どこか他から孤立した場所ではないでしょうか。荒野のどこか――」

「百名の捜索隊とヘリコプターとで三日がかりで徹底的に捜索した、あのどこかか?」

ジョーナスは返事のかわりに唇を噛《か》んだ。レノルズはため息をつき、口調を和らげて続けた。「あのな、ジェスもピートもチャーリーも元気に生きていて、きちんと面倒を見てもらっていると思いたいのは皆同じだ。だが、我々は現実を見なくてはならない。その可能性はまずない」

ジョーナスは敗北感に打ちのめされた。「僕はただ、犯人の視点で物を考えようとしているだけです」

「それは構わない」レノルズはそっけなく言った。「だが、非現実的になるのはやめよう」

そして、プジョーの助手席のドアを開けた。

「発想は悪くなかったわよ、ジョーナス」ライスは言い、運転席に乗り込んだ。

ジョーナスは走り去るプジョーを見送った。

「少し彼に厳しすぎるんじゃありません?」ライスが前方の道路に視線を据えたまま言った。

レノルズは驚いてライスを見た。「状況を考えれば、相当寛大だったと思うが」

「状況とは？」

「犬がどうのというくだらない話を持ち出したことだ」

「私は興味深いと感じたけれど」

「へえ」

「それ、どういう意味かしら？」

「別に」

ライスはレノルズを見た。「へえって、どういう意味？」

肩をすくめるだけのレノルズに、ライスは舌打ちをして道路に視線を戻した。

「あのな」と、しばらくしてレノルズが口を開いた。「ホリーのことでケイト・ガリヴァーと話をしたんだ」

「あら、そうなの？」

「彼女はホリーの様子を気にしていた」

ライスはうなずき、それについては知らなかったふりをした。「で、警部補は何と伝えたんです？」

「僕の目には特に問題はなさそうに見えると。君もそう思わないか？」

「まあ、そうね。彼女はジョーナスに何か不安でもあるのかしら？」

「そうではないだろう」レノルズは答えた。「ただ、捜査中の案件について説明したら、ホリーは子どもにまつわる問題を抱えていそうだと話してはいた」

「子どもにまつわる問題？　それってどんな問題なの？」

そこまでは尋ねなかったから、レノルズにも不明だった。だから、ガリヴァーも明確にはわかっていないようだと答えた。「子どもに関することで、解決できずにいる問題を抱えていそうな気がするとだけ言っていた」

「でも、それってどういう意味よ？」ライスは焦《じ》れた。

「断っておくが、僕はこの件に深入りしたくない。ケイトにしたって守秘義務がある。僕はただ、あれほどつらい経験をしたホリーに客観的な判断力があるのか、信頼して本件の捜査に加えていいものか、疑問が残ると言いたいだけだ。本件に限らず、あらゆる捜査に対してな。ホリーが持ってくる話には、一定の注意を払って対処すべきだ」


いい。ずいぶんましになった。ひとりでも悪くはなかったし、目的も果たせていたが、充分ではなかった。だが、これなら前みたいに調子が出るってもんだ。仕事がしたかったんだよ。仕事が恋しかった。毎日の作業が恋しかった。愛情を注ぎたかった。やっと、意味のあることをしている実感が戻ってきた。

三人なら悪くない。

四人ならもっといい。

24

バスが路面のくぼみにはまってがくんと揺れ、ケン・ビアードは危うく失禁しそうになった。下腹部に力を入れ、歯を食いしばる。

今のは危なかった。

癌《がん》。癌。癌。癌。その単語が頭のなかで脈打つように響き、ケンはこめかみに汗が噴き出すのを感じた。

しこりがあるのだ。

あそこに。

触って確かめてはいない——怖くてできなかった。睾丸《こうがん》が縮み上がってしまう。だが、触らずともそこにしこりがあるのはわかる。前立腺のどこかで腫れ上がっているか、膀胱《ぼうこう》を圧迫している。毎晩三、四回は起き、刺すような痛みに耐えながら、ちょろちょろとしか出ない尿に悩まされている。日中はスクールバスの運転前と直後にトイレに行くようにしているが、それでもときに——ちょうど今みたいに——どうにも我慢できなくなることがある。最寄りの公衆トイレはターステップスにあるが、ここからは三キロ離れていて、スクールバスの運行ルートからも外れる。子どもたちの帰宅が遅れるのは必至で、下手をしたら学務委員会に報告されてしまう。

ケンはバックミラーに目をやった。残っている子どもはふたり——カイリー・マーティンとメイジー・クックだけだ。ともに自宅はウィジプール村にある。年は八つくらいだろうか。ふたりは通路を挟んで向かい合って座り、サンダルを履いた素足をぶらぶらさせながら、何を話しているのか、くすくす笑っていた。いい子たちだった。世間の通念とは違ってほとんどの子はいい子だと、ケンは思っていた。

よそ見をしていたら、バスが再びくぼみにはまって大きく揺れ、差し迫った生理現象にケンは声を漏らしそうになった。早くしないと膀胱《ぼうこう》が破裂する。深夜に便器の前で頑張ったり待ったりしてきた僕にはわかる。

行かないと。これ以上は我慢できない。

そう思った次の瞬間には、ケンは丘のてっぺんにある、道路脇の狭い待避所にバスを寄せて停車していた。

バックミラーのなかのメイジーとカイリーが顔を上げ、問いかけるようにこちらを見る。

「ここで待ってるんだよ、いいね？　バスから降りてはいけないよ。おじさんは、ちょっと確かめたいことがあるから」

「わかった」とメイジーが言った。

「バスから降りないと約束してくれるね?」

「約束する」とカイリーが答える。

「約束するよ、ミスター・ビアード」メイジーも言った。

「いい子だ」

ケンは急いでバスのステップを下り、狭いアスファルトの道を渡って、ハリエニシダの茂みを目指し丘を下り始めた。傾斜がきつく、地面も平坦《へいたん》ではないので、茂みに辿《たど》り着くまでに二度も漏らしそうになった。

ケン・ビアードはファスナーを開け、道路に背中を向けて、英国でも指折りの絶景を前に放尿しようとした。

出なかった。

感覚だけなら膀胱がビーチボール大に膨らんでいる気がしたし、差し迫った尿意を間違いなく感じるのに、出ない。大放出してもよいとなったとたんに、ケンの尿路は中東和平交渉のごとく膠着《こうちゃく》状態に陥った。

痛み。屈辱。ばつの悪さ。涙がこみ上げてきて、ケンの視界のなかのエクスムーアが端のほうだけぼやけた。用を足すという単純な行為が、いつからトラウマになってしまったのだろう。排尿に失敗するたびに、医者に肛門《こうもん》に指を突っ込まれ、前立腺を調べられる光景が脳裏に浮かんだ。それもきっと、医学生の一団の見ている前でやられるんだ。

　悪夢だ。

　もたもたしているわけにはいかない。時間がないんだ。ケンは顔を歪《ゆが》めながらペニスの根本を強く握り、尿を強引に押し出そうとした。痛かろうが構わなかった。

　早くバスに戻らなくては。

　だが、用を足さないことには戻れないじゃないか！　神様、それがそんなに贅沢《ぜいたく》な願いですか？　ケンは肩越しに振り返った。バスのクリーム色の屋根だけがかろうじて見えた。少女たちは言われたとおりに車内で待っているだろう。ふたりともいい子だ。娘のカレンとは違う。十六歳で道を踏み外し、空き家を不法占拠して、アイメイクなどしている男と住み着いてしまった。だが、少女たちがいい子でも、子どもの誘拐事件が起きている今、用心の上にも用心を重ねなくてはならない。そりゃあ、ああいうことが僕に起きるはずはない。それでも、自分の安心のためにもカイリーとメイジーの姿が確認できる場所を選ぶべきだったかもしれない。もっとも、そうなると反対にふたりからも僕の姿が見えてしまうのだが。そんな状況ではリラックスして用を足すことなどまず無理だ。

　あの子たちは大丈夫だ。ふたり一緒にいるのだし。夏の午後はまだ明るく、僕はふたりから五十メートルも離れていない。

車が一台、接近してくる音がした。あのエンジン音はディーゼル車だろう。

出てくれよ！

尿がポタポタと数滴落ちた。

背後で車が速度を落とし、とまった。ケンは丘を見上げたが、車は見えなかった。エンジンのアイドリング音がうるさい。

どういうことだ？　ケンは眉をひそめた。他車の通行の妨げにならないよう、バスはきっちり左に寄せておいたはずだ。ひょっとしたら、故障かと思ってとまってくれたのか。この辺りの荒野では、そうやって気にかけ合うことは珍しくない。孤立は人間の善の部分を引き出す。

大半の人間の場合は。

ケンは、車をとめた人物が、子どもを置いて用を足していたことを通報するような人でないことを祈った。癌であると言えば言い訳は立つだろうが、いったん口に出して白日のもとにさらしてしまえば、病院に行かざるを得なくなり、余命数カ月という宣告を聞かなければならなくなる。悪ければ数週間かもしれない。

己の死という運命に気を取られたのが幸いした。途切れ途切れながらも尿が出て、ケンは膀胱が楽になっていくのを感じた。大丈夫。僕はきっとよくなる。もしかしたら癌ですらないかもしれない。もしかしたら、会計士と結婚するカレンや、孫の顔を見られるかもしれない――。

メイジーの甲高い悲鳴が響いた。

いや、それとも今のはカイリーか？

わからないまま、ケン・ビアードは慌てて道路目指して丘を這《は》いのぼった。踏みしめる石がハッシュパピーの靴の下で転がり、膝を何度も岩で打ったが、簡単にちぎれる草や棘《とげ》のあるハリエニシダを両手で摑《つか》んでのぼっていった。

再び悲鳴が響く。

「誰だ！」ケンは叫んだ。それとも、そう想像しただけだろうか。ゼイゼイという自分の呼吸音と恐怖とでいっぱいになったケンの脳は、さっきまでの膀胱同様に今にも破裂しそうだった。

ふたりがふざけているだけだろうか。そうだとしたら、たっぷり油を絞ってやる。だが、あの子たちはいい子で、一度だって僕を困らせたことがない。バスのえび茶色の窓枠が見えてきた。続いて暗いガラスに窓の支柱、車体下部のクリーム色、きれいにレタリングされた〝エクスムーア・コーチ　送迎契約／単発も可〟の文字。

ディーゼルエンジンのガラガラ音が大きくなる。ケンは足を滑らせ、顔から地面に突っ伏した。起き上がったら右膝に鋭い痛みが走ったが、構わず丘をのぼった。

ふらつき、半ば四つん這いの状態で道路に這い出た。

道路にはバスと、紛れもないディーゼル車の排気ガスの匂いだけが残っていた。ケンは足を引きずりながらバスのステップの前まで行き、手すりを握って体を引っ張り上げた。

少女たちは消えていた。

いや、隠れているのかもしれない！　神様、頼むから隠れているのだと言ってくれ！　ケンはよろめきながらバスの後方へと通路を歩いた。血眼になって左右の座席や床、頭上の荷物棚まで探す。

「メイジー！　カイリー！」

こんなこと、本当に起きているはずがない。僕に起きるはずはない。胸に広がる得体の知れない恐怖と比べたら、癌など怖くも何ともない。子どもふたりが行方不明になるくらいなら、自分が癌であったほうがいい。喜んで癌になる。

ケンは外に出てバスに沿って後ろまで走り、また前に戻ってきて、車体の下をのぞくと、ステップの最上段から少女たちの名を怒鳴った。

「ふざけるんじゃない！」とわめく。「戻ってこい！　悪ふざけはおしまいだ！　じゃないと置いてくぞ！　本当に置いてくぞ。そうなったら家まで歩いて帰って、どうして遅くなったか、お母さんに話さなくちゃならなくなるんだからな！　今すぐ戻ってこい！」ケンの声がひっくり返った。

足を引きずりながら、車内の通路を半狂乱で行ったり来たりした。ふたりの姿を見落としているだけかもしれない。少女たちはケンを脅かそうと息を潜めてじっと座っているのかもしれない。後部座席でボールみたいに丸まっているのかもしれない。ケンは今にも泣きそうだった。恐ろしかった。カレンに電話して愛してると伝えないと。おまえが何をしようと愛してるから、頼むから帰ってきてくれ。そうすればまた仲よく暮らせる。カレンがまだ幼かった頃みたいに。頼む、頼む、頼むから帰ってきてくれ。頼むよ。


フランク・ティゼコットは郵便公社《ロイヤルメール》の配達車をバスの後ろにとめ、車を降りた。バスの車内からはドンドンという妙な音がしており、車体が目を凝らさなければわからないほどかすかに左右に揺れていた。

郵便配達人のフランクは警戒気味にバスのステップをのぼり、ぎょっとした。ケン・ビアードが、ふたりの少女たちがどうのディーゼルがどうのと、意味不明なことを早口に口走りながら、ズボンのあいたファスナーからだらりと垂れた一物を左右に揺らして、ふらふらとこちらに歩いてきたのだ。

フランクはすぐさま動いた。ケンにファスナーを上げさせ、座らせてから、警察に電話し、子どもがふたり、スクールバスからいなくなったようだと通報した。

運転手は動転しておかしくなっているようだと。

さらに、ハンドルに黄色の四角いメモが貼ってあり、こう書いてあると。

おまえは　彼らを　愛して　ない。


スクールバスの後ろに車をとめた郵便配達人は、レノルズに、ケン・ビアードは現場で下半身を露出していたと話した。正確にはこうだ。「あれはひどかったね。泣いたり、わけのわからないことをごちゃごちゃ言ったりしながら、ムスコ丸出しでこっちに向かってくるんだからさ」当然、レノルズは運転手を尋問したが、相手がしまいには大泣きし、話も支離滅裂になってきたので、地元の医師が呼ばれて鎮静剤が投与された。運転手の甥《おい》は——田舎の事務弁護士で、おじの法的権利を守るべく現場に飛んできたのだが——早々に手を引き、かわりにブリストルから刑事専門弁護士を呼び寄せた。

局部の露出が連続誘拐の決定的な証拠となるなら、レノルズとしてはこれほどありがたい話はないが、残念ながら人生はそう単純にはいかない。そもそもケン・ビアードのことは、ひと晩留置するほどにも疑ってはいなかった。

用なしとなったブリストルの弁護士は、現地に向かうM５の途中でUターンしたが、二百八十五ポンドをきっちりケンの家族に請求した。

警察本部から移動式捜査本部車両が到着した。ふた冬前に提供されたものほどみすぼらしくはなかった。グレアム・ナッシュが〈レッドライオン〉の駐車場に車両を置かせてくれたのは、便利で助かった。

レノルズの配下には今や十二名の警察官が本件の専従捜査員として配属されている。またそれとは別に、休日返上で無給で捜査に協力したり、ホリーやウォルターズみたいな地元の巡査で、必要に応じて通常任務を一時的に外れて協力したりすることが可能な人員をさらに十名前後、エクスムーアの各警察署から召集できる態勢も取られた。

エクスムーアの警察官の大半が誘拐事件の捜査に駆り出され、荒野で起きる他の犯罪の捜査は二の次になった。その結果、人家の庭の物置小屋からの窃盗件数は跳ね上がり、二週間で四件から八件へと倍増した。通信指令室の警察官が思わずため息をついて、皮肉でも何でもなく漏らしたほどだ。「エクスムーアがシカゴになっちまった」

そんな具合に上を下への大騒ぎとなり、追加人員と捜査本部車両が投入され、マスコミが騒ぎ、再度赤外線カメラを使った捜査が行われ、レノルズが新しいグーグルマップをホワイトボードに貼りつけていき、行方不明の子ども五名を捜索しても、あらたな手掛かりは何ひとつ得られなかった。

25

ケイト・ガリヴァーは、自分のしたことは間違っていたと自覚していた。

結果的に問題なく終わったとしても——きっとそうなるはずだけれど——間違ったことをした事実は変わらない。

診断書に判を押してジョーナス・ホリーの復職を許可して以来、ガリヴァーの良心は本能と闘っていた。日中は他のクライアントに煩《わずら》わされてそれどころではなくても、夜になると知らぬ間にジョーナスのことを考えて眠れなくなった。

ベッドに横になったまま、明日になったらジョーナスに電話してみようと決意し、翌朝結局かけられずに終わるということを、もう十回以上繰り返している。連絡を一日先延ばしにするごとに、最初のおざなりな決断が、水に落とした折り紙の花が毛細管現象で開いていくみたいに心を埋め尽くし、重くのしかかった。ケイトは次第に眠れなくなり、食欲も落ち、ジョーナスと、あの背筋の凍るような得体の知れない恐怖のことしか考えられなくなった。自分の職業倫理を曲げてしまったほどの、あの恐怖。

先延ばしの末に、ケイトはようやくジョーナスに電話をかけた。

ずいぶん古風な呼び出し音だった。ケイトはエクスムーアを訪れたことはなかったが、彼女が描いたイメージは、ジョーナスが実際に暮らす石造りの小さなコテージから、そうかけ離れてはいなかった。

五回目の呼び出し音でジョーナスが出た。もう何週間も、何を話すか考えてきたはずなのに、ケイトは心の準備ができていない自分に気がついた。

「こんにちは、ジョーナス、ケイトです」

沈黙が落ち、ケイトはつけ足した。「ガリヴァーです」

ためらいがちな「こんにちは」が返ってきた。

「元気にしているかしら?」

「はい」ジョーナスは答えた。

「よかった。それはよかったわ。気になっていたものだから……どうしているかなって。仕事に戻って」

再び長い沈黙が流れた。勘弁して！　これではまるで歯を抜かれてるみたい！

「ありがとうございます。問題なくやってます」

ジョーナスの声は一本調子だった。ケイトは車で直接会いに行くべきだったと後悔した。こんな電話は何にもならない。それどころか完全に劣勢に回っている。専門家らしく冷静に会話を主導している感覚はなく、むしろ会話の足掛かりを求めてもがき、自分のペースに持ち込もうと躍起になっていた。電話などしなければよかったと思ったが、後の祭りだ。さっさと片づけてしまうしかない。

「ところで、フォローアップの面談をしたいの」

言った。単刀直入に。そのひと言を発すると同時に落ち着きが戻ってきた。勇気が湧いてきた。

「なぜですか？」

「通常はそうするの」厳密には事実ではなかったが、ケイトはそう答えた。「円滑な復職を助けるためにね。クライアントを放置して、途方に暮れさせたくはないから」

「別に……途方に暮れてませんが」ジョーナスは言った。

「それを聞いて安心したわ」ケイトはなだめるように言った。「それでもフォローアップをしないまま終わらせたら、責任を果たしたとは言えないもの。来週の木曜日にしましょうか？」

ああ、やっと調子が出てきた。手帳に予定を書き込もうとペンを構えていると、主導権を取り戻した実感が湧いてきた。そう、これぞ本来あるべき姿よ。ジョーナスは木曜日の面談を了承し、私はそれを、昔父がケンブリッジの卒業祝いにくれたウォーターマンの金色の万年筆で書き込む。そして、次の木曜にジョーナスが面談に来たら、もう少しカウンセリングをする。今度こそ確信が持てるように。持てなかった場合は専門家の権限で再度休職させる。そうやって必要な手順をひとつ踏むごとに、パニックから復職を許可してしまった先日の過ちも小さくなっていく。このペンが手帳に触れた瞬間、すべての問題は解決する。

「来週の木曜は時間がありません」と、ジョーナスが答えた。「今は忙しいので。それに特に問題もありませんから」

ああ、もう。

「大事なことなのよ、ジョーナス」焦る気持ちから、語気がかすかに強くなった。

ジョーナスもそれに気づいたのだろう。永遠とも思える沈黙が流れ、ケイト・ガリヴァーは文字どおり唇を嚙《か》んで、懇願しそうになるのをこらえなければならなかった。

「それは強制ですか？」ジョーナスが感情のない声で尋ねた。

ケイトは生まれて初めて、恥も外聞もなく嘘《うそ》をつきそうになった。

「いいえ」と、こわばった声で答えた。「いったん面談を完了したら、クライアントがそれ以上のセラピーを強制されることはない。状況が変わったのでない限り」

「それなら面談は結構です」

「そうですか」ケイトはユーモアのかけらもない校長みたいな口調で言った。

「ご連絡ありがとうございました」ジョーナスが言う。口先だけのように聞こえた。

「どういたしまして」ケイトは答えた。「もし何かあったら、私がいることを忘れないでね。いつでも連絡してくれていいのだから。ね？」

「わかりました」

ケイトは電話を切った。ふと見ると、万年筆の金色のペン先を押しつけていたらしく、手帳の来週木曜日の欄にブルーインクで穴をあけてしまっていた。

受話器を戻したジョーナスは、電話が血にまみれていることに気がついた。彼の手が血まみれだからだ。

上腕から手首にかけて、浅く長い切り傷が二本ある。それを見て、初めてずきずきとした痛みを感じた。石の廊下にも血が点々と垂れていたので、ジョーナスは肘を曲げて台所に戻った。シンクは画家フランシス・ベーコンの絵を彷彿《ほうふつ》させる状態になっていた。自分がそこに置いたのだろう、果物ナイフが水切り台に載っていた。そこから滴った血の滴が床に落ちて弾《はじ》け、小さな赤い太陽みたいな模様をいくつも作っていた。

ジョーナスは冷水で腕を洗った。

そして、ふきんで腕をくるみ、ソファで眠った。

レノルズはメモについて考えを巡らせていた。

ジェス・トゥックの現場のものは〝おまえは彼女を愛してない〟。ピーター・ノックスの現場のものは〝おまえは彼を愛してない〟。そしてメイジーとカイリーの現場のものは〝おまえは彼らを愛してない〟。

レノルズは移動式捜査本部の合成樹脂の天板の机に向かっていた。風を入れてうなじの汗を乾かそうと、ドアは開け放してある。戸口からは、オベリスク型に切り取られた黄褐色の荒野が見える。ハリエニシダやヒースが点々と茂り、その上にウェッジウッドブルーの空が薄く載っている。

「メモは現場で書かれたと思うか？」レノルズは尋ねた。

「はい？」とライスが言った。彼女はパソコン画面を見ていた。レノルズはパソコンの履歴を確認していたので、誰かが早くも捜査とは無関係な、恋愛・結婚マッチングサイト〈マッチ・ドットコム〉にアクセスしていることを把握していた。ライスを咎《とが》めるつもりはないが、彼女が理想の相手としてどんな条件にチェックを入れたのかは気になった。〝禿《は》げ〟という条件が挙がっていないのは確実で、レノルズは行動を起こしておいてよかったと思った。

「メモは現場で書かれたと思うかと訊《き》いたんだ」

「なぜです？」

「それぞれ、誘拐された子どもに合わせて書かれているからだ。おまえは彼女を愛してない。彼を愛してない。彼らを愛してない。つまり、現場でわざわざ書いたか、あるいは事前に標的を決めてあらかじめ準備していたと考えられる」

ライスは唇をすぼめながら考え、うなずいた。「そうね。同感だわ」

「それはどうも」レノルズは皮肉をこめて眉を上げた。

「でも、カイリーとメイジーをバスから連れ去ったのは場当たり的な犯行よね」ライスは考えるように言った。「あれは計画できたはずがない。もしかしたら用意したメモを持ち歩いていて、状況に合うものを選んで残しているのかも」

レノルズは同意しかねるとばかりに眉をひそめ、舌を鳴らしてライスをいらっとさせた。チッチッチッ。そして、かぶりを振った。「それはどうかな。少々手回しがよすぎる」

「手回しって、メモを走り書きしてるだけじゃない。誕生日ケーキにアイシングをしてるわけじゃないんだから」

「ともかく」と、レノルズは言った。「どちらのシナリオも検討すべきだ。犯人が現場でメモを書いている、あるいは誘拐の機会が生じたときのためにあらかじめ用意しているのであれば、それもひとつ。だが、特定の子どもを狙って事前に準備しているのなら、それはまったく違う話だ。連れ去られた子どもたちははじめから選ばれていたことになる。しばらく前から観察されていた可能性もある」

ライスはうなずいた。「被害者の親には、誘拐に先だって不審な人物が周辺をうろついていなかったか、すでに訊《き》いてあるわ。皆、心当たりはないとのことだった」

「だからといって犯人が近くにいなかったと断定はできない」レノルズは肩をすくめた。「僕が言いたいのは、犯人が観察していたのなら、理由があってそうしていたはずだということだ。子どもたちは実際に虐待されたり育児放棄されたりしていたのかもしれない。犯人は本気で、子どもたちは愛されていないと感じていたのかもしれない。虐待や育児放棄が、誘拐の動機である可能性がある」

「そうだとしても親たちが認めることはないでしょうね」

「そのとおり」レノルズがうなずく。「そこでだ、エリザベス、差し支えなければ少し探りを入れてもらっても構わないかな？」

もちろん構いませんとも。構うわけがないじゃありませんか。あなたは警部補で、私はしがない巡査部長ですものね。

26

妻ルーシー・ホリーの埋葬に、ジョーナスは立ち会えなかった。シップコット村を連続殺人事件が襲ったあの冬、犯人が特定されないなか、ルーシーの遺体は検死のために一カ月以上、科学捜査研究所に留め置かれた。ようやく家族のもとに戻され埋葬が許されたとき、ジョーナスはまだ入院していた。葬儀の手配と支払いをしたのはルーシーの両親だったが、彼らはジョーナスの心情を慮《おもんぱか》り、自分たちはイングランド南東部のサリー州に住んでいるにもかかわらず、寛大にも娘をシップコットに埋葬した。最初に会ったときからジョーナスを好いていたからであり、彼にはもう肉親がなかったからでもある。ようやく退院して自宅に戻り、自分の不在中に義両親がしてくれたことを知ったジョーナスは、ありがたさに胸がいっぱいになった。ふたりは今もときおり連絡をくれる。現実的で何かと励ましてくれるルーシーの母と、おとなしくて何をするわけでもないが、優しさだけは劣らないルーシーの父。

埋葬から半年後、ジョーナスのもとに葬儀屋が連絡してきて、墓も無事 "落ち着いた" ので、セントメアリー教会の小さな墓地にある墓に墓石を立てていただいて結構ですよと言った。ジョーナスの両親も眠っている墓地だ。電話を受けてから何週間と、ジョーナスは悪夢にうなされた。ときに日中も恐ろしい幻を見た。墓が〝落ち着く〟ということの、本当の意味が目の前に浮かぶのだ。ルーシーの肉体が腐敗し、液体化し、土に押し潰された棺《ひつぎ》からエクスムーアの大地へ流れ出ていく様が。

ジョーナスは墓石に刻んでもらう言葉を何千となく考えたが、心が粉々に砕けて壊れた状態では、ジョーナスのなかの詩人は逃げてしまい、やけに感傷的で下手な詩しか出てこなかった。だから、シンプルな碑文に留《とど》めた。

ルーシー・ジェイン・ホリー
一九八二年四月二十一日　生
二〇一一年一月二十九日　没
日々あなたを想《おも》う

葬儀屋が、花を生けられるように蓋に穴のあけられた、味もそっけもないステンレス製の花瓶を用意してくれたが、ジョーナスはそれを使わず、墓石の後ろに隠してしまった。かわりに鳥の餌箱《バードフィーダー》をふたつ設置した。ひとつにはニガー種子を、もうひとつにはピーナッツを入れたら、ほぼ一年中、アオガラやゴシキヒワがルーシーの墓に飛んできた。冬の間は、種や穀物類を油脂で固めたファットボールをココナッツの殻に詰めて下げておいたので、ロビンもよく見かけた。

ルーシーの墓から二十歩と離れていない教会の扉の前で、ジョーナスとルーシーはかつて並んで結婚写真を撮った。

死がふたりを分かつまで。

今日は、ジョーナスは追加のピーナッツを持ってきた。

ところが、墓地の入り口の木の門の前まで来たとき、ルーシーの墓に先客がいるのが見えた。

ジョーナスは門のずっしりとした鉄製ハンドルにかけていた手をぱっと離し、石造りのあずまやの陰に身を潜めた。

村の人たちがルーシーの墓に花を供えることはある。そう頻繁にあるわけではないが、ジョーナスとともにこの村で暮らした数年というわずかな期間に、ルーシーが人々の心にたしかな印象を残したのだと知るには充分の頻度だった。ジョーナスが墓に来ると、だいたい月に一度は、墓石の後ろから引っ張り出された醜い花瓶に、しおれたケシや、ヒースとシャクの花が生けられていた。隣家のミセス・パドンが春には水仙を、秋にはバラを供えてくれているのも知っていたし、どうやらアラン・マーシュも、ときおりルーシーの墓に花を供えてくれているらしい。近くにある、彼の妻と息子の墓に供えられた花と同じなので、間違いないだろう。

ジョーナスの場所からは若干視界が遮られていたので、先客が立ち上がって初めて、それがスティーヴン・ラムだとわかった。

新聞配達の少年は初夏を彩るデイジーの絨毯《じゅうたん》に置いた通学鞄《かばん》を肩にかけると、門に向かって歩き出した。

ジョーナスはあずまやの片側の奥へ静かに移動し、スティーヴンが鉄製の重い掛け金を上げ、門を抜け、小さくきしむ音とカチャンという音をさせて再び掛け金を下ろすのに耳をそばだてた。行きすぎるスティーヴンとの距離は一メートルと離れていなかったが、少年はそこにジョーナスがいることにまったく気がつかなかった。

ジョーナスはルーシーの墓へと歩いていった。醜い花瓶がまた表に出されていたが、花は生けられていなかった。妙だな。ジョーナスはナッツ類を入れているバードフィーダーにピーナッツを補充すると、花瓶を墓石の後ろに戻した。

動かすとき、何かが花瓶のなかで鈍い金属音を立てて動いた。

石だろうと思いながら、蓋を回し開けた。

入っていたのは二十ポンド紙幣三枚と硬貨、合わせて六十二ポンド三十ペンスだった。

誘拐された子どもたちの親が、被害者の会を立ち上げた。彼らは〝エクスムーアの子どもたちを見つけよう〟（ＦＥＣ）と名づけたが、新聞各紙は〝笛吹き事件の親の会〟と呼び、当然のことながらそちらのほうが定着した。あのマーシー・メイリックでさえ、同調してその呼称を採用せざるを得なかった。

予想どおり、スポークスマンはジョン・トゥックが務め、彼らは週に一度、メンバーの誰かしらの家に集まり、存分に泣いた。

少なくとも、ライスの目にはそう映った。

家族担当の警察官はポール・ベリー巡査だった。前回の捜査で同じく家族担当だったライスは、彼が振り回されているのがよくわかった。警察の身長基準の引き下げの恩恵に預かっている、バラ色の頬をした、熱意が空回り気味のベリー巡査は、仮装衣装箱から警察の制服を見つけてきた少年みたいだった。ジョン・トゥックなどはベリーの頭越しに向こうがはっきり見渡せるほどで、目に入らないから余計にあっさりと巡査の存在を無視した。被害者家族は会合の日時をベリー巡査に伝えることもあれば、伝えないこともあった。伝えたときには、彼がお茶汲《く》みをすることを期待した。

レノルズはジョン・トゥック宅で開かれた一回目の会合にだけ参加した。被害者の親が一堂に会するとなれば、事件解決の突破口となる共通項が見つかるかもしれないと期待してのことだ。テレビの刑事ドラマではよくあるではないか。たとえば、家周りの補修などをしてくれる便利屋《ハンディマン》が同じだったとか、大学時代の共通の友人を思い出したとか、地元の豚の丸焼きパーティで、重大な瞬間を全員が目撃していたとか。

残念ながら、そういう話はひとつも出てこなかった。

はじめの三十分、ジョン・トゥックとデイヴィッド・ピーチが、スウィンドン在住のノックス夫妻との間にスカイプの接続を確立しようと四苦八苦する間、残りの親が何とも気詰まりな雰囲気のなかで紅茶を飲んだ末に唯一得たコンセンサスは、エクスムーアのブロードバンド回線はくずだということだった。

捜査に有益な情報をもたらす者はなく、九時になって全員が立ち上がるまでの間、レノルズは腕時計に目をやりたい気持ちを極力こらえて座っていた。男たちはがっしりと握手を交わし、女たちはレッドカーペットで顔を合わせたかつてのライバルみたいに、ぎこちなく抱擁を交わし、頰と頰を合わせて挨拶のキスをした。

それ以来、レノルズは集会には顔を出していない。

今週の金曜日の集会は、ウィジプール村のメイジー・クックの家で開かれた。

メイジー・クックの両親は、客のためにすら部屋を片づけないことで自分たちの悲嘆を表した。おかげでライスは新聞やまだ洗っていない洗濯物の山をどかさなければ、椅子に座ることができなかった。

ジョン・トゥックはノックス夫妻とスカイプで通話するべく、持参したノートパソコンを開いたが、彼がブロードバンド回線について尋ねたらクック夫妻がぽかんとした顔をしたので、結局は回線への接続を試みさえしなかった。集会の間、ノートパソコンの画面にはノックス夫妻が映るかわりに、ジョン・トゥックと幾人もの女たちとのツーショットや、馬や犬との写真のスクリーンセーバーが流れ続けた。スウィンドンにいるジェフとデニースが肩を寄せ合いながら、いつになったら自分たちも集会に参加できるのだろうと、つながらないスカイプ画面を見つめ続ける姿を、ライスは想像した。きっと最後には、息子が戻らないばかりか、今味わっている苦しみを本当に理解してくれる唯一の人々からの意味のある助けさえ得られないのかと、打ちひしがれてとぼとぼと寝室に下がるのだ。

　集会が始まって二時間、ライスは親たちを観察した。やたらとしゃべるのはジョン・トゥックで、最も分別があるのはデイヴィッド・ピーチ、すぐに泣くのはカイリーの母ジェニーだった。一番気が利くのはジョン・トゥックの前妻バーバラで、ミセス・クックが何もしそうにないのがあきらかになると、皆にお茶を淹《い》れていた。そして、ひとりその場に飽き飽きしているのはジョン・トゥックの恋人レイチェルだった。

　誰も子どもを虐待しそうには見えなかったが、見た目の印象が当てにならないことをライスは知っていた。数ある犯罪のなかでも、子どもの虐待は誰もが犯し得る犯罪だった。事前に内密に社会福祉事務所に問い合わせた限りでは、虐待を疑わせる事実は出てこず、他に判断材料もないので、ライスは今後〝笛吹き事件の親たち〟へ事情聴取する順番を直感だけで決めていった。

　リストの最初に来たのは、ライスが彼を嫌いだからという理由で、ジョン・トゥックだった。しかし、二番目に来たのは反対に好印象のジェフ・ノックスだった。彼の妻がターステップスで彼を罵倒したことは、ひどく不当な仕打ちであるか、何か過去のいきさつがあってのことか、ふたつにひとつだろう。具体的にどんな過去かはライスには見当もつかないが。三番目はミスター・クックで、理由は棚にスティーヴン・

セガールのＤＶＤが何枚か並んでいたからだ。ライスに言わせれば、それは飼い犬にランボーと名づけるのと同じくらい精神的に危ない。

自分のやり方が科学的でないことも、成果が期待できそうにないことも、ライスは承知していた。それでも探ってくれと言われた以上は探ろうではないか。取っ掛かりがどこであるかは重要ではない。大事なのはそこから何を見つけるかである。

議題からそれずに会話を続けることは、笛吹き事件の親たちにとっては難しいことだった。何しろ第一回目のＦＥＣ集会のはじめの十分で、有益な情報は出尽くしてしまったのだ。毎度のことながら、今日も話は行方不明の子どもたちにまつわる涙々の思い出話と、絞首刑を復活させるべきだという全会一致の意見へとそれていった。事情聴取の順番が決まってからは、ライスはときおり顔を上げては、穏当な言葉をかけたり技術的な話をしようとしたりしたが、彼らに提供できる新情報はなかった。少なくとも公表できる話はない。情報を渇望する親たちの気持ちを考慮しても、今はまだ緑色の繊維や白いビニールテープの存在をあかすわけにはいかない。

会合が終わると、ライスは安堵《あんど》のため息を漏らした。時間が無用に長引くことに対して、普段のライスは寛大だが、それでも毎度ＦＥＣ会合の詳細な議事録をつけていると、自分の人生が砂時計の砂のごとく流れ落ちていく気がしてならなかった。

まったく、金曜の夜に何やってるんだかね、リジー。心のなかでそうつぶやきながら、ライスは道の終わりでプジョーを器用にUターンさせると、シップコット村へ戻っていった。

〈レッドライオン〉に着いたら、二階の部屋に上がる前に下で一杯やっていこうかしらと思ったが、すぐに考え直した。どうせレノルズがやって来て、仕事の話をされるだけだ。かといって彼以外の誰かを探そうにも、この辺りで、クリケットと牛乳の値段と開催が迫ってきたノースデヴォン・ショー以外の話ができる人を見つけることなど、ライスはとうに諦めていた。

シップコットに続く坂道を下る途中、ジョーナス・ホリー宅の前を通った。一階の明かりはついていた。

ライスは急ブレーキを踏み、二秒と考えずに車をバックさせて坂をのぼると、ジョーナスのパトロールカーのランドローバーの前に駐車した。

ケイト・ガリヴァーはジョーナスのことを案じていた。だから、彼の様子を確かめに行くの。それだけのことよ。

そうよね?

セキュリティーライトが点灯し、玄関に続くでこぼこのスレートの歩道を照らす。ドアをノックした瞬間、いやな記憶がフラッシュバックした。凍った路面を滑りながら進んだこと、玄関を開けるレノルズの、雪をかぶったジャケットの背中を見つめたこと。

ドアを開けてすぐの場所に広がっていた、凄惨な光景。

ライスは身震いした。

ジョーナスがドアを開け、相手が誰だかわかっていない顔でライスを見た。

ちょっと、何よ。落ち込むじゃないの。

「こんばんは、ジョーナス」それでもライスは明るく声をかけた。

ジョーナスの瞳が晴れた。「ああ、あなたか。こんばんは」

「ちょうど前を通りかかったから、一杯どうかと思って」

「結構です」早すぎるほどの即答だったので、ライスは一瞬、「ぜひ」と言われたのかと思った。

「そう」ライスは傷つき、自分がばかみたいだと思った。それから、上辺だけでも愛想よくしようとしないジョーナスに、少しばかり腹を立てた。断るにしても言い方があるし、上がっていきますかと言うことだってできるだろうに。そう思ったら、小さな怒りは、何が何でもジョーナスと一杯やるという意地に変わった。彼が好もうが好むまいがつき合ってもらう。

「別に外で飲まなくてもいいのよ。お邪魔させてもらって、お茶を一緒に飲むのでもいいのだけど」

そう言われてはジョーナスとしては断りづらい。それはライスにも見ていてわかったが、それでも彼は渋っている様子だった。

「頼み込ませないでよ、ジョーナス！」

「すみません」ジョーナスはそう言って、ドアを大きく開けた。

ふたりは居間の前を素通りし、まっすぐ台所に入った。テーブルの上は鍵や書類、未開封の郵便物で散らかっていたが、それ以外の場所はそれなりに片づいていた。ライスが想像していた、男やもめの悲惨な部屋とは違った。

ジョーナスは電気ケトルのスイッチを入れてから言った。「ワインもあったと思うけど」

「ああ、ぜひ。笛吹き事件の親たちのうんざりするような会合を終えてきたところなの。アルコールが必要だわ」

ジョーナスはカチャカチャと音を立てて、食用油の瓶の後ろから赤ワインのボトルを取り出すと、栓を抜いた。赤でよかった。レノルズは白ワイン専門だから。ライスはテーブルに場所を作ると、椅子に座った。

ジョーナスは自分の分もグラスに注《つ》いだが、一緒にテーブルにつこうとはせず、ライスがグラスを掲げたのにも応えず、カウンターにもたれた。

沈黙のなか、ライスはワインを飲んだ。渋いスペインワインだった。ジョーナスは口をつけず、ただグラスに目を落としている。

「おいしいわ」ライスは言った。「ありがとう」

ジョーナスがうなずく。時計の針の音が響く。彼から話す気はなさそうだ。ライスから会話を始めるしかない。

「今回の事件には参った。頭がおかしくなりそうよ」

ジョーナスはのろのろとうなずき、言った。「難しい事件ですね。〝おまえは彼を愛してない〟」

「いったいどういう意味なのかしら」たとえ仕事の話であっても、ジョーナスがやっと会話をする気になってくれたことに、ライスはほっとした。

ジョーナスは肩をすくめた。「彼にとっては何か意味があるんでしょう」

「犯人にとっては？」

「はい」

「でも、それってどんな意味？」ライスは尋ね、ワインをもうひと口飲んだ。ジョーナスに間を埋めさせようとした。

「僕は……」ジョーナスが言いかけて、口をつぐんだ。ライスは聞かせてというようにうなずきかけた。ジョーナスはグラスを置き、両手をジーンズのポケットに入れ、また出した。緊張している。

「僕は、ある意味理解はできます」

「何を？」

「彼の怒りを」

ライスは驚きを顔に出さないようにして、ワインを飲みながら、再度ジョーナスを励ますようにうなずいた。

さらに促す必要はなかった。ジョーナスは言葉を続けた。「人なんて、ろくでもない」

それで話はおしまいだろうとライスが思っていると、ため息のあとにジョーナスはこう言った。

「皆、買い物袋はトランクにしまうし、カーナビは座席の下に隠す。カーステレオはグローブボックスに入れる。そのくせ、自分の子は古い傘でも置いとくみたいによく見える場所に置いていく。理解できない――自分の子なのに！」

ライスは驚いて目をぱちくりさせた。ジョーナスはグラスを手に取り、ひと口がぶりと飲んだ。

「すみません」と詫《わ》びる。

「謝ることないわよ。あなたの言うことはもっともだわ」

本当にもっともだと、目が覚めたような思いだった。ジョーナスの言うとおりだ。

被害者の親たちが、子どもを誘拐されたのではなく、たとえば後部座席に置いていたクリスマスプレゼントを盗まれたのであれば、ライスは呆《あき》れてかぶりを振り、そんなところに放置したら盗まれて当然ではないかと言っただろう。ライスは、ジョーナスが思っていることを打ち明ける程度には自分を信用してくれていることがうれしかった。それに、今みたいにかっとなったジョーナスは魅力的だった。熱くなった彼は。普段の心ここにあらずというような顔が、怒りを帯びた真剣な面持ちに変わっている。しかも、初めて私をまっすぐに見てくれた。ライスはグラスをあけた。ワインで体がほてり、気持ちがくつろいで、ふたりの間によくはわからないけれども相通じる何かがあるように感じた。

「あっちの部屋に行きましょうか？」ライスは衝動的にそう言うと、ジョーナスに異議を唱える隙を与えず、立ち上がってボトルを手に取った。

初夏なのに、表通りに面した居間は冷えていた。閉鎖された場所という空気があった。ジョーナスが明かりをつけると、テレビのコンセントさえ差し込まれていないのが見えた。ライスは自分のグラスを再び満たすと、ボトルを炉棚の、庭仕事をしているルーシー・ホリーの写真の隣に置いた。写真に言及しないのも失礼な気がした。

「本当にきれいな人だったわよね」

ジョーナスは小さくうなずいたが、何も言わなかった。ライスとしては、ジョーナスが同意し、妻のことをいろいろ話すものと思っていた。普通とは違う彼の反応に、ライスは自意識過剰になった。ひとりでの暮らしはつらくないか、新しい相手を考えることはあるのか。そんな陳腐なことをばかみたいにあれこれ訊《き》きそうになるのを、ぐっとこらえた。

動揺を隠そうと、ライスは金色の細いペーパーナイフを手に取った。持ち手の部分にウェストンピアと彫られたそのナイフに強い関心でもあるみたいに、しげしげと見つめた。

ジョーナスはソファに腰かけ、膝に肘をついて、グラスを緩く持ちながら、短剣型のペーパーナイフを手のなかでひっくり返すライスをじっと見ていた。彼の視線を感じて、胃に緊張が走る。ばかみたい！　半分はワインのせいだ――ライスにはわかっていた。だが、ワインのせいばかりでもない。ライスは文字の彫られたナイフの柄を、きれいに切り揃《そろ》えた爪の先でぼんやりと撫《な》でた。ぴかぴかの柄からこまかい茶色の粉が落ちた。

ジョーナスはベッドではどんなふうなのだろう。おそらく、妻を亡くして以来ご無沙汰のはずだ。きっと興奮するだろう。心揺さぶられる体験になるかもしれない。刺激的なセックスなど、エリザベス・ライスは久しく経験していなかったし、それで胸がいっぱいになったことなど一度もない気がした。

その想像とワインがライスを大胆にさせた。いいじゃない、私に失うものはない。ふたりとも、失うものなんてないじゃない。

ワインと会話の続きは二階に持っていかないかと訊くつもりで、ライスは顔を上げた。

そうして初めて、ジョーナスが見ていたのは彼女ではなく、彼女の手のなかのナイフだったと気づいた。彼は妙な表情を浮かべていた——あたかも今、目が覚めたかのように。そして、目覚めてみたら思いも寄らない場所にいたかのように。

「大丈夫?」ライスは尋ねた。

ジョーナスは立ち上がってうなずき、グラスを置いてから「はい」と答えた。下手な嘘《うそ》だった。

ライスはため息をついてワインが半分残ったままのグラスとナイフを炉棚に戻した。どのみち、このあと運転して帰らなければならないのだ。

27

マーク・トランブルは、ラロ・ブライアントから買ったスケートボードをデイヴィーに渡した。〈レナー・スケートボード社〉のブラッド・タトゥーだった。デイヴィーはそれを〝ごみ〟とこき下ろした。

「おまえがいらないなら俺がもらうよ」シェインにそう言われたデイヴィーは、ごみと言った手前、スケートボードをシェインに譲るほかなかった。

そして今、フィールドに向かう通りを、シェインがスケートボードに乗って不安定に横滑りしたり、バランスが取れずに体をぐらつかせたりする様を、デイヴィーは軽蔑と嫉妬の入り交じった目で見ている。「おまえも乗ってみろよ」と、シェインが言った。「案外簡単だよ」デイヴィーは首を横に振った。小脇にスティーヴンのスケートボードを抱えてはいたが、地面に下ろそうとはしなかった。

ふたりは村の端にあるフィールドに着いた。通りの一番端に立つ家は、もう何年も板で塞がれ、売家の看板が立っていて、側面の窓だけが、地元チームがホーム・アドバンテージを活《い》かせた試しのない、緩やかに傾斜している草地をうつろに見つめている。シェインはスケートボードを拾い上げ、ふたりは黄色くなりかけている草地に入っていった。

シャンテル・コックスが、赤ちゃんを乗せた錆《さ》びたブランコを押していた。上げた髪を根元ぎりぎりで編み込み、英国空軍特殊部隊の背嚢《はいのう》みたいに頭のてっぺんできっちりまとめている。

「煙草《たばこ》ある?」デイヴィーは訊《き》いた。

「ない」彼女は煙草のソフトパックを振って一本取り出しながら言った。

デイヴィーは気にしなかった。本当は煙草は吸わない。ただ、そう訊くのがかっこいいから訊いただけだ。

デイヴィーとシェインはスケートボードランプを素通りし、フィールドの向こう端まで歩いた。幅の狭い小川が、村と、その奥にある傾斜のきつい黄色の荒野を隔てる境界となっていた。このところ雨がまったく降らないので、小川の水かさが減り、流れも悪くなっていた。

デイヴィーは身を乗り出してスティーヴンのスケートボードを川に捨てた。ボードはバチャンと水を小さく跳ね上げて沈み、ほんの五メートルほど流されただけで、川底の泥にゆっくり鼻先から突き刺さって止まった。デイヴィーはがっかりした。白く泡立つ急流にのまれてひっくり返ったりしながら、遠くティヴァートンまで流されてしまえばいいと思っていたのに。仕方がない。物をもらうのにえり好みは禁物。誕生日にＸｂｏｘがほしいと頼んだときに母がそう言っていた。そして、かわりに中古のプレイステーションを買ってきたのだが、接触が悪くてせっかくハイスコアを出しても一切セーブできなかった。

「スティーヴン、どうすると思う?」シェインが言った。

「知るか。ざまあみろってんだ」

「おまえ、ぶっ飛ばされるぞ」

「やれるもんならやってみればいい」デイヴィーは言った。できればやってみてほしくないというのが本音だったが。先日スティーヴンに腕を掴《つか》まれたとき、その力は思いの外強かったし、足の速さでもまず勝てそうにない。

ふたりは草地を渡ってスケートボードランプに戻った。シェインはほんの一瞬だけデイヴィーのものだったスケートボードをぽんとランプに落とし、腰が引け気味になりながら、ハーフパイプの片側をのぼろうとした。だが、ボードはあっという間に足元を離れ、シェインは転んで肘を強打した。彼は肘を掴んでうめいた。

「くそっ。くそっ!」

「簡単なんじゃなかったのかよ?」

「うるせえ」

シェインが無様に失敗するのを見て胸がすっとしたデイヴィーは、友が起き上がるのに手を貸してやり、これに懲りてシェインがスケートボードをやめることを願った。だが、シェインはボードを回収すると、再び挑戦した。

デイヴィーはため息をつき、ブランコからシェインを眺めることにした。ブランコなど何年ぶりだろう。最後に乗ったときは足が地面に届きもしなかった。それが今では、前後にそっとブランコを揺らすたびにスニーカーのつま先が砂を引っかく。

隣の赤ちゃん用ブランコに乗せられたよちよち歩きの幼児が、じっとこちらを見て、デイヴィーにはわからない赤ちゃん語を話している。

「あんたのことが好きみたい」シャンテル・コックスが言った。

「そう?」デイヴィーは赤ちゃんに興味はなかったが、好かれていると聞いて悪い気はしない。

「この子、ジェイクっていうの」尋ねたわけでもないのに、シャンテル・コックスが教えてくれた。

ジェイクがぷくぷくの手をデイヴィーのほうに伸ばし、ゴムでコーティングされたブランコの座席のなかでつんのめった。

「ちゃんと摑まってな」デイヴィーは幼児の手を取ってチェーンを握らせた。ジェイクが笑い、デイヴィーも思わず笑い返した。

ガタガタ、ドンという音とともに痛みに叫ぶ声がして、デイヴィーが振り向くと、シェインが仰向けに倒れ、背中を反らして臀部《でんぶ》をさすっていた。

「うまいじゃん!」デイヴィーは大声で言った。

「うるせえよ」ショーンがうなる。

「遊び場所なんてここくらいしかなくなっちゃったね」シャンテルが、煙草を持った手をデイヴィーの背後のフィールドに向かって曖昧に振った。

「何で？」デイヴィーには意味がわからなかった。

「誘拐犯がうろついてるからに決まってるじゃない！　ひと気のある場所にいないと。荒野にふらっと出ていくなんて、もうできない」

「俺らは行くよ」デイヴィーは肩をすくめた。「どこにだって行く」

「気をつけたほうがいいよ」シャンテル・コックスは言った。「じゃないと、あんたもさらわれちゃうよ」

「まさか、俺らふたりだから平気だよ。そんなやつ、ぶっ飛ばしてやるよ」

「ふたりでいた女の子だって、さらわれたのよ？」

「ふたりの女の子だろ？」デイヴィーは反論した。

「注意したほうがいいって言ってるだけ」

デイヴィーは返事がわりにうなった。シャンテル・コックスは悪い人ではなかったが、スティーヴンと変わらない年なのに、口ぶりはデイヴィーの母親か何かみたいだ。

シャンテルがジェイクをブランコから抱き上げた。それが合図だったみたいに、楽しげに笑っていた幼児は、癇癪《かんしゃく》を起こして泣きわめく真っ赤なボールと化した。その音量にデイヴィーはひるんだが、シャンテルは顔の真横で叫ばれているのに意に介せず、ジェイクをベビーカーにぞんざいに乗せた。

そして、上体を起こすと、「じゃ、行くよ」と言った。

「うん」

シャンテルはパックから煙草をもう一本出し、火をつけた。長くひと息吸うと、驚くデイヴィーに思いつきのように煙草を渡した。

「じゃあね」シャンテルが言った。

「じゃあ」デイヴィーも返した。「ありがとう」

デイヴィーは煙草の持ち方すら知らなかった。くわえてみたら、フィルターの先の中心に熱を感じて驚いた。ためらいがちに吸い、煙を肺に入れることなく吐き出した。まずかった。それでも火のついた煙草をくわえると、十歳は大人になった気分だった。デイヴィーはけだるそうにブランコを揺らしながら、煙草を吸ってはその煙が口に入るか入らないかのうちに吐いた。

シャンテル・コックスの姿が見えなくなっても、ジェイクのけたたましい泣き声が聞こえていた。デイヴィーは、誘拐犯がジェイクをさらい、耳をつんざく泣き声に耐えるはめになる様を想像した。俺が誘拐犯だったら一秒で親に返すな。きっとシャンテル・コックスも、ジェイクにあんなふうに泣かれたときには、ふと、誘拐してくれたらいいのにと考えたりするんじゃないかな。

そう思って、デイヴィーは雷に打たれたみたいになった。

「おい！」と友を呼ぶ。足元の砂に煙草を投げ捨て、ブランコから飛び降りて、スケートボードランプに急いだ。

「何だよ?」シェインがバランスを崩してよろめき、ボードから落ちた。それでも意図的に降りたふりをしている。彼が振り向くと、デイヴィーは自分の天才的なひらめきに目をみはっていた。

「何だよ?」シェインは繰り返した。さっきよりも興奮気味に食いつく。

「一生分の大金を手に入れる方法を思いついた」

「すげえじゃん!」シェインが言う。「どんな方法だ?」

「報奨金だよ、ばかだな! さらわれた子どもたちを見つけたら、一万ポンドもらえるじゃないか」

シェインが興奮の面持ちで口をはっと開け、だが現実に戻ってぱっと閉じた。目をぐるりとさせる。俺が聞いたって、その案はいくら何でも成功率が低いという顔だ。シェインはスケートボードを腕に抱えた。「だけど、みんな探してるじゃんか。どうやって俺らが見つけるんだよ?」

「いいいいいいい、俺らで誘拐犯を捕まえるんだよ!」

「どうやって?」シェインが尋ねた。

デイヴィーは説明するのを躊躇《ちゅうちょ》した。思いついた計画は単純明快であると同時にとっぴもなかったので、口に出したくなかった。見落としがないか、頭のなかで何度も検証した。話した瞬間に、計画に大きな穴があるのをシェインに指摘されるのはいやだ。だがその一方で、デイヴィーは話したくてうずうずしていた。

「どうやって捕まえるのさ？」シェインが食い下がる。

デイヴィーはにやりと笑って、釣り人がリールを巻き上げる動作をした。

「釣り作戦だよ」

28

デイヴィーから、本当は金をどこで見つけたかを聞いた瞬間、スティーヴンはそれが誰のものであるかを悟った。

厳密に言えば、それはスティーヴンのものだろう。

しかし、スティーヴンは今もルーシー・ホリーのものだと思っている。

あの金はあの晩、ルーシー・ホリーが死ぬ前にスティーヴンにくれたものだ。切れた唇から血をにじませ、真っ赤に泣きはらした目をしながら、ルーシーは戸棚の奥から缶を取り出し、なかから束ねた紙幣を出した。そして、まるでもう金は必要ないかのようにスティーヴンに渡した。

そうしてスティーヴンを抱きしめ、別れのハグをした。

帰り道、スティーヴンは吹雪のなかでその金を風に向かって放り投げた。残りの金は——ざっと五百ポンドほどあるのではないか——今もミスター・ホリーとミセス・パドンのひと続きのコテージ付近の生け垣や草地に落ちているはずだ。

スティーヴンは、それを取りに戻ろうと思ったことは一度もない。バイクがほしいと思っていた間もだ。その金をマーク・トランブルがリンゴ酒と『ビーバー・パトロール』に使ったのかと思うと、スティーヴンは怒りに打ち震えた。

それらの事実をデイヴィーに説明してやるべきだったのかもしれない。だが、そのような〝ウジの缶〟を開けられるはずもない。スティーヴンは黙ってベッドに横になり、デイヴィーがドアを壊したことと、家のなかで〝くそ《ファック》〟と言ったことで母にこっぴどく叱られるのを聞いていた。弟に悪いとは思ったが、他にどうしようもなかった。

だから、学校から帰って部屋からスケートボードがなくなっているのを見つけると、すぐに誰の仕業かぴんときた。

「デイヴィー！」

弟の部屋のドアを乱暴に開けた。姿がなかったので、勝手に部屋のなかを探した。弟の部屋はいつものごとくカオス状態で、それから十五分、スティーヴンがあちこちひっくり返したり、引き出しの中身を放り出したりしても、はじめ以上に散らかしようがないほどだった。ただ、そこにスケートボードがないことだけは確かだった。

スティーヴンは裏庭を探した。その間ずっと、外に放置したせいで朝露や雨に濡《ぬ》れて反りでも生じていたら殺してやるからなと、頭のなかで罵倒していた。石炭庫のなかやごみ箱の後ろ、毎春ジュードおじさんと植えている豆のつるを這《は》わせる円錐《えんすい》型の支えの下。万が一にもデイヴィーが泥や雑草やジャガイモの皮のなかにスケートボードを埋めていたらいけないと思い、堆肥の山を熊手で慎重に探しさえした。こんなところに埋めてたら本当に殺してやる。あのスケートボードのベアリングは九十五ポンドもする〈ボーンズスイス〉なのだ。週給十二ポンドのスティーヴンには大金だ。

スケートボードは見つからなかった。

「あのばか！」スティーヴンは叫び、隣のミスター・ランダルが庭の柵越しにぱっと顔を出しても、すみませんとも言わなかった。

家のなかに駆け戻り、弟の名を怒鳴る。

「どうしたのよ?」母が二階から大声で言った。「デイヴィーならシェインの家よ！」

それは嘘《うそ》だと、スティーヴンは知っていた。

表に出て、玄関のドアを乱暴に閉めた。

シェインがボードから落ちずに初めてリップでのターンを決めた、まさにそのとき、デイヴィーはこちらに向かってくるスティーヴンに気づいた。

「やった！」シェインが拳《こぶし》を突き上げて叫び、次の瞬間呆気《あっけ》なくボードから落ちた。

「やばっ！」デイヴィーはブランコが止まるのも待たずに飛び降り、サッカーのフィールドを走って逃げた。

案の定、スティーヴンのほうが速かった。さらに悪いことにスティーヴンは怒っていた。デイヴィーが見たこともないほど激怒していた。シェインが後ろから何か叫んだが、聞き取れなかった。スティーヴンを怖いと思ったことなど今まで一度もなかったのに、急に恐ろしくてたまらなくなった。これまでの短い人生で初めて、心底後悔した。うまくやってやったと思っていた。スティーヴンに徹底的に仕返しをしてやるんだと思っていた。だが、自分のしたことは死刑執行令状に署名するも同然のことだったのだと、今さらながらに思い知った。恐怖がデイヴィーをいつになく速く走らせた。あまりに速いから、一瞬このまま逃げきれるんじゃないかと錯覚した。

村から遠ざかるように、フィールドの奥の踏み越し段を目指した。腕を振り、猛スピードで足を回転させる。だが、踏み越し段の二十メートルほど手前で、逃げきれないと悟った。絶望的な気持ちでちらりと肩越しに振り返り、ぎゃっと声を上げた。予想以上にスティーヴンが近くまで迫っていた。

走るのをやめ、振り向いた。我が身を守るように両手を前に出す。

「ごめん！」デイヴィーは叫んだ。「殴らないで！」

スティーヴンはまっすぐ体当たりして、背中から倒れたデイヴィーの上に凄《すさ》まじい勢いで飛び乗った。デイヴィーが痛みに大きくうめく。

「どこだ？　どこにやったんだよ、このくそったれ！」スティーヴンが拳を振り上げる。

デイヴィーは両腕を掲げて顔をかばった。「叩《たた》かないで、スティーヴィー！　ごめんなさい！　お願いだから叩かないで！」

スティーヴンは弟の胸にまたがったまま、躊躇《ちゅうちょ》した。

「どこにあるんだよ？」もう一度怒鳴った。

「川のなか！」ふたりの傍らで、パニックに陥ったシェインが叫んだ。「川のなかにあるよ！」

「くそっ！」スティーヴンはデイヴィーのTシャツの胸ぐらと片方の細い腕を摑《つか》んで立ち上がった。「場所を教えろ」と言って、フィールドの端の小川を目指して弟を引っ張る。

「わかんないよ、スティーヴィー……」

スティーヴンはデイヴィーを半ば押し、半ば引っ張るようにして、ブラックベリーの茂みに覆われた、傾斜の急な土手のてっぺんにのぼった。「教えろ！」と、もう一度命じた。

三人は小川の流れに沿って歩いた。デイヴィーはスティーヴンに腕を掴まれてよろけたり体をよじったりしながら、懸命に泣くのをこらえていた。

「あそこ」と、指差す。

水深の浅い小川の底の泥から、スケートボードのテールが突き出ているのを目にして、スティーヴンはあらたな怒りに震えた。

「取ってこい！」と、デイヴィーを土手の下に突き飛ばした。デイヴィーは棘《とげ》だらけの茂みのなかを土手の下まで転がり落ち、大きな水しぶきをあげて横ざまに川に落ちた。

「うわっ」シェインが言った。

デイヴィーがあたふたと立ち上がる。こらえきれずに泣いているものだから、水を飲んでしまい、むせた。「何すんだよ、ばか！」

「いいから取ってこい」スティーヴンは冷ややかに命じた。

デイヴィーは手と足で川底の泥をさぐった。しゃくり上げ、涙にむせながら、足を引きずり、よろめきながら探した。五回は転んだ。そして、ようやくスケートボードを手に立ち上がった。デイヴィーはそれをスティーヴンに向かって生け贄《にえ》の赤ん坊みたいに掲げた。「これでいいだろ！」と叫ぶ。「おまえなんか大嫌いだ！」

「こっちも大嫌いだよ、甘やかされたクソガキ！」

スティーヴンはこちらを見上げるデイヴィーの顔に唾を吐いた。弟の顔にはかからなかったが、唾を吐いた瞬間にスティーヴンは己を恥じた。口を拭ってその場をあとにした。

デイヴィーはだめになったスケートボードを兄の背中目がけて思いきり投げた。危うくシェインに当たるところだった。「おまえなんか死ねばよかったんだ！　あのとき死ねばよかったんだ！　おまえなんか大嫌いだ、このクソブタ野郎！」

スティーヴンは何も言わず、振り返りもしなかった。

29

私はただ、皆の神経を逆撫《な》でしているだけだと、ライスは思った。それも単なる年輩者ではない、笛吹き事件の親たちを怒らせている。それは実にきまりの悪いことだった。

レノルズにやりますと言ったとおり、ライスはまずジョン・トゥックと前妻に話を聞き、ソファで紅茶をいただきながら、娘との関係を探った。ライスの意図に気づくや否や、トゥックはヒューズが飛ぶみたいに怒りを爆発させた。

「通常の捜査手順を踏んでいるだけですから、ミスター・トゥック」ライスはなだめた。「皆さんに同じ質問をしています」

「だが、何で僕が最初なんだ？」

「順番に意味はありません」ライスはしれっと嘘《うそ》をついた。

「いいだろう」ジョン・トゥックはそう言ってポケットから携帯電話を取り出した。

「他の親にも、あんたが話を聞きたがってることを知らせておこうじゃないか」

ジョン・トゥックが電話をかけ、バーバラ・トゥックが心配そうにふたりを見た。

「いいですか、ミスター・トゥック」ライスは苛立《いらだ》ちが表に出ないよう、警察官らしい冷静な声を出そうと努めた。「これは公式な聴き取りです。ジェスの身に何が起きたのか、手掛かりを得るためだと思って協力していただけませんか」

「何で圏外なんだ」トゥックはぼやき、携帯電話を頭上に掲げて部屋を歩き回った。

「ミス・ライス」と、バーバラが言った。「あなたがそういった質問をなさる理由はよくわかります。ですが、私のおっ……ジョンがかっとなる気持ちも同じようによくわかります。あなたもわかるでしょう？　彼も私も、それぞれにジェスを心から愛していて、あの子を傷つける真似《まね》をするわけがないことをわかっている。それなのに、あなたは私たちを容疑者みたいに扱う。屈辱だわ」

「そうだ」と、トゥックが暖炉前から怒鳴った。「屈辱的で腹が立つ」

「おふたりのいずれかが実際に娘さんを虐待したと申しているわけではないんです、

ミセス・トゥック。ただ、何者かがジェスは虐待や育児放棄を受けていると考えたなら、それが動機になり得る。現段階では、動機を知ることは非常に重要なんです」

「ジョン、携帯電話を振り回すのをやめて、ここに座って」

ジョン・トゥックが素直に従ったので、ライスは驚いた。バーバラは彼のカップにお茶のおかわりを注《つ》ぎ、ライスにも勧めた。ライスは、こういった状況では可能な限りお茶を断らないよう訓練されていた。それが相手との良好な関係を築き、会話を円滑に進める助けになるからだ。

三人して繊細な磁器のカップからお茶を飲んでいると、その場の空気は改善した。落ち着きが戻った。開いた窓から、レイチェルの「もう最悪！」という声と、若い男の「足を離すとそういうことになるんですよ！」という声が聞こえてきた。

トゥックは苛立たしげにうなり、ぼやいた。「何が足を離すとだ。ったく、あのポニークラブの若造なんかに何だって時給八十ポンドも出さなきゃならんのだ」

バーバラはため息をついてカップを置いた。「ジョン、こんな聴き取りは無意味だというのは、私たちふたりの共通認識だと思う」

「まったくだ」

「でも、ミス・ライスが捜査の一環として一連の質問をしなければならないのも事実だわ」

トゥックはむっつりと黙り込んだ。

「だったら、さっさと質問してもらって、それに答えましょう。そうすればミス・ライスは次の家族のところへ行って同じ質問ができる。あなたはFECの代表なのよ、ジョン。手本を示さないと。皆、あなたを頼りにしているんだから」

トゥックはカップをコーヒーテーブルに乱暴に置くと、絨毯《じゅうたん》を睨《にら》んだ。しばらくして、うなるように言った。「いいだろう」

「よかった」とバーバラが言った。「あなたも私もジェスを虐待したり育児放棄したりしたことなど一度もないことは、お互いにわかっているし、ミス・ライスもそこは信じてくれるはずだと思うの。そうでしょう?」

ライスはもちろんとばかりにうなずいた。信じていると言おうが言うまいが、これから訊《き》く質問に変わりはないからだ。

「それならば、彼女に無駄に時間を取らせるのはやめましょうよ」

バーバラはトゥックの膝をぽんぽんと叩《たた》き、つかの間、彼もその手に自分の手を重ねた。

十分後、ライスはすべての質問に予想どおりの回答を得て、トゥック家をあとにした。はじめこそ妙案に思えたことが、今となっては時間ばかり食って被害者家族との関係を悪化させる一方の、どこにも行き着かない愚策に思えた。

30

スズキのバイクがいよいよ形になってきた。

最近では、車庫を開け、タイヤがついて直立しているバイクを目にするたびに、スティーヴンは密《ひそ》かにわくわくした。箱に収められた部品もずいぶんと減り、毎度バイクを組み立てながら、今日こそは完成するかもしれないという小さな期待を抱いた。しかし、箱に残ったこまかい部品は、ジグソーパズルの青い空に似ていた。作業には焦《じ》れったいほど時間がかかり、なかなか完成に辿《たど》り着かない。

とはいえ、あらゆる体験がスティーヴンには宝だった。蛍光灯の冷たい光の下、エムと座っていること。わずかにこだまするふたりの声。金属製の道具がセメントの床に当たる音。ときおり顔を出すグレイハウンドの滑らかな肌の温《ぬく》もり。エムがミスター・ジャコビーの店で買ってくる、エナジードリンクのスーパーサワーズの、唇をすぼめたくなる刺激。

何よりすばらしいのは、エムが、スティーヴンはやるべきことをわかっていると信じて疑わないことだ。だからスティーヴンは、本来ならロニーに任せていたかもしれない作業にも挑戦した。

そのひとつがキャブレターという部品を分解清掃することだ。収拾がつかなくなりそうで、先延ばしにしていた作業だった。しかし、エムが自分を信じてくれるから、スティーヴンは意を決して片づけてしまおうと宣言し、木曜の夜、ふたりは定位置に陣取った。スティーヴンは上下をひっくり返したバケツに、エムは牛乳瓶を入れるプラスチック製の箱に。

作業を始めてすぐに、スティーヴンはキャブレターは人生とよく似ていると思った。案ずるより産むが易《やす》し。

足元の床にヘインズ社の整備書を開き、エムに部品を手渡してもらったり、励ましの言葉をもらったりしながら(「ちょっと待って、探すから……私もそれ、上下逆さまだと思ったのよね……すごいじゃない……」)、スティーヴンはジェットを清掃し、ジェットニードルを挿入し、フロートとフィルターを所定の場所に入れ、大げさな手振りでうれしそうにネジを順々に締めると、エムに向かってにっと笑った。

「できた!」

「やった!」エムは笑い、スティーヴンに抱きついた。「すごいよ、スティーヴィー」と、彼の肩の辺りで言う。

スティーヴンは息ができなくなった。バケツに座り、横に体をひねった体勢で、エムに触れないように両腕を硬直した羽みたいに広げている。

「だめだよ」スティーヴンの声が震えた。「僕、オイルまみれだから」

「そんなの気にしないよ」エムがスティーヴンの首筋に唇を当てるようにしてささやくと、スティーヴンは身震いした。

エムがそう言ってくれたから、スティーヴンは彼女の体に腕を回した。手をつなぐのとはまったく違った。エムのコットンのTシャツを通して、背骨や肋骨《ろっこつ》を滑らかに覆う温かな肌と、ブラジャーの細いストラップを感じた。

初めての経験。

「震えてるよ」エムが言って、スティーヴンの顔を見上げた。「寒いの？」

「うん」と答えた声はしわがれていた。本当は炎が噴き出しそうだった。

スティーヴンがエムの唇に目を落とし、エムがスティーヴンにキスをした。呆気《あっけ》ないほどあっという間の出来事だった。

完璧だった。ささやかなことのすべてが完璧だった。エムはスーパーサワーズの味がして、新鮮な干し草と洗濯洗剤とエンジンオイルの匂いがした。いや、オイルの匂いは僕のほうかも。スティーヴンはどっちでもよかった。どっちでもよかった。あまりに完璧なキスだったから、それ以外のことなどどうでもよかった。

案ずるより産むが易し。

ふたりは体を離し、バケツと牛乳箱に座ったまま姿勢を正し、無言で見つめ合い、ほほ笑み合った。

「愛してる」スティーヴンの唇から、そのひと言がシャンパンが噴き出すみたいに飛び出した。

「私も愛してる」エムも迷わず言った。スティーヴンはぞわっとして血がたぎるのを感じた。

ふたりは暗黙のうちに立ち上がり、片づけを始めた。「これはどこにしまう？」とか、「これはロニーのためにこのまま出しておく？」といった確認の会話以外、ほとんど言葉は交わさなかった。だが、車庫内の空気は変わっていた。さっきよりも温かで、磁気でも帯びたのか、スティーヴンがエムを見ると彼女も必ずこちらを見ていた。不思議な現象も起きていた。目が合うたびに、互いの唇に勝手に笑みが浮かぶのだ。まるで、先ほど触れ合った感触を唇が覚えているみたいだった。

次第に暗くなる薄暮れの坂道をふたりで歩いてのぼった。指を絡めてつなぐ手に、今までとは違う胸の高鳴りを感じる。ふたりはキスのことは話さなかった。話す必要もなかった。他のことも話さなかった。さっきのキスの余韻に浸っていたかった。

スティーヴンは、ローズ・コテージの前を通りすぎたことにすら気がつかなかった。

黒い鉄製の門の前で、ふたりは再びキスをした。今回はスティーヴンから唇を重ね、エムがそのキスを終わらせる頃には、辺りは暗くなっていた。

「そろそろ行かないと」エムが言った。

「わかった」と言って、スティーヴンはもう一度キスした。

「もう行かないと」エムが言う。

「僕も」スティーヴンが答える。

今度はエムがスティーヴンにキスをした。

「もう遅いから、行かないと」エムが言った。

ふたりは体を離したが、小指だけは絡めたままだった。

「エムのTシャツ、汚い手形がべたべたついちゃってる」スティーヴンが言った。

「いいの」エムは言った。「それじゃあ、またね」だが、小指は離さない。

「またね」スティーヴンも言った。

「もう行くね」エムが予告するみたいに言う。

「行きなよ」スティーヴンは言った。「別に寂しくないし」

エムはゆっくり舌を出してあかんべえをすると、スティーヴンの小指をぎゅっと握りしめた。「おやすみのキスをしてくれないの？」

その気になれば、エムをからかう賢い答えをいくらでも思いついたかもしれない。だが、今後の幸せのためにもそうするのが一番だと思い、スティーヴンはエムの言うとおりにした。

エムの背後で門がするりと閉まり、スティーヴンは腕時計に目をやった。午後十一時を回っていた。母に殺される。

だが、その程度の代償は小さく思えた。

月のない初夏の夜を歩きながら、スティーヴンは……選ばれた実感に浸っていた。エムは僕を愛している。愛している僕を。村を離れたこともなければ、金もない僕を。僕を！　エムは僕を愛している。スティーヴンは心のなかで先ほどのキスを何度も繰り返し再生した。彼女の唇に唇を重ねる、あのどきどき感。口のなかに感じる彼女の息と、頬に触れる彼女の睫毛《まつげ》。あんな感覚は初めてだった。あれに匹敵する感覚などこの世にひとつも、ただのひとつもない。この先も出てくるはずがない。

スティーヴン・ラムは自分の人生の一部が終わり、あらたなステージが始まるのを、驚きとともに感じた。ひとりの女の子を愛し、その子も自分を愛してくれているという世界。重大だと思ってきた過去のあらゆる出来事も、今日より先はたいしたこととは思わなくなるだろう。

どこまでも寛大な気持ちになっていく。スケートボードのことなど、どうでもよくなった。デイヴィーに謝り、あれが何の金であったかも説明しよう。場合によっては現金をいくらか渡してやってもいい。場合によっては。生まれて初めて、スティーヴンは大人になったような気がして、戦いに負けても面目は失わないこともあるのだと知った。よい気分だった。

月がない分、天の川をいつもより近くに感じる。青いビロードの天井に貼りつけられた星みたいで、手で触れられそうだった。スティーヴンはオリオン座を見上げてほほ笑み、指を一本、天に伸ばし、大きな火星を消した。エムに愛されている今の僕に不可能はない。

何だってできる。

「やあ、スティーヴン」

スティーヴンはびくりとした。

腕を下ろして辺りを見回した。
二、三度きょろきょろした。そして、坂道を数メートル下った暗闇にジョーナス・ホリーのぼんやりとしたシルエットを見つけた。小道に面した前庭の門の、石の階段に座っている。
「そこで何してる?」驚きと怯《おび》えから、スティーヴンはつい不躾《ぶしつけ》な物言いになった。

「君を待ってたんだ」ジョーナスは答えた。

スティーヴンのうなじが犬みたいに総毛《そうけ》立った。理由を問いたくなかった。そびえ立つような生け垣に挟まれ、じょうごみたいに狭く感じられる暗い小道で問いたくはない。

沈黙が続くなか、ジョーナスは膝に前腕を置き、体の前で手を緩く組んで、ただそこに座っていた。いつからいたのだろう。エムと僕が坂をのぼっていくのも見ていたのだろうか。それはいやな想像だった。

「君に訊《き》きたいことがあったんだ」

今回もスティーヴンはだんまりを決め込んだ。

「ルーシーの墓に金を置いていったのはどうしてだい？」

予想外の質問にスティーヴンは虚を突かれた。

「金って？」と、とぼけた。

「この金だよ」ジョーナスが体を片側に傾ける。しばらくして、硬貨同士が当たる音と紙幣ががさごそという音がして、ジョーナスがポケットから金を取り出した。「六十二ポンド三十」

スティーヴンは再び黙り込んだ。暗闇がそれを許してくれた。これが明るい日中だったなら、スティーヴンはすぐにでも答えなければならない気持ちにさせられただろう。

ジョーナスは長い間黙っていた。しばらくしてようやくまた口を開いたとき、彼が口にしたのは金のことではなかった。

「人は子どもを傷つける」ジョーナスが静かに言った。

スティーヴンの心臓が胸の内側を激しく叩《たた》き出した。「知ってる」

スティーヴンはじりじりと坂を下り始めた。警察官に並ぶ。あと数メートルも下ればジョーナスの前を完全に通りすぎ、必要となれば走って逃げることもできる。たとえ間抜けに見えようとも、そうしたほうがいいかもしれない。

「そうだよな、君は知ってるよな」ジョーナスはゆっくりとうなずいた。「俺たちはいい、ふたりともそれを知ってる」

「ミスター・ホリー、僕はもう帰らないといけないので」スティーヴンは言った。数歩進む。門の前は通りすぎた。

ジョーナスが静かに、そしてぎょっとするほどすばやく、ふたりの距離を詰めた。

スティーヴンは後ずさりをしたが、背中が棘《とげ》のある生け垣に当たって行く手を阻まれた。殴られるのだと思い、スティーヴンはたじろいだ。「望みは何だよ?」

ジョーナスは、スティーヴンが怯えているかもしれないことに、今初めて気づいたかのように足を止めた。その場に佇《たたず》み、優しく問う。「何か問題に巻き込まれているのか、スティーヴン? 誰かに借金でもしているのか?」

スティーヴンは混乱した。状況をのみ込もうと懸命に頭を働かせる。

ジョーナスはスティーヴンの沈黙を肯定と受け取ったようだった。「薬物かい？　誰かに脅迫されているなら力になるよ。それが俺の仕事だ」

スティーヴンは黙っていた。何があってもジョーナスにだけは助けを求めたくない。スティーヴンの考えを読んだかのように、ジョーナスが続けた。「前回、俺は村の人たちの信頼に応えられなかった。だが、同じ失敗は二度と繰り返さない。スティーヴン、君が脅されているなら――」

「違う！　大丈夫だから。放っておいてください」スティーヴンは片手を体の前に振り出した。ジョーナスとの間に距離を置こうとしての無意識の行動だった。拳《こぶし》がジョーナスの胸をかすめた。

「だったら、なぜあそこに金を置いていったんだい？」

「彼女の金だからです」

スティーヴンは固唾《かたず》をのんだ。

ジョーナスは腕をだらりと両脇に下げ、その場に固まったように突っ立った。「どういう意味だ？」

「もう帰らないと」

「どういう意味だ？」

スティーヴンはジョーナスの脇をすり抜けようとしたが、腕を強く摑《つか》まれた。「教えろ」

　スティーヴンははっと息をのんだ。たしかにジョーナスの声なのに、違う。抑揚がなく、辛辣で、どこまでも暗い声だった。スティーヴンは、暖かかったはずの夜気が急に冷たくなるのを感じた。まるで神がどこかの扉を閉め忘れて、冷気が流れ込んできたようだった。

　スティーヴンは震え出した。ついさっきまで大人の男になった気がしていた。それが一転、間もなく死ぬ運命の男の気分になった。逃げることも身を守ることもできない。バケツのなかで逃げ惑う、甲羅のない蟹《かに》も同然だ。突如、のしかかる脅威と化してしまったジョーナスから、我が身を守るすべもない。

　悔しさにスティーヴンは目の奥がひりひりした。今の自分の姿をエムに見られたら──こんなにも小さくなって怯えている姿を見られたら──彼女は二度とキスをしてくれないだろう。夜の闇のなかでは、スティーヴンにはジョーナスの目は見えなかった。目があるはずの場所に、ふたつのかすかな輝きをかろうじて捉《とら》えられるだけだ。その見えない視線の前では、スティーヴンは勇ましいふりすらできなかった。

「あれは彼女のものなんだ」スティーヴンの声はささやきになった。「彼女がくれたものなんだ。でも、僕はほしくなかったから返しに行った。家でお母さんが待ってる。おばあちゃんも」

「なぜ彼女がそんなことをする?」

「知らない。知らないよ!　理由は訊かなかった。痛いよ」

「いつもらった?」

スティーヴンの声が割れる。「もう行かないと!」

「いつだ?」

スティーヴンは恐ろしかったが、にわかに怒りも湧いてきた。ジョーナスがキスの喜びを奪ったことに腹が立った。あんなにきれいで愉快で優しかったミセス・ホリーを殺したことが、許せなかった。その凄《すさ》まじい怒りに、我が身の危険を一瞬忘れた。

「あんたが彼女を殺した日だよ」

ふたりの間に漂う闇が、スティーヴンに残されていた虚勢も、目ににじんだ涙も、叫び声も、腹の底に湧いた怒りも、ゆっくりと吸い込んでいった。目の前に静かに佇む影に何もかも吸い取られていく。かわりにスティーヴンを埋め尽くしたのは、思考を麻痺《まひ》させる恐怖だった。

もしも今、ジョーナスがおまえを殺すナイフを取ってくるからここで待っていろと言ったなら、スティーヴンは道に座って待つだろう。すすり泣きながら。

しかし、ジョーナスはスティーヴンの腕を放した。

そして、ゆっくりと一歩下がった。

逃げ道である、坂の下へと頭をかしげる。

「もう帰っていい」ジョーナスが言った。

スティーヴンは走った。

31

エリザベス・ライスがシャワーから出たそのとき、携帯電話が鳴った。レノルズだった。

「警察と話がしたいという人が下に来ているらしい。僕はシャワーを出たばかりでね、すまないが任せても構わないかな、エリザベス？」

すまないが任せても構わないかな、エリザベス？

そのフレーズに、ライスはいい加減うんざりしていた。

「もちろんです」と、硬い声で答えた。

濡《ぬ》れた髪から水滴が滴っていたので、タオルを巻いて頭の上で固定し、スカートをはき、シャツを着て、実用的なローヒールの靴を履いて部屋を出ようとした。そしてふと、一階で待っている人物が農家のハンサムな若者である可能性が、わずかながらもあるかもしれないと思った。〇・五パーセント程度の可能性であっても、可能性は可能性だから、手早くマスカラを塗り、紅を引いた。頭にタオルを載せたままだと気づいたのは、みしみしとたわむ階段を下りているときだった。タオルを取ろうと手を伸ばしかけて、自分の楽観的な期待はいかがなものかと冷静に考えた。〝ハンサムな〟〝農家の〟〝若者〟などというフレーズは、いわば三つの語句からなる矛盾語法だ。その三つをつなぎとめているものは、思春期に読んだミルズ&ブーンのロマンス小説で育まれた非現実的な希望だけだと、とっくの昔に学んだはずではないの。

気分が沈み、タオルを巻いたまま一階に下りていったが、結果的にそれで充分だった。訪問者は大人の男ですらなく、学生だった。ひょろっと長身の、色の濃い目をした少年は、耳が突き出し、髪も不揃《ふぞろ》いだった。少年から大人への過渡期にあるアンバランスな顔は、色白のきれいな肌とあどけなさの残る顔に、剃《そ》り残しの短い髭《ひげ》が同居していた。

「おはようございます」ライスは声をかけた。「ライス巡査部長です。話がしたいとのことだけど、私でお役に立てるかしら?」

少年はライスの即席ターバンをちらりと見て、目をそらした。「その」と、彼は言った。「わかりません」

ライスは内心ため息をついた。子どものことはさっぱりわからない。子どもであることがどういうことか、自分にも子ども時代はあったはずだが思い出せないし、友人やきょうだいの子どもと会うと、いつも少し居心地の悪い思いをした。笑いかけても、子どもたちはライスの心を見透かすように真顔で見つめ返してくるばかりだ。

赤ちゃんには、少し触っただけで泣かれる。

子どもが嫌いなわけではないが、退屈に感じてしまう。ハリウッドのかわいい子役の、きれいな巻き毛と鼻声と生意気な口の利き方に苛立《いらだ》つことさえあった。

うっかり本当にため息を漏らしてしまい、目の前の少年が真っ赤になった。ライスはひどく申し訳ない気持ちになり、きちんと話を聞こうと決めた。タオルを巻いたままの髪は、今日一日ひどい状態になりそうだけれど。

「あなたのお名前は？」

「スティーヴン」少年は答えた。「ラムです」

聞き覚えがある気がしたが、なぜかと思案して時間を無駄にするのはやめた。ライスは意識的に口調を和らげた。

「それで、お話というのは何かしら、スティーヴン？」

スティーヴンは来なければよかったと後悔した。考えが整理できていないし、まだうまく説明もできない。以前、学校の演劇でミュージカル『オリバー！』を上演したとき、フェイギンのもとにいるスリの少年のひとりを演じたことがある。台詞《せりふ》はたったの一行だったが――目が合っただけで殺されるよ、あいつには――これほど幾通りにも間違えられるものかと我ながら感心するほど間違えた。台詞が丸々飛んでしまったり、覚えていても順番がめちゃくちゃになったりするのだ。どうにか正しく言えても、今度は『スター・ウォーズ』のヨーダがしゃべっているようにしか聞こえない。

今もまさにそんな感じだった。言おうと思っていたことを話したところで、混乱を招くだけなのではないか。何しろスティーヴンの頭のなかでさえ、それらの言葉は曖昧で、捉《とら》えようもなく逃げていってしまうのだ。しかし、何も言わずには帰れない。女性のことはよくわからないが、髪が濡れているときは普段より気難しいことは知っていたから、頑張って何か話さないとまずい。

「ミスター・ホリーのことなんです」スティーヴンは言った。

その人は――ライス巡査部長は――一秒前よりわずかに興味を引かれたようだったが、スティーヴンは再び言葉に詰まってしまった。頭のなかにある思いをどう伝えればいいのだろう?

あの人は奥さんを殺したんです！　きっとそうです。彼が奥さんを殴るところを見ました。僕の腕も摑《つか》んだんです。子どもを傷つけるみたいな話もしてました。もしかしたら子どもをさらったのも彼かもしれない。奥さんを殺せるなら、子どもだって殺せるでしょう?　人は子どもを傷つける――思い出した、彼はそう言ったんです。人は子どもを傷つける。僕のことも怖がらせた。殺されると思った。あの声は彼の声じゃなかったし、目も真っ暗だった。あの人なら子どもだって殺せます。誰だって殺せる。僕にはわかる。

朝の明るさのなか、気の抜けたビールを出す〈レッドライオン〉の店内で、頭にタオルを載せた女性警察官を相手にいざ話そうとすると、アニメ『スクービー・ドゥ』の話にでもしたほうがよさそうに思えてくる。

ライス巡査部長が腕時計にちらりと目をやった。

「彼は子どもが好きではない気がします」スティーヴンは慎重に言葉を選んだ。

「どうしてそう思うの？　彼が何か言ったの？」

「まあ、そんな感じです。僕に、人は子どもを傷つけると言いました」

「でも、それは事実だわ。悲しいことだけれど。そうでしょう？　人はときとしてたしかに子どもを傷つける」

「はい。でも……」スティーヴンは必死に考えたが、どうしてもうまく説明できなかった。「ただ、言い方が引っかかったんです」そこでいったん言葉を切り、最後はひと息にしゃべった。「もしかしたら、子どもたちをさらったのは彼じゃないかと思うんです。彼は人を傷つけられると思います。僕は知ってるんです」

「その主張は聞き捨てならないわね、スティーヴン。何か証拠でもあるの？」ライス巡査部長はさっきとは打って変わって鋭い目つきでこちらを見据えた。今にも怒り出しそうな顔だ。

証拠があるのか？　事実であると、スティーヴンは知っている。ミスター・ホリーが妻を叩《たた》く瞬間を目撃した。だが、証拠となると？　証拠とは何か、根拠とは何かということくらい、スティーヴンも理解している。他にそれを証明してくれる人もないまま、この目で見たのだと主張してもだめだ。それでは、自分の証言と警察官側の証言を戦わせるだけになってしまう。

「証拠はないです」しばらくして、スティーヴンは答えた。

「彼が子どもを誘拐したのではないかと疑う根拠は何？」

「それは……わかりません」これでは何の説得力もないと、スティーヴンはわかっていた。「感覚的なものです」

ライス巡査部長が、今度はあからさまに腕時計を見た。「よくわかったわ、スティーヴン。他に話しておきたいことはある？」

スティーヴンはかぶりを振った。しくじってしまったと思った。巡査部長はすでに関心を失っていた。

「そう。まあ、とにかく、今日は話しに来てくれてありがとう」

「いえ」スティーヴンは言った。「でも、さっきのは作り話じゃありません」

「作り話だとは言ってないわ」

言ったようなものだとスティーヴンは思ったが、口には出さなかった。

ライス巡査部長がスティーヴンのすり切れた通学鞄《かばん》にちらりと目をやった。「今から学校？」

「はい」

「そう。他にまた話したいことが出てきたら、駐車場の捜査本部車両に来てね。子どもたちの発見につながりそうなことなら、どんなことでもいいから。いい？　午前九時以降にね」

「わかりました」スティーヴンは答えた。

「ありがとう、スティーヴン」


エリザベス・ライスは、スティーヴン・ラムがバックパックを背負い、店を出ていくのを見つめた。子どもであることがどんな感じであったかは忘れてしまったが、スティーヴンのひと言で、思い出したことがあった。

言い方が引っかかったんです。

その言葉で、十六歳当時、通学途中のバス停で、隣人のミスター・クラドックに気持ちの悪いことを言われたと母に伝えたときのことがよみがえった。ミスター・クラドックのことは幼い頃から知っていて、いい人だと思っていた。夏になると、両親から犬を飼うことを許してもらえないエリザベスに、ファジーという名の飼い犬の散歩をさせてくれた。彼女が数名の男子にからかわれていたら、大声で叱ってくれたこともある。会えば必ず手を振って笑いかけてくれたし、彼の妻もそうだった。

ところがライスが十六歳のある日のこと、ミスター・クラドックがバス停で、学校では罰として尻をペンペンするのかと尋ねてきた。

「まさか！」ライスは笑った。発想そのものがおかしいと思った。今の時代、学校で尻など叩かない。お尻ペンペンという言葉さえ滑稽だ。「居残りで何かさせられるだけです」

「家ではどうだ？」ミスター・クラドックはなおも言った。「パパはお尻をペンペンするか？」

「しない」エリザベスは答えた。今度は笑わなかった。ミスター・クラドックの様子ににわかに不安を覚えたからだ。

ふたりはともにバスに乗った。自分の後ろからミスター・クラドックがバスのステップを上がるのが、たまらなくいやだったことをライスは思い出した。周りに注意されても聞かずに、丈を短くしてはいていた制服のスカートから伸びる、むき出しの脚を見られているに違いないと思った。あの瞬間にミスター・クラドックは、ライスの心のリストの〝いい人〟欄から〝変態〟欄に移った。それは、ライスの胸の成長と比例して長くなっているリストだった。

一週間ほど迷ってから、ライスは母にその一件を打ち明けた。

「きっと冗談のつもりだったのよ」母は言った。

「違うよ」あのときの自分の言葉を、ライスは今、ありありと思い出した。「おじさんの言い方が引っかかったの」

大人のエリザベス・ライスは、少年がうつむき加減で険しい顔をして、鉛格子の小さな窓の前を行きすぎるのを見つめた。

ライスは二階に戻って髪を乾かし——案の定、直しようもないひどい有様だった——朝食をとりながら、少年とのやり取りをレノルズに報告した。

「スティーヴン・ラム？」レノルズは指先を神経質にこすり合わせてパンくずを落としながら言った。

「ええ」とライスは答えた。コンチネンタル・ブレックファストしか選ばない点さえなければ、レノルズももっと魅力的なのにと思った。クロワッサンは男らしくない。

「アーノルド・エイヴリーに殺されかけた少年じゃないか」

「道理で聞き覚えのある名前だと思ったのよ」

「興味深い」レノルズは考えるように言い、ロジャー・ムーアよろしく片方の眉を上げた。

ライスはなぜですかとは訊《き》かなかった。レノルズはそれを期待しているのだろうが、ライスは恋愛でもそれ以外でも愚かな駆け引きは嫌いだった。本当に興味深いことがあるのなら、どのみちレノルズは話す。自尊心が強くて黙ってなどいられないのだ。

実際、彼がエゴに屈するのに数秒しかかからなかった……。

「そういう経験が子どもにどんな影響を及ぼすのか、非常に気になる」

「どういう意味?」

レノルズはクロワッサンを残して――彼はナイフとフォークで切ることはせず、必ず手で千切る――椅子の背にもたれると、広げた両の指先を合わせて鼻の下に当てた。シャーロック・ホームズ気取りだわ。ライスは笑いをこらえるためにベーコンを口いっぱいに頰張った。

「わからない」レノルズはゆっくりと答えたが、本当はわかっている口調だった。私には言わないというだけで。

ライス自身は、スティーヴン・ラムに殺されかけた過去がある事実に、実際に興味を覚えていた。興味を持たない人のほうが珍しい。今朝彼から話を聞いたときに、その事実を把握できていたらよかったのにと悔やんだ。それでも、当たり前に共有してもいいはずの情報をわざと出し惜しみするレノルズに、教えてくださいと請うて喜ばせるのは癪《しゃく》だ。それだったら好奇心に押し潰されて死んだほうがましだ。

だから、ライスはトーストラックからトーストを一枚取ると、ベイクドビーンズのソースをそれで拭った。

「ケイト・ガリヴァーに電話してみるか」レノルズがつっけんどんに言った。「彼女の意見も聞いてみよう」

ああ、もう、うるさいと、ライスは思った。

32

六月二日――ジェス・トゥックが父親の馬運車から連れ去られてちょうど四週間目のこの日――スティーヴンの祖母の誕生日が明けた。早い夜明けは晴れ渡り、冷たかった夜気は、太陽が荒野の上空を明るくするとともに瞬く間に暖かくなっていった。
スティーヴンとデイヴィーは仲違《たが》いをしたままだった。スティーヴンは何度か仲直りを試みたが、デイヴィーは先日の一件を根に持っていた。うなったり、そっけなく「ああ」とか「うん」と返事したりするだけの日々が一週間続いたところで、レティが、おばあちゃんの誕生日にバーンスタプルに出かけるけれども、あんたたちは留守番だと言い渡した。

「一度、思いきり喧嘩《けんか》すればいいんだ」と、祖母が言ったのだ。「そうすれば解決するよ」どんな問題でも徹底的にぶつかり合えば解決できないものなどないというのが、祖母の持論だった。家族間の些細《ささい》ないざこざからインフレまで、祖母にとってはそれがあらゆる問題の解決策だった。スティーヴンが一度、イスラエルとパレスチナは長年紛争を続けているが、問題の解決にはなってなさそうだと指摘したら、祖母は生意気を言うんじゃないと言った。

祖母の誕生日プレゼントに折りたたみ傘を用意していたスティーヴンは、今日の天気に少しがっかりした。傘など、ひどくつまらない贈り物のようだが、非常に小さく軽いので、祖母のハンドバッグはもちろん、ポケットに入れて持ち運ぶこともできる。そして、何よりすばらしいのは——一番のミソは——傘を開くと内側が古い家族写真で埋め尽くされていることだ。

ポルノ・チャンネルなど出任せだったとわかると、スティーヴンはシャンテル・コックス家で過ごす金曜の夜の時間を有効活用した。スティーヴンはパソコンを持っていなかったので、彼女のものを借りたのだ。古い写真をスキャンし、オンラインで見つけた、追加料金さえ払えばどんな物にでも写真をプリントしてくれる業者にメールで送った。

写真は、自宅の階段下の物置にしまってあった写真箱から、これはというものを十二枚ほど選んだ。どれも古い写真だった。最後に家族写真を撮ったのがいつかも、誰がこれらの写真を撮ってくれたのかも、スティーヴンは思い出せなかった。ウェストンスーパーメアの桟橋の下でアイスクリームを食べる、デイヴィーとスティーヴンの写真。髪を上げ、溌剌《はつらつ》としている娘時代のレティ。デイヴィーをベビーカーに乗せ、目を細めてこちらを見ている祖母。

傘が届いて以来、スティーヴンは十回は部屋のなかで傘を開いて眺めている。祖母はきっと喜んでくれる。なにしろ祖母が最も関心を寄せているふたつのもの——過去と天気——を融合してあるのだ。

スティーヴンは傘を丁寧に折りたたむと、ストラップできっちり留め、付属の小さなカバーに入れた。そして、この日のためにミスター・ジャコビーの店で買った花柄の包装紙で包んだ。包装紙にはそろいの柄のタグがふたつついていた。そのひとつに、「おばあちゃんへ。愛を込めて　スティーヴン」と書き、包みに貼りつけた。

雨は降らなかったが、スティーヴンの心は再び浮き立った。金曜日の学校での時間のおかげだ。エムは心変わりしていなかった。まだスティーヴンを愛してくれていた。どれだけ安堵《あんど》したか、言葉では表せない。スティーヴンのなかに芽生えた自信は、ジョーナス・ホリーとの遭遇でいったん崩れかけたが、教室に入った瞬間にエムが笑いかけてくれたのを見て、あっという間に回復した。エムはスティーヴンの登校を待ち、教室の入り口をずっと見ていたに違いなかった。

「おまえら、やったのか？」ルイスは怪しんだ。

「やってない」スティーヴンは微笑した。そんなことは、もはやどうでもよかった。

「だと思った」ルイスは鼻で笑ったが、やったと思っていたのはあきらかで、スティーヴンは笑ってしまった。

「朝ごはんできたわよ！」レティが階段の下から大声で呼んだ。今日は母と祖母がバーンスタプルへ出かけるので、普段より早い。それでも、デイヴィーが一週間何も食べていなかったかのように階段を駆け下りていくのが聞こえた。

デイヴィーには祖母にプレゼントを買う金はなかった。デイヴィーはそのことを、おまえのせいだと言わんばかりにスティーヴンを睨《にら》みながら事前に打ち明けたのだが、レティは一蹴した。

「だったら何か手作りすればいいでしょ」と、肩をすくめていた。

デイヴィーは顔をしかめた。「手作り？　中国人じゃないんだからさ！」

「言われなくても見ればわかるわよ、生意気くん」

「何を作れっていうのさ？　俺が作ると何でもばらばらになっちゃうのに」

それは事実だった。デイヴィーは工作の才能はゼロだった。

「もっと頑張るしかないわね」レティは突き放すように言った。「おばあちゃんの誕生日はわかっていたはずでしょ。毎年同じ日なんだから」

結局デイヴィーはシリアルの箱で鳥を作り、森で拾ってきたさまざまな鳥の羽を貼った。車にはねられたような鳥が完成した。デイヴィーが工作の才能をいかんなく発揮したものだから、できあがったそばから羽が抜け始めていた。

そして今、スティーヴンは寝室のドアノブに手をかけ、立ち止まった。デイヴィーが不憫《ふびん》になってきた。大事なスケートボードをだめにされたのは腹が立つが、祖母の誕生日に、幼稚園児の工作みたいな、糊《のり》でべとべとになったくずの塊しかあげるもののない弟がかわいそうだった。デイヴィーと祖母がかわいそうだ。

「スティーヴン！　朝ごはん！　今すぐ下りてきなさい！」

スティーヴンはペンを手に取り、タグに手早く「とデイヴィーより」と書き足し、一階に駆け下りた。

祖母は厚紙の鳥をひとしきり褒めた。もっとも、祖母がデイヴィーを抱きしめている間にも羽が二枚はがれて落ちたが。レティが贈った『デイリー・メール』紙のクロスワードパズル本も、祖母は当然喜んだ。最後にスティーヴンのプレゼントを受け取った祖母は、まずは包装紙に見とれた。

「これは取っとくわ」と言う。本当にそうすることを、スティーヴンは知っていた。

祖母の丁寧にたたんだ包装紙のコレクションは相当なもので、使用ずみの紙袋も山のようにしまってあった。さすがにアイロンまではかけていないが、ぴしっとしわが伸ばされている。

「愛を込めて　スティーヴンとデイヴィーより」祖母は眼鏡の縁の上からタグを見て、読み上げた。

デイヴィーが訝《いぶか》しげにスティーヴンを見る。

祖母が包みを開けた。「あらまあ、すてきな傘」

「広げてみてよ、おばあちゃん」スティーヴンは促した。

「家のなかでは広げられないよ！　こうもり傘を家のなかで開くと悪運が入ってくるんだから」

すでに自分の部屋で幾度となく傘を広げては眺め、悪運を散々呼び込んでしまったことは、スティーヴンは黙っておいた。かわりに、ウィータビックスもどきがミルクを吸ってふやけるのも構わず、祖母の手から傘を取った。そして、勝手口の外に出て、傘を開いて祖母に内側を見せた。

「まあ！」と、祖母が感嘆の声をあげる。「見てごらんよ。みんなの写真じゃないか！すごいね！　よくできてる！　あたしは目を細くしてるね。スティーヴンとデイヴィーがビーチにいる写真もある。あの日のことは覚えてる。ふたりとも桟橋の下を歩いてタールまみれになったんだ。すてきだねえ。レティもいる！　まあ、なんてかわいいんだろう！　少し回してくれるかい、スティーヴン。おまえが作ったのかい？」

「ネットで頼んだんだ」

祖母は混乱した顔で、レティのほうに身を乗り出した。「どこで買ったって？」

「ネットよ、お母さん。パソコンで見つけたってこと」

祖母は科学技術なんて信用ならないというふうに手を振ったが、うれしさは隠しきれなかった。「ふたりとも、かわいいことをしてくれるじゃないか。ありがとうね」

そして、ふたりの孫を抱きしめた。

「どういたしまして」スティーヴンは答えた。

「どういたしまして」デイヴィーも言った。

だが、弟の表情はどうしてか晴れないままだった。


レティは最後にもう一度、禁止事項を列挙した。喧嘩はだめ。家をあけるのもだめ。散らかすのもだめ。まだジュードおじさんに直してもらっていないから、コンロに触るのもだめ。お腹《なか》がすいたらパンを食べなさい。トースターの場所はわかるでしょ。そうして、母と祖母は九時三十二分のバーンスタプル行きのバスに乗るため、九時二十五分に家を出た。太陽はじりじりと照りつけていたが、祖母は得意げに傘を持って出た。

ふたりが出かけてから二十分後、シェインがココナッツ・マッシュルーム（ココナッツをまぶした駄菓子）ひと袋を手にやって来て、デイヴィーとふたり、テレビをつけてPS2をつないだ。

スティーヴンはかつての祖母の定位置である窓辺に立った。ただし、理由はまったく違う。まだぼんやりとしか見えない段階からスティーヴンはエムを認識し、ほほ笑んだ。その姿が大きくなるにつれ、彼女がカットオフジーンズに白のタンクトップ、それからお気に入りの靴を履いているのが見えた。祖母ならビーチサンダルと呼ぶだろうが、エムが履いているものは砂浜用のただのプラスチック製サンダルとは別物だ。柔らかな革のサンダルで、ターコイズのビーズや小さな貝殻が縫いつけてある。休暇でスペインに行ったときに買ったのだそうだ。スティーヴンは海外はおろか、国内を旅行したこともない。彼が出かけた場所で最も遠いのはウェストンスーパーメアで、日帰りだった。そのことをエムに話したら、彼女は笑って信じなかった。ふたりの家は一キロと離れていない距離にあるが、エムはスティーヴンとはまるで違う世界に住んでいる。

エムが顔を上げてスティーヴンに気づき、ぱっと笑顔になって短く挨拶するように手を挙げた。

スティーヴンはにやっと笑い、PS2のコントローラーのケーブルをハードルみたいに跳び越えて玄関に向かった。

「スティーヴン、何か変じゃない?」シェインが言った。

「誰かさんに愛されてると思ってるんだよ」デイヴィーが答えるのが聞こえた。

弟の言葉は残忍な刃《やいば》となってスティーヴンの幸福感を小さく切り裂いた。おかげで玄関を開ける頃には、スティーヴンの笑顔はしぼんでいた。

「どうしたの?」エムが尋ねる。

「何でもないよ。いらっしゃい。入って」スティーヴンはそう言うと、脇にのきながら、エムに挨拶のキスをしていいものか迷った。何だか少し……馴《な》れ馴れしい気がしてやめた。

ふたりは狭い廊下でややぎこちなく向き合った。

「来てくれてありがとう」と、スティーヴンは言った。「ごめんね――その――出かけられなくて」

「いいの」エムは言った。

居間から、タイヤがキキーッと鳴って衝突する音が聞こえた。

「くそっ!」と大声で毒づくシェインを、デイヴィーがばーかと笑う。

「上に行こうか?」スティーヴンは言い、別の意味に聞こえることに気づいた。「いや、そういう意味じゃなくて、ただ……あいつらがいるからさ……」

「そうね」エムは答え、腕を伸ばしてスティーヴンの手に触れた。

スティーヴンはほっとして、居間の入り口から顔だけのぞかせた。「上にいるから。コンロには触るなよ、いいな？」

「うるせえ」デイヴィーがぼそっと言った。スティーヴンは聞き流した。

エムを部屋に入れるのは初めてで、スティーヴンはにわかにその狭さが気になった。散らかってもいるし、ボディスプレーと履いた靴下の匂いがする。スティーヴンは窓を開けてからベッドに腰かけたが、エムは部屋をじっくり見始めた。スティーヴンがこれまで生まれて初めて片づけておけばよかったと後悔した。エムは、スティーヴンがこれまでに読んだ本が並ぶ棚を見上げ、背表紙に目を走らせた。せめてあそこは整理しておくべきだった。いまだに子ども向けの『フェイマス・ファイブ』シリーズが並んでいる。『ザ・キューカンバー・ポニー』なんて、言葉を話す緑色のポニーの絵本じゃないか。最悪だ！　エムに変なやつだと思われてしまう。

しかし、彼女は何も言わずに視線を移した。「その男の子は誰？」写真に目を留め、尋ねる。

「ビリー叔父さん」

「どうして叔父さんの写真を飾ってるの？」

「亡くなったんだ」スティーヴンは答え、これきり叔父の話題が終わることを願った。

「そうなの？　どうして亡くなったの？」

　スティーヴンは一瞬躊躇《ちゅうちょ》した。この会話の行き着く先が――行き着く未来が――目に浮かぶ。エムが自分を恋人ではなく好奇の対象として見るようになる未来。

「車に轢《ひ》かれたんだ」エムに嘘《うそ》をつく自分がいやだった。

「それはつらかったね」

「僕が生まれる前の話だよ」スティーヴンは肩をすくめた。

　こちらに向き直って笑いかけてきたエムを見て、スティーヴンは嘘をついてよかったと思った。ふたりの関係をだめにせずにすんだ。

　エムが異国の動物が新しい檻《おり》を調べるようにして部屋を観察する。その様子を見つめながら、はじめのうちこそ散らかっていることの言い訳をしたり、立ち上がって物を隠したくなったりする衝動と戦っていたスティーヴンだったが、エムが部屋を見る時間が長引くにつれ、彼女は僕に評価を下したいわけではなく、興味があるだけなのだとわかってきた。エムは観察の合間に、「私もこれ持ってる。ちゃんと動く？　やっぱり、私のも動かないの。動くのなんてあったのかな」とか、「うわあ、このリバプールのユニホーム、背中にスティーヴンの名前が入ってる！　すごい！　あれ、ここ破れてるんだね、残念」とか、「こんなもの集めてるなんて信じられない。変態？」

などと言葉を挟んだ。

そんなふうにからかわれているうちに、スティーヴンも緊張が解けてきて、ふと気づくと、部屋の探索を楽しんでいるエムに負けず劣らず、彼女の探索を楽しんでいた。見るべき場所がなくなってきて、エムはじわじわとベッドに近づいてきた。スティーヴンは笑うのをやめた。ふいに自分の体を意識した——そして、エムの体も。エムがベッドに腰かけた。はじめはスティーヴンから六十センチほど離れて座り、少しずつにじり寄ってきて、最後は互いの腰が触れた。

ふたりは再びキスをした。二日前のキスから間などあいていないかのように。ジョーナス・ホリーとの一件は悪夢で、祖母の誕生日もまだ明けていないかのように。

今回のキスは今までとはまったく違った。ここはロニーの車庫でも、鉄門の外でもない。ふたりはスティーヴンの寝室のベッドに座っている。それを考えただけでスティーヴンは興奮し、キスも激しくなった。エムのむき出しの腿《もも》に手を置いた。

そこからは頭のなかが真っ白になった。スティーヴンがエムに触れる。彼女もスティーヴンに触れる。エムが唇を開くと、スティーヴンの耳のなかでゴーッと血のたぎる音が響いた。スティーヴンはエムのタンクトップの裾から手を差し入れ、彼女の腰の辺りの滑らかで熱い肌に触れた。気が遠くなりそうだった。

エムが唇を離した。

「ごめん」スティーヴンは謝った。「ごめんね」

「謝らないで」エムは真剣に言った。

そして、貝殻飾りのついたきれいなサンダルをするりと脱ぎ、スティーヴンのベッドにそっと足を上げた。スティーヴンの手を取る。

「寝っ転がらない？」

スティーヴンはスニーカーを脱ぎ捨て、ふたりは狭いベッドに仰向けになった。肩も腕も手も腰も触れ合った状態で天井を見上げた。ここが過去五年寝てきた寝室だなんて、嘘みたいだった。僕はリバプールのベッドカバーの上に、今の今までキスしていた女の子と横になっている。伝えたい愛の言葉はいっぱいあるのに、スティーヴンは話すことはおろか、息をすることさえままならなかった。興奮と緊張とで喉が詰まった。キスはいい。だが、セックスでへまをしたらと思うと、恐ろしくて頭がくらくらした。体はエムを求めて震えていたが、うまくできずに一生その恥辱を背負って生きるくらいなら、一切しないほうがましだとも思った。しかもその不名誉な失敗をエムに全部知られてしまうのだ。エムはそれを彼女の友人に話すかもしれない。僕の友人たちにも話すかもしれない。不安でたまらず、スティーヴンは顎が痛くなるほどに歯を食いしばった――。

「怖い」エムがか細い声で言った。「初めてなの」

スティーヴンは泣きそうになった。エムのことが大好きだと思った。

スティーヴンは彼女のほうを向いた。

「したいのよ」と、エムが言う。「スティーヴンが大好き。でも怖いの」

スティーヴンがエムに腕を回すと、彼女がこちらを向いた。エムの温かな息を唇に感じるほど、ふたりの距離は近かった。

「何にもしなくていいよ」スティーヴンは言った。「僕もエムが大好き」


デイヴィーはシェインと一緒に森に来ていた。

プレイステーション、自宅のテレビ画面では、車が勝手に暴走してクラッシュしていた。俺とシェインは放置され、で誘拐犯を捕まえてやるんだ。スティーヴンには止めさせない。いい気味だ。ださい傘のプレゼントにお情けみたいに俺の名前をつけ加えて、あれじゃ羽で作った俺の鳥がごみみたいじゃないか。

デイヴィーとシェインはほとんど話さなかった。計画はいたって単純だった。

唯一話し合ったのは、どちらが囮《おとり》になるかということだ。シェインははじめから自分が囮にされるのだろうと疑っていた。それでも、車に辿《たど》り着き、ミスター・ランダルの庭小屋からくすねてきたひと巻きの園芸用の撚《よ》り紐《ひも》をデイヴィーがほどき始めると、一応抗議はした。

「何怖《お》じ気づいてんだよ」デイヴィーがきつい口調で言う。「この糸でおまえと俺をつなぐんだ。誰かがシェインをさらおうとしたら、すぐにわかる」

「怖じ気づいてなんかないよ」シェインが怒った。「俺はただ、こういうのは交代交代にするべきだって言ってんの。何でいっつも俺が囮になんなきゃいけないんだよ？」

「シェインのほうがじっと座ってるのがうまいからだよ」

「デイヴィーだって、森でじっと座ってるんだろ？」

「そうだよ、でもそっちはクッションもあるんだ、文句言うなよ」

「これは俺のクッションじゃないか。俺が使うのは当たり前だろ」

「おまえのじゃない、お前の母さんのだろ」

「それでも、ほとんど俺のみたいなもんだろ」

「何でもいいよ。ぐずぐず腰抜けみたいなことを言うのはやめろ」

　言い争っている間にも、デイヴィーは撚り紐の一方の端をシェインの手首に結んだ。

「ほら、車に乗れよ」

「一時間おきに交代するって約束しないなら、やらない」

「わかったよ」

「約束するか？」

「いい加減にしろよ、シェイン！　おまえ、いくつだよ？　さっきから赤ちゃんみたいじゃないか。女の赤ちゃんだ」

「うるせえ、失《う》せろ」

「ああ、行くよ」デイヴィーは平然と言った。「いいか、誰か見つけたら糸を二回、危なくなったら三回引け。そうしたら俺も走って戻るから、ふたりでその間抜けをとっ捕まえよう」

「どれくらい離れるつもりだ?」シェインは母のクッションに座りながら、不安げに尋ねた。

「そんなに遠くへは行かない。誘拐犯に気づかれないよう、見えないところまでは行くけど、それでも近いから。いいか?」

「うん、まあ」シェインは答えた。「誰かを見つけたら二回、危なくなったら三回だよな」

「そう。心配すんな。俺たちふたりとも金持ちになって、英雄になるんだ。最高だろ」

「そうだな」シェインはあまり信用していなさそうな口ぶりだった。

デイヴィーは車から離れ、巻かれた撚り紐を指の間からするすると伸ばし、若木や木の枝に引っかかりそうになるたびに持ち上げながら、森に入っていった。

シェインは下草の向こうへ消えていくデイヴィーの姿をじっと追いながら、彼が最後にもう一度、おまえはひとりじゃないからと、こちらにうなずきかけてくれるのを待った。だが、デイヴィーがうなずくことはなく、ついには姿が見えなくなり、ほどなくして友の立てる物音すら聞こえなくなった。シェインはデイヴィーが森を進み続ける間、自分の手がハンドルの上で小刻みに揺れたり、操り人形みたいに引っ張られてぴょこっ、ぴょこっと動いたりする様を見つめていた。早く止まれと念じた。そうすれば、デイヴィーはそう遠くない場所に身を潜めたのだと安心できる。しかし、手の動きはシェインが想像していたより長く続いた。

手が動かなくなった。シェインは表面がぼこぼこになったハンドルに手を載せた。周囲を見回す。

デイヴィーの立てる物音がやんだのか、それともここまで届かないだけなのか、それはわからない。森はいつになく静まり返っていた。

この車には数えきれないほど座ってきたが、これほど無防備で心細い思いをしたことはない。デイヴィーとは単なるたとえとして〝釣り〟だの〝囮〟だのという言葉を使ってきたが、シェインは今さらながらに、自分が釣り針にかけられたミミズみたいにその身をさらしていることを痛感した。デイヴィーとは、囮は〝あからさまに警戒していることがわかる動き〟をしてはならないと確認し合っていたが、シェインは周囲の木々に視線を走らせずにはいられなかった。露骨に警戒しているのがデイヴィーにばれるかなと考えはしたが、我慢できなかった。

一秒が一週間にも感じられ、初夏の熱気を含んだ風に木の葉が揺れるたびに、鬱蒼《うっそう》とした緑の森に潜む殺人者かと怯《おび》えた。ちょうどシェインの左耳の位置、距離にして十五メートルほど後方に、ブナの木があった。たとえ誘拐犯が肥満でも、充分に姿を隠せそうなほど幹が太い。シェインは気にしないように努めたが、こらえきれずに何度となく首を捻《ひね》って振り返った。一度唐突に振り返ってみたら、木の背後で何かが動いた。見間違いなんかじゃない。影だったけど、確かにそこにいた。絶対そうだ。シェインは涙がにじむほどに目を凝らし続けたが、影の動きを再度捉《とら》えることはできなかった。

木漏れ日がいくつもの太い光線となって森に降り注ぎ、陰をいっそう濃くし、木に当たる光は樹皮に顔模様をいくつも浮かび上がらせた。

シェインは腕時計を見た。十五分経過。たったの！　この時計はだめだ。父が十ガロンのガソリンを買ってただでもらった時計だ。きっと狂ってるんだ。そろそろデイヴィーと交代する時間のはずだ。

シェインはダッシュボードのつまみ類をいじった。インジケーターやワイパーのレバーを動かしたら、思いの外大きな音がした。好ましくない相手の注意を引いてしまいそうで、いじるのをやめたら、今度は息が詰まるほどの静寂が再び辺りを包んだ。

シェインは本当に怖くなってきた。自分の役割はここに座って待ち、誘拐犯をおびき寄せることだ。それは理解している。だけど、俺にはやっぱりできない。大きなブナの木の後ろで影が動いているのに、そんなの無理だ。

森からガサガサという音がして、シェインは息をのんだ。今度こそ確かにガサガサといった。誰かがこちらに近づいてくる、大きな音だ。あるいは、遠ざかっていく音か。判断するのは難しかった。方角としてはデイヴィーのいるほう――。

シェインはのみ込んだ息を吐き出し、安堵のあまり笑い出した。俺もばかだな！　デイヴィーだよ。囮になりに戻ってきたんだ。やっぱり俺の時計は狂ってたんだ。シェインは声に出して笑った。

「おい、デイヴィー！　おまえ、何カバみたいな音立ててるんだよ！」

デイヴィーが足を止める。

「早く来いよ、ばか。次はおまえの番だ！」シェインは撚り紐を二回鋭く引いた。糸の先にデイヴィーがいるのを感じた。

ブナの木の向こうで小枝が折れる音がして、シェインはすばやく車から降りた。以前父が口にしていた言葉を借りるなら、やってられるかってんだ。俺の番は終わった。次はデイヴィーが囮になる番だ。運転席に座って変態にさらわれるのを待つのがどんな気分か、味わってみればいい。

シェインはシダや倒木の間をデイヴィーのもとへと急いだ。撚り紐を巻き取りながら進み、不安に駆られて何度もブナの木を振り返り、その木が立つ、森のなかにぽっかりあいた空き地を離れられることにほっとした。背後のマツダが見えなくなった。

「おい、ばかデイヴィー！」あいつ、いったいどこまで行ったんだ？　これじゃあ俺が本当に誘拐犯に襲われても、助けに戻ろうにも間に合わない。ふざけんな！　俺ひとりが危ない目に遭うところだったじゃないか。そう考えたら頭に血が上り、シェインは撚り紐を巻き取りながら、デイヴィーに会ったらぼこぼこにしてやると思った。報奨金なんてくそくらえだ。いっつも損な役ばかり押しつけられて、もううんざりだ。

「デイヴィー！」

返事はない。

「ふざけんなよ、ばか！」

そこではっと立ち止まり、シェインは顔をしかめた。それ以上撚り紐を引けなくなったのだ。指先で辿ると、撚り紐の端はシダレカンバの若木の枝に何重かに巻かれ、地面に垂れ、若木の根元に落ちていた残りの玉につながっていた。シェインは撚り紐の玉を拾い上げた。

下から、黄色の四角いメモが出てきた。

シェインがスティーヴンの部屋のドアをいきなり開けて飛び込んできたとき、スティーヴンは、エムの心臓が左胸の白い肌の下に閉じ込められた蝶《ちょう》みたいに打つ様子を見つめていた。

はじめ、スティーヴンもエムもシェインが何を言っているのか理解できなかった。シェインはヒステリーを起こしていて、息切れも激しく、一方のスティーヴンとエムはうろたえ、腹を立てた。シェインがわけのわからないことをまくし立てながら、手首に結ばれた緑色の長い撚り紐を引っ張って見せる間も、スティーヴンはエムがターコイズのサンダルを履き直し、タンクトップを下ろして完璧な胸を隠してしまうのを意識していた。ついさっきまで僕の手があった場所……。

しかし、シェインの話を理解した瞬間、スティーヴンはこれ以上ないほどの速さで動いた。紐を結んだままのスニーカーに足を突っ込むと、履ききる前に走り出した。エムが遅れまいとしてスティーヴンの手を握っていたが、今なら引いているのが彼女のトレーラーだとしても、スティーヴンは坂道を猛スピードでのぼりきるだろう。シェインの足が止まりかけるたびに、スティーヴンは少年の肩胛骨《けんこうこつ》の間を突いたり、後頭部を押したりした。

「走れ！」と怒鳴る。「止まるな！」

ローズ・コテージの前でエムが急に立ち止まった。つないでいた手が離れる。

「警察に言おう！」エムがあえぐ。

「だめだ！」スティーヴンは叫んだ。

「スティーヴンったら！　ばか言わないで！」スティーヴンが止める間もなく、エムは数段の石段を駆けのぼった。

彼女が玄関ドアを強く叩《たた》きながら叫ぶ声が聞こえてくる。

ミスター・ホリーに出てきてほしくなかった。助けるふりをして。心配するふりをして。そうしてこの場を仕切ってほしくなどなかった。

もしかしたら、デイヴィーがいる場所から僕らを遠ざけるかもしれない。

スティーヴンはこのままひとりで走り続けたかったが、エムをあいつとふたりになどできない。

弟と愛する女の子との間で引き裂かれそうになりながら、スティーヴンはどちらも選べず、狭い小道でじりじりと待った。シェインが体を折ってゼイゼイとあえいでいる。

エムが石段を下りてきた。すぐ後ろにミスター・ホリーがいた。ジーンズとTシャツ姿で、庭仕事用の分厚い緑色の手袋をしている。

スティーヴンはシェインが抗議するのも構わず、無理やり体を起こさせると、背中を押して坂道を再びのぼった。

やっとのことで焼け焦げたマツダに辿り着いたとき、静まり返った森はうだるように暑かった。

「俺はこのなかにいた」シェインが息を切らしながら言った。「デイヴィーはあっち」

三人はシェインのあとについて、シダや木々の間を抜け、シダレカンバの若木と黄色のメモの前に出た。

スティーヴンがその紙を地面から拾い上げる。

「おまえは彼を愛していない、い、い、い、いい」安堵のあまり、膝の力が抜けた。

「あいつめ」と、スティーヴンは毒づいた。「ただの悪ふざけじゃないか！　殺してやる！　こないだ、あいつと喧嘩して――」

「いや、違う」ジョーナス・ホリーが険しい口調で言った。「これは悪ふざけなんかじゃない」

その言葉に、残りの三人は驚いて黙り込んだ。ジョーナスが眉をひそめ、何かを思い出すように――あるいは他の誰にも見えない何かを見ようとするかのように――木々の間から北の方角に目を凝らすのを、三人は見つめた。

「ここで待ってて」ジョーナスが静かに言った。「三人一緒にいるように。十分たっても俺が戻らなかったら、助けを呼んでくれ」

それだけ言い残すと、森の奥へと走り出した。

「くそっ！」スティーヴンは、弟が井戸を落ちていくかのように、急速に確実に自分の手の届かないところへ行ってしまうのを感じた。ミスター・ホリーが弟の居場所に心当たりがあるのなら、僕もそれを知る必要がある。そもそも、もしもミスター・ホリーが何らかの形でかかわっているなら、こんなところに突っ立ったまま、みすみす彼を行かせるわけにはいかない。

何もせずに待ってなどいられない。

スティーヴンはエムの両手をぱっと掴《つか》んだ。「ふたりとも、今すぐ助けを呼びに行くんだ」とせっぱ詰まった口調で促す。「僕はあいつのあとを追う」

「でも、スティーヴィー、彼はここで待ってろって――」

「そんなのどうでもいい、エム！　あいつは奥さんを殺したんだ。いなくなった子どもたちのことも殺してるかもしれない。警察に連絡して。僕はあいつを追いかける。デイヴィーを見つけないと！」

エムが口を開ける。訊《き》きたいことが山ほどあるのだろう。しかし、スティーヴンはエムの手を離し、ジョーナスを追いかけて走り出した。

「スティーヴン！」エムが叫んだが、スティーヴンは振り返らず、間もなく森の奥へと消えた。

デイヴィー・ラムは女の子ではなく、九歳児でもなく、チャーリー・ピーチのような特殊なケースでもなかった。体力も力もあるデイヴィーは、かつてシャンテル・コックスに豪語したとおりに全力で抵抗した。誘拐犯の腕を二度も振りほどき、よろめきながら森のなかへ逃げさえした。だが、相手を振りきろうにも力の入らない足は思うように動かず、デイヴィーは転んだ。木々が回転したように見えて、頬にざらっとした地面の冷たさを感じた。強力な腕で容赦なく引き上げられる。

デイヴィーは何度も相手の顔を見ようとしたが、目の端で物を見るのに似て、はっきりとは捉えられなかった。妙につるんとして目も鼻も口もない顔が、部分的に一瞬見えるだけだ。誘拐犯は中肉中背のようだった。丈の長いコートを着ている以外、デイヴィーを摑んで放さない手と、デイヴィーより速く走れる足だけの存在だった。低く険しい声がデイヴィーの耳元で脅し文句をつぶやく。よろめくデイヴィーを無理やり歩かせて木々の間を抜ける。デイヴィーのTシャツは――色は赤で、相手を指差す手のイラストの下に、〝こんなことをしたのはあいつのせいだ〟と書かれている――脇の下までずり上がっていた。

シェインは今もマツダの運転席に座っているだろうかと、デイヴィーは思った。そうして誘拐犯に捕らえられるのを待っているだろうか。その誘拐犯が今まさに俺の腕と襟首をがっしりと摑み、ときおり膝で尻を蹴り上げながら、俺を連れ去ろうとしているとも知らずに。

そう思ってデイヴィーは笑い、吐き気に襲われた。酔っていた。酒は飲んでないが、これは間違いなく酔ったときの感覚だ。この前の冬、デイヴィーとシェインは、シェイン宅の台所の棚で見つけた甘いリキュール、アドヴォカートの瓶をふたりであけた。咳《せき》止めシロップみたいにぐいぐい飲み、シェインのハムスターのアナキンが木くずに埋もれて震える姿を見て、涙が出るまで笑った。

今ある感覚はあのときと一緒だ。ただし楽しくはない。ときおり意識が遠のくなか、デイヴィーの足だけが勝手に動き続ける。だが、しばらくすると我に返って絶体絶命の状況を思い出し、叫び、暴れ、身をよじって誘拐犯の手を振りほどこうとした。

無駄だった。

「頭を撃つぞ」そう耳元で言われ、デイヴィーはしばし暴れるのをやめ、自らの足でしっかり歩こうとした。だがすぐに、頭を撃たれるかもしれない現状を忘れて再び抵抗した。

デイヴィーは数日もの間、森のなかを押されたり引っ張られたり突かれたり引きずられたりした。少なくともデイヴィーには数日に感じられた。だが、実際には数秒のことだったのかもしれない。やがて、車が一台とまったピクニックエリアに出た。車の後部ドアに体を押しつけられ、動くなときつく命じられたデイヴィーは、当然のことながら従わなかった。誘拐犯がデイヴィーのそばを離れてトランクを開けるや否や、森に逃げた。

犯人に再び捕まると、デイヴィーはてこでも動くものかとその場に座り込んだ。しかし、誘拐犯に両手首を摑まれ、尻をついたまま地面を引きずられ、車に連れ戻された。犯人は驚くほど力が強かった。

誘拐犯が手を放すと、デイヴィーは車の下に転がり込み、男が摑もうとした足首を間一髪で引っ込めた。男が大声で悪態をつき、膝をついてこちらに手を伸ばす。その手を回避しようと、デイヴィーはヒステリックに小さく笑っては逃げ、笑っては逃げを繰り返した。男がくそっと吐き捨てる。

「くそはそっちだ！」デイヴィーは笑ったが、自分を捕らえようとする指先から逃れるたびに、恐怖で下着を濡《ぬ》らしそうになった。

男が立ち上がり、どこかへ歩いていく。

間があいたことで、恐怖が、霜の降りた屋外に放置されて硬くなった毛布みたいにデイヴィーの背中に張りついた。歯がガチガチと鳴り出す。デイヴィーは男のワークブーツが車の後方に向かうのを目で追った。トランクの中身を動かす音がする。

デイヴィーは、ハアハアという己の荒い息遣いと、何かが動かされ、持ち上げられる音を聞いていた。持ち上げられたものの正体がわからないことが、何より恐ろしかった。

ブーツが戻ってきた。男の頭のシルエットが再び車の下をのぞいたとき、デイヴィーに向かって伸びてきたものは男の手ではなく、白い棒だった。男はもう、デイヴィーを引っ張り出そうとはしなかった。かわりに棒で鋭く突いたり横から容赦なく叩いたりして、デイヴィーを狭い隠れ場所から追い出そうとした。

最初の一撃で膝を打たれ、悲鳴を上げたデイヴィーは、排気管で頭を打った。両手で体をかばったら、デイヴィーを探して弧を描くように動いていた棒が、左手の指に当たった。次の瞬間、棒の先端で肋骨《ろっこつ》を力いっぱい突かれた。デイヴィーは気絶しそうになった。酔っ払ったような感覚はどこかへ行ってしまい、吐き気と恐怖しか感じなかった。動くことさえできない。デイヴィーにできることは、その場にただ横たわり、ぼろぼろと涙をこぼしながら、脇を押さえて痛みが引くように祈ることだけだった。今、大事なのはそれだけだ。痛みと無力感が引いてくれることだけ。

デイヴィーは以前、テリアマンのイェスティン・ロイドがキツネを引きずり出す場面を見たことがある。その間、ジャックラッセルテリアが甲高く吠《ほ》えながら巣穴付近の地面を足で引っかき、嚙《か》みつくような動作をしていた。今になって、デイヴィーはキツネの気持ちがよくわかった。

肋骨のずきずきとした痛みは引かず、デイヴィーは目を固く閉じていた。Tシャツの背中を引っ張られ、ジーンズのウエストバンドを摑まれた。腰骨の下の砂利を巻き込みながら、デイヴィーは車の下から引きずり出された。

暗がりからまぶしい光のなかに出たデイヴィーは、涙を流しながら何度も瞬《まばた》きをした。そして、自分を見下ろすように立つ人影がふたつに増えていることにぼんやりと気づいた。

ひとりはジョーナス・ホリーだった。

33

誰もエムの言葉を信じなかった。少なくとも、はじめは。訝《いぶか》しげにエムを見て、彼女には答えようのない質問を浴びせた。正直なところ、エムはスティーヴンの告発を繰り返すことが恥ずかしかった。スティーヴンのことは大好きだけれど、彼の言葉はにわかには信じがたく、エムは半ば申し訳なさそうにレノルズ警部補に伝えたのだった。警部補が同僚と視線を交わすのを、エムは見逃さなかった。エムと警部補との間にシェインがいなかったなら、警部補は、そんな戯言《たわごと》にかかずらっている暇などないのだから、さっさと帰りなさいと言いかねなかったのではないか。警察にとっては、状況を慎重に説明するエムの言葉より、パニックに陥って泣きじゃくる十一歳の少年の存在のほうが説得力があるらしい。

エムの話が終わると、レノルズとライスはエムとシェインを車に乗せて森に向かい、ふたりにまずは焼け焦げた車へ、次いでシダレカンバの若木が立つ場所へ案内させた。若木のそばには黄色のメモが残されたままだった。

「君がこれを書いたのか?」警部補の口調の鋭さに、エムはたじろいだ。

「まさか!」と、嚙《か》みつくように言い返した。「スティーヴンは弟がふざけているんだと思ったけど、警察の人がそれは違うと。そして、私たちにここにいるようにと言い残して、あっちに走っていったんです」

レノルズはエムが指差す方向を睨《にら》んだ。

しかし、その場から動こうとはしない。森のなかへ走っていこうとしない。どうして走っていかないの?

エムは警察に対して敬意を払ってきた。当然だ。相手も私に敬意を払ってくれていたのだから。これまでは。それなのに、今のレノルズの鋭い目のなかには猜疑《さいぎ》心しかない。その猜疑心があらゆる動きを遅くしていた。自分でも驚くほどの怒りが、エムの体を小さなロケットみたいに突き抜けた。

「嘘《うそ》だと思ってるんでしょう!」

「僕は別に——」

「思ってるわよ。私が嘘をついてると思ってる。でも、本当なの。だからぐずぐずしてないで早くみんなを探してよ！」

「落ち着きなさい」レノルズがなだめる。「物事は正しい手順で進めなくてはならない」

「正しい方法より速い方法でやってよ！」

「聞きなさい、エマ——」

「エミリーです」

レノルズはむっとしたように唇をすぼめ、ちらりとライスを見たが、ライスは森のほうを見ているふりをした。

途中から、ふりではなく真剣に目を凝らした。

「誰かいる」ライスが静かに言った。

全員がライスの視線を追った。張りつめた沈黙のなか、何かが下草をすばやく移動する音がする。その音が徐々に大きくなる。

「こっちに向かってるわ」ライスがささやいた。森という大聖堂のなかでそんなふうに声を押し殺すと、邪悪なおとぎ話に迷い込んだ気になる。

「あそこよ！」赤い何かが一瞬見えて、エムが鋭くささやいた。

「デイヴィー!」シェインが叫んだ。

レノルズは心底ほっとした。

「ほらな?」と、少女に言わずにはいられなかった。「だから言っただろう」という言葉は、かろうじてのみ込んだ。

デイヴィー・ラムが斜めの方向から覚束《おぼつか》ない足取りで出てきた。たまたま彼らに遭遇したという様子だ。

「デイヴィー!」呼びかけるシェインの声は、先ほどよりもためらいがちだった。レノルズにもその理由がわかった。よろめき出てきた少年はまるで酔っ払いで、足をぎくしゃく動かしたかと思えば、今度はふにゃふにゃと力が入らなくなり、両脇に力なく垂らした腕はぶらんぶらんと揺れて、その都度肘があちこちに動いた。シェインの声に顔をこちらに向けたものの、その首もぐらぐらと揺れ、目は紐《ひも》の緩んだ操り人形みたいにうつろだった。

誰ひとり動かなかった。誰ひとり、デイヴィーに駆け寄って手を差し伸べようとはしなかった。それがいっそう、その光景を不穏にした。デイヴィーのほうから、ふらふらと弧を描くように向きを変えて一行に近づいてきた。最後の数歩でようやくライスが動き、デイヴィーに駆け寄った。「大丈夫?」と尋ねる。

「え？」デイヴィーが混乱して顔をしかめる。「何？」

薬物だ。薬物に手を出した人間を散々見てきたレノルズはぴんと来た。こういう田舎社会には薬物問題がはびこっている。ふつふつと怒りが湧き、レノルズは警察の時間を無駄にしたデイヴィーの頰を張りたくなった。ただ、少年に近づくにつれて、その体に石炭か潤滑油らしき筋がついているのが目に入った。

「スティーヴンはどこ？」エミリー・カーヴァーが緊迫した声で尋ねた。

「あっちのほう」デイヴィーは背後に曖昧に腕を振って答えた。「あいつらに殺されそうになったけど、逃げてきた」

「誰があなたを殺そうとしたの、デイヴィー？」ライスは腰を少しかがめて、目の高さを少年に合わせた。被害者をなだめるときの声で話しかける。

デイヴィーはライスをじっと見つめてから、背後の森を振り返った。眉間に深いしわが寄る。「わかんない」言い終わると同時に吐いた。ココナッツ混じりのどろっとした塊状の嘔吐《おうと》物が、Tシャツの上を流れ落ちる。

「うわっ！」シェインが言った。

レノルズは真顔でライスを見た。

デイヴィーはどさっと地面にあぐらをかいて座り込んだ。鼻水が両方の鼻の穴からだらりと垂れ下がっていた。デイヴィーは泣き出した。

「デイヴィー、ステ、ィ、ーヴン、はど、こ?」エムがもう一度強い口調で尋ねたが、デイヴィー・ラムはかぶりを振ってすすり泣くばかりだった。

第二部　昨冬

34

飛節《ひせつ》、蹄《ひづめ》、皮、頭。

飛節、蹄、皮、頭……。

おかしなもんで、これをやるときはいつもあの古い歌を歌ってる。大概は頭のなかでだが、ときには口ずさみながら、皮に滑らかにナイフを入れていく。失敗はしない。マートンじいさんにナイフの扱いはみっちり叩《たた》き込まれたからな。肉を切るにはとにかく研ぎたての刃だと教えられたもんだ――せっかくナイフを研いでも、使わなかったら意味がないと。俺は使う直前にナイフを研ぐ。飛節のところで、こんなふうに脚を切る直前に。きれいに切れて落ちた脚を、俺は拾う。今日のは子牛だから、切断した四本の脚は片手で簡単に持てる。それを脇に置く。で、ことここに切り込みを入れて、そっちには長い切り込みを入れて、喉のぐるりにもナイフを入れる。

そうしたら固定するために鎖を首に回す。で、ウインチと反対側の壁のフックにかける、こんなふうに。俺がこの仕事を始めた頃は、ここには電気なんか通ってなくて、手でウインチを巻き上げるのが俺の仕事だった。子牛ならいいが、荷馬車馬の皮剝《は》ぎなんか、そりゃ大変だった！　今は違う。ボタンを押したら、それでしまいだ。ベリベリという音のあとにスススッと静かな音がして皮がきれいにはがれ、子牛の形のまんまのピンク色の筋肉や腱《けん》が残る。

頭を切り落とすとナイフの刃がなまるが、俺は次の解体までは研がない。それが五分後であれ五日後であれ。マートンじいさんは俺をよく仕込んでくれたよ。じいさん！　今となっちゃ、あのときのマートンより俺のほうが年上なのにな。当時の俺はまだ子どもだったから、じいさんに思えたんだよ。ここで働き始めたのは十四のとき。初めて羊を解体したときは汗だくになったよ。肘まで血とクソまみれになって、それでも頭を切り落とせなかった！

今じゃお手のものだ。一、二の三で、終わり。血が流れるのもここだけ。喉からコンクリートの床に落ちる。暗い赤でてらてら光ってるが、たいした量じゃない。分厚いピンク色の舌がコミカルに飛び出した頭は、切り落とした足の横に置く。

子牛は枝肉冷蔵室の奥に吊《つる》して、青いスプレーで印をつけて食肉として出す。ここには十余りの枝肉があるが、傷む前に全部出荷する。なあに、問題はない。ほら、ここは寒いから。真夏でも、厚い壁と草屋根のおかげでこの冷蔵室は寒い。

今年は馬がよく処理に回されてくる。厳しい冬で、年を取った馬に餌をやっても金が無駄になるだけだからな。遅く生まれて、雪が降る前に成長しきれなかった子牛も二、三頭いる。あとは、荒野から迷い出たポニーが数頭と、ジャック・ビギンズのところの一番優秀な乳牛、年老いたバブルス。ビギンズ自ら連れてきて、バブルスはいつもハントが通りすぎるのを眺めるのが好きだったと言った。まったく余計なことを言ってくれたもんだ！　だが、ブラウンのところは動物の扱いがひどいから、そこには連れていきたくなかったんだと。俺のところなら、バブルスも搾乳されるだけだと思っていられるだろうからな。コンクリートのスロープを下りさせて、両目の間をぽんぽんと叩いて、優しい言葉をかける。それくらい手間でも何でもない。

俺は広い処理室に戻って子牛の残骸――飛節、蹄、皮、頭――を集め、焼却炉に入れる。昔はポーロックやスウィンブリッジにある皮なめし工場に皮を売ったもんだが、今じゃあ皮は十分の一の安さで買える中国やインドのものばっかりだ。イギリスも地に落ちたもんだよ。残ってるのは伝統だけで、それさえなくしちまえばいいって輩《やから》もいるんだからな。ロシア人みたいに暮らせばいいってのかね。

処理室をホースで清掃して、次のナイフを研いで、ばあさん牛バブルスを解体する。猟犬たちが、再びナイフが研がれる音を聞きつけて歌い始めるから、俺も加わる。飛節、蹄、皮、頭、飛節、蹄、皮、頭……。

俺は乳牛の肉の塊を手押し一輪車に乗せて中庭に出て、門の向こうに投げ入れる。そうすると、猟犬たちは歌うのをやめて食べ始める。年上の犬が先だ。そのルールは子犬たちもすぐに覚える。一頭、ミロだけは怖いもの知らずで我先に行こうとするから、俺が鞭《むち》を持って間に割って入り、ジェネラルの肩に噛《か》みつくミロを引き剝《は》がさなくちゃならないが。ありゃ、いい猟犬になるよ、ミロは。ただ、何度もケツを蹴り上げてしつけないとならんだろうな。あれのきょうだいは皆、ちょいと過激なんだよ。さすがルーファス（ラテン語で赤毛の意味）の子どもだ。四つの州のなかでも飛び抜けて優良な父犬だが、ときどき吠《ほ》え癖や噛み癖のひどいのが生まれる。リックとロージーは散歩に連れ出すとこっそり噛んだりする。だから、あの子らを運動に連れていくときは、ドリフターとサンディーとつないで歩かせるんだ。あの二頭なら、どんな子犬でもあっという間に服従させるからな。連結用の鎖でつながれた、自分より大きな猟犬にがぶっとやられるのが一番のしつけだ。次の冬が来る頃には、子犬たちは〈ブラックランズ・ハント〉史上最高の猟犬に育っているだろう。

おや、車が小道を上がってくるぞ。今日は客の予定はないのに。

ジョン・トゥックはレンジローバーから降りると、身を切るような風に吹かれながら煙草《たばこ》に火をつけた。気が重かった。

ボブ・コフィンのことは前任者からそのまま引き継いだ。三年前にジョン・トゥックが〈ブラックランズ・ハント〉のマスターとなったとき、六十頭余りの猟犬だけでなく、O脚の猟犬係も併せて引き受けるのが条件だった。ジョン・トゥックに選択権があったなら、もう少し長身の猟犬係を選んだだろう。州のハウンドショーに出る際に、白いジャケットと山高帽姿が映える人物を選んだはずだ。ネアンデルタール人がアイスクリーム屋になったみたいな風情の男はまず選ばなかった。

ケンネルマン（犬舎の責任者の下で働く犬の世話係）のナイジェルなら条件にぴったりだったが、これればかりはどうしようもない。ナイジェルはまだ二十八歳で、片やコフィンは四十年近くも〈ブラックランズ・ハント〉の猟犬係を務めてきたのだ。いかにトゥックでも、四十年も続いたものに波風を立ててはまずいことくらいわかる。少なくとも、この荒野では。

まあ、それでもボブはこの施設を清潔に保ってくれてはいる。藁《わら》一本、落ちてはいないし、広い処理室には血の染みひとつなく、犬舎のコンクリートの床に糞《ふん》が放置されていたこともない。猟犬係にあてがわれるコテージについても、コフィンは不満を言わない。過去三十年、ハントから補修の援助が出ていないにもかかわらずだ。おそらくコフィンは必要な修繕は自ら施し、費用は請求せずにきたのだろう。

それに、コフィンはいい猟犬を育てる。それはトゥックも認めざるを得ない。エクスムーア特有の風土に適した猟犬を育成するのだ。ハリエニシダの茂みや有刺鉄線や増水した川のなかを臆せず進んでいける大きさと強靱《きょうじん》さ、そして丘陵地を一日中でも歩ける引き締まった軽量な尻を兼ね備えた猟犬だ。

残念だ。実に残念だ。皆、苦しむことになる。

門に掛け金をかける音がして、コフィンが中庭から出てきて帽子に手をやった。今時ずいぶん古風な仕草だが、トゥックは嫌いではなかった。

「ボブ」と、呼びかける。

「ミスター・トゥック」

トゥックは最後にひと息煙草を吸うと、地面に捨てて足で踏み消した。

「残念ながら悪い知らせだ、ボブ」

ボブ・コフィンの表情は変わらなかった。羊みたいだ。

「〈ミッドムーア・ハント〉との合併条件が決まった」

コフィンはうなずき、先を待った。

「マスターはふたり置いて共同マスターとする。向こうのウィッパーイン〈狩りの際に猟犬係を補佐する人〉は、アリステア・ファレルと仕事を分かち合うことに同意した。ただ、我々の名は消える」

これは相当な衝撃である。思わず目を瞬《しばた》きそうになったコフィンの顔を見れば、シヨックの大きさがわかる。〈ブラックランズ・ハント〉はエクスムーアで百四十年以上活動してきた。けっして一流ではなかったが、つねにそこに存在してきた。

「いい知らせは」と、トゥックは声を明るくして続けた。「マルコム・ビッドグッドがひとりなら犬舎で雇えると言っていて――」

「猟犬係として？」

「猟犬係補佐だ」

そんなものはない。いいや、コフィンは口に出しこそしなかったが、そんなものは存在しないと互いにわかっていた。四十年も猟犬係をしてきたのに、今になって一介のケンネルマンに降格か。農業大学ビクトン・カレッジから夏休みの間だけ職業体験にやってくる男の子がやるような仕事をしろというのか。

「生活拠点も向こうの犬舎に移すことになる」トゥックは一番気の重い話がすんだことに安堵《あんど》し、早口に続けた。「だが、急いでここを引き払う必要はないよ、ボブ。君はずっとここで暮らしてきた。次のシーズンが始まるまではここを売却しないことも、合併の条件に入れてある。君もいろいろと整理しなければならないことがあって時間がいるだろうから。その点は明確に要求しておいた」

ボブ・コフィンは礼は言わなかったが、短くうなずき、コテージをちらりと見た。

「こんな悪い知らせは持ってきたくなかったんだが、残念だよ」

コフィンはもう一度うなずいた。「猟犬はどうなるんです?」と、彼は尋ねた。

「ああ、そうそう。猟犬な。ミスター・スタウアブリッジは三組引き取ると言っている。ボブに任せるから優秀なのを選んでほしいとのことだ。ただし、三歳以下の犬に限るようにとの話だった」

「でも、それじゃあルーファスは?」

「三歳以上はだめだ。僕も頼んではみたんだ。あちこちに話を持っていってもみたが、残った犬はどこもいらないとのことでね。残念でならないよ」

「どこもいらない」ボブ・コフィンがつぶやいた。それは問いかけではなかったが、トゥックは答えた。

「そうだ」

「それじゃあ、俺は残った子らをどうしたらいいんです?」

トゥックは目をみはった。そんなことは訊《き》くまでもないだろう? しかし、ボブ・コフィンは困惑した顔をするばかりだ。僕に言わせるつもりじゃないだろうな?

いや、言わせるつもりらしい。表立って攻撃はしないが、遠回しに抵抗する、ちび原始人め。

「残念だが処分するしかないだろうね、ボブ。こんなにつらいことはないが、こればっかりはどうしようもない」

「射殺しろってことですか？」

トゥックは、コフィンが驚いていることに驚いた。おいおい、動物を撃ったことがないわけじゃあるまいし。痩せこけて肋骨《ろっこつ》が浮き出た馬や骨折した牛を、しょっちゅうこの処理室で殺してきただろうが。当然、老いた猟犬も処分してきた。シーズンごとに群れについていけなくなるものが五、六頭は出るから、二十二口径の拳銃で天国行きにしてやらねばならない。それをまさか今さらめそめそ泣き出すつもりじゃないだろうな？

「そうだ」トゥックは言った。「皆、それぞれにある程度の痛みに耐えなくてはならない。ボブが望むなら、ナイジェルに手伝いに来るように頼んでもいいよ」

コフィンは顔をそむけて牧草地の奥に目をやった。視線の先のフェンスの金網越しに、約六十頭の猟犬のまだら模様の背中が見えていた。弧を描く尾をぴんと上げ、旗みたいに元気よく振りながら、牛の厚切り生肉の周りをぐるぐる回っている。

「あの子らを撃つ」コフィンがささやくように言う。

「そうだ」トゥックは若干ぶっきらぼうに言った。「何度となくやってきたことだろう？」

「健康な犬は撃ってない」

「あのな、あの犬たちは仕事をするためにいるんだ。だが、もう仕事はない。現実的に考えないと」

「群れ全部を」コフィンが静かに言う。

トゥックは苛立《いらだ》ちを隠せなくなった。「いい加減にしろ。あれは猟犬なんだ、ボブ、ペットじゃない。おまえの子どもじゃないんだ！　あの子らを愛してるわけじゃないだろうが」

コフィンは答えない。降り出したみぞれ越しに、中庭を見つめ続けている。

トゥックは気を取り直し、咳《せき》払いをした。「いいか、僕もできる限りのことはしたんだ。この一週間、ほうぼうに電話して頼んでみた。だが、近頃じゃどこのハントも自分のところで繁殖や飼育をして、外からは入れたがらない。ボブも知ってるだろう」

コフィンはまだ黙っている。トゥックは下手に出るのはやめ、コフィンをマスターに従うべきハントの一員として扱うことにした。「ナイジェルの助けはいらないということか？」

「いりません」コフィンは答えた。

「わかった」トゥックは言い、レンジローバーに向かって大股で歩くと、走り去った。彼がいた場所を示すように、踏み潰された煙草の吸い殻が残っていた。

ミスター・トゥックが帰ったあと、俺は〈ミッドムーア・ハント〉に連れていく三組の猟犬を選んだ。

コナー、ダンサー、パッチ、ボートマン、ラスティー、そしてランブル。

残りの犬は撃った。

変にあれこれ考えてしまう前にさっさとやっちまったほうがいいからな。一時間はかからなかった。二頭ひと組にして順に処理室に連れていった。そうすれば、二頭をつなぐ連結鎖を摑《つか》んで暴れないように押さえられる。だが、あの子らはいい子だった。ルーファスのときはさすがに少しつらかった。仕方がない。あいつは本当に優秀だったし、一番のお気に入りだったから。だが、不思議なもんで一番きつかったのはフランキーという名の小さな雌犬だった。まだ若い、かわいい犬で、鼻におかしなしわを寄せて笑う子だった。母犬ベラがそういう顔をする犬で、ベラはその顔を、これまた母犬のファーンから受け継いだ。フランキーの処分は群れのほぼ最後だった。あの子とバンパーを処理室に連れて入ったときには、すでに殺処分した子らは部屋の隅に積み上げてあった。二頭が頭を下げて床の血を舐《な》めたから、俺はバンパーからすばやく撃った。倒れたバンパーと鎖でつながれていたから、フランキーの頭は低い位置に固定される形になった。俺はフランキーの頭に銃口を当てた。

そうしたらフランキーは、俺が引き金を引くより先に首を捻《ひね》ってこっちを見て、笑ったんだ。

第三部

35　夏

目覚めると、ジョーナスは冷たいコンクリートの床にいた。犬と消毒薬の匂いが強烈にして、氷のように冷たいふたつの手が胸に触れていた。目隠しはされていなかったが、一帯は暗く、男がこちらにかがみ込んでいるのが薄ぼんやりと見えた。俺の服を引っ張って脱がそうとしている。ジョーナスは男に命中することを祈りながら手足を弱々しくばたつかせ、はたと、腕の感覚がないことに気づいた。両腕がどこにあるのかも、何をしているのかもわからない。

自分に触れるふたつの手には力はあるが、こちらを傷つける意図はなさそうだ。ただ、てきぱきと服を脱がしていく。我が身に起きていることを止める手立てが自分にはない。そう思ったらジョーナスは吐き気を催し、パニックに陥った。どれほどひどいことをされようとも、止められない……。ジョーナスは、大人の自分が、砂糖が水にとけるようにして消えてなくなるのを感じた。胸を埋め尽くす恐怖は、小さな男の子の恐怖だった。大人の男としての強さは奪われ、幼く傷つきやすい子どもの弱さが今一度ジョーナスを支配した。

そのとき、黒い影がこちらに身を乗り出し、ジョーナスの首に何かを巻きつけた。ジョーナスを押さえつけるための何か。下に押さえつけるための何か……。

ジョーナスは叫ぼうとした。飛び退《の》こうとした。抵抗しようとした。だが、彼は乾いた陸でじたばたともがく魚も同然だった。

「しーっ、おとなしくして」男が言った。「しーっ。ほら、いい子だから」

ジョーナスは再び子どもに戻ってしまった。無力だった。

顎のすぐ下でカチリと音がして、首輪がロックされた。

警察の検問所があらたに設けられた。他地区の警察署所属の警察官が増員され、エクスムーア北西部の一部を管轄する、隣のデヴォン&コーンウォール警察管区からも応援要員が派遣された。追加動員された警察官を、レノルズはすぐさま森の捜索の応援に回した。何を、そして誰を捜しているのかは、レノルズ自身よくわからなかった。

デイヴィー・ラムは家族のもとに帰された。しかし、彼の兄は帰らない。ライスは、ふたりの人間が目の前で壊れていく光景など、できれば二度と見たくないと思った。

スティーヴンが行方不明だと知ったレティ・ラムとその母親の姿は、あまりに痛ましかった。

ジョーナス・ホリーの自宅も捜索された。まずは、彼がスティーヴン・ラムとともに姿を消してしまったというエムの主張の裏を取るためだ。勝手口が開けっ放しで、刈り込んだ生け垣の枝葉や雑草で半分がた埋まった手押し一輪車も放置されていたことから、事実だろうと確認された。続いて、操作手順に則《のっと》って入念な捜索が行われた。申し立てがあった以上調べないわけにはいかない。ただ、エミリー・カーヴァーは分別のある娘ではあったが、受け売りの告発は事実というよりは恨みの色合いが濃いように思われた。ライスは、エム自身がスティーヴンにジョーナスの犯行を裏づける証拠を求めたものの、スティーヴンはそれを提示できなかった事実を、レノルズに念押しした。

「わかってる」と、レノルズは言った。「だが、十代後半の少年と長身の警察官をふたり同時に拉致できるかといえば、それは考えにくいのも事実だ。捜査を指揮する者としては、彼女の言葉を真剣に受けとめる義務がある」

「まさか本気で、ジョーナスが妻を殺し、子どもたちを誘拐したと考えているわけじゃないでしょうね？」ライスは不躾《ぶしつけ》に尋ねた。

「そうではないが、経験上いかなる可能性も排除すべきではないと知っているんでね」

とはいえ、レノルズは慎重な男でもある。彼がチームに、我々が捜索するのは容疑者よりは被害者である可能性が高い警察官の自宅だと説明するのを聞き、ライスは安堵《あんど》した。その点をふまえてのローズ・コテージの捜索は、異例の配慮をもって行われた。

それでも個人の領域をむやみに侵している感覚は強く、ライスは部屋をひっくり返すようにして調べる気にはなれなかった。コテージ内を回っていくうちに、質素で整然とした空間と混沌《こんとん》とが奇妙に混在していることに、ライスは驚いた。ジョーナス・ホリーが一部の部屋にはけっして立ち入らず、その一方で使用していた部屋については無頓着に荒れるがままにしていた様子がうかがわれた。ライスは隅々まで調べることはしなかった。その必要はないように思えたし、レノルズが彼女にそれを求めているとも思えなかった。ライスは二階の部屋を、慎重な手つきと、経験を積んだ刑事の目で確認していった。

だが、経験を積んだ目などなくとも、ルーシー・ホリーの影がいたるところにあふれていることはわかった。寝室の鏡台には今も彼女の化粧ポーチが置かれていた。箪《たん》笥《す》には彼女の衣服がかかっていた。ドアの内側には女性用バスローブがかけられ、ベッドの下には彼女のスニーカーが置いてあった――だいぶくたびれたピンク色のコンバース・オールスターだ。

この部屋を見ていると、ルーシー・ホリーはちょっと買い物に出ただけで、今にも帰ってきそうな気がしてくる。夕食用のパスタと、ジョーナスが私のために開けてくれたような赤ワインでも持って。

そんな部屋をはたから見ると、少し落ち着かない気持ちになるが、ジョーナスはこのままにしておきたいのかもしれない。妻は触れられそうなほど近くにいるのだと、思っていたいのかもしれない。いつの日か、夜になったらルーシーが寝室に入ってきて、ベッドカバーをめくり、いなくなってなどいなかったかのようにジョーナスの隣に寝そべるかもしれないと、思っていたいのかもしれない。

愛する人を失ったとき、人はそんなふうになるものなのかもしれない。ライスにはわからなかった。そんなふうに誰かを愛したことがなかったから。その事実に、ホリー夫妻のベッドの足元に立ちながら、初めて気がついた。エリックに対する未練が、小さなげっぷのように自分のなかから出ていくのを感じた。

鏡台の上の、乾いて使えなくなっている古いマスカラを見つめながら、ライスはふいに悲しみの波にのまれた。それはジョーナスのための悲しみであり、ライス自身の悲しみでもあった。

一階の台所のテーブルには、洗濯物や郵便物がうずたかく積まれていた。郵便物はほとんどがダイレクトメールだった。一方、シンクはきれいで洗い物もなく、水切り台にはマグカップとボウルとスプーンだけが置かれていた。スペインワインのハーフボトルは、コルク栓もされず、酸化するがままに放置されていた。

レノルズが戸棚を開けると、さまざまな食材がしまわれていたものの、そのまま食べられるものは何もなかった。ハーブ、香辛料、小麦粉、米、乾燥レンズ豆、麵、乾燥させてふたつに割ってあるエンドウ豆、蓋がべたべたになった古いソース類、そしてトマト缶。

表に面した居間は暗く、あらゆるものが灰色の埃《ほこり》の層にうっすら覆われていた。まるで、すべてのものが、埃を吸い寄せるテレビでできているみたいだ。革製のソファの袖にたたんでかけられた赤いタータンチェックの膝掛けだけが、その場に温かみを添えていた。

レノルズは本棚に並ぶ統一性のない雑多なジャンルの書籍に目を走らせた。スティーヴン・キング、フィリップ・K・ディック、スポーツ関連の伝記、心理学の教科書。大学時代のテキストもそのまま残されており、レノルズは夫婦のどちらが勉強していたのだろうと思った。『文化への不満』を手に取ってみたが、本を開いてもヒントはなかった。炉棚には、七時三十九分で止まっている時計と、花の生けられていない花瓶と、銀の写真立てに飾られたルーシー・ホリーの写真があった。植物を植えたばかりの花壇の脇に膝をつき、日差しに向かって顔を上げてほほ笑むルーシー。手袋をした手には園芸用のスコップを握っている。

階段の下に横たわり、首からぶくぶくと出血していたルーシーではない。

レノルズは、炉棚の上の曇った鏡に映る自分と目が合った。背後の窓から光が差し込むなか、少しぼやけた鏡に映る髪はすばらしかった。

レノルズは重いため息をついた。いなくなったのがスティーヴン・ラムひとりであったなら、検問所の設置も追加人員の要請も、もう少し待ったかもしれない。深刻な事件のさなかに子どもたちが――いや、男の子たちだな――男の子たちが自作自演をやらかす可能性はゼロではない。男子はそういうことをするのだ。井戸から落ちるふりをしたり、海で行方がわからなくなるふりをしたり、誘拐されるふりをしたり……。

しかし、ジョーナス・ホリーも行方不明となると事態は深刻さを増す。考えられることはふたつで、まずはスティーヴン・ラムとジョーナス・ホリーがともに誘拐されたという線。これは奇妙だ。もうひとつは、ジョーナスがスティーヴン・ラムを、そして、そこから論理的に推測するなら他の子どもたちも連れ去ったという線。

これも奇妙だ。

レノルズはもう一度ため息をつくと、暗い顔で鏡を見た。頭上から床板がきしむ音がしている。ライスがジョーナスの寝室を調べているのだ。

この家の留守番電話のランプが点滅していたので、レノルズは再生ボタンを押した。フロリダ旅行が当たったのでこちらの番号までお電話くださいという自動音声のメッセージが入っていた。

レノルズは電話から離れ、だが再び戻って、留守番電話の応答メッセージを再生した。

――こちらはジョーナスとルーシー……。

ちっ、しまった。

ジョーナス・ホリーが頭のおかしい男だということを失念していた。ここにきて初めて、ジョーナスが妻を殺害し、地元の子どもたちも誘拐したという考えが、そう突拍子のない話でもない気がしてきた。

レノルズはチーム全員に改めてコテージと庭の捜索を命じた。今回は徹底的に。

36

ジェス・トゥックは、茶色の小さなポニーの皮が新鮮なバナナみたいに剝《む》けていくのを見つめながら、自宅の台所にあった母のフルーツボウルを思い出した。母はリンゴをひとつひとつ磨いてからしか、桃やブドウと一緒に盛ろうとしなかった。ジェスがそこから果物を取って食べるときは、見た目のバランスが崩れないように必ず果物を盛り直さなければならなかった。

きれいに盛られていない果物ほどひどいものはないわと、母は言っていた。ジェスは冷たいブロック壁に向かって苦笑いした。今のあたしの姿をお母さんに見せたい。藁《わら》の上で寝て、コンクリートの上で排泄《はいせつ》して、ごみみたいなものを食べさせられている。それでもお母さんは、バランスが不安定なリンゴほどひどいものはないと思うのか。

ブレイバーン種のリンゴをかじったときの、しゃりっと新鮮で甘くて瑞々《みずみず》しい味を思い出したら、口のなかに酸っぱい唾がじわっとあふれた。

涙がぼろぼろとこぼれた。

過去六週間の間に、ジェスの口は新鮮なものの味を忘れてしまっていた。口内は耐えがたいほどに臭くなり、歯の間には骨のかけらや肉の線維がはさまり、頑張ってもちっとも取れない。最近では、ジェスは口を閉じないようにしていた。つねに換気しておきたい。そのせいでときどき涎《よだれ》が垂れたが、唇を閉じて口のなかを湿っぽい洞窟にするよりはましだった。

スススという音が、粘着テープをロールから剝《は》がすときのように大きくなった。

皮が完全に剝がれ、ポニーの胴体ががくんと揺れた。皮はウインチに引っ張られてそのまま床を滑っていく。猟犬係が皮と蹄《ひづめ》と頭を抱えて、処理室から焼却炉に向かう。また毛の燃える悪臭が立ち込めるのか。

焼却炉へ向かう彼は、歌っていた。狂った人みたいに。

そりゃ歌うよね。あの人、本当に狂ってるんだもん。

ジェスはため息をついて顔をそむけた。

隣のケージには新しい男の子が入っていた。ジェスは名前は知らないが、学校で見かけたことはある。第六学年の生徒だ。かっこよくてもてるグループの男子ではない。普通の男子だ。

今じゃ普通の犬になっちゃったけど。

猟犬。お父さんは、あたしがフォックスハウンドを犬と呼ぶと怒った。

年上の少年が身動きをした。ジェスはコンクリートブロックの壁から離れ、逆側の金網を両手で握った。

「ねえ」と呼びかける。「ねえ、そこの耳の突き出た人」

少年は瞬《まばた》きをして顔をしかめ、目を開けて、頭上を覆うプラスチック製の波形の屋根を見つめた。

「ねえ、名前何ていうの?」

少年がこちらに顔を向ける。

「あたしはジェス」

少年は再び目を閉じ、ジェスを無視した。ジェスはそっとしておいてやった。初めてここで目覚めたとき、自分も何度となく同じことをした。目を閉じてもう一度眠ったら、自分のベッドで、この狂気じみた夢から覚められるならいいのにと思った。

しばらくして、少年が目を開けて再びこちらを見た。ジェスは笑った。短くうつろな笑いだった。

「そう、現実だよ」ジェスは言った。「最悪だよね」

少年は床に両肘をつき、支えるようにして上半身を起こした。「ジェス・トゥック？」

「そう」

「生きてたんだ」

「当たり、天才じゃん」

少年がゆっくりと立ち上がり、自分の濃紺のブリーフをばかみたいに見下ろした。

「僕の服は？」

「あいつが持ってった。心配しなくても平気。あいつ、みんなの服を持ってくから」

「あいつって？」

「猟犬係。名前は忘れちゃった。でも、猟犬係なのは知ってる。大丈夫、変質者ではないから。今のところは」

スティーヴンは初めて見るような顔でジェスを見た。薄汚れたブラジャーとセットのショーツをつけている。女の子のブラ姿を見るのはこれがまだ二度目だが、初めてのときとは全然違った。

「気持ち悪い」スティーヴンは言った。

「薬のせいだよ」と、ジェスが言う。「みんな、ここに連れてこられたときは気持ち悪くなるの」

いい。みんな。

スティーヴンは金網越しに、ジェス・トゥックの隣のケージを見た。小柄な金髪の少女が真顔でこちらを見つめていた。その奥のケージには金髪の少女と似たような背丈の茶色の髪の少女がいた。カイリー何とかと、もうひとりの名前は忘れてしまった。バスから連れ去られた少女たちだ。一番奥のケージには赤毛でそばかすのある、瘦せた少年がいた。おそらくピート・ノックスだろうとスティーヴンは踏んだが、間に何枚も金網を挟んでいるので、解像度の低い画像みたいにモザイクがかってぼんやりとしか見えなかった。

「こんにちは」ピートが言い、暗い顔で手を振った。スティーヴンはゆっくりと手を挙げた。

「あなたの名前は?」金髪の少女が尋ねる。

「スティーヴン」と答えた。

「この子はカイリー」と、ジェスが紹介した。「で、あっちがメイジーとピート」ジェスが汚れた髪を払い、スティーヴンは彼女の首につけられた首輪に初めて気づいた。とっさに自分の喉に片手をやったら、太く柔らかな革の首輪がつけられていた。バックルを外そうとした。

「取れないよ。鍵がかかってるから」

指先で探ったら、小さな南京錠《なんきん》がかけられていた。「何で?」

ジェスは肩をすくめた。「あいつが変人だからでしょ」

変人。そんな幼稚な表現では、このような所行に及ぶ人物は到底描写しきれない。

「ねえ!」背後から大きな声とガシャンガシャンという金属的な音がして、スティーヴンはどきっとして勢いよく振り返った。ひとつ置いて隣のケージに、明るい麦わら色の髪の男の子がいた。両手のひらで金網を叩《たた》き、うれしそうににっこり笑う。

「ねえ!　こんにちは!　こんにちは!」

「こんにちは」スティーヴンは用心深く返事をした。

「もう帰る?　帰っておやつを食べるの?　お家《うち》に帰ったらビスケット食べてもい

い?」

チャーリー・ピーチだ。

スティーヴンは、父親にくっついてミスター・ジャコビーの店に入っていく彼を、ときおり見かけていた。一度、放課後に秘書室でミスター・ピーチを待っている姿を見たこともある。だが、チャーリーはその人生の大半をシップコット村の一般社会とは異なる世界で過ごしていた。安全な屋内か、彼の通う特別な学校という世界だ。スティーヴンは、ミスター・ピーチの自宅前に、障害を持つ子どもの自立支援を目的とする非営利団体のサンシャイン・バスが停車し、チャーリーを待っている場面に一度ならず遭遇したことがある。車内には、どこかぼんやりとした、笑顔の子どもたちが何人も乗っていた。

ただし一度だけ、ある少年と目が合った。

鉤《かぎ》のように曲がった両手と、涎が垂れ、小刻みに揺れる顎。その上にあった両目が、全部おまえのせいだと言わんばかりにこちらを睨《にら》んでいた。スティーヴンはすっと目をそらし、以後二度とバスのなかを見なかった。あそこは外とは別の世界だった。

しかし今、スティーヴンとチャーリー・ピーチは同じ世界にいる。その事実に、すでに不安でむかついていた胃がいっそう気持ち悪くなった。

「この人、誰?」チャーリーが、金網の菱形《ひしがた》の隙間から差し込んだ指を振った。

スティーヴンは視線を下にやり、息をのんだ。

チャーリーと自分の間のケージに横たわっていたのは、ジョーナス・ホリーだった。片目の周りに、海賊の眼帯みたいな黒々とした痣《あざ》ができている。首輪についた金属の輪には一メートル弱の鎖がかけられ、それがジョーナスとチャーリーのケージを隔てる金網に取りつけられた、小さな真鍮《しんちゅう》の南京錠につながれていた。

ジョーナス・ホリーも被害者なのだ――僕と同じように。

過去一年半にわたって信じてきたことが一挙に覆され、スティーヴンはついていけずにめまいを覚えた。これはどういうことだ？　子どもたちを誘拐したのがジョーナスではないとして、それでも妻を殺害したのは彼なんだろうか。頭のなかでふたつの見解がぶつかり合う。どちらも事実だとほぼ確信していたのに、目の前の光景は、少なくともそのうちのひとつは真実ではないと告げている。

スティーヴンは森での出来事を思い返した。記憶が断片的によみがえる。のっぺり顔の男が、ぐったりと脱力した体を重たげに持ち上げ、古いフォードの後部座席に乗せようとしていたこと。開いたトランクから、デイヴィーの赤いTシャツの肩がかろうじて見えていたこと。危険から逃げるのではなく、自ら近づいていく恐怖。胃がむかつき、本能は近づくなと叫んでいたこと……。

弟を抱き上げたら――温かかったこと。そして、意識の戻った弟が声を出してしまったこと。

しーっ！

しかし、デイヴィーは黙らなかった。それどころか大声で叫びながら拳《こぶし》を振り回し、兄の鼻に強烈な一発を食らわせた。スティーヴンはため息をついた。デイヴィーのせいではない。殴りかかった相手が助けに来た兄だとはわかっていなかったのだから。

「デイヴィーはどこだ？」スティーヴンは誰にともなく尋ねた。

「デイヴィーって？」

スティーヴンは金網越しに左右を見たが、弟の姿はなかった。逃げきれたんだ！よかったと、心密《ひそ》かに微笑した。だが、自分のかわりにデイヴィーが母の腕のなかに飛び込むのだと思ったら、目の奥がひりひりして涙がこみ上げそうになった。

「この人、誰？」チャーリーがさっきよりも強い調子で尋ねた。相変わらずジョーナス・ホリーに向かって指を振り動かしている。

「警察官だよ」スティーヴンは答えた。

「ふーん」チャーリーは言った。そして、「ねえ、『緑の瓶が十本』って知ってる？」と訊《き》くと、答えを待たずに歌い出した。

「ミスター・ホリー？」スティーヴンはためらいがちに声をかけたが、相手は動かなかった。スティーヴンは下着一枚にされた、痩せこけた長身の体を険しい顔で見下ろした。肋骨《ろっこつ》と腰骨に挟まれた腹は浅くくぼんだ皿のようで、青白い皮膚の上にのたくる赤く盛り上がった傷跡は、箸でなければ扱いにくそうな珍味みたいに見えた。

殺人者が残した傷跡だ。

「気持ち悪い」スティーヴンはもう一度そう言うと、ジョーナス・ホリーから顔をそむけた。


銀行強盗ごっこをしていないときには、デイヴィーはよく刑事になった自分を想像した。空想のなかでは決まって容疑者の取り調べも行った。子どもらしい豊かな想像力を発揮して——とはいえテレビの影響は大きいのだが——コンクリートの床を引っかいて乱暴に椅子を引き、拳で合成樹脂板の机を叩く。怒鳴るように尋問するものだから、容疑者との間に置かれた飲み終えたコーヒーカップに唾が飛ぶ。

それだから、警察と話をできるかなとエヴァンズ医師に尋ねられたデイヴィーは——ノース・デヴォン病院で眠れない一夜を過ごしたあとだったにもかかわらず——興奮した。

はじめだけは。

デイヴィーは、『メン・イン・ブラック』のウィル・スミスみたいな警察官を想像していた。サングラスをかけ、黒スーツを着て、靴下のなかに拳銃を隠し、三角チーズみたいな形の腕時計をしている、かっこいい警察官。ところが現実には、誰にも見られていないと油断して鼻をほじる癖のある、算数の教師ミスター・ハリスに質問されているのと大差なかった。

レノルズ警部補はつまらない質問をしつこく繰り返しては、小さな手帳に逐一書き留めた。そして、手帳のページを前後に繰って見返してから次の質問をした。記憶力がないのかと疑いたくなる。デイヴィーは、自分をさらおうとした男の顔は見ていないと三度も言ったのに、レノルズは犯人の特徴を訊き方だけ変えて執拗《しつよう》に尋ねてきた。そのうちにデイヴィーがぽろっと犯人の正体を口走ることでも期待しているみたいだ。

「その男が近づいてくるのを見たかな？」

「見てない。さっき、そう言ったじゃんか。後ろから近づいてきたんだ」

「車について教えてほしい」

「覚えてない」

「何色だった？」

「それはもう答えたじゃないか」

「もう一度教えてくれるかな」

「濃い色。青か黒。緑だったかもしれない」

「その男は手に何かはめていたかな？」

「覚えてない」

「男に手を縛られたり何かで口を塞がれたりしたか？」

「してない」

「ロープでは？」

「縛られてない」

「テープのようなものはどうだ？」

「だから縛られてないって！」

「だが、ホリー巡査のことは見たのか？」

「見た。あいつらが俺を車の下から引きずり出したときに」

「あいつら？」

「誰かが俺を引っ張ったんだ。後ろ向きに引っ張り出された」

「だが、ホリー巡査とのっぺりとした顔の男は間違いなく別々の人間だったのか？」

デイヴィーはうんざり顔で目玉をぐるりとさせ、答えなかった。

レティがたしなめるように息子を見た。「失礼な態度をとらないの、デイヴィー」

「そうだよ」デイヴィーは当てつけるように節をつけて答えた。「ふたりの別々の人だった」

「それから何があった？」

「わかんない……ぐるぐるめまいがしてたから」

「それで、気がついたらトランクのなかにいた――」

「そう」

「そして、そのときにスティーヴンを見た」

「うん」

「それから何が起きた？」

デイヴィーは躊躇《ちゅうちょ》した。思い出せないこともあった。たくさんあった。しかし、覚えているが言いたくないこともあった。デイヴィーのベッドの足元で、母とエヴァンズ医師が心配そうにうろうろしながら聞き耳を立てている状況では言いたくない。母がベッドの金属の手すりを両手で握りしめた。レノルズ警部補が冗談半分でデイヴィーをベッドごとさらってしまうのを恐れるかのように。

デイヴィーは、あのとき体を強引に動かされて目を開けたら、目の前にスティーヴンの顔があったことを覚えていた……。

「しーっ！」

「何だよ？　あっち行け」

「デイヴィー、静かにしろ！」

肩と膝の下に手を入れられ、トランクから抱え上げられた。相手の肩越しに空と木々の梢《こずえ》が見え、不揃《ふぞろ》いな前髪の先から汗が滴り落ちてきた。

そして、自分の足が地面に着いた。

「あっち行け！　お兄ちゃんに言いつけるぞ！」

「デイヴィー、黙れ！　僕だって。しーっ！」

しかし、あのときデイヴィーは黙らなかった。それははっきりと覚えていた。むしろ抵抗した記憶がよみがえり、情けなさに胃がかっと熱くなった。俺はスティーヴンに抵抗したのだ！　闇雲に拳を振り回し、辺りに響き渡る声でわめいた。何をわめいたかは覚えていない。一度拳がスティーヴンに当たった。強打になった。その後はひたすらに走った——よろめき、転び、切り株やシダで膝を擦りむきながら走った。

後ろを振り返りもしなかった……。

「何が起きたんだい？」レノルズが促す。

「スティーヴンがトランクから出るのを手伝ってくれて、ふたりで逃げた」

「ふたりで逃げるとき、ホリー巡査はどこにいた？」

「わかんない」デイヴィーは肩をすくめた。

「もうひとりの男はどこにいた？」

「わかんない」

だいぶ年配の小柄なパキスタン人女性が、Vの字みたいな形の汚れたモップで床を拭きながら病室に入ってきて、携帯電話を耳にうなずきながら、デイヴィーのベッドの足元を通りすぎていった。デイヴィーは、あの人みたいな人生だったらよかったのにとうらやましくなった。それなら何も考えずにすむし、誰も難しい質問をしてこないのに。

「ふたりは黙って逃がしてくれたのか？　捕まえようとはしなかったのか？」

「速く走ったから」デイヴィーは答え、訊かれもしないのに早口で言い足した。「スティーヴンも俺のすぐ後ろにいたんだ。きっと途中ではぐれちゃったんだ」

レノルズは無言で手帳を繰って数ページ前を開くと、ペンをノックし、すぼめた唇の間からトゥットトゥットトゥッと、模型列車の走行音みたいな音を小さく立てた。

何で俺はいつもこういう変なやつばっかに当たっちゃうんだと、デイヴィーは思った。こいつは全然使えない。しかも髪が何か変だ。どこがどう変なのかはよくわからないけど。

「俺たちは一緒に逃げた」デイヴィーは自分からそう言った。

「トランクから君を助け出してくれたあと、お兄さんは君に何か言ったかい？」

しーっ！

「思い出せない」

デイヴィーの母が唇を噛《か》み、しきりに瞬きをして窓の外を見た。

レノルズはため息はつかなかったが、本当はつきたいのだとデイヴィーは敏感に察した。俺と同じくらい、この刑事も今日の事情聴取に失望しているのかもしれない。

「頑張って思い出してみて」レノルズが言った。

「わかった」と言って、デイヴィーは思い出そうとしている顔を取り繕ったが、内心自分の行動の身勝手さをじわじわと実感し、落ち着かなくなっていた。スティーヴンは助けに来てくれたのに、俺はスティーヴンを助けなかった。それどころか拳で殴った。静かにしろと言われたのに、わめいた。そのせいで、自分が目を覚ましたこともその場にスティーヴンがいることも犯人に知れてしまったのに、自分だけ逃げた。刑事や銀行強盗になった空想のなかの自分は、こんな人間ではなかったのに。絶体絶命のピンチに陥った友を見捨てるような人間じゃなかったのに。兄を見捨てるような人間じゃなかったのに。

「どうした、デイヴィー？」レノルズが尋ねた。

デイヴィーはかぶりを振った。母が暴風雨のなかに立つ子ども向けアニメの子犬みたいな目でこちらをじっと見つめてきた。デイヴィーは母を正視できなかった。

「あの子、何か言ったのね！」

母の目に希望の色がぱっと広がるのを見て、言葉が口を衝《つ》いて出た。「スティーヴンは……スティーヴンはこう言ったんだ……『逃げろ、デイヴィー！　僕もすぐ後ろにいるから！　お母さんの待つ家まで走れ』。だから走った」

ベッドの足元でレティが手で口を強く押さえ、何度も激しくうなずいた。涙がぼろぼろこぼれて頰を伝った。

レノルズはペンの頭をノックしたが、手帳には何も書かなかった。

37

シューッという鋭い音がして、子どもたちは一斉に立ち上がり、それぞれのケージの入り口に近寄った。同じ音が二度、三度と繰り返される。ゆっくりとナイフを研ぐ金属音だった。

子どもたちは金網にしがみつき、まだかまだかと待った。しばらくして、何かがドスンと金属面を打つ音に続き、轍《わだち》のできたコンクリートの通路を車輪つきの何かが近づいてくるゴトゴトという低音が聞こえてきた。

処理室の裏口から台車が出てきた。押しているのは猟犬係だ。O脚の足は頑丈そうで、頭にストッキングをかぶっているせいで顔が歪《ゆが》んでのっぺりとし、粗悪な布地で作ったパペットみたいになっている。

スティーヴンの脳裏に、森の空き地での出来事がぱっとよみがえった。青色の古いセダンのトランクでデイヴィーが丸くなっていて、一方平らな顔の男はジョーナス・ホリーの足を持っていたこと。よろめきながら森に逃れようとしたこと。腕を摑《つか》まれた感触。膝裏を蹴られたこと。薬品臭のするウールで顔を覆われ、まるで魚が梢《こずえ》に向かって螺旋《らせん》を描いて逃げていくみたいに、世界がぐわんぐわんと回りながら遠くなっていったこと……。

何か重いものがピートのケージに落とされ、スティーヴンはびくりとした。猟犬係が通路をこちらへ移動してくる。彼がジェスのケージの前まで来たとき、スティーヴンにもようやく、門の上から投げ入れられているものがはっきりと見えた。

肉のついた骨だ。

まるで犬扱いじゃないか！

ジェス・トゥックが骨をひとつ拾い上げ、誰からもあなたは犬ではないと教えてもらえなかったかのようにしゃぶり始めた。

「どうした?」猟犬係がスティーヴンを見もせず尋ねた。答えを待つわけでもない。「何で僕をここに連れてきたんだ? 狙いは何だ?」

「いい子だ」猟犬係はそう言うと、背伸びをして大きな骨つき肉を二、三、金網塀越しに落とした。スティーヴンは端から白いこぶ状の骨が飛び出た、灰色がかったピンク色の生肉を見下ろした。

「あんなもの、僕は食べない」スティーヴンはきっぱりと拒否した。

猟犬係はスティーヴンの言葉を無視して先に進んだ。

「あいつはこっちの言うことは聞かないの」ジェスが悲しげに言った。「自分が話すだけ」

猟犬係はジョーナス・ホリーのケージに、さらにチャーリーのケージにも骨つき肉を投げ入れた。

チャーリーはあばら肉を拾い上げて言った。「ありがとう」

猟犬係は台車をUターンさせて通路を戻っていった。何も載っていない台車は来るときと違う音がした。

ジェス・トゥックが自分のケージの前を通りすぎる猟犬係に歯をむき出し、「ワン！」と吠《ほ》えた。


ケイト・ガリヴァーも、スティーヴン・ラムがジョーナスは誘拐にかかわっていると示唆し、その後行方不明になったことについて、〝非常に興味深い〟と言った。

レノルズはおおいに満足だった。彼はケイトに――そう呼ぶようにと彼女から毎度言われるのだ――電話をして、先日のスティーヴン・ラムとライスとのやり取りを伝えたのだった。

　非常に興味深いわと、ケイトは言った。レノルズは、時間を巻き戻せるものならスピーカーホンでの通話にするのにと思った。そうすれば勝ち誇った視線をライスに投げられる。

「僕もそう言ったんだ」聞こえよがしに言ったのに、ライスは――勝ち誇った声にせよ何にせよ――聞こえているそぶりは見せなかった。〈スパー〉の前にとめた車のなかで、店のレジ袋の中身をがさごそと漁《あさ》っている。

　ケイトが先を続けた。「人格形成期の経験がトラウマとなり、それがスティーヴンの精神にさまざまな形で悪影響を及ぼしている可能性は充分に考えられる。偏執傾向が強く、そのために無実の人間を執拗《しつよう》に疑っている可能性もある」

　ケイトは熱を込めてその説を展開した。「自分の経験と類似したことを、いずれ彼自身が子ども相手に繰り返すこともあり得る。虐待は虐待を生む。珍しいことではないわ」

「まったくそのとおり」レノルズはうなずきながら、自分の考えは正しく、ケイトもそれを認めていることが、ライスに伝わっていることを願った。

　どうもエリザベス・ライスは、僕の頭脳を妬んでいる節がある。残念だ。彼女だって無能なわけではないのに。ただ近頃は――僕が上司になって以来――ライスの僕に対する態度は、疑問を呈するか無視するかのいずれかだ。どちらも不愉快極まりない。今日のライスはとりわけ機嫌が悪い。笛吹き事件の親たちに後ろ暗い秘密がないか、事情を聴いたものの何も出てこず、全員の反感を買ったせいだ。レノルズが、そういうやな仕事も我々の職務にはつきものだと言ったら、ライスは「警部補の職務なのでは?」と嫌みな口調で返してきた。ライスが男だったなら油を絞ってやったところだ。

レノルズは、女性とはつねに良好な関係を築けていると自負している。男の場合は僕の頭脳に脅威を覚えるのか、敵対視されることが多い。マーヴェル警部がその典型だった。しかし、女性は往々にして、僕が彼女たちの分まで考えてやり、彼女たちが補佐的な役割で輝けるようにすると満足する。

「我々はチームだ、誰かひとりが偉いのではなく、それぞれが重要な役割を担っている」レノルズは好んでそう話す。受けは非常によい。

大抵は。

この頃のライスは、そんな訓辞には無表情で沈黙を貫いている。

実に残念だ。数年前にはライスを恋人候補に考えた時期もあった。妻候補にさえなり得ると思っていた。しかし、ともに事件捜査に当たるうちにライスの欠点がぼろぼろと見えてきた。ベイクドビーンズのソースの余りをトーストで拭うことだけではない。ジーンズばかりはき、やたらと大声で笑い、シャワー中に歌を歌う。声が悪いわけではないが、いかんせん音楽の趣味が悪い。そして、音楽の趣味のよい人間に対する配慮も、安めのホテルチェーン〈トラベロッジ〉の壁の反対側で仕事に集中しようとしている人間に対する配慮もない。

それらの欠点が、一度は思い描いてみた、彼女と人生を歩む可能性を次第に消し去った。彼女が僕の知性に対する嫉妬を日に日に募らせているのも、非常に見苦しい。ケイトが、かつてスティーヴンのカウンセリングを担当していた心理士に連絡を取ってみると言った。

「それはいい。何かわかったら連絡してください」そう言ってレノルズが電話を切り、ライスのほうを向くと、彼女はプラスチック容器に入った薄っぺらいサンドイッチをふたつ、さっと顔の前に掲げた。あくまでレノルズの勝ちを認めまいというわけだ。

「チキンとハム、どっちにします？」彼女は言った。

どちらも体に悪そうだった。今になってマーヴェル警部に対する罪悪感がちくりと胸を刺した。いや、罪悪感ではない――共感だ。人の上に立つのはなかなかに難しい。

「チキン」

ふたりは暑い車内でサンドイッチを頬張った。半分食べたところで、それがハムのサンドイッチだと気がついた。レノルズは渋い顔でわざと大きくため息をついたが、ライスはどうしたんですかとは訊《き》いてこなかった。

レノルズは、ライスが彼の新しい髪を見て、逃した魚の大きさに気づけばいいと心底思った。

大きいほうは食べようとしないが、若いほうは落ち着いてきた。本当はどっちもいらなかったが、しようがない。俺が最初の子を車の下から引きずり出そうとしていたら、大きいのが後ろから忍び寄って摑《つか》みかかってきたから、鞭《むち》で打ってやった。俺はあいつを知ってるし、向こうも俺を知ってるとなると、連れてくるしかない。それで大きいのを車に乗せようとしてたら、また別のがやって来て、最初の子を勝手に連れていこうとするじゃないか！　あっちからもこっちからも人が来て、ランデイカーの森にいるのに、あれじゃあロンドンのピカデリーサーカスだ。大きいのも若いのも、どっちも痩せてて助かった。

まあ、それはともかく犬舎がようやくまたいっぱいになった。一番大事なのはそれだ。あまりに長い間、空っぽだった。その空っぽさがたまらなかった。犬小屋をひとつ埋めるたびに、他が前よりも空っぽに見えた。でも今は、全部が元気な子で埋まってる。それを見るとほっとする。

連中は相変わらず捜索を続けてるが、俺は心配はしてない。来るなら来たらいい。

隠し場所ならあるんだ。あいつら、みんな、自業自得だ。これで自分の持っていたもののの価値がよくわかるだろうさ。子どもにしろ、伝統にしろな。取り戻すことなんかできないんだ。一度なくしたら二度と戻ってこない。

ただ、あの大きいのは気に入らない。あれだけは、はじめからどうもいやな感じがしたんだ。〈ビューフォート・ハント〉からもらった猟犬のボウスンを思い出す。でかくて野蛮な犬だった。ジム・ウェザオールは、こいつは狩りの鬼だよと、ボウスンを車から降ろしながら言ってたが、あの古狸《ふるだぬき》、ボウスンが犬舎では頭がおかしくなることは黙ってやがった。一度なんて馬に嚙《か》みついたんだぞ。想像してみてくれ――フォックスハウンドが馬を嚙むなんてあるか！　それも軽くかじったなんてもんじゃない。腹の肉を食いちぎりやがった。そのまま食らいついて離そうとしないから、皮が剝《む》けるまで鞭で打たなきゃならなかった。

あんなに油断のならない犬はボウスンだけだったし、撃ち殺した犬も、撃ってせいせいした犬もあれだけだった。他の猟犬と同じで、普段はしっぽを振ってたが、それがあいつの危険なところなんだ。態度が豹変《ひょうへん》する。

あの大きいのもきっと同じだ。弱いふりをして、餌も食べずにじっとしてる。だが、ボウスンで懲りたからな。もう騙《だま》されない。

だから、大きいのは鎖でつないである。ボウスンの教訓があるからな。

他の子らは、昔の子らと同じでケージ内では自由にしてある。ナイフを研ぐ音が聞こえると腹をすかすのも、昔の子らと一緒だ！　早くも涎《よだれ》を垂らしながら門に駆け寄ってくるようになってる。特にあの一番ちっこいの——あれは食いしん坊だ！　女の子らもなかなかかわいい。牧草地に出してやると、デイジーで花輪を作ったりする！　童話のなかの子どもみたいじゃないか！

この子らは昔の子らみたいに騒がしくはないが、もう少し慣れればにぎやかになるかもしれない。ここならどんなに騒がしくしたって、人里から何キロも離れてるから誰にも聞こえやしない。

にぎやかな声が恋しい。静かだと気が変になりそうだ。

そのうち散歩にも連れていけるようになるかもしれない。夜がいいかもしれんな。子犬みたいにふたりひと組にして連結用の鎖でつなげば、てんでばらばらに駆け出すこともない。運動はあの子らにもいいことだし、俺にとってもいい。あの子らが健康になって、体力もついて、素直ないい子になっていくのを見るのは楽しい。

昔の自分が幸せだったかはわからない。改めて考えてみたことなんてないからな。だが、こうしていると以前の喜びみたいなものをもう一度感じられる。

慣れ親しんだ日常の業務に戻れるのはいいことだ。

愛せるものがあるというのはいいことだ。

38

焼却炉を点火するボンというくぐもった音がして、スティーヴンの口のなかに唾液があふれた。そのことに腹が立ち、意地でも他の子どもたちみたいに起き上がってケージの扉にへばりついて餌を待ったりするものかと思った。それでは、昔ブリストル動物園で見たホッキョクグマと変わらないじゃないか。ひたすらうろうろと歩き回り、群がる人々を見上げ、餌の時間を待っていた。

そうするかわりに、スティーヴンは寝床である藁《わら》の上に寝そべったまま、黄ばんだ波形プラスチックの屋根を見上げた。死んだハエや鳥の糞《ふん》や砂が筋状にたまっている。この六日間、それがスティーヴンの空だった。至近距離にある新しい地平線は、ダイヤモンド型の網目模様だ。

スティーヴンは唇の涎《よだれ》を拭い、上体を起こして膝をついた。

ケージの奥の崩れそうな灰色のブロック壁には隙間ができていて、正面からのぞくと、中庭を挟んで犬舎と向かい合って立つ、空っぽの厩舎《きゅうしゃ》が見とおせる。斜めからのぞくと、スロープと処理室の内部が一部、そして作業する猟犬係が見える。

今日は牛を処理するらしい。

　スティーヴンは、黒と白の柄の家畜がトレーラーから用心深く降りてくるのを見つめた。牛は下でいったん立ち止まり、うつろな目で辺りを見回した。スティーヴンは一度、バーンスタプルにできた新しいスーパーマーケットに行ったことがあるが、あのとき、お年寄りたちがちょうどあんなふうにしていた。チーズが並ぶ通路に立ち、紅茶を探してきょろきょろしていた。

「ほれ《ハップ》、行け《ハップ》！」

　猟犬係が牛の尻を軽く叩《たた》くと、牛は轍《わだち》のできたスロープをときおり足を滑らせながら、重心をやや後ろに置いてバランスを取りつつ、乳房を揺らして下りきり、処理室に入っていった。

　猟犬係は緑色のオーバーオールとブーツとハンチング帽という出《い》で立ちで、牛の後ろを歩いた。処理室では頭にストッキングをかぶらないので、年齢からくるしわや青い小さな目、薄い唇と黄色い歯がスティーヴンにもはっきり見えた。

「こっちから見えてること、あいつは知らないのよ」ジェスが隣からささやき、スティーヴンはうなずいた。些細《ささい》なことではあるが、知っておくに越したことはない。いつか役に立つ日が来るかもしれない。どう役立つかはわからないが、スティーヴンの経験上、役に立たないものなどほとんどない。

　処理室で発砲音が鳴り響き、スティーヴンはびくりとした。ひとつ置いて隣のケージでチャーリーが驚いて息をのみ、自転車で転んだ子どもみたいに、口を大きく開け、肺を目一杯使ってわんわん泣き出した。

ジェスは処理室に背を向け、藁を集めてかさ高くした上に座った。「暑いね」と、だるそうに言う。

スティーヴンは答えなかった。口に出すまでもなく、皆暑いと思っている。もう何日も雨が降っていない。

喉の首輪に触れた。締めつけ感はないが、不愉快だし戸惑いもした。勝手に外さないようにとつけられた南京錠《なんきん》が、スティーヴンの喉のくぼみに冷たいペンダントみたいに当たっていたが、日差しの下に長く寝転んでいると、熱くなってひりひりする。首輪自体は古い革製で、柔らかで手触りがよかった。一カ所、五センチほどの長さの平らな金属板がついている場所がある。犬の名前を彫るようになっているのかなと、スティーヴンは想像した。指先で触れてみたが、自分の名前が――あるいは他の子の名前でも――彫られた形跡はない。少しほっとした。スティーヴンのために最初から首輪が用意されていたわけではないのだ。選ばれたわけではなかった。特別なわけではなかった。

エムのことを思った。彼女は特別だ。

スティーヴンにとって、彼女はあまりに特別だった。

こんなことにならなくても、彼女はきっと近いうちに目を覚ましただろうけれど、こうして僕がいなくなった今、いったい何がエムを僕につなぎとめてくれるだろう。もうすでに他の誰かとつき合っているだろうか。ひょっとしたら僕の友達の誰かと。ルイスや、ラロ・ブライアントと。ルイスなら、慰めるふりをしてエムの体に触るくらいのことは平気でするだろう。想像しただけで口元が険しくなり、スティーヴンは拳《こぶし》の側面で壁を叩《たた》いた。

「何?」ジェス・トゥックが言った。

「何でもない。話しかけるな」

ジェスはスティーヴンに向かって舌を出したが、その顔にこれといった感情はなかった。

スティーヴンは壁の一番大きな隙間に再び目を当てた。猟犬係がシュッ、シュッと力強くナイフを研ぐのを見つめながら、こみ上げる唾を飲み込んだ。腹が鳴った。牛に切り込みが入れられる前に隙間に背を向けたが、間もなくウインチを取りつける際の鎖の鳴る音がして、ススススという音が聞こえてきた。生涯牛を守ってきた皮が肉体から剝《は》がされていく。

「ごめん、ジェス」スティーヴンは謝った。

ジェスはもう一度舌を出したが、今度は笑っていた。

ジェスの向こう側三つのケージにいるメイジーとカイリーとピートは、アイ・スパイ（ひとりが実際に見えるものの名前の頭文字を言い、他の人がその単語を当てる推理ゲーム）に興じていた。見えるものなど限られている。金網塀が見える。門が見える。コンクリートが見える。それでも、幼い三人はよくアイ・スパイをして遊んでいた。他にも〝助けを求めて叫ぶ〟という遊びをしていることもあった。ひとりが三、二、一とカウントダウンし、一斉に「助けて」と叫ぶのだ。大抵はそこにチャーリーも加わったが、ジェスは絶対に参加しなかった。スティーヴンがなぜかと尋ねたら、ジェスは肩をすくめてこう答えた。「犬が吠《ほ》えてもうるさくないように、犬舎は村から遠い場所に作るのが普通なの。叫んだって誰にも聞こえないよ」

「誰かに届くかもしれないじゃないか」スティーヴンは言って、他の子どもたちと一緒に叫んだ。しかし、猟犬係がそのゲームに動揺する様子がないことからして、ジェスの言うとおりなのだろう。

スティーヴンは目を細めて壁の隙間から再び向こう側をのぞいた。ちょうど、皮を剝がれた牛のピンク色の巨大な屠体《とたい》が、処理室内のドアの奥の暗がりへとウインチで運ばれていくところだった。目がミルクみたいに白濁し、青い舌が行儀悪く床の小さな血溜《だ》まりを舐《な》めている頭部や、脚や尾の傍らで、皮が黒と白の山になっていた。

間もなく空気中に毛や角が焼ける悪臭が漂ってくるだろう。毎度、焼却炉内で何かが音を立てて弾《はじ》ける。何が弾けているのかスティーヴンは知らないが、目かなと想像し、焼却がすむたびに終わってよかったと安堵《あんど》した。

「あいつの狙いは何だと思う?」スティーヴンは尋ねた。

ジェスが肩をすくめる。「お金じゃない?」

「うちのお母さんに金なんてないよ」スティーヴンは言った。

「うちのお父さんもないよ」ジェスも言った。「馬に全部持ってかれちゃうから」

39

シェインの家に向かう途中、ミスター・ジャコビーの店の前を通りかかったデイヴィーの目に、店外のラックにあった新聞の見出しが飛び込んできた。

逃げきった子。

デイヴィーはその場に凍りついた。掲載された写真には、片手で口を押さえ、もう一方の手で病院のベッドの手すりを握りしめる母の姿もぼやけて写っていたが、ほとんど目には入らなかった。それよりも自分に目がいった。がっくりくるほどに十一歳らしい子どもの顔をして、枕を背もたれに座っている。渋い顔で椅子に深く腰かけるレノルズ警部補も写っている。

デイヴィーは大衆紙『サンデー・ミラー』を手に取った。記事は〝独占激白〟と銘打たれていた。書いたのはマーシー・メイリックとやらだ。読み進めながら、デイヴィーは体が熱くなったり冷たくなったりむずむずしたりした。

誘拐事件に巻き込まれた兄弟の母、次男があきらかにした笛吹き男の悪魔の所行に涙。

病院のベッドから幼いデイヴィー・ラムが……

「幼いデイヴィー・ラム？」デイヴィーの心が急激に重くなる。ちくしょう、これじゃ学校でいい笑い物になっちゃうじゃないか。

……幼いデイヴィー・ラムが警察に語った話によれば、スティーヴンも連続誘拐犯の魔の手から一度は決死の逃走を試みた。

しかし、残酷な運命のいたずらにより、兄弟そろって拉致されかけた森でスティーヴンは行方不明に。一週間が経過しても戻らず、犯人に再び捕まったものと思われる。

「一緒に逃げたんだ」デイヴィーは取り乱す母レティ・ラム（39　シップコット村在住）に泣きながら訴えた。

泣きながら⁉　俺は泣いてない！　くそっ！　デイヴィーは誰でもいいから殴りたかった。このマーシー・メイリックってやつは誰だ？　大嘘《おおうそ》つきじゃないか！　デイヴィーは記事を読み進めた。

しかし、幼いデイヴィーが聞いた、母の待つ家へ走れという兄スティーヴンの言葉を最後に、兄弟はエクスムーアの中心に広がるランデイカーの森ではぐれてしまった。子どもばかりを狙う誘拐犯は、過去数週間にわたってエクスムーアを震撼《しんかん》させている。駐車された車から子どもをさらい、警察をあざ笑うかのように捜査の目をかいくぐる。

捜査本部では、スティーヴン・ラムは誘拐された六名――子ども五名とジョーナス・ホリー巡査――とともに捕らわれていると推測。巡査は幼いデイヴィーを救おうとして誘拐されたものと見られる。

エクスムーアが凶悪犯罪の舞台となるのは今回が初めてではない。過去三十年で何度も悲劇に見舞われている。

一九八〇年から八三年には、連続殺人鬼アーノルド・エイヴリーが六名の子どもを殺害、エクスムーアに埋めた。二年前にも再び連続殺人事件が発生、シップコットという小さな村で八名もの命が奪われた。犯人はいまだ捕まっていない。

「エクスムーアは呪われているのよ」匿名希望の老人の言葉である……


デイヴィーは頭にきて新聞を地面に投げつけた。

「こらこら、落ち着きなさい」いつの間に出てきたのか、ミスター・ジャコビーが店の戸口から言った。

「こんなの嘘ばっかりだ！」デイヴィーは叫んだ。

「新聞なんてそんなもんだ」

「嘘が許されるなんておかしいじゃないか！」

「許されてないよ。その記事がでたらめで、デイヴィーがそれを証明できるなら、訴えることもできる」

「だったら訴えてやる！　俺が泣いたなんて書いてある。泣いてないのに！　くそっ！」

「お母さんはどうしてる、デイヴィー？」ミスター・ジャコビーがなだめるように尋ねた。

デイヴィーは困惑顔になり、それから肩をすくめた。「普通だよ」

ミスター・ジャコビーはため息をついて店内に引っ込むと、すぐに戻ってきてデイヴィーにミスター・キプリングのフルーツケーキとチョコレートバーのマーズを渡した。

「ほら。おやつに持っていくといい。お兄ちゃんが早く見つかるといいな。お母さんとおばあちゃんにもくれぐれもよろしく伝えてくれよ、頼んだよ？」

デイヴィーはここ数年、ミスター・ジャコビーの店で何度も万引きを繰り返してきた。善意で差し出された菓子を受け取り、もごもごと礼を言いながら、デイヴィーは自分の行いを少し恥じた。

単純明快な人生を生きてきたはずが、急にすべてがうまくいかなくなった。いつからこんなことになっちゃったんだ？　デイヴィーにはさっぱりわからなかった。ただ、ジーンズのポケットに突っ込んだマーズが溶けるのも構わず歩くうちに、さまざまなイメージが脳裏に浮かび上がってきた。シェインとふたり、使いそびれた金。祖母のために作った、へたくそな厚紙の鳥。そして、川底の泥に鼻先からゆっくりと突っ込んでいったスティーヴンのスケートボード。

いくら頑張っても、ちっとも運が向かない人生。

デイヴィーはそのままシェインの家まで行き、裏庭で友とふたり、フルーツケーキを手摑《てづか》みで食べ、食べ残しは隣家の庭の池に投げ捨てた。

40

「はじめまして」チャーリーが金網越しにジョーナスに話しかけた。「おじちゃん、何歳？　僕んち、ネズミがいるんだよ。白いの。ミッキーっていうの。ミッキーと遊びたかったら遊んでもいいよ。ねえ、ビスケットある？　僕、お腹《なか》すいちゃった」

チャーリーが金網塀の隙間から手をぐいぐいと入れてジョーナスに触れた。小指をジョーナスの肩に置いたり、お気に入りのおもちゃに触るみたいに、ジョーナスの髪を撫《な》でたりした。

ジョーナスは相手にしなかった。スティーヴンや、門の上から投げ入れられる骨を無視するのと同じように無視した。骨つき肉は食事であり、ジョーナスは空腹だった。それでも肉を食べると考えただけで吐き気を催した。日曜の昼食の光景がよみがえる。目の前の皿に載せられた血の滴る肉を見つめ続ける自分のそばで、母は食卓を片づけ、父の顔は食べ物を粗末にする息子を前に見る見る赤くなっていた。

――ひと月前までは、肉が好きで食べていたじゃないか。

でも、今はもう好きじゃないんだ。

――アフリカには飢えている子どももいるのに。

ジョーナスの知ったことではなかった。ほしいなら、いくらでも僕の肉をアフリカの子どもたちにあげる。

毎日、のっぺり顔の男がケージの清掃に入ってきた。そのたびにジョーナスは目をきつくつむり、男に気づかれないように体を丸くして小さくなった。

有効だった。

冷たい手でジョーナスに触れたあの最初の夜以降、猟犬係はこちらに近づこうとすらしない。彼はすべての南京錠《なんきん》を解錠できる鍵をひとつ、ポケットに入れていた。毎日ケージに入っては、柄の短いシャベルで排泄物《はいせつ》をすくい、コンクリートの床に乳白色の消毒液を流した。そして、煉瓦《れんが》色の太いホースを伸ばして床に残る汚物を小さな排水口へ流し、バケツを水で満たすと、次のケージに移った。

猟犬係が作業を終えて出ていくと、ジョーナスはようやくまた息ができるようになる。胴を包む冷たく長い指みたいな肋骨《ろっこつ》が広がり、床に押し当たるのを感じて、まだ生きているのだと実感する。

ジョーナスは、他の子どもたちみたいに牧草地に出ることを許されなかった。つねに短い鎖につながれているため、まっすぐに立つことさえできない。なぜそんな扱いを受けるのかは不明だったが、動けないこと自体は構わなかった。動けば相手の注意を引いてしまう。ジョーナスは気配を消していたかった。

時間の経過を唯一実感していたのは、ジョーナスの腹だ。「お腹の音が聞こえたよ！」隣からチャーリーが言った。「グルルル、グルルルだって」その顔から笑みが消え、チャーリーは悲しげに続けた。「お腹がすいちゃった」「食べないなら、チャーリーに肉をあげなよ」スティーヴン・ラムが言った。

ジョーナスはスティーヴンのほうを見なかった。何も見まいとした。

ケージに閉じ込められた子どもたち。守ってくれる人のない子どもたち。

目の前の問題はあまりに大きく、どうにかするにはジョーナスはあまりにちっぽけだった。

人は子どもを傷つける。〈スプリンガー・ファーム〉で過ごした少年時代のジョーナスには、それを打開する答えなどなかったし、再び少年に戻ってしまった今も、やはり答えは見つからなかった。

ジョーナスにできることは、目を閉じ、極力小さく丸まって、悪夢が一刻も早く終わるように祈ることだけだった。

「あの」と、スティーヴンは言った。「ミスター・ホリー？」

返事はない。彼はここに到着して以来、ほとんど動いていない。食事にいたっては ひと口も口にしていない。何度か、スチールのバケツから水を飲んだり、ケージの前方にある排水口で用を足したりする姿は見た。一度だけ、夜に赤ちゃんみたいに泣くのも聞いた。

面食らったし、苛立《いらだ》たしくも思った。

ミスター・ホリーは大人だ。しかも警察官だ。それなのにちっとも皆を助けようとしない——自分自身すら助けようとしない。

あるいは彼が反吐《へど》の出るようなゲームに興じているのでない限りは。皆と同じ被害者を装いながらも、裏では猟犬係とぐるという……。それが考えにくいことはスティーヴンも承知していたが、彼はいまだジョーナスを信頼する気にはなれずにいた。

「あのさ！」さっきよりも鋭い口調で呼びかけた。「チャーリーが話しかけてるんだけど」

ジョーナスがゆっくりと目を閉じた。

スティーヴンは金網塀を蹴った。「おい！」

反応はなし。

背後でジェスが静かに歌い出した。「ワルツィング・マチルダ、ワルツィング・マチルダ……」

チャーリーが拳《こぶし》をひねりながら金網塀から手を引っ込めた。

「ほら、チャーリーも一緒に歌おう！」カイリーが言い、メイジーとともに歌に加わった。「一緒に放浪の旅に出よう……」

チャーリーが手を叩《たた》いて加わる。「みんなでマチルダを歌おう、みんなでマチルダを歌おう……」

スティーヴンは立ち上がり、狭い独房に目と指を走らせ、脱出路を探した。

そうするのは初めてではない。

スチールの柱に巻きつけられたワイヤーは固く、手でほどくことは不可能だった。門によじ登り、プラスチックの屋根と門の間の三十センチの隙間から頭を出すことはできても、それ以上は幅が狭くて体が通らない。ケージ後方の灰色のブロック壁は、ブロックの角が崩れかけているものの、肝心な場所は憎らしいほど頑丈だった。スティーヴンは床に座って踵《かかと》で壁を何度も蹴ってきたが、踵に水ぶくれができただけだった。

「逃げられないよ」初めてその一連の作業をしたとき、ジェス・トゥックにそう言われたが、スティーヴンはまだ逃げられないとは認めたくなかった。

他のことは受け入れざるを得なかった。藁《わら》のベッドに眠り、水はスチールバケツから飲み、排水口で用を足し——三日間、もだえ苦しみながら抵抗した末に——冷たいコンクリートの床で大便をした。屈辱のオンパレードだ。

子どもたちは毎日、午前と午後の二回、運動に出された。ジョーナスを除く全員がケージから出され、短い鎖でふたりひと組につながれた。それはつまり、歩けはしても走ったりのぼったりはできないということだ。まあ、スローナンバーの社交ダンスなら踊れただろうけれど。猟犬係は子どもたちを柵で囲った小さな牧草地に連れていく。似たような身長の者同士をつなぐので、スティーヴンは必然的にチャーリーとつながれた。しかし、チャーリーは鎖の存在を頻繁に忘れ、ふらふらと小石を拾いに行ったり、突然足を止めて雲を見上げたりするので、そのたびにスティーヴンは首を強く引っ張られた。

他の子どもたちが歩いたり座ったりするなか、スティーヴンは柵を手で撫《な》でるようにしながら囲いの内周を回った。柵は背が高く——四メートル弱あるのではないか——下はコンクリートの土台に埋め込んであったので、穴を掘ることは不可能だった。門は錆《さ》びついた大きな南京錠で施錠され開けられない。牧草地の向こうには、小さなコテージがあった。かつては漆喰《しっくい》の白が美しかったのだろうが、今は古びて灰色がかり、苔《こけ》むしている。子どもたちを牧草地に閉じ込めている間、猟犬係はそのコテージで過ごす。たまに——今もそうだが——彼が窓から少し離れて立ち、マグカップのお茶を飲みながらこちらの様子を監視しているのが、スティーヴンの場所から見えた。

つねに監視している。

スティーヴンには、困難な状況にめげずにあらゆる角度から打開策を模索する強さがある。だが、いかに粘り強い彼でも逃げ道は見出《みいだ》せなかった。自分の首からチャーリーがぶら下がっている状態ではなおさらだ。

スティーヴンがしばしその場に佇《たたず》み、猟犬係を見つめると、相手はすっと奥の暗がりに引っ込み、こちらからは見えなくなってしまった。

あいつは誘拐犯としては二流だ。

だが、番人としてはそれなりだった。

「蝶々《ちょうちょう》！」チャーリーが大きな声を上げ、スティーヴンを横に強く引っ張った。

41

エムは我が身に降りかかった現実が信じられなかった。

自分の目の前でスティーヴンが姿を消してしまったというのに、母はこの一週間、毎朝娘にきちんと起きて学校に行けと言い続けた。

空が落ちてくるような、とんでもない出来事が起きてしまったのに。

はじめのうち、エムは拒んだ。スキップを鞍《くら》づけして、夏の残りを——残りの人生を——スティーヴンを捜して過ごしたかった。それなのに、制服を着て弁当のサンドイッチを持ち、五歳児みたいに車で送ってもらって登校することを求められた。

「でも、彼を愛してるのに！」エムが訴えると、母は父を見て、父は両の眉を上げた。エムが歴史ではなく化学を選択したいと言ったときと同じ表情だった。あのときも、エムに化学などわかるわけがないという顔をしていた。

だけど、私は化学の成績でAを取った。その思いに支えられ、エムは毎朝レンジローバーで校門まで送ってもらい、母に行ってきますと手を振り、その後――出席確認にだけ答えると――バーンスタプル通りを戻ってスティーヴンの家に行った。

スティーヴンの祖母は見るに耐えないほどぼろぼろだった。誰が彼女を責められるだろう。医者が頻繁に往診に来ては、すでに狭心症の薬を飲んでいる彼女に追加の薬を処方した。若い今時の医師で、チノパンツにデッキシューズを履き、ラルフローレンの淡いピンク色のポロシャツを着ていた。日焼けした彼がそんな格好でいると、ただでさえみすぼらしいラム家の居間がいっそうみすぼらしく見えた。医師が帰ったあと、いつもの居心地のよさが戻るまでゆうに三十分はかかった。

スティーヴンの母レティも薬を飲んでいた。祖母と並んでソファに座り、競売物件の改修・転売番組「ホームズ・アンダー・ザ・ハマー」を見て泣きながら、スパイダーマンの古いパジャマのシャツをくしゃくしゃに握りしめていた。ある時、レティが席を外してバスルームに行った隙に、エムはそのパジャマを手に取って鼻先に当ててみた。エムにはパジャマの匂いがするだけだったが、母親にだけわかる匂いがあるのだろう。

　祖母は日に十回はレティの手を握り、「神があの子を守ってくれるよ」と言った。そのたびにレティは悪態をついて紅茶を淹《い》れるか、うなずいてぼろぼろと泣き出すかした。

　スティーヴンが慕うジュードおじさんもよく顔を出した。彼は庭の草取りをし、日常の買い物をし、未開封の請求書を持って帰った。ソファに座ってレティの肩を抱き、来たときと帰る際には祖母の頬にキスをした。エムは、彼はスティーヴンの母と寝る類のおじさんなのだろうと判断した——血のつながったおじではない。

　デイヴィーは自分で起床し、自分でトーストを焼いた。宿題をし、自分でサンドイッチを作り、ときにレティや祖母が起き出す前に静かに家を出た。エムは大抵、学校に向かう彼とすれ違ったが、大丈夫かと尋ねようとしたら、デイヴィーは目を合わせずエムを避けるように脇を通りすぎた。今ではシェインが遊びに来てもふたりが騒ぐことはなく、デイヴィーはゲームにもすぐに飽きるようになった。スケートボードランプにいるところを見かけた際も、シェインが滑っている傍らでデイヴィーは険しい顔をしていた。まるで、体だけ少年の大人にでもなったみたいで、エムはこの世界のどこかに、デイヴィーと入れ替わりで中身が少年になってしまった大人がいるのではないかと想像した。そうしてその奥さんは、なぜ私の夫は急に暴力的なゲーム『グランド・セフト・オート』に夢中になり、自分のおならにげらげら笑うようになってしまったのだろうと首を捻《ひね》っているのではないかと。

ラム家の料理も洗い物もバスルームの掃除もエムがした。医者や記者、花やケーキを持った近隣住民が訪ねてきたときに応対するのも、電気代の集金が来たときのためにこまかい金を用意するのもエムだった。笛吹き事件の親たちがラム家に集まると、順々に泣き崩れる彼らのために、エムがお茶を淹れた。

エムの両親は彼女の喪失感を理解しようとしなかったが、ここでは誰もそれをおかしいとは言わなかった。当然のこととして受け入れられた。

ラム家に通うエムを毎日のように呼び止めるカメラマンのことは無視することを覚え、「スティーヴンとつき合ってるの?」、「妊娠してるの?」、「スティーヴンのために祈ってる?」、「彼は死んでると思う?」などと不躾《ぶしつけ》な質問を投げてエムを挑発する記者たちには、「ノーコメントです」と答えるようになった。

学校生活は忘れ去られた過去となり、エム自身の自宅は、ラム家への献身を中断させる場所でしかなくなった。エムはときおりラム家の二階に上がると、スティーヴンのベッドに横になり、ふたりでそこに横たわった日のことを思った。どんなに怖かったか。どんなにどきどきしたか。思い出すのは難しかった。今はこのベッドに横になることがただただ悲しかったから。ときどき、スティーヴンの物を手に取ってみることもあった。背中に彼の名がプリントされた、リバプールのユニフォームに袖を通してもみた。今のスティーヴンには小さすぎるのに、なぜとってあるのか、エムにはわからなかった。スティーヴンの通学鞄《かばん》を開けて、作文を読んだりもした。構成のしっかりした、丁寧に書かれた作文だった。不思議な取り合わせの蔵書に目をやりもした。冒険シリーズ第十四弾『ファイブ・ハブ・プレンティ・オブ・ファン』に『ザ・キューカンバー・ポニー』に『連続殺人の手口』。しゃべる動物と、精神病質者の本がひとつの棚に並んで収められていた。

レティや祖母の口からビリー叔父さんの名が出ることもあった。スティーヴンの部屋に飾られていた写真の人だ。

ビリーは車にはねられて死んだのではなかった。殺されていた。スティーヴンが嘘《うそ》をついていたと知り、エムははじめ腹を立てた。しかし、こちらから質問などせずとも語られる話に耳を傾けるうちに、ラム一家の歴史を知った。それは喪失と恐怖と生存の物語だった。スティーヴンは危うく殺されかけ、だが死なずにヒーローになった。彼の蔵書の取り合わせもそれで腑《ふ》に落ちた。ラム家の歴史を前にしては、エム自身の家族の歴史など――曾《そう》祖父の上陸作戦における勲章受章も、おばの女王陛下への謁見も――退屈極まりないものに思えた。

エムはこれまで、言葉にして説明できる理由もないままに、スティーヴンは特別な人だと思ってきた。

彼のいない時間のなかで、エムはその直感が正しかったことを知った。

スティーヴンはけたたましい音と恐怖でできたトンネルを駆け抜けるようにして、眠りから覚めた。心臓発作を起こした老人みたいに片手で胸を摑《つか》みながら飛び起きる。悲鳴を上げていたのはチャーリー・ピーチだった。普段は穏やかでのんびりしているチャーリーが、混乱状態に陥ってケージ内で暴れている。

ジョーナスさえもが両目を見開き、警戒するようにチャーリーをじっと見ている。

チャーリーは自分が大騒ぎしていることも、それがいけないことであることもわかっていたが、今日ばかりはそんなことに構ってはいられなかった。耳を塞ぎ、両目をきつく閉じて、音から逃れようとケージの金網に体当たりした。よろよろと立ち上がっては、何度も頭から金網に突っ込む。口を大きく開け、息を吸うのも忘れて金切り声でわめきながら。

「肉が！　肉が！」

スティーヴンはチャーリーのケージ内の骨つき肉を指差し、少年の目をそちらに向けようとした。「そこに肉があるよ、チャーリー。大丈夫。すぐそこにあるよ」

　しかし、取り乱しているチャーリーの耳にスティーヴンの声は届かない。

　猟犬係が台車をガタゴトと言わせながら通路を走ってきた。焦って鍵を手探りするものの、緑色のウールの手袋をしているせいで、もたついている。ストッキングで圧迫された顔はいつもどおりのっぺりとしていたが、体の動きを見れば慌てているのは一目瞭然だった。

　猟犬係が大股でチャーリーのケージに入っていくと、チャーリーは藁《わら》の寝床で小さくなった。そして、猟犬係に乱暴に掴まれると、蹴ったり手を振り回したりした。

「その子に触るな！」スティーヴンは金網を拳《こぶし》で叩《たた》いた。「このろくでなし！」

　ジョーナスが慌てて立ち上がろうとして、短い鎖に引っ張られ、がくんと膝立ちの状態になった。ジョーナスは金網に指をかけ、隣を見つめた。

　犬舎が一瞬にして静かになった。今の今まで暴れ叫んでいたチャーリーが急にだらりと脱力し、猟犬係にケージの外に引きずり出されていく。猟犬係は緑色の手で少年の口と鼻を塞いでいた。

「チャーリーをどこに連れていく気だ？」スティーヴンが怒鳴る。「その子を放せ！」

　猟犬係はスティーヴンを無視した。チャーリーを引っ張り、持ち上げ、その背丈からは想像できない力で少年を放るようにして台車に載せると、通路を急ぎ戻って角を折れた。

　スティーヴンはジェスを振り返った。「何が起きたんだ？　何が起きたか、見たか？」

　ジェスはスティーヴンをじっと見つめ返した。下唇が震えている。

「何？」スティーヴンは言った。「どうしたの？」

「ヘリコプター」と、ジェスが言った。

　そのときになって初めて、スティーヴンもその音に気がついた。まだ遠いが、間違いない。ケージの前に走り、屋根の隙間から空を見上げた。

「僕らを捜しに来たんだ！」スティーヴンは興奮して言った。

　他の子どもたちは動かなかった。

「そうだね」ジェスは抑揚を欠いた声で答えた。一番端のケージでピート・ノックスが泣き出した。つられてメイジーも泣き始める。

「どうしたんだよ？」スティーヴンは尋ねたが、誰かが答えるよりも先に猟犬係が戻ってきた。

　彼は次にジェスを連れていった。ジェスは悲鳴を上げて顔を覆おうとしたが、猟犬係はあっさりと彼女の両手を脇に払い、手袋をした手で鼻と口を塞いだ。ジェスはぐったりとなった。

他の子どもたちも、ひとりずつ同様にされた。

ピートは足を蹴り出し、わめいたが、すぐに水の入ったバケツに沈められた子猫みたいにおとなしくなった。スティーヴンは姿が見えなくなってもずっと、ピートの名を叫び続けた。ピートの片方の腕が、台車から落ちてぶらぶらしていた。スティーヴンはパニックと懸命に戦っていた。

ヘリコプターがさっきよりも近くを飛んでいる。翼の回転する音が、波のように寄せたり引いたりして聞こえる。荒野を縦横に飛んでいる。捜しているんだ。僕たちを。

「一、二の三──助けて！」スティーヴンは叫んだ。「一、二の三！」メイジーとカイリーは無言でスティーヴンを見るばかりだった。

ヘリコプターに合図を送らないと。スティーヴンはケージ内を躍起になって見回した。使えるものなど何もなかった。門の上に手をかけ、自分の体を引っ張り上げた。猟犬係がいつも肉を放り込む隙間に、頭を突っ込んだ。右耳が切れて、思わず毒づいた。腕も通そうとしたが無理だった。肩が厚すぎて引っかかってしまう。頭を引き抜いた拍子にまた耳をこすってしまった。隙間から右手だけ出して振り続けたが、やがて左手が体重を支えきれなくなり、スティーヴンはケージの床に落ちた。

「やめて！　そんなことしたら、あいつを怒らせちゃう」

その声に、スティーヴンはジョーナス・ホリーに向き直った。警察官は縮こまるように胸の前で膝を抱え、ぶるぶる震えていた。見開いた両目は涙でいっぱいだ。スティーヴンがふたりを隔てる金網を平手で叩いたら、ジョーナスはびくりとした。「どうしたって言うんだよ?」スティーヴンはわめいた。「立ち上がって戦えよ。あんた、赤ん坊か!」

ジョーナスは目をつぶり、両手で耳を塞いだ。

スティーヴンは最後にもう一度金網を蹴り、はっとして振り向いた。猟犬係が目の前にいた。緑色の手がすでにこちらに向かって伸びていた。スティーヴンはとっさに腕を上げてかばおうとしたが、遅かった。

抵抗する間もなかった。刺激臭が頭に抜け、スティーヴンはよろめき、膝を擦りむいた。立ち上がろうとするスティーヴンに、猟犬係が手を貸す。

言うことを聞かない足で立ち上がろうとするスティーヴンに手を貸す。

そして、台車に載せると、処理室を抜けて冷蔵室に運んだ。

ヘリコプターに同乗させてほしいと頼んだのは、レノルズ自身だった。空からの荒野の捜索はすでに数回実施していたが、自分が同乗することで捜査員の士気が上がれば、何らかの収穫を得られるはずだと思った。

今度こそ彼らも本気を見せるだろう。

渡されたヘルメットは汗臭く、レノルズは顔をしかめながら、丁寧にシャンプーをした髪の上にそれをかぶった。

リーという名の副操縦士は、回転翼がすでに回っているかのごとく、至近距離から怒鳴るようにレノルズに指示を与えた。ちなみに翼はまだ回転していない。

レノルズはパラシュートについて確認した。失敗だった。皆に大笑いされ、単なる冗談だったふりをするはめになった。

レノルズは航空力学の専門家ではないが、ヘリコプターに向かって歩いていると、回転翼に対して機体が大きすぎる気がして、離陸できるとは到底思えなかった。ヘリコプターに近づくほどに不安が増した。ドア付近の塗装は、駐車場でぶつけられでもしたみたいに傷だらけだった。座席のビニールはところどころひび割れ、破れていた。実用第一の床は汚れ、滑り止めの木の板が留めつけてあった。子どもの頃によく連れていかれた公共プールの、更衣室の床板に似ている。イボの原因ウィルスの温床。旅客機の床みたいに絨毯《じゅうたん》敷きであったなら、もう少し安心して乗れるのに。レノルズは内部構造が見えるのは好きではない。あれは大丈夫なのか、これは大丈夫なのかと、問題の起きそうな箇所をことごとく意識してしまう。

レノルズのシートベルトはすり切れていた。

ライスを来させればよかった。しかし、今さら遅い。

離陸は縄ばしごをのぼるのに似ていた。傾斜しながら上昇し、目が回った。前の操縦席にはリーと、レノルズが名前を聞き取れなかった機長が陣取った。レノルズは後部に、学校の売店《タックショップ》と紹介された、地図を見たり戦略を立てたりして飛行支援に当たる捜査員とともに座った。レノルズは、陽気で肥満の彼をあだ名で呼ぶ気にはなれず、機体が片側に大きく傾かないよう、極力ドアに寄って座った。

機体が地面に大きく書かれたHマークから離れたと思った次の瞬間には、ヘリコプターはエクスムーア上空を飛んでいた。人の手の入った牧草地やミニチュアの牛にかわり、土の茶色や、帯状に広がるハリエニシダやヒースの黄色や紫が大地を彩る。

上空を飛んでもポニーは空を見上げもせず、一方鹿は四方にすばやく散った。レノルズは座席と座席の間から赤外線カメラのモニターをのぞき、鹿の群れを示す明るい点が、壊れたポンゲームみたいに四方八方に飛び散るのを見つめた。

同乗の三人は怒鳴るようにしゃべり、笑っていたが、レノルズにはひと言も聞き取れなかった。彼らが笑いながらこちらを見ているときには、レノルズは笑顔でうなずきながら、自分があほ呼ばわりされていないことを祈った。この捜索に真剣に臨んでいるのは僕ひとりらしい。道理で過去の空からの捜索で何も見つけられなかったわけだ。

むろん、子どもたちがもっと遠くに連れ去られている可能性もある。すでに死亡していることも考えられる。しかし、エクスムーアにいないとなると、もはや居場所はわからない。無意味なようでも、今は唯一の糸口であるエクスムーアを捜索し続けるしかないのだ。

前方の丘のてっぺんに、小さく実用的な灰色の建物がひと塊に立っているのが見えてきた。地図を確かめても何の施設かは不明だ。やがてタックショップが、爪を噛《か》む癖があるのが一目瞭然の指で地図をつつき、「ハントの犬舎ですよ！」と声を最大限に張り上げて叫んだ。

レノルズはうなずいた。ジョーナス・ホリーと彼が主張していた犬の仮説を思い出した。

猟犬係が戻ってきた。

ジョーナスは抵抗しなかった。ちっぽけな子どもの僕に、他に何ができる？　ジョーナスは目を閉じたまま、あの匂いを嗅ぎ、吐き気に襲われ、体に力が入らなくなるのを感じた。

「立て」と命じられてジョーナスは従おうとしたが、鎖のせいで後ろに引っ張られ、半人半獣の牧神よろしく長い脚を折る格好で尻餅をつき、金網塀にぶつかった。

「立て」

ジョーナスはもう一度立とうとした。ヘリコプターの音がさっきよりも大きい。

「立て!」猟犬係が鎖を握って引っ張った。

ジョーナスはふらつきながらケージという安全な場所から外へ出た。

台車に載っている時間は短かった。背中に受けていた日差しが急に遮られ、にわかに寒くなってジョーナスは目を開けた。辺りは真っ暗だった。

「待て」

ジョーナスは待った。鎖や金属の音、そして猟犬係が何か重たい物を動かそうとして唸《うな》る声がした。さらには油を差していない何かがきしむ耳障りな音。ジョーナスは目を開けているのか閉じているのかもわからなくなったが、暗さに目が慣れるにつれて形を把握できるようになった。長くて色の薄い何かがゆっくりと揺れている。

ジョーナスは台車から引きずり下ろされ、膝立ちの状態になった。握力の強い手で、手首を体の前で縛られ、埃《ほこり》の味のする布を口を塞ぐようにきつく巻かれた。唇が歯に当たって痛かった。胸板に冷たい鎖をぐるりと回され、ジョーナスはびくりと震えた。金属的な機械音が唐突に響き、体が床から徐々に持ち上げられていく。よろめき気味に直立したところで鎖が緩み、濡《ぬ》れてひんやりとした石の床に横向きに倒れた。

「ちっ」猟犬係が毒づく。「おまえは大きすぎる」

ジョーナスは立ち上がろうとしたが、重く冷たい何かが顔にぶつかり、危うくまた転びそうになった。猟犬係が首輪を摑《つか》んで体を支えた。

ジョーナスは引きずられたり押されたりして、そのたびに自分がどんどん小さな存在になっていくのを感じながら、先ほどの暖かな場所に連れ戻された。ただし、今度は台車ではなく自分の足で歩かされた。まぶしさにジョーナスは再び瞼《まぶた》を閉じた。

ヘリコプターが近い場所を飛んでいる。近くて低い場所だ。だが、それさえもジョーナスに希望をもたらしはしなかった。何ものも、警察でさえ、彼を救うことはできない。そのことは子ども時代に思い知らされていた。

猟犬係にいっそう強く引っ張られ、ジョーナスはつまずきながら裸足《はだし》でコンクリートの地面を歩いた。しばらくして、膝が金属らしきものに当たった。

「なかに入れ」猟犬係が命じた。

ジョーナスは馬用の飼い葉桶《おけ》と、それをなみなみと満たす緑色の水の、大理石のように滑らかな水面を見下ろした。なかに入るのは愚かしく思えた。

ヘリコプターの回転翼の音がすぐ近くで轟《とどろ》き、ジョーナスは顔を上げたが、機体は見えなかった。見上げる動作だけでめまいを生じた。

「入れ！」猟犬係がジョーナスを乱暴に押す。金属製の桶の縁が膝の側面に当たり、ジョーナスの体が不安定な体勢でよじれた。

バランスを失った。

そこをもう一度突き飛ばされ、さすがに持ちこたえられずに体が倒れていった。スローモーションみたいだった。倒れていく自分と、持ちこたえようとする自分。ジョーナスは背中から飼い葉桶の水中に落ちた。片足は金属の縁にかかったままだ。体が沈むにつれ、空が涼しげな緑色から冷たいオリーブ色、最後には凍えるような茶色になり、後頭部が金属の底にゴンと当たった。

ジョーナスは手足をばたつかせて飼い葉桶の縁を摑もうとした。鼻に水が入り、息ができなかった。茶色から緑色の層へ、轟くような回転音のするほうに向かって体を持ち上げる……。

何かで胸を突かれ、凍える水底へ押し戻された。がむしゃらに手探りしたら、裸の胸を刺すデッキブラシの針金状の毛に触れた。酸素がほしい。胸の内も外も痛かった。頭が今にも破裂しそうだ。ヘリコプターの回転翼の回転に合わせて揺れる、薄暗い水面を見上げた。

ルーシーがこちらを見下ろしていた。

ル、ル、ルーシー！

ついに見つけた。この水のなかで。

いや、彼女が見つけてくれたのかもしれない。

ルーシーの髪が海藻のように水面で揺れ、唇が動いた。何かを伝えようとしているが、ヘリコプターの轟きと心臓の鼓動があまりに激しく、肺の痛みも凄《すさ》まじくて、聞き取れなかった。

ジョーナスは最後の力を振り絞り、夢のなかでするように、ルーシーを抱きしめようと腕を伸ばした。

しかし、彼女に触れるよりも先にすべてが真っ暗になった。


スティーヴンは目を開けたが、そうしても周囲は暗いままだった。

ヘリコプターの音がしているが、方角がさっぱりわからない。

スティーヴンは凍えていた。

水のなかにいるのかと思い、泳ごうとしてみたら、ひんやりとした何かに圧迫されて動けなかった。

救出されたのだろうか。担架に固定され、吊《つ》り上げられて荒野の上空を飛ぶのはこんな感じなのだろうか。空気が驚くほど冷たく、頭上でヘリコプターの回転翼が騒々しい音を立てているのはそのせいなのか？

しかし、新鮮な空気とは思えない悪臭が鼻をつき、スティーヴンは胃がせり上がり、口内が水っぽい唾でいっぱいになった。吐き出そうとして、猿ぐつわを噛《か》まされていることに気づいた。一瞬パニックに陥りかけ、むせないようにどうにか唾を飲み込んだ。自分の体をきつく包んでいるものの一部はしなやかな感触だったが、一部は硬くて体に食い込んでいた。膝を抱えるような体勢を取らされており、左足の感覚がまったくなかった。顔をほんの一センチ、左右いずれに動かしても、すぐにぬるっとした何かが頬に触れた。左足はどうやら自分の体で圧迫してしまっているようだ。格好としては頭を上にして座っているような形なのだろうが、右足が踏みつけにしているものは妙に柔らかだった。

ふと、枝からぶら下がるサナギのイメージが浮かび、腹部に緊張が走った。僕は巨大な昆虫に捕らえられてしまったんだ。粘着性の糸でぐるぐるに巻かれ、液体にされ、鋭いストロー状の吻《ふん》でなすすべもなく吸われるんだ——。

吻はいい言葉だ。

そう思ったら少し落ち着き、パニックから脱することができた。自分の息遣いに気づく余裕も生まれ、まずは呼吸をコントロールすることに意識を集中させた。

たしかに僕は気色の悪いもののなかに吊り下げられているが、巨大な昆虫に食べられるなどという想像はいくら何でもばかげている。僕は子どもではない。幼稚な恐怖心に囚《とら》われていないで、冷静に考えなくては。呼吸が落ち着くにつれて、自分を取り巻く悪臭が再び気になり出した。ジョーナス・ホリーがけっして口をつけようとしない骨つき肉から漂ってくるのと同じ悪臭だった。直射日光の当たる場所に放置されたた肉には、ハエがたかり……。

僕は肉のなかにいるんだ。

それが正しい答えだと、瞬時に確信した。だからチャーリーは肉のことをわめいていたのだ。チャーリーをあれほどまでに怖がらせたものとは、これだったのだ。スティーヴンは猟犬係が動物の皮を剝《は》ぐ様子を見てきた――ぼさぼさの毛のエクスムーアポニーに、うつろな目をした牛。猟犬係がピンクと灰色の混ざった屠体《とたい》を、処理室の奥の暗い扉の向こうへ運ぶのも見てきた。鎖が鳴る音や電動ウインチが短時間稼働する音も聞いてきた。

肉。

僕は肉になったんだ。

僕ら全員、肉になったんだ。


犬舎は空っぽだった。上空のレノルズ自ら確認した。小さな灰色のモニターが証拠だった。感知した熱はふたつのみで、ひとつは男の形をしていた。中庭の水桶の脇に立つ男のものだ。棒状のものにもたれ、太陽に向かってまぶしそうに目を細めている。もうひとつはすぐそばの小さな建物の内部の熱で、モニター上に真っ白な星みたいに表示されていた。

声を張り上げたくなくて、レノルズは座席の間から身を乗り出し、モニター上の白い点を指先で突いた。

「焼却炉です！」リーがレノルズの耳元で叫んだ。

レノルズはうなずき、席に深く座り直した。

地上の男がゆっくりと手を挙げて挨拶を寄越した。タックショップがモノクロ映画の戦闘機の操縦士みたいに挙手の礼をして、その手を軽く前に動かした。

〈ヘリコプターが向きを変えて〈ブラックランズ・ハント〉の犬舎から遠ざかる間際、レノルズも同じようにした。世界を守る英雄になった気分だった。

42

たしかにそのとおりだと、レティ・ラムは思った。あたしたちは呪われてる。呪いなど、あるわけがないと思ってきた。そんなものを信じるのは年寄りかばかだけだと思っていた。だが、こうして急速に冷めていく湯船に浸《つ》かり、壁紙が剝《は》がれかけている天井から水滴が落ちるのを見つめていると、『サンデー・ミラー』紙の呪い説を超える、自分たち家族を何度も悲劇が見舞う論理的な説明など、見つからなかった。

スティーヴンはいなくなってしまった。

こみ上げる感情に唇が歪《ゆが》み、レティは泣くまいと固く目をつぶった。泣いても誰も救われない。そのことは、とうの昔に学んだじゃないの。

呼吸が落ち着くまで、湯のなかに双子の島みたいに浮いている自分の胸だけに意識を集中した。島を三日月型に取り囲む湯が上下して、色白の肌という岸を洗う。ふたつの島の、蕾《つぼみ》みたいな頂きからは、淡い青色の川が流れている。

スティーヴンがいなくなって一週間が経過した今日、母は手にしていた編み物を置き、表に面した居間の窓辺に立った。かつての定位置に戻ってしまったのだ。二十年間、息子ビリーの帰りを待って、絨毯《じゅうたん》がすり切れるまで立ち続けた場所だ。絨毯はジュードが張り替えてくれた。全面的に張り替えたわけではなく窓の下の一部だけだったから、色味が微妙に違っていたが、気にならない程度の差だった。母はスティーヴンの帰りを待ち、絨毯にあらたな道を作るのだろうか。そう想像して、レティは身震いした。いずれあたしも母と同じことをするようになるのだろうか。そうなるまいと抵抗しても、そうなってしまうのだろうか。ふたりして水飲み場のバッファローよろしく、足取り重く同じ場所を行ったり来たりして、絨毯を再びすり減らすのだろうか。弟のビリーがいなくなってからのあたしみたいに、デイヴィーも苦しむことになるのだろうか。

スティーヴンは今、苦しんでいるだろうか。それとも、もう死んでるの？

今度ばかりは、唇は歪んだきり、頑張っても元の形に戻ってはくれなかった。こらえきれずに熱い涙があふれ出て、こめかみ近くの冷めた湯を温めた。

スティーヴンにつらく当たってばかりいた日々を思い出した。理不尽な態度ばかりとっていた日々。デイヴィーがかわいくて、デイヴィーの肩ばかり持っていた日々。

スティーヴンには、「お兄ちゃんなんだから。我慢しなさい」と言っていた。

スティーヴンの顔を叩《たた》いてしまった記憶もよみがえる。

もういやだと、レティは思った。思い出したくない。つらすぎる。

考えるのをやめないと。スティーヴンのことを考えることは、頭のなかを棘《とげ》でいっぱいにするようなものだった。

いい、いい、いい。

あたしは呪われている。

そして――唐突に悟った。すべてのわざわいはあたしの目の前で起きた。あたしさえいなくなれば、解決するんじゃないの？　究極の悪夢を終わりにするには、究極の犠牲が必要だ。それがスティーヴンを救うことにつながらなかったとしても、少なくともあたしはその事実を知らずにすむ。すべてを終わりにするということは、スティーヴンを思って苦悶《くもん》しないときなど一秒たりともないというこの現実も、終わりにするということだ。道理にかなっている。ある意味でかなっている。少なくとも、今この瞬間は。

レティは目を開けた。正面を向いたまま、バスルームにあるもので何が使えるかを考えた。

使えそうなものはあまりなかった。

バスタブの湯は悪くない――頭を少し傾けさえすれば、顔を湯に沈められる。ただ、自分を水のなかに押さえてくれるものがなければ、溺れるのは難しい。ジュードが泊まっていく日にあたしが足を剃《そ》るのに使っているシェーバーはある。ただ、あれはビックの白い安全剃刀《かみそり》で、刃をがっしりと覆うプラスチックは取り外せない。ジュードのシェーバーにしても電動で、無精髭《ひげ》の生えた肌に押し当てても、顔にさざ波を起こすばかりだ。

そのとき、はたと、父が使っていた剃刀のことを鮮明に思い出した。スチール製のヘッドのジレットで、よく切れる刃を押さえている天蓋部分が惚《ほ》れ惚れするほどつややかだったので、幼いレティは小さな手でそれを持ち、鏡みたいにのぞいてみたくて仕方がなかった。父はシェービングブラシも持っていた。硬めの毛は根元が黒く、先端は白かった。レティはよく、シェービング用の固形石けんを溶いてもこもこの泡を作り、それを〝穴熊《バジャー》〟で父の顔に塗る権利を巡り、弟ビリーと喧嘩《けんか》したものだった。

そう、シェービングブラシを〝バジャー〟と呼んでいたのだったと思い出し、胸がずきっと痛んだ。塗りたくった泡の雪の上をジレットが滑るたびに、父の日焼けした肌が滑らかになって現れる様子に、ふたりして感動して無言で見入った。

父の匂いがよみがえる。父の頬や顎の、あの清潔な石けんの香りと、男性化粧品オールドスパイスの香り。それは、レティが父の誕生日とクリスマスのたびに毎年お決まりのようにプレゼントしていたものだ。レティが十歳のときに父が亡くなるまで。

呪われている。

誰かがバスルームのドアをドンドンと叩き、レティはぎくりとして、水を跳ね上げて上体を起こした。バスタブの縁を両手で握りしめ、いつでも飛び出せるように身構える。飛び出す理由を考えるのは恐ろしかった。

スティーヴンが見つかったの？

死体で見つかったの？

あたしの人生は今からこなごなに砕け散ってしまうの？　それともゆっくりとよい方向に回復していくの？　プラスチック製の冷たいバスタブに押し当たった胸の内側で、心臓が期待と恐怖に激しく打つのを感じた。

「何？」と尋ねるレティの声はしわがれていた。

「俺の靴下、どこ？」デイヴィーがわめく。

レティはバスタブに座ったまま固まってしまった。時間にしたらわずか数秒のことながら、この先の人生をのみ込むほど長く感じられた。レティは重たい体を引きずるようにして湯から出た。あと少しだけ長く生きて、息子の靴下を見つけるために。

43

ジョーナスは猟犬係の名を知っていた。

いつ思い出したのかは定かではなく、体のあちこちにある打撲傷がいつできたのかもわからなかった。腕には痣《あざ》ができ、ふくらはぎには黒いみみず腫れがくっきりと走り、畝《うね》のように隆起する肋骨《ろっこつ》付近は触るのも痛く、胸には真新しい妙な擦過傷があった。

水中にルーシーがいた――ジョーナスが覚えているのはそれだけだ。

そうして今、扉の上から入れられた骨つき肉が床に落ちる鈍い音で意識が戻った。

ボブ・コフィン。それが彼の名だ。

昔からずっと猟犬係として働いていた。ジョーナスがまだ少年で、〈スプリンガー・ファーム〉の厩舎《きゅうしゃ》で手伝いをしたり、タフィという名のポニーに乗って、友人たちと荒野を駆けたりしていた頃には、すでに猟犬係だった。猟犬を散歩させたり、鮮やかな深紅のジャケットを着たりしている姿を見かけたものだ。ピートやジェスの行方を皆で捜したあの日、帽子に手をやって挨拶し、ジョーナスを〈レッドライオン〉の駐車場まで連れていったのもボブだった。

ジョーナスは金網越しに向こうを見た。ジェス・トゥックがいた。その向こうにはカイリー・マーティンとメイジー・クックの姿もあった。一番奥にピート・ノックスもいる。彼らの顔は『ビューグル』紙で見て知っていた。

ボブ・コフィン。ジョーナスの頼りない記憶にある彼はもっと若く、猟犬にしろ馬にしろ子どもにしろ、従わせるすべを心得ていた。

ああ、ここは〈ブラックランズ・ハント〉の犬舎だ。もっとも、ハントはもはや存在していない。ジョーナス自身はハントの廃止を求めていたわけではないが、地元住民のなかにはそういう者もいた。地域に新しく入ってくる者たちはその傾向が強かった。新参の者たちは深紅のジャケットを嫌悪した。キツネを保護しようとした。鶏が襲われたら、また飼えばいいというわけだ。

この犬舎は、少なくとも一度は捜索したはずだ。それは確かだ。

それなのに、どうしてこの子たちを見つけられなかったんだ？

「肉は食べないんだ」ふたつ目の骨つき肉がコンクリートの床に落ちるのを見て、ジョーナスは言ったが、男は無反応だった。あたかも頭にかぶったストッキングのせいで、顔がのっぺりするだけでなく、耳も聞こえなくなっているかのように。

「あいつはこっちの言葉は聞かない」スティーヴンがひとり言のように言った。「言いたいことを言うだけだ」

ジョーナスは立ち上がろうとして、何かに後ろに引っ張られ、顔をしかめた。喉に手をやったら首輪がつけられていた。

スティーヴンは、ジョーナス・ホリーが首輪や鎖を触る様子を見つめた。その顔に戸惑いの色が浮かぶのを見つめた。立ち上がれるものと疑わずに立とうとした様子を見つめた。

まるでここに連れてこられたばかりみたいだ。状況をまったく把握していないように見える。

「あのさ」と、スティーヴンは声をかけた。「ここに来て何日たった？」

ジョーナスは答えようと口を開きかけ、眉をひそめた。

「五、六、九、十一、十年！」ジョーナスの背後からチャーリーが答える。

「十日だよ」スティーヴンが告げると、ジョーナスはぽかんとスティーヴンを見つめ返した。

44

あらたな誘拐が発生することなく、一週間が過ぎた。一週間と一日が過ぎた。一週間と二日が過ぎた。

そして、一週間半。

エクスムーアは息をひそめていた。

カメラのフラッシュさえもが控えめに光っているようで、記者たちは笛吹き事件の親たちの自宅前に張り込むよりも、誘拐現場を再訪したり、地元のパブに取材に行ったり、市日のマーケットで、エクスムーアの呪いに関して農家の人々の声を集めたりするようになった。なかには社に呼び戻され、結論の明快な別の事件の取材に回される記者さえ出てきた。

沈滞ムードが漂っていた。あらたな誘拐がないということは、新しいニュースもないということだ。

しかし、マーシー・メイリックは、周辺の村の子どもたちも通うシップコット村の学校前にしつこく張り込み中のフリーカメラマン四人とともに、村に残るべきだと判断した。マーシーのボスはマーシー自身であり、笛吹き事件はまだ特ダネを生みそうな予感がしていた。長年の憧れであるフィヨルド・クルーズの夢が実現するほどの金になる特ダネを。

それだから、マーシーは毎朝、唯一の贅沢品《ぜいたく》――車齢四年のスバル・インプレッサ――を学校前にとめ、張り込みを続けた。

日に三度、〈スパー〉で手早くコーニッシュパイや水のボトルを買い、トイレをすませた。ミスター・ジャコビーをうまくおだてて手洗いを借りられるようにしておいたのだ。借りたあとは、お礼がわりに必ずミスター・ジャコビーの見ている前で盲導犬の募金箱に一ポンドを寄付した。今のところ、独占取材記事が一本掲載されたマーシーは、記者の一団から頭ひとつ抜けている。それを今さら、〈レッドライオン〉のランチの誘惑に負けて現場を離れた隙に、経費請求ができる甘ったれた環境にいる頭の悪い記者に出し抜かれるなど、絶対にいやだ。特ダネをさらわれるときは一瞬で、そうなったらこちらはまた一から積み上げていくしかない。そういうことが過去にあり、そのときも一からやり直すはめになった。一度ならず何度もそういう思いをしてきた。やり直すことは年々難しくなっていった。

いつになったら終わるのだろう。人生で初めて、マーシー・メイリックはそう思った。今回の事件のことではなく、仕事の話だ。次の悲劇、次の小児性愛者、次の火事、次の凶悪犯、次の自動車事故は必ず起きる。そのたびにマーシーは出し抜かれまいとして周囲を押しのけ、がむしゃらに戦ってきた。たった一度、一度でいい。スクープを掴《つか》みたい。ことの展開を的確に先読みし、事態が動いたときに堂々と現場に居合わせたい。

校門からわらわらと出てくる子どもたちを眺めながら、マーシー・メイリックははたとひらめいた。カメラマンらに計画を持ちかける。

「生徒全員の写真を今のうちに撮っておけば、そのなかの誰かが次にさらわれたら、よそに先駆けて動ける！　その段階で写真も名前も年齢も住所も、全部わかってるんだから！　些末《さまつ》な情報を引き出すために、駆けずり回って警察の機嫌を取ったり、子どもの三歳の誕生日会か何かのふっるい写真を使わせてもらったりするような、鈍臭い真似《まね》をしなくてもすむ！」

男たちは互いに顔を見合わせた。興味はあるが、不安なのだ。

「それ、違法じゃないのか？」ひとりが尋ねた。

「学校の敷地内で子どもに接触しない限り、問題ないでしょ？」マーシーは言った。

「子どもだって、いやなら拒否すればいいわけだし」

「何か裏があるんじゃないのか？」ロブ・クラークという男が皆を代弁して訊《き》いた。

「裏なんてないわよ」マーシーは肩をすくめた。「あなたたち、フリーでしょ。ひとりでも多くの子どもの写真を撮っとけば、それだけ当たりを引くチャンスも大きくなるじゃない。実際に使えるとなった暁には私の記事とセットで売ると約束してくれればいい。それが条件」

数分後には、全員が子どもたちに接触して写真を撮影し、氏名、年齢、住所を訊き出しにかかっていた。大半の子は新聞に自分の写真が載るかもしれないと興奮した。撮影を拒否したのは基本的には女の子ばかりで、髪が決まってないから明日もう一度声をかけてと言った。

マーシーとロブは、すでに通りを歩き始めていたふたりの少年のあとを小走りに追いかけた。

こちらを振り返った顔を見て、マーシーはそのうちのひとりがデイヴィー・ラムだと気づいた。

シェインは笑顔で撮影に応じ、ロブに名前も教えたが、デイヴィーはあからさまに警戒した。

「あんた、誰？」デイヴィーは尋ねた。

「私はマーシー。あなたはデイヴィー・ラムね？」

少年は答えなかった。

「お母さんはどうしてる、デイヴィー？」

少年は自宅のあるほうを見たが、口はかたくなに閉じたままだった。

「スティーヴンが無事に戻るように、毎日祈ってるわ。みんなそうよ。その思いはあなたにも届いているわよね？」

デイヴィーは、オーストラリア人でなければへこたれてしまいそうな目で、じっとメイシーを見た。

「すぐ終わるから、ぱぱっと写真を撮らせてもらってもいいかしら？」メイシーはにっこり笑った。「よかったらシェインとのツーショットなんてどう？」

「俺の写真ならもう持ってんだろ」デイヴィーはそう言って立ち去った。


レノルズの髪が、シャワーの湯に当たって潰れる。

あらたな誘拐は起きていない。喜んでしかるべきなのに、レノルズは喜べなかった。祝うことではないにせよ、安堵《あんど》してもいいはずなのに、気になって仕方がなかった。犯人はなぜ誘拐をやめたのか？

シャワー。それはレノルズが心配事に頭を悩ませる時間である。今のように些細《ささい》なことにも悩む。かつてはそういった懸念は、両足の間の排水口に消えていく己の抜け毛を見つめることと結びついていた。だから、今では髪は房状にしっかり固定されているのに、パブロフの犬みたいに条件反射で排水口を見てしまう。シャワーヘッドから湯が勢いよく流れ出すと同時に悩みは始まり、レノルズは自分自身も自分を取り巻くあらゆるものも疑った。そもそもなぜ警察官になってしまったのかというところから疑問視し、母にもっと頻繁に電話を入れるべきだろうかと悩み、この事件を解決できなかったら、あるいは恋人ができなかったら、はたまた今日の『タイムズ』紙のクロスワードパズルを解ききれなかったら、自分の人生はどうなってしまうのかと悶々《もんもん》と考える。

シャワーの下に立った瞬間から、形而上《けいじじょう》派の配管工よろしく、どんな些末な問題もレノルズにとっては見過ごせない一大事となった。

ケイト・ガリヴァーに再度連絡して、興味深い意見交換はできたが、こと今回の疑問に関してはさすがの彼女も答えを見出《みいだ》せなかった。少なくとも、レノルズが次第に無力感に苛《さいな》まれながら、あれこれと考えた仮定以上のものは出てこなかった。

笛吹き男（ああ、ついに僕まで犯人をそう呼ぶようになってしまった！）が犯行をやめたのには、何か理由があるはずなのだ。死んだのかもしれない。子どもたちも殺されているのかもしれない。愛《いと》しい妻と、淡い金髪の赤ちゃんを連れて、どこかへ引っ越したのかもしれない。単に子どもの隠し場所が尽きたか、車が故障したのかもしれない。いや、ひょっとすると生まれ変わって信仰をあらたにし、神の介入があったなどと言って、この瞬間にも子どもたちを解放する準備をしているのかもしれない。考え得る可能性は無限にある。

レノルズにわかるのは、何かが変わったということだけだ。

しかし、それが何なのかがわからない。なぜこう苦汁を嘗《な》めてばかりなのだろう。レノルズは心のどこかで次の誘拐が起きればいいと半ば願っていた。何でもいい、これまでにわかっている事実にあらたな情報や証拠が加わり、犯人の身柄確保の可能性がわずかでも高まる展開がほしい。

笛吹き男がここで犯行をやめてしまったら、警察は永久に彼に辿《たど》り着けない。

45

飢えとは不思議なものだ。ときに胃の内部に刃を突き立てられるような痛みが襲う。実際に腹を刺される痛みをジョーナスは知っていた。しかし、痛くない間は心地よいとさえ思える感覚だ。

一度痛み始めると、痛みは長い痙攣《けいれん》の形で津波のごとく体内を駆けのぼり、内臓を押し潰し、のみ込むので、ジョーナスは息もできず、ぐったりと動けなくなる。反対に心地よさに包まれている間は、精神が金網の牢獄《ろうごく》から解放され、戸惑うばかりの長い一日の時間経過も早く感じられる。

ジョーナスの口は渇いたり涎《よだれ》を垂らしたりを交互に繰り返し、思考は、生命維持に必要な食料を拒絶するか、さもなければ果物やジャガイモ、それからどういうわけかカップケーキのことで占拠された。テレビで観たカップケーキだ。柔らかでかわいらしいアイシングをたっぷり載せた上に、チョコレートやアラザンを散らしてあった。

しかし、ジョーナスに与えられるのは甘いケーキではなく、匂いのきつい死肉の塊だ。猟犬係には肉は食べられないと毎日伝えているのに、そのたびに無視され、結局は子どもたちがジョーナスを死なせないために行動してくれた。始めたのはメイジーとカイリーで、すぐに他の子どもも協力するようになった。一日に二度、牧草地に出た折に、草やタンポポやクローバーを摑《つか》めるだけ持ち帰るようになったのだ。そして、金網の間から慎重に受け渡していく。リレーするごとに潰れてぐにゃぐにゃになっていく草花を、最後にスティーヴンが受け取り、ジョーナスのケージに落とす。

最初はそのような施しを食べるなど、あまりに芝居がかっていて滑稽に感じた。しかし、考えてみれば自分は正気を失った男に犬小屋に閉じ込められているのだ。その状況で草を食べることはそれほど異様な反応でもない気がしてきた。

草は苦く、飲み込むのは容易ではなかった。タンポポは不思議な滑らかさがあり、黄色い羽のように喉をくすぐったが、クローバーは硬く、青臭い味しかしなかった。一度、カイリーが野イチゴを見つけてきてくれたことがあった。どれもエンドウ豆ほどの大きさしかなかったが、とても甘く、ようやく慣れてきた草花の味が再びまずくなってしまった。空腹から来る差し込みの改善はほとんど見られなかったが、嚙《か》む行為自体はよかったし、子どもたちが持ち帰ってくれる草花からも貴重なカロリーを多少は摂取できるはずで、ありがたかった。

ただし、スティーヴン・ラムだけは一度もジョーナスのために何かを持ち帰ったことがない。皆から集まった草をジェスから受け取り、それを律儀に金網の隙間から押し込みはするが、ジョーナスが礼を言っても口を利こうとはしなかった。

ジョーナスは困惑した。スティーヴンは元来優しい少年だ。病状が進行していく妻の様子を、ジョーナスのために注意して見ていてくれた。その礼として毎月五ポンドのチップを渡してはいたが、金などもらわなくてもスティーヴンは頼みを聞いてくれただろうし、五ポンドでは到底足りないほどの時間と労力をさいて妻の状態を確認してくれていた。妻のルーシーもスティーヴンが大好きだった。彼女からスティーヴンに関する悪い話を聞いたことがない。ジョーナスとスティーヴンとの関係はつねに良好だったはずなのだ。しかし、あの夜ジョーナスが金の話をしようとしたら、スティーヴンは何か隠し事のあるような態度をとった。あるいは何かを恐れるような態度か。

ジョーナスは金網越しに難しい顔でスティーヴンを見つめながら、自分の何が少年の気分を害してしまったのだろうかと考えた。

ジョーナス・ホリーは精神を病んでいるとしか思えない状態からは脱した。そして、スティーヴンが恐れ、嫌悪していたジョーナス・ホリーが戻ってきた。

ただし、スティーヴンが考えていたジョーナスとは違う。少なくとも考えていたとおりではない。

ジョーナスの腹部に模様を作る傷跡を見て、スティーヴンは衝撃を受けた。傷跡は嘘《うそ》をつかない。スティーヴンがどんなに嘘をついてほしいと願っても。彼は公平な少年だったから、子どもたちを誘拐したのはジョーナスなのではないかという考えが間違いだったのと同様に、彼が妻を殺したのではないかという疑念もまた間違いなのかもしれないと思い始めていた。

だが、疑いが薄れたとはいえ、スティーヴンはまだそれを完全に捨て去る気持ちにはなれなかった。もうひとりのジョーナスのことが引っかかっていた。幼い子どもみたいに怯《おび》えて丸くなり、唇を震わせ、夜間泣いていたジョーナス。そのジョーナスが、夏の旅行から帰った飼い主に迎えに来てもらった犬みたいに、突如隣のケージから姿を消した。今目の前にいるジョーナスはもうひとりの情けないジョーナスとは別人で、捕らわれてから今までの記憶はすっぽり抜け落ちているようだった。愚かな質問ばかりするし、自分も運動に出してもらえるものと思っている。ベジタリアン食なんかを頼んでさえいた！　まるで、今しがたここに連れてこられたかのような言動だ。

そのすべてがどうにも不気味で、スティーヴンは憎悪こそ消えつつあったものの、警戒は緩めないでおこうと決めた。

46

学校でひと騒動あった。誰がその親たちを呼んだかについては、人によって言うことが違って判然としなかったが、誰が呼んだにせよ、それは見事に、がたいがよく力もあり、なおかつ喧嘩《けんか》っ早い面々を集めたようだった。彼らは、マーシー・メイリックと四人のカメラマンが、しっかり化粧をして髪も完璧にブローしてきた少女たちの第一陣を並ばせて写真を撮ろうとしていたところに襲いかかった。

レノルズとライスが現場に到着したときには、目撃者は皆仕事に行ったあとだった。その場に残っていた人々は最初から現場にいたわけではなく、五人のジャーナリストがバーンスタプル通りを逃げていく姿は見たものの、騒動そのものは目撃していなかった。

「死に物狂いで走って逃げたよ」と、親にかわって弟のダギーを送りに来ていたロニー・トレウェルが笑った。

「走るというよりジョギングだな」装蹄師《そうてい》のマイク・ハドンが訂正した。「ありゃ、ロンドンの人間だろう」

　カメラも投げ出していったようで、歩道に落ちたカメラは見るも無惨に壊されていた。そして、レノルズが状況から判断するに相当なものだったと思われる乱闘騒ぎの最中に、誰かが黒のスバル・インプレッサの左右の横腹に、金合金の鍵でlier（嘘《うそ》つき）と書いていた。車は、学校前の横断歩道が迫っているため駐車禁止であることを示す、道路上の白いジグザグのマーク上にとめられていた。

　ライスがすばやく確認し、所有者はマーシー・メイリックだと突き止めた。

　レノルズは車の周りを二周して損害状況を確かめた。嘆かわしげにかぶりを振る。

「情けない。liarのつづりも間違いなら、駐車も違反だ」そして、レノルズはライスに違反切符を切るよう命じた。


　校門前での騒動があったため、エミリー・カーヴァーの母は通常より遅く、バーンスタプル通りを学校から自宅へと運転していた。だから、ちょうど娘が——わずか十五分前に学校に送り届けたはずの娘が——一一番のドアをノックしている姿を目にすることになった。

　ミセス・カーヴァーは車を左に寄せてとめ、娘に説明を求め、にわかに信じられずに学校に電話した。そして、激怒した。ラム家の前の歩道で、腕を振り回し、髪を振り乱して怒った。その最中、エムは母の肩越しに、レティとおばあちゃんが居間の窓から目を丸くしてこちらを見ているのに気づき、引きつったようにくすくす笑った。

「何をへらへら笑ってるの！」ミセス・カーヴァーが叫び、エムの頰を平手で打った。

「お母さんはあなたが危険な目にあったらと思って心配してるのよ。殺されて道端の溝に捨てられでもしたらどうするの！」

　エムは頰を押さえ、涙をこらえた。

〈オールド・バーン・ファーム〉へ帰る車中は凍《い》てつくような沈黙だけが流れていたが、帰宅するとすぐにまた怒声が飛んできた。エムは、自分を生み、愛し、だが理解できないでいる両親から、自分の心が離れていくのを感じていた。

「どういうつもりだ」父が嚙《か》みつくように言った。「おまえはよく知りもしない少年のために自分の人生を棒に振るつもりか！」

「ちゃんと知ってる。そして、愛してる」

　母が金切り声を出す。「愛が何かもまだ知らないくせに」

「私の気持ちを勝手に決めないで」エムは言った。両親がヒステリックになればなるほど、シーソーみたいに、エムは冷静になっていった。

「おまえが男のあとばっかり追いかけるつもりなら、スキップを売ってしまうぞ」と、父が怒鳴る。

「わかった」エムは悲しげにうなずいた。

その段になってようやくエムの両親は黙り、娘を赤ちゃん扱いするのをやめた。

47

ジョーナス・ホリーが、飢えたおとなしい猿みたいにタンポポに手を伸ばす。それを見つめながら、スティーヴンはあいつは奥さんを殺したんだと何度も自分に言い聞かせなければならなかった。

スティーヴンはエムのことを思い、ジョーナスとルーシー・ホリーはあれほどの幸せを感じたことがあっただろうか、あれほどまでに相手を愛《いと》おしく思ったことはあっただろうかと考えた。ジョーナスは、両手に感じた妻の背中の感触を覚えているだろうか。ブラジャーに包まれた彼女の胸を初めて見たときのことを覚えているだろうか。

ジョーナスの腹が鳴り、彼は片手で肋骨《ろっこつ》の下を押さえて顔を歪《ゆが》めた。大きな手だが、腹部の傷跡を完全には隠せない。腹の傷跡は、ジョーナスの手中から逃れようとする黒っぽいウジみたいに、のたくっている。スティーヴンの背中にも、リバプールのユニフォームの背中の裂け目とちょうど重なる位置に傷跡がある。アーノルド・エイヴリーにシャベルで殴られた場所だ。痛みそのものは忘れてしまったが、痛かったことも、その後むず痒《がゆ》くなったことも、疼《うず》きが次第に薄れながらも何カ月も残ったことも覚えていた。バスルームの鏡に映る傷を、首をよじって見たものだ。大きくはない。背中に残っていたのは単なる赤い跡で、数年の間に淡いピンク色へと薄れていった。ジョーナスの腹部にある、ジグザグに走るくっきりと盛り上がった傷跡とは比べものにならない。どれほどの激痛だったろうと、スティーヴンは想像した。

そんなふうに考えた自分にはっとして苛立《いらだ》ち、今も痛めばいいと思った。

「何で彼女を殺したの？」

ジョーナスが困惑する。「誰を？」

「奥さんに決まってるじゃないか！」

ジョーナスは座ったまま、よろめいた。どこか遠くで牛が悲しげに鳴く声が聞こえる。今の言葉は本当にスティーヴンの口から出たものだろうか。耳にした言葉も、罪悪感から速くなった鼓動も、俺が想像しているだけではないのか。それを確かめるように、ジョーナスはスティーヴンの唇を見た。

俺はルーシーを殺してはいない。それが真実だ。

それだけは確信を持って言える。

ナイフの記憶。血の記憶。それを思うと混乱する。思い出せないこともあったし、思い出したくないこともあったが、百万回生まれ変わってもルーシーを殺すことは絶対にない。声に出して否定することすら苦しくてできない。口を開いたが、言葉はひとつも出てこなかった。

　スティーヴンは金網に寄りかかり、冷ややかに尋ねた。「ミセス・ホリーのこと、もう愛してなかったの？」

「今でも愛してる！」間髪入れずにそのひと言が飛び出した。まるで、つねに喉の奥にあって、聞いてもらえるのを待ちかまえていたかのように。

「でも、彼女を叩《たた》いたじゃないか！　愛してたら叩いたりしない」

「嘘《うそ》だ」ジョーナスが言った。「それは嘘だ」

「僕はこの目で見たんだ」スティーヴンは言った。

　自分の大胆な発言に震えていた。ジョーナスがこちらを見ている。いや、見ているんじゃない。僕のなかまで見とおしている。

「君はルーシーが、亡くなる晩に君に金をやったと言った」

「だから何？」

「なぜルーシーはそんなことをしたんだろう？」ジョーナスは眉間にしわを寄せ、しゃべりながら謎を解こうとするみたいに、考え考え話した。

「わからない」スティーヴンは慎重に答えた。「そんなこと、それまで一度もなかった」

「もしかしたら」と、ジョーナスが言う。「もしかしたら……彼女は自分が死ぬことを知っていたのかもしれない」

スティーヴンは何も言わなかったが、ジョーナスの言葉の何かに――あるいはその言い方に――悲しみがこみ上げた。いや、恐怖か。もしくはその両方か。いずれにせよ、自分の手に負えない何かがあきらかになろうとしている予感がして、不安になった。金網に背を向け、ジョーナスが黙ってくれることを祈った。

しかし、ジョーナスは話すのをやめなかった。

「今から自分は殺されると最初からわかっている人なんているのかな、スティーヴン?」ジョーナスの声がかすかに割れた。「君はわかっていたの?」

スティーヴンの温かな肌に鳥肌が立った。

アーノルド・エイヴリーが自分を殺そうとしていたことを、スティーヴンは当時、知らなかった。二度と家に戻れないとわかっていたなら、それなりの用意をしただろう。庭の小屋に隠していた五ポンドをデイヴィーにあげただろうし、母に愛していると伝えただろう。

ルーシー・ホリーは僕に五百ポンドをくれた。

痛いほどの力で僕を抱きしめ、さようならと言った。

そのふたつが意味することは、彼女は殺されたのではないということだ。

スティーヴンは頭が混乱してわけがわからなくなった。僕が知っていると思っていたことは、全部間違っていたのだろうか。ルイスの言っていたことが正しかったのか。僕はずっと妄想に取り憑《つ》かれていたのだろうか。ジョーナス・ホリーのなかに危険なものを感じてしまうのは、僕自身が心に清算できない過去を抱えているせいなのか。

スティーヴンはジョーナスの顔をじっと見つめたが、そこには痛みしかなかった。欺瞞《ぎまん》も怒りもなかった。脅威もなかった。

あの夜ローズ・コテージの外で会ったジョーナスとは違っていた。

あのときの顔はどこに行ってしまったんだ？　今こそあの顔を見せてほしいのに。

あのときのジョーナスの目はただの穴だった。真っ暗で、ブレンドンヒルズの古い坑道みたいだった。草地を歩いていたらふと足が沈み、振り返って確かめたら縦穴があり、危うく落ちて死ぬところだったと知るのに似ていた。底に落ちる頃にはただ死んでいるだけでなく、皮も全部剝《む》けているような、どこまでも深く狭い真っ暗な穴。そんなものに落ちかけたのかと思わずぞっとし、だが怖くはないと虚勢を張るために不自然なまでの大声で笑い飛ばす。

それなのに、その小さく暗い穴は夢にも出てくる。

今日のジョーナスの目は茶色だった。それだけだった。茶色の上にうっすらと光るものが涙に見えて、スティーヴンは心をかき乱された。

ミスター・ホリーは本当に僕の言っている意味がわからないのだ。彼はミセス・ホリーを本当に愛していたのだ。

スティーヴンは、もしも誰かがエムを傷つけたらと想像した。とたんに胸の内側に──邪悪な魔法みたいに──抑えようのない憤怒《ふんぬ》が湧き、エムが痛めつけられるのを見るくらいなら死んだほうがましだと思った。もしジョーナス・ホリーが、僕がエムを愛するのと同じように妻を愛していたのなら、僕が目撃したはずの光景はさておき、彼女を殺すことなど絶対にできなかったはずだ。

スティーヴンは激しい自責の念に駆られながら、あの夜ローズ・コテージの外でジョーナスから感じた脅威も、僕の思い込みだったのだろうかと疑い始めた。

スティーヴンの眉間の小さなしわが深くなる。

そんなはずはない。思い込みなどではない。

それとも、僕の勝手な想像なのか。

そうなのか？

僕の脳はありもしない事実を他にも作り出しているのだろうか。ルーシー・ホリーが吹き飛ばされて膝をついたほどの、あの激しい殴打は？　白黒の空から舞い落ちた紙幣は？　すぐ後ろに生け垣があってどこにも逃げ道がなかったことは？

エムは？

彼女は僕にはもったいない。エムとのことは、現実であるにはあまりにすばらしい。この手の下でどきどきしていたエムの心臓。彼女の、酸っぱいスーパーサワーズにも似た刺激的なかわいさ。それも僕が想像しただけなのか？　エムその人も僕の作り出した幻なのか？

スティーヴンは瞬《まばた》きをしてぶるりと震えた。どこまでが本当なのだろう。急に確信が持てなくなった。現実だとわかるのは、犬舎内の暑さと悪臭だけだ。いったいどれくらいの期間、僕はここにいるのだろう。一カ月？　一年？　もはやわからない。ジェスもチャーリーもメイジーもカイリーもピートも、皆存在している。それはスティーヴンにもわかる。そしてジョーナスはあくまでジョーナスで、その目はただの茶色で、腹部には殺人者が残した傷跡がある。それらが現実であることはたしかだ。でも、それ以外は僕の頭が作り出したものなのかもしれない。あらゆる恐怖も。

スティーヴンは、下をのぞけばどこまでも深く暗い、断崖絶壁の縁をふらふらと歩いている気分になった。足元で崩れた岩が、回転しながら見えない底へ落ちていく。

僕は多くの苦難をくぐり抜けてきた。

あまりに多くの苦難をくぐり抜けてきた。

過去五年が、すべて自分の頭のなかだけに存在するのだとしたら？　あの朝、霧に包まれたブラックランズで勝ったのは、結局はアーノルド・エイヴリーだったのだとしたら……。

縁ぎりぎりまで水をたたえた水差しみたいに、スティーヴンの体いっぱいに涙がたまり、かれることのない小川みたいにその目からあふれ出た。

「ごめんなさい」スティーヴンはすすり泣いた。「ごめんなさい」

ぼやけた視界の先で、ジョーナスのこわばった表情が驚きに、さらには懸念に変わる。彼は短い鎖が許す限りこちらに近づき、手を伸ばしてふたりを隔てる金網に触れた。

「どうしたんだ?」ジョーナスが尋ねる。

「僕はもう死んでるのかもしれない」そう言って、スティーヴンは泣き続けた。

48

ケイト・ガリヴァーがシップコット村を訪ねてきて、レノルズとライスの三人で夕食をとった。ライスは彼女とは初対面だったが、きれいな人で驚いた。黒っぽい髪は長く豊かで、スペイン人のようなくっきりと大きな目をして、充分に長い脚にエナメル革のピンヒールのブーツを履いていた。

ライスはふいにジャガイモの麻袋でもかぶっているみたいな気になった。何とも野暮ったい。

〈レッドライオン〉には菜食メニューはひとつしかなく、つねにオムレツだった。ケイトは田舎を知らない都会人の顔で、オムレツのかわりに前菜のサラダをふた皿頼んだ。

頭にきたライスは当てつけのようにピザとデザートを頼んだ。過剰なカロリーは明日の朝走って消費すればいい。走るかどうかはわからないけれど。

ケイトは今回の訪問に先立ち、スティーヴンが恐ろしい事件に巻き込まれた直後の一年間、彼の精神面のケアに携わったローズ・ハモンドという心理士から、じっくり話を聞いてきていた。〝携わった〟と言うときに、両手の人差し指と中指を空中でくいくいと折り曲げた引用符の仕草が、ケイトがローズを無能だと見下していることを物語っていた。

レノルズはレノルズで、アーノルド・エイヴリー事件の事後処理に当たった警察官に話を聞いていた。口数の少ない警部で、スティーヴン・ラムが余計なことをしなければ、エイヴォン＆サマセット警察が、上層部の許可のもとアーノルド・エイヴリーを銃弾で蜂の巣状態にしてやれたのにと、根に持っているようだった。それ以外で彼がしゃべったことは、精神病質者に襲われることは、十二歳だった少年にはあまりに過酷でトラウマ的な経験だったに違いないと、渋々認めたくらいだった。

ケイトは、田舎の心理士のカウンセリングを月に二度受けたくらいでは、少年のトラウマは解消していないかもしれないと考えた。少年のおじだと自称するアイルランド人の庭師に払える程度の安い料金でやっている心理士となれば、なおさらだ。

ケイトは〝おじ〟という言葉を発するときにも、実際にはどうだかとばかりに皮肉を込めて、引用符の仕草をした。レノルズは、ケイトが機知に富んだ冗談でも言ったかのように笑った。

ライスは自分が邪魔者みたいではばからしくなった。私の向かいにも誰か相手がいたらよかったのに。私がうんざりと眉を上げてみせることのできる誰か。それを見て、わかるよというように唇をおかしげに小さく吊《つ》り上げてくれる誰か。エリックを思い浮かべたが、彼がライスのユーモアを理解してくれたことは一度もなかった。彼はもっとわかりやすい冗談を好んだ。大抵は、イギリス人とアイルランド人とパキスタン人が風俗店に行って、で始まる冗談だ。エリックはやめにして、正面にいるのがジョーナス・ホリーだったらと想像してみた。隣のふたりとは違って物静かで、ケイト・ガリヴァーの人を小ばかにしたような引用の仕草にも、スペイン人みたいな目にも、感銘を受けない。目の前の料理や私だけをまっすぐに見てくれる。

そう想像しただけでライスは温かくなった。全身が。

熱心に相槌《あいづち》を打つレノルズと、話をほとんど聞き流しているライスを前に、ケイトは心理学的なごたくを並べ立て、最後にこう言った。「スティーヴンを守れず、殺人者に彼の居所を突き止めさせ、危うく殺させた原因は、今の法体制にある。その象徴である警察に対する糾弾は、どんな些末《さまつ》なものも細心の注意を払って扱うべきだわ」

「同感だ」とレノルズが言った。

まあ、びっくりと、ライスは内心皮肉った。

「それからもうひとつ」ケイトの口調が重々しくなる。先を続ける前に、彼女はトマトにフォークを刺した。「スティーヴンは計り知れないトラウマを抱え、精神にひどい傷を負った。彼が何らかの形で今回の事件にかかわり、疑いを他へそらそうとしている可能性も考慮に入れておくべきだと思う」

「さすがケイトだ！」レノルズは気取った子犬みたいな顔でケイトににっこり笑いかけた。

ライスの名前の後ろには、ふたりと議論できるような、博士などの立派な肩書きはついていない。それでも、ジョーナスにかけられていた嫌疑が薄れていくことに安堵《あんど》しつつも、ケイト・ガリヴァーがチェリートマトを使って劇的な間を演出したことが気に障った。懸念を示すふりをして優越感に浸っている。そういう腹立たしいところがケイトとレノルズはそっくりだ。

私の思い違いでなければ、このテーブルでスティーヴン・ラムと実際に言葉を交わしているのは私だけだ。それだから、役に立つかどうかはわからなかったが――結局、ほとんど立たなかったようだが――自分が受けた印象では、スティーヴンは誘拐や殺人を犯すような人物には思えず、不満や怒りを抱えているようにも見えなかったと伝えた。

「興味深いわ」ケイトが言った。フォークを置き、美しい手を顎の下で優雅に組み合わせる。「ちなみに何を根拠にそう判断したのかしら？」

レノルズが鼻を鳴らす。「頭にタオルを巻いたままの五分間のおしゃべりだろう、エリザベス？」

レノルズとケイトが歯を見せて笑い合った。

ライスはデザートのチーズケーキを二階に持って上がった。バスタブに浸《つ》かり、手《て》摑《づか》みで食べた。

49

デイヴィー・ラムが、毎朝目覚まし時計が鳴る前に起床し、母が起き出す前に家を出るのには理由があった。母が薬の作用でぼうっとしながらくだらないテレビ番組を見ている隙に家を抜け出さなければ、一生出られなくなりそうだったからだ。

母はときおり澄んだ目でデイヴィーを見つめ、腕を伸ばして抱きしめてきた。追いつめられたようなきつい抱擁に、デイヴィーは母の腕を振りほどいて部屋をひとっ飛びに飛び、自由な世界へ逃げたい衝動に駆られた。しかし——思春期に入って初めて意識して利己的な気持ちを抑え——おとなしく母の胸に抱きしめられるがままになった。骨が砕けそうなほどの力で抱きしめる母の様子は、さながら息子を肌から再び自分の体に取り込もうとしているかのようだった。

デイヴィーも恐ろしくないわけではない。デイヴィーだって恐ろしかった。デイヴィーとシェインが〈スプリンガー・ファーム〉や森に近づくことはなくなっていた。今となっては、どちらもいかにも悪いことが起きた場所らしく見え——これからも悪いことが起きそうに思えた。たまに遊びに出るとしたらフィールドで、デイヴィーはシェインがスケートボードに興じるのを眺めて過ごした。それだけだった。宿題もやらず、落ちこぼれようとも構わなくなった。ときには学校を完全にサボり、ブランコに座ってシャンテル・コックスと紙巻き煙草《たばこ》を回しのみしたり、極限まで高く速く漕《こ》いだりした。そのまま現実世界から飛び出してしまいたかった。

だが、そのたびに重力に引き戻された。

笛吹き事件の親たちは会合でラム家に集まると、ゾンビみたいにやたらとデイヴィーにまとわりついた。元気かと尋ねたり、気の毒そうな顔をしてみせたりするが、本当は自分の両肩を摑《つか》んで激しく揺さぶり、何か——何でもいいから——戻らない我が子を見つける手掛かりを教えてくれと言いたいのだと、デイヴィーは察していた。

しかし、デイヴィーには与えられる手掛かりがない。誘拐犯は見たし、声も聞いた。彼の車にも乗せられた。しかし、記憶はあまりに断片的で役に立たなかった。明確に覚えているものは、シェインとふたり、賢い策だと自画自賛した計画と、自分が黙るべきときにわめいてしまった事実だけだ……。

デイヴィーはスティーヴンの部屋に入り、これまで触ることを許されなかったものに触った。バットマンのアクションフィギュアも手に取ってみたが、架空の犯罪など、現実のものを前にすっかり色褪《あ》せてしまっていた。スティーヴンの通学鞄《かばん》のなかを漁《あさ》り、「木になって過ごす一日」という作文を読んだ。題だけ聞くとばかみたいだが、実際に読んでみたらなかなかよかった。何しろ木はどこにも行かず何もしない。エロ本でも隠していないかとベッドの下をのぞいてみたが、壁に刻まれたスティーヴンの名前と、祖母の誕生日に兄弟連名で贈った傘の、くしゃくしゃに丸められたレシートを見つけただけだった。

十三ポンド九十九ペンス。

デイヴィーは猛烈に腹が立ち、泣きたくなった。

スティーヴンが無事に戻ったなら、ふたり一緒に逃げたというデイヴィーの話は嘘《うそ》だと暴露するだろう。そうなったら俺はヒーローではなく、実の兄を殴って見捨た最低な弟に成り下がってしまう。

兄には無事帰ってほしい――当たり前だ。

もしもあのとき、俺が叫ばずに黙っていられたなら、素直にそう願えたのに。


屋根の隙間からのぞくまぶしい青空を、ノスリがエクスムーアを眼下に見ながら円を描いて飛ぶのが見える。ときおり鳴き声を上げている。大型の鳥には不釣り合いな頼りない声だ。ジョーナスはハエを手で払った。ここにはつねにハエがいる。肉にたかるのだ。払ったばかりのハエが再び顔にとまり、ジョーナスはそのまま放置した。口にとまられるのはさすがに不快だが、それ以外の場所にとまったものを払う元気はもはやない。

子どもたちが牧草地から手一杯の草やタンポポを持って戻ってくると、ジョーナスの腹は栄養を欲して悲しくも鳴った。今回はスティーヴンもいくらか摘んできて、ジョーナスが礼を言うと、「うん」とだけ答え、すぐに彼の定位置であるケージの奥に陣取り、壁の割れ目に片目を押し当てた。ぼろぼろと泣いたあの日以来、スティーヴンはほとんど話そうとしない。ジェスとさえもだ。

チャーリーがジョーナスの腕に触れてきた。「こんにちは、ジョーナス。元気？」

「チャーリーは元気かな?」

「ピーナッツバター、ある?」

そのひと言を聞いただけでジョーナスの胃はねじれた。「ないんだ、ごめんな、チャーリー」

少年の顔が歪《ゆが》む。「お腹《なか》すいた」チャーリーは惨めそうに言った。

「肉を食べたらどうかな?」ジョーナスはチャーリーの後ろに落ちている骨つき肉を指差した。

「ジョーナスもお肉を食べたら?」

「僕は肉は食べないいんだ」もう五十回は教えている気がしたが、ジョーナスは辛抱強くそう言った。

「僕もお肉は食べない」チャーリーが言う。骨のひとつを蹴飛ばし、悲鳴を上げた。つま先が痛かったらしい。骨は床を転がり、扉をガタガタと言わせて止まった。

チャーリーは寝床の隅に座って鼻をすすった。「足が痛い」と、か細い声で言う。

壁にへばりついていたスティーヴンが振り返り、顎をチャーリーのほうにくいと動かした。「たぶん、食べるのが怖いんだ」スティーヴンは言った。

「なぜ?」

「あの肉のせいだよ。覚えてるでしょう?」

「いや」

スティーヴンはため息をついた。「上空にヘリコプターが来たとき。あいつは僕らを肉のなかに入れた。小さな部屋にぶら下がってる肉に。覚えてない？」

混乱した様子のジョーナスに、スティーヴンは尋ねた。「だったら、あなたはあのとき、どこにいたの？」

ジョーナスの眉間にしわが寄った。俺はどこにいたんだ？

ヘリコプター。冷たい水しぶき。膝裏に受けた衝撃。胸をちくちくと鋭く刺す痛み。見上げる水面に漂うルーシー……。

「水中に押さえ込まれてた」

スティーヴンが目をしばたたく。「何で？」

ジョーナスは肩をすくめた。見当もつかない。

ただ、水に落ちた衝撃を思い出したのをきっかけに他のことも思い出した。はっきりとではなく、断片的な記憶だ。自分が小さな子どもみたいになっていたこと、刺激臭にめまいを覚えたこと、猟犬係に摑《つか》まれて腕が痛かったこと、コンクリートの床で膝を擦りむいたこと。突然周囲が真っ暗になったこと、鎖を巻かれて吊《つ》り上げられたこと、重たい何かが顔に触れたこと……重く、冷たい何か……。

なんだ、そういうことか。

「温度だ！」ジョーナスは言った。「冷蔵室は寒いし、水のなかも冷たい」

スティーヴンはまだぴんと来ない顔をしている。

「赤外線カメラだよ。ヘリに搭載されてる」

スティーヴンがはっとして口を開けた。赤外線カメラの画像なら、警察のリアリティ番組「ポリス・カメラ・アクション！」に出てくるから、誰もが知っている。腕と足の生えた真っ白なシルエットが、茂みに身を隠したり、犯罪現場から離れようと草地を走ったりする様子が画面にはっきりと映る。犯罪者自身の体の熱が上空の追跡者たちへの信号となるのだ。

そうか、そういうことだったのかとジョーナスは思った。ヘリコプターや捜索隊が近辺に迫るたびに、子どもたちは引きずられ、猿ぐつわを噛《か》まされ、凍えるような低温の冷蔵室に連行され、捜索隊が完全に引き上げるまで、死んだ牛や馬の肉のなかに詰め込まれていたのだ。想像したら吐きそうになった。かわいそうなチャーリーが、ヘリコプターの音がしたとたんに怯《おび》えて取り乱したのも無理はない。

この子たちはいったい何度、そんなおぞましい思いをさせられてきたのだろうか。今となっては遠い昔のような、捜索の日々を思い返す。足をくすぐる乾いた草に、ヒースや日焼け止めクリームの匂い、上空を縦横に飛ぶヘリコプターの音。ボブ・コフインも捜索に参加していた。それはすなわち、ピートとジェスは捜索隊がすぐ近くまで来ていた間も、冷たく不快な屠体《とたい》のなかに一日中閉じ込められていたということだ。そして、警察のヘリコプターが出動するたびに、同じ苦痛を強いられていた。

そんな体験をしてきた子どもたちが、目の前でアイ・スパイ遊びに興じたり、デイジーで花輪を作ったり、歌ったり、ベジタリアンのジョーナスのために草を摘んできたりして、いっこうに覚めない悪夢のただなかに置かれながらも互いへの思いやりを忘れずにいることに、ジョーナスは驚きを禁じ得なかった。なぜ、そんなふうにいられるのだろう？

ひとり、チャーリーだけが精神的に参り始めていた。あの子には、我が身に起きている現実に対処するための言葉も思考力もない。チャーリーは、元気か泣いているかのいずれかだった。近頃は後者の時間が増えている。今も食事や昼寝をしそびれた二歳児みたいにぐずっている。

「ねえ、チャーリー」と、ピートが呼びかけた。「歌おうか？」

「やだ」

「ほら、いくよ。男がひとり、草刈りに行った。牧草地に草刈りに行った。男がひとり、犬と一緒に……」

そこにカイリーも加わり、他の子どもも続いたが、チャーリーは奥の壁の影を背にしょんぼりと座っていた。

ジョーナスは金網塀の隙間から隣をのぞいた。「なあ、チャーリー。僕の肉を食べてみるかい？　君のより、うんとおいしいよ」

チャーリーはジョーナスを見て、それからジョーナスのケージに落ちている、口をつけられていない骨つき肉を見て、再びジョーナスに視線を戻した。唇を尖《とが》らせている。「ジョーナスはお肉食べないって言ったじゃない」

「食べないよ。食べないけど、食べるなら、こっちのお肉を食べるな」

ジョーナスの背後からジェスが「わかりました、ドクター・スース！」（絵本作家。韻を踏んだリズミカルな文章が特徴）と言い、スティーヴンが笑った。つられてチャーリーも笑う。

「試してみるかい？」ジョーナスがチャーリーに尋ねた。

笑ったおかげで、チャーリーは少し素直さを取り戻したかに見えた。難しい顔で、両手を体の前でよじりながら迷っている。しばらくして、メロドラマみたいに大げさなため息をつくと、肩をすくめ、「試さない」と答えた。

皆が、ジョーナスさえもが笑った。考えてみれば異常だ。全員が気がふれた男に捕らえられている状況で、飢えた少年が食べ物を拒む様子を笑うなんて。それでも笑うと気が晴れた。

ジョーナスは鎖が許す限り移動すると、最も近い骨に腕を伸ばした。しかし、遠すぎて指も届かない。チャーリーがこちらの一挙手一投足を見つめているのを意識して、ジョーナスは体の向きを変えると片方の長い脚を精一杯伸ばした。つま先に肉が触れる。それを揺らし、転がして、自分のほうへ近づける。最後は足で引っ張り、両手で持ち上げた。触っただけで鳥肌が立った。拳《こぶし》ふたつ分ほどの大きさの、灰色に変色しかけている肉の塊に、ところどころ黄色い脂肪がついている。それが滑らかに突き出た骨をぐるりと覆っている……。

ジョーナスは目を閉じて肉の塊を口元に近づけた。臭い！　吐きそうになるのをこらえた。だめだ、できない。顔を歪めて目を開けたら、チャーリーが一心にこちらを見ていた。あれこれ考えるのをやめ、ジョーナスは肉にかぶりついた。

たとえるなら、顔から鼻を食いちぎろうとしている感触だった。それほどにおぞましく、困難だった。しかも、なかなか食いちぎれない。骨についたままの状態で嚙み続けるしかなかった。

動物みたいに。

ジョーナスは吐き気と戦い、両目から涙を流しながらも嚙み続けた。やがて、筋の多い肉の塊をわずかながらもどうにか食いちぎると、丸ごと飲み込んだ。緊張と嫌悪感とにあえいだ。しかし、体は主《あるじ》を裏切るかのように、栄養を求めて即座に消化態勢に入った。下唇を唾液が流れ、胃が痙攣《けいれん》する。

ジョーナスは唇を拭い、おいしそうな顔に見えることを祈って無理やり表情を取り繕ってから、チャーリーのほうを向いた。「うん、うまい。さっきよりずっと元気が出てきたぞ」

チャーリーは興味を引かれたようだった。

「ちょっと食べてみるかい？」

チャーリーは口をつけていない自分の肉を、次いでジョーナスが手に持っている肉を見た。

「食べてみる」そう言って立ち上がる。ジョーナスは今度は鎖の長さが許す限り伸び上がり、屋根と金網塀の隙間に手を伸ばし、骨つき肉をチャーリーのケージにかろうじて差し入れた。

チャーリーはしばし懐疑的な顔でそれを眺めてから、ジョーナスが食いちぎった辺りにかぶりついた。

「ジョーナスのお肉のほうがおいしい」と、認める。

「ほら、言ったとおりだろう」ジョーナスは言った。

「ジョーナスには僕のをあげる」チャーリーが寛大にもそう申し出て、金網塀越しに自分の骨つき肉を全部投げた。肉は湿った音を立ててコンクリートの床を転がった。

スティーヴンが短く乾いた笑い声を上げた。

ジョーナスは老いた動物の粗悪な肉の塊を見つめた。追いつめられた者が握りしめる拳みたいに、胃がぎゅっと縮まった。

その子を助けてあげて、ジョーナス。

助けるよ。約束する。

自分が死んでしまったら、どうして他人を助けられる？

最も近くに落ちている肉からは、ピンク色の太い血管が突き出ていた。ジョーナスは尻でずって肉に近づくと、丸めたつま先で血管を摑み、馬の死肉の塊を引き寄せた。

50

ジェスが誘拐されて六週間が経過し、ジョン・トゥックは不眠症に陥っていた。

彼の心の一部は——日に日に小さくなっていく、現実を受け入れまいと抵抗する心の一部は——いまだに、ジェスの失踪《しっそう》は反抗期のティーンエージャーのたちの悪いいたずらであることを願っていた。娘が誘拐されたと言われるくらいなら、年の離れた男と駆け落ちしてくれているほうがましだ。

娘の胸が膨らみ始めた一年ほど前から、ジョン・トゥックは悪い虫がつくのではないかと心配で、幾度となく眠れない夜を過ごした。娘よりずっと年上の男。刺青《いれずみ》や鼻ピアスをしているような男。無職の男。娘の体だけが目当ての男。

娘が薄汚い民宿で好色なロリコンなりピアスをしたごろつきなりと寝ていてくればいい。再び眠れぬ夜を過ごしながら、そんなことを本気で願っている自分に気づき、ジョン・トゥックは愕然《がくぜん》とした。強姦《ごうかん》され、殺害されているというのでさえなければ。または、すでに殺されて草地のどこかに捨てられ、犬を散歩中の誰かに発見されるのを待っているのでさえなければ。

もはや相対的な考え方しかできなくなっていた。

隣で眠るレイチェルがベッドの上掛けを引っ張り、半分以上独占した。

レイチェルは表面的には自分を支え、同情を示し、ばかみたいに頻繁にお茶を勧めてくれるが、そこに心がこもっていないことをジョン・トゥックは見抜いていた。無理もない。ジェスは彼女の娘ではない。レイチェルは、そばにいるときにはその場にふさわしい思いやりを見せたが、週に二回の馬場馬術のレッスンは続けていた。トゥック自身が『ホース&ハウンド』誌で見つけてレッスンを頼んだ若い男と談笑する声が、家まで聞こえてくる。

トゥックはむしろ、前妻の目に自分と同じ絶望的な恐怖が映るのを見て、自分はひとりではないと実感した。

だが、ジェスはひとりだ。

トゥックは上掛けを剝《は》いでベッドの縁に座った。こんな堂々巡りの物思いも、近頃では当たり前になってしまった。今回の事件で家族担当を務めている、子どもみたいに頼りないベリー巡査と話をするときもそう。笛吹き事件の親たちの会の、まどろっこしい会合でもそう。すべてが堂々巡りする。同じ問いばかりが繰り返される。どこ？　どうやって？　誰が？　なぜ？

トゥックを何より苛《さいな》んでいるのは最後の問いだった。ジェスが誘拐されて以降、被害者が増えるごとに、個人的な恨みによる犯行の可能性は低くなっていった。それはトゥックも理解していた。それでも彼は苦しんだ。自分のせいで誰かがジェスを選んだ、もしくは最初にジェスをさらったと考えると、気が変になりそうだった。自分の行いのせいで。ベリー巡査もライス巡査部長も、今となってはその線は考えにくいと言っていたが、ジョン・トゥックは人生で初めて、過去の自分を真剣に振り返った。

はじめは難しかった。己の行いなどいちいち覚えておらず、ブラックホールにのみ込まれたものを取り戻そうとするような作業だった。訓練がいった。レイチェルが参加したがった、村の会館で開講されていたくだらない瞑想《めいそう》クラスで瞑想を学んでいる気分だった。暇を持て余した主婦や働けるくせに失業給付でのうのうと暮らしている連中が、バドミントンのコートで聖音オームを唱える間、トゥックはワイヤーで保護された時計の、いつまでも進まない秒針を見つめていた。

レノルズ警部補に提出したリスト以外に恨みを買っていそうな人物など、はじめは思い当たらなかった。しかし、ジェスのためだからこそ、必死の思いで記憶を引っかき回した。ウィル・ビショップの名が浮かぶまでに、文字どおり数日かかった。支払いを督促する無礼なメモをしつこく残していった牛乳配達人だ。ビショップはエクスムーア中央一帯の住民を長年脅し続けており、ある朝、ジョン・トゥックはもうたくさんだと思った。ちょうど、スコッティの左前脚の蹄鉄《ていてつ》が外れてしまった朝のことだった。ちなみにその週だけで三度目だった。レイチェルから、トゥックが彼女のために買ってやった千三百ポンドもするステューベン社製の鞍《くら》が、彼女には合わないとトレーナーから指摘されたことを告げられた日でもあった。そういうわけでトゥックは牛乳販売店に連絡し、適切に対処しますからと言わせるまで電話口で怒鳴り散らした。メモを残されることはなくなり、牛乳は配達され続け、それから間もなくしてウィル・ビショップは引退した。五十年以上も勤め上げての退職であり、トゥックはこれで一件落着だと思った。

今思えば、もう少しましな対処があったのかもしれない。

ウィル・ビショップの一件を思い出したのを皮切りに、堰《せき》を切ったように記憶が流れ出てきた。

それから数日、ジョン・トゥックは、自分が不当に扱ったり感情を害したり傷つけたりした人間の多さにまずは驚き、次に衝撃を受け、最後に恥じ入った。人々からよく思われていないことは、パブやショーで人の輪に近づいたときに、彼らが見せる表情やひそひそ話や沈黙にあらわれていたのだ。これまで気づかないふりをしてきた、あるいは尊敬されているのだと都合よく解釈してきた他人の態度。それらの記憶が、祭りの射的で打ち損じたブリキのアヒルが起き上がるようにして、次々によみがえってきた。

たとえばチャールズ・スタウアブリッジ。彼には、あんたの新しい馬、値段の四分の一の価値もないよと、実際には値段にふさわしい良馬だったのに言ってしまった。それからミスター・ジャコビー。彼の肥大した乳房をレイチェルに指差して教えてしまった。さらにはリンダ・コップ。ブルーボーイという馬を、村の運動用フィールドで浅はかにも全力で疾走させていて、彼女の犬の脚を踏んでしまったときに、ばか犬をしっかり押さえておかないあんたが悪いと言ってしまった……。

もし今、レノルズに再度リストの提出を求められたなら、データベースを作成するはめになるだろう。いや、レイチェルに作らせることになるか。トゥックはパソコンに疎く、レイチェルなら一本以上の指でタイピングできる……。

それをさせたら、レイチェルの名もリストに加えなくてはならなくなるだろうか。

それとも、まだ思い出せていない何らかの理由で、すでに彼女にも嫌われているだろうか。

僕はあと何人から恨まれているのだろう。最後には必ずその問いに戻った。

ベッドの端に腰かけて、星空をじっと見つめた。ジェスにも、今いる場所からあの星が見えているだろうか。

ジェスがどこにいるにせよ……それは僕のせいなのか？


スティーヴンは壁の割れ目から猟犬係を見張っていた。最近は取り憑《つ》かれたようにそうしている。猟犬係の姿を確認できると妙にほっとした。彼が今ある狂気から別の狂気へと移行し、スティーヴンらの存在を忘れて犬舎に放置した挙げ句、脱水症状で全員を死なせるような事態にはならないと確かめたかった。皆、猟犬係を憎んでいたが、生きる頼みは彼だけだ。彼らは、猟犬係の狂気を恐れる以上に彼の不在を恐れた。

しかし、猟犬係がいてもなお、生き続けることは日増しに厳しくなっていた。日中はまだ暑く乾燥しているものの、涼しかった夜は急速に寒くなっていた。スティーヴンは、藁《わら》の寝床があるにもかかわらず、朝目覚めるたびに老人みたいに体がこわばり、あちこちが痛んだ。ジョーナスが気の毒だった。彼はコンクリートの床にじかに寝かされている。自身の体温しか自分を温めるものがない状況で、人はどれだけ生きられるのだろうとスティーヴンは思った。

猟犬係が各ケージに投げ入れる肉も、日ごとに粗末になっていた。肉が小さくなり、なかにはほとんど身がついておらず、脂肪や軟骨だけのものもあり、傷みかけている味のするものもあった。

今では子どもたちも運動で外に出されるたびに花や葉を食べ、ジョーナスにも必ず持ち帰った。しかし、それでは到底足りず、骨についているものは何でも食べてしのぐしかなかった。

チャーリーは食中毒を起こした。震える体が、腐った肉を一気に体外に出そうとする。チャーリーは丸二日間、ケージの床の排水口に覆い被《かぶ》さるようにして身もだえし、うめいていた。

何度となく繰り返す激しい爆発のような嘔吐《おうと》のあとは、チャーリーは藁の寝床には戻らず、床を這《は》い、ジョーナスと自分のケージを隔てる金網塀にくっつくように丸くなって寝そべった。そんなチャーリーの髪をジョーナスは撫《な》でてやり、チャーリーが金網の間からねじ込んだ手を握ってやった。そして、慰めるように小さく声をかけたり、「男がひとり草刈りに行った」を、催眠術でもかけるかのように低い声で繰り返し歌った。

犬のスポットと、シュワシュワのソーダ……。

ボブ・コフィンは頻繁に顔を出しては、汚物を取り除き、チャーリーにドッグフードのチキン&ライスを食べさせようとしたが、少年は猟犬係に背を向け、汗ばんだ冷たい頭を横に振った。

「この子は犬じゃない」ジョーナスが言った。「それはあんたもわかってるだろう? この子に必要なのは医者だ。チキン&ライスじゃない」

案の定、猟犬係はジョーナスを無視した。

しばらくして、手にバケツを持ち、何かの包みを小脇に抱えて戻ってきた猟犬係は、チャーリーの汚れた下着を引っ張って脱がせた。

「何をする気だ?」ジョーナスの声は自分でも聞き取れないほどに、こわばり緊張していた。チャーリーの手を強く握りすぎて、チャーリーが悲鳴を上げた。

コフィンは何も言わない。スポンジと消毒薬を使い、葬儀屋のように手際よくチャーリーの体を拭き、袋を開けて新品の下着を取り出すと、ぐったりしている少年にはかせた。そして、藁のついた古い毛布を広げて少年をくるんだ。

ジョーナスはコフィンの動きを鷹《たか》のような鋭い目つきで監視していた。

「あたしも毛布をもらえない?」ジェスが頼んだが、コフィンは答えなかった。

「いい子だ、チャーリー」と、コフィンが声をかける。彼が少年の痩せこけた肩をぽんぽんと叩《たた》き、ケージを出て門に鍵をかけるのを見て、ジョーナスは涙ぐむほどに安《あん》堵《ど》した。

コフィンは続いてジョーナスのケージの清掃に取りかかった。すっかりお馴染《なじ》みとなってしまった、シャベルが床をこする音や、消毒液がまかれる音、ホースでバケツに水を入れる音がジョーナスの耳を満たした。

「チャーリーを解放してやったほうがいい」ジョーナスは静かに言った。

ボブ・コフィンは聞こえたそぶりは見せなかったが、ジョーナスの胸に点描画みたいな痣《あざ》を残したデッキブラシを手に取ると、ジョーナスの傍らの濡《ぬ》れた床を怒ったようにごしごしとこすった。

「チャーリーはここに置いておくべきじゃない」

ジョーナスはデッキブラシをよけるように両足を動かしたが、それでもブラシが膝に当たった。何度も当たった。ボブ・コフィンがここまでジョーナスに接近するのは珍しいことだった。

「あの子は何も言わないよ。あんたがそれを心配してるんなら。チャーリーは自分がどこにいるかもわかってない」

シュッ！　シュッ！

猟犬係が沈黙しているのは、彼がこちらの言葉を聞いて咀嚼《そしゃく》しているからであってほしいと、ジョーナスは願った。ひょっとしたら、彼の良心もついに痛み始めているのかもしれない。

「チャーリーのことは父親の待つ家に帰してやったほうがいい」

デッキブラシが小さな弧を描いてジョーナスの顔を打った。ジョーナスは横ざまに倒れた。その凄《すさ》まじい勢いに、金網塀にぶつかった頭が跳ね返り、塀がガシャガシャと鳴った。ボブ・コフィンがジョーナスにのしかかるように立った。

「あいつはあの子を愛してない！」と吐き捨てる。そして、騒々しくケージを出ると、猛然と通路を歩いていった。

ジョーナスは上体を起こしてそっと顎に触れた。顔の片側の感覚がなく、下唇から血がゆっくりと滴った。

チャーリーが怯《おび》えていたので、ジョーナスは「大丈夫だよ、チャーリー」と声をかけ、再びその手を握ってやった。

他の子どもたちは猟犬係の突然の激昂《げっこう》に呆気《あっけ》に取られ、静まり返っていた。ひとり、スティーヴンを除いて。

彼は興奮して目をみはり、金網塀を揺らした。

「あいつ、あんたの言葉に反応した！」押し殺した声でジョーナスにささやく。「反応したんだ！」

51

デイヴィーはシェインとつるむのをやめ、一日の大半をPS2のコントローラーをぼんやり握って過ごすようになった。デイヴィーが何の操作もしないから、画面のなかのぽん引きを乗せた車は意味もなく売春婦たちをはね飛ばしている。ジュードおじさんはデイヴィーを庭仕事に誘ったが、デイヴィーはそれでなくても疲れきっていた。睡眠過多に陥りながらも、本来眠るべき夜に眠れない。夜間はベッドに横になって暗闇を見つめながら、スティーヴンが戻ったら、母はどんな目で自分を見るようになるだろうと考えていた。俺が卑怯者《ひきょう》だと知ったら。嘘《うそ》つきだと知ったら。

エムが一階から夕食ができたと呼んでいる。最近では学校が終わってからラム家に来て、一家のために料理をしていく。今日はトーストのスパゲティ・フープス（リング状の柔らかいパスタのトマト煮）載せだ。デイヴィーの好物なのだが、母も祖母も食べようとしないので、ちっともおいしくなかった。

「これ、嫌いなんだけど」デイヴィーはエムに言った。

「えっ」と、エムが言う。「好きだと思ってた」

デイヴィーは音を立てて乱暴にフォークを置いた。「何で毎日うちに来んの？」

皆がデイヴィーを見た。

「だって、おかしいじゃん」デイヴィーは言った。「一生来るつもり?」

短い沈黙のあと、祖母がエムの手を握った。「エムがここにいるのはスティーヴンを愛してるからだよ。あたしら、みんなが愛してるのと同じようにね」

「俺は愛してなんかない!」デイヴィーは否定した。

「そんなわけないでしょ」と、レティが言う。「ばかなこと言わないの」

デイヴィーは不快な音を立てて椅子を後ろに引き、勢いよく立ち上がった。「愛してなんかない! あんなやつ、大嫌いだ! 一生帰ってこなきゃいいんだ!」

エムが唇を噛《か》み、祖母はトーストに目を落とした。

デイヴィーは、母が立ち上がって自分の頬を平手で力いっぱい叩《たた》くのを待った。構わなかった。叩けばいい! お母さんが俺を叩いて、俺が泣いたら、罪悪感を覚えるのは俺じゃなくてお母さんのほうだ。

しかし、レティは叩くかわりに息子の手を取った。デイヴィーは引っ込めようとしたが、母は放さなかった。

「放せ!」

しかし、母は放さない。息子を自分のほうへ優しく引き寄せる。抵抗しながらも一歩前に進むごとに、デイヴィーの怒りは脆《もろ》い殻みたいにひび割れ剝《は》がれて、ぱらぱらと崩れていった。

「放せ！」

レティはやはり放さない。デイヴィーを自分の膝に座らせ、幼い子どもにするみたいに、円を描くように優しく背中を撫《な》でてやった。

「放せって！」デイヴィーは叫んだ。

そして、誰にも顔を見られないように母の首筋に顔をうずめ、泣いた。


夕食後、レティはデイヴィーを連れて〈レッドライオン〉にいるレノルズ警部補に会いに行った。

「俺、嘘をつきました」初めて見るもののようにかたくなに足元のスニーカーを見つめながら、デイヴィーはつぶやいた。

「知ってる」と、警部補は言った。

デイヴィーは戸惑った。レノルズは怒ってはいないようだった。驚いてもいない。彼はデイヴィーの疑問を読んだかのように答えた。「この仕事をしていると、嘘つきを相手にすることは珍しくないんだ」

「息子は嘘つきじゃありません」レティがきっぱりと反論した。「先日嘘をついたのは、スティーヴンを置いてきてしまったことを後悔して苦しんでいたからだわ」

「そうでしょうね」レノルズは言った。

デイヴィーは唇を噛んだ。すると、驚いたことにレノルズはウィンクをして寄越した。もしかしたら瞼《まぶた》が痙攣《けいれん》しただけなのかもしれない。デイヴィーは視線をそらした。どう反応してよいかわからず、母が気づかなかったことを祈った。

子どもも入れるラウンジに皆で座った。レノルズに、デイヴィーにはコーラを、レティには白ワインを買ってきてもらっても構わないかと言われたライス巡査部長は、もちろんですと答えた。デイヴィーは、彼女は警部補の秘書かなと思った。

レノルズは先日の事情聴取のときと同じ手帳を取り出し、改めて同じ質問を繰り返した。今回は、どんなに鬱陶しくてもデイヴィーは辛抱強く答え、現実だったかどうか定かではない事柄も漏らさず伝えた。話すまでもないと思える、些末《さまつ》で不確かな記憶の断片もすべてだ。紙袋と、その上に載っていた、犬の後ろ脚と尾が写った破かれた写真。黒いブーツ。ジグザグ状の溝が彫られたタイヤ。レノルズはそれらの証言を逐一手帳に書き込み、同じ質問を繰り返し、例の模型列車みたいな音さえ立ててた。そのとき、デイヴィーは出し抜けに――どこからともなく――車の色がネイビーブルーだったことを思い出した！

レノルズがそれを書き留めると、デイヴィーはうれしくなってにっと笑った。

「あと、手袋をしてた！」自分の言葉に自分で驚いた。

「どんな手袋だった？」

「緑の、ウールっぽいやつ。薬みたいな匂いがした」

レノルズが小さく何かを毒づいた。「くそっ」と言ったように、デイヴィーには聞こえた。レノルズは勢いよく立ち上がり、暖炉の前まで行って戻ってくると、また暖炉の前まで行き、立派な牡鹿の頭部の剝製の、生気のない潤んだ目をじっと見上げた。ライスがそれを一心に見つめる。やがてレノルズが振り返ると、ふたりは意味深長にうなずき合った。

「今の、役に立つ？」デイヴィーは尋ねた。

「とっても」ライスが答えた。

レティがデイヴィーのうなじの短い髪を指先で優しくねじった。それを皆に見られても、デイヴィーはちっとも気にならなかった。

レノルズが席に戻ってきて質問を再開したが、デイヴィーにはそれ以上思い出せることはなかった。それでも、最後に手帳を閉じて黒いゴムバンドをパチンとかけた警部補は満足げだった。

「助かったよ、デイヴィー」と、彼は言った。「ありがとう」

デイヴィーは事情聴取が終わってしまって残念だった。真実を話すのはこんなにも気分のよいことなのかと、高揚していた。

レノルズはまずはデイヴィーと、それからレティとも握手を交わした。「スティーヴンの身に起きたことで、自分を責めてはいけないよ」と、デイヴィーに言う。「君は薬で朦朧《もうろう》とさせられていた。君のせいじゃない」

デイヴィーは熱心にうなずき、この前はがっかりしたけれど、今日のレノルズ警部補は悪くないと思った。

「お母さん？」自宅に向かって歩きながら、デイヴィーはそろそろと切り出した。「俺、他のことでもときどき嘘をついてた」

「知ってるわ」と、レティは言った。

52

犬でさえ、どうすればほしいものを得られるかを学ぶ。骨、頭をぽんぽんと撫《な》でてくれる手、暖炉の前の寝床。餌を与えてくれる主《あるじ》を観察し、学び、手を舐《な》めて、得る。

スティーヴンは口に出しては何も言わなかったが、落ち着きなく行ったり来たりする様子を見れば、スティーヴンが興奮し、猟犬係のかたくなに閉ざした心にひびが入りかけているのではないかと、あらたな希望を抱いていることはジョーナスにもわかった。スティーヴンの気分は他の子どもたちにも伝染し、まだ小さい子どもはゲームをしたりくすくす笑ったりし、ジェスはポップソングを口ずさんだ。

翌日、顎の痛みがほぼ引いたところでジョーナスは意を決し、中断などなかったかのように猟犬係に昨日の話の続きをした。

「あんたは間違ってる。子どもたちの親は、ちゃんとこの子らを愛してる」

コフィンはその言葉にまったく反応しなかった。ストッキングをかぶった顔に表情はない。危険な渦巻きを避けるようにしてジョーナスの周囲を距離を取って動きながら、煉瓦《れんが》色のホースでコンクリートの床に水をまいている。

「この子らは遺棄されていたわけじゃない。犬たちとは違う」

返事は期待していなかったが、意外にも低くしわがれ、くぐもった声が返ってきた。

「暑い車内に置き去りにされた犬は死ぬ。この目で見てきた」

ジョーナスがちらっとスティーヴンを見ると、少年は励ますようにうなずいた。

「あんたは子どもたちを守りたかっただけだ。それはちゃんとわかってるよ」

コフィンは水のバケツにホースを落とし、デッキブラシを手に取った。ジョーナスはひるんだが、コフィンは無言に戻ってジョーナスの周囲をただこすった。

彼をしゃべらせ続けなければ。犬の話題のときにのみ猟犬係が口を利くというのなら、まずはそこから始めよう。ジョーナスは腕を曖昧に振って尋ねた。「猟犬たちはどうしたんだ？」

長い間があいた。「もういない」

「今はどこに？」

猟犬係は床をこするのをやめ、デッキブラシの木の柄を指先でもてあそんだ。ジョーナスがスティーヴンを見ると、少年は小さく肩をすくめた。

コフィンは再び床磨きに戻ったが、ひと掃きの幅は先ほどまでより狭く、ぎこちなかった。

「数頭は〈ミッドムーア・ハント〉に引き取られた。残りは俺が処分するしかなかった」

ジョーナスは何も言わなかったが、映像がぱらぱら漫画のごとく脳裏をよぎった。少年時代にキツネ狩りに参加していたジョーナスは、猟犬がどのように〝処分〟されるかを知っていた。〈ブラックランズ・ハント〉で働いていた六十頭ほどの猟犬のことを思い浮かべた。ジョーナスは子ども時代からずっと、猟犬の群れがパブの外にひしめいたり、夜間、列をなして村を通り抜けたり、荒野を泥だらけになって駆けたりする姿を見てきた。まだら模様の毛と、絹みたいに滑らかな耳と、だらりと垂れた舌が連なる、ジグソーパズルみたいだった。生命力と躍動感にあふれ、吠《ほ》える声も楽しげだった。長い歳月、その出産に立ち会い、育て、訓練してきた猟犬の頭を撃ち抜かなければならないと想像したら、ジョーナスは気分が悪くなった。

床をこするデッキブラシの音が大きくなり、猟犬係は自発的に先を続けた。「やるしかないと、ミスター・トゥックは言った」

コフィンは忌々しげに濡《ぬ》れた床をこすった。「ふざけるなと言ってやりたいよ。あいつも、週末だけロンドンから押しかけてきて俺たちの生活に口出しする、キツネが好きなよそ者どもも、みんなくそったれだ！　あいつらは俺たちの暮らしをぶち壊す。百年も続いてきた暮らしを！　何もかも取り上げておいて、おまえはあの子らを愛してないと言い腐る！」

コフィンがデッキブラシを投げつけた。ブラシはジョーナスの頭近くの金網フェンスにぶつかり、チャーリーが声を上げて泣き出した。他の子どもたちは猟犬係をじっと見つめている。いつもと違う様子に目をみはり、怯《おび》えている。

コフィンが口を開くと覆面がわりのストッキングが伸び、口の場所だけ暗い影となって激しくはためいた。

「だから今度は俺がやつらから何もかも奪ってやった」と、低く冷徹な声で言う。「どんな気がするか、味わえばいい」そして、ゆっくりとデッキブラシを拾い上げると、何事もなかったかのように床掃除に戻った。

ジョーナスは、中国の小さなからくり箱みたいに、すべてのピースが正しい位置にぴたりとはまるのを感じた。コフィンを見つめながらも、その目は猟犬係を見てはおらず、ルーシーがローズ・コテージに残した空虚感を思った。どこまでも深い吸い込まれそうな沈黙は、ジョーナスの心を突き、もの悲しい歌で岩場から船乗りを惑わすセイレンのごとく、妻のあとを追えとささやく。あの空虚さを埋められるものなら、ジョーナスはそうしていただろう。ほんの一秒でいい。静かに響く時計や、たたまれたままの膝掛けや、空っぽの花瓶が思い出させる、ルーシーはいないのだという喪失感を忘れられるなら、どんなことでも――文字どおりどんなことでも――しただろう。

コフィンの狂気を誘発したものは復讐《ふくしゅう》心だったかもしれない。だが、ある時点からは、猟犬を失い空っぽになってしまった犬舎を埋めるために、子どもたちを次々にさらったのではないか。コフィンがしたことは言語道断で、けっして許されることではなく、狂気の沙汰としか言いようがない。しかし、そんなコフィンの気持ちがジョーナスには手に取るようにわかった。

「あんたは正しいことをした」ジョーナスは静かに語りかけた。

「何言ってんだよ！」スティーヴンが言う。

ジョーナスは少年のほうをちらりとも見なかった。猟犬係だけをまっすぐに見つめた。相手はのっぺりとした顔を上げ、珍しくこちらに注意を向けた。

「あんたがここで何をしようとしているかは知ってるよ、ボブ。今ならよくわかる。

あんたがこの子らをどれだけ愛していて、大事にしようとしているか、俺にはわかる」

「そうだよ」と、猟犬係は言った。

「あんたはただ、この子たちを守りたいだけなんだ」

「そのとおりだ」猟犬係が答える。

「俺たちはあんたに感謝してるよ」ジョーナスは静かに言った。

猟犬係がうなずく。「それはよかった」

「狂ってる！」スティーヴンが叫んだ。「あんたら、ふたりとも狂ってる！」

ジョーナスが穏やかな顔でスティーヴンを見ると、少年は口をつぐんだ。

ジョーナスは自信がみなぎるのを感じた。飢えに苦しみ、半裸で鎖につながれ、気のふれた男の足元に座らされながらも、力と確固たる自信が湧いてきた。コフィンはこちらに顔を向けている。ストッキングがぴんと張り、表情はなかったが、彼がこちらに意識を集中しているのをジョーナスははっきりと感じた。

「でも、チャーリーには理解はできない」ジョーナスは慎重に続けた。「あの子はあんたみたいに賢くないから。ほら、彼を見てごらん、ボブ」

驚いたことに、ボブ・コフィンは本当に金網越しにチャーリーを見た。チャーリーは惨めそうに鼻をすすった。「歯が痛い」

犬舎が静寂に包まれる。まるで、天までもが息を詰めて、身じろぎもせずに日差しの下に佇《たたず》む猟犬係を見つめているみたいだ。デッキブラシを持つ手は緩んでいる。

そして、そのブラシはジョーナスの近くにある。手は緩み、距離も近い。奪えるか？　コフィンがここまでジョーナスに接近したことはない。鎖につながれているのはジョーナスのほうなのに、彼のそばではコフィンはつねに用心深かった。ジョーナスはゆっくりと、わずかに体の位置を動かし、衰えた筋肉が動いてくれるかを試しながら、今の自分はどの程度俊敏に動けるだろうかと考えた。

ジョーナスは乾いた唇を湿らせ、続けた。「かわいそうに、あんなに悲しそうな顔をして。ここにいてもあの子が幸せでないなら、置いておく意味はないいんじゃないかな？」

コフィンが腕を上げ、ジョーナスは体を硬くして身構えた。しかし、コフィンは覆面がわりのストッキングの下の部分に触れただけだった。脱ぐつもりだろうか。

ジョーナスは、コフィンが同情と狂気の間を綱渡りするのを見つめた。綱が風に揺れたかのように、猟犬係がよろめき――ジョーナスはデッキブラシとの距離をさらに詰めようと、体をかすかに傾けた。スティーヴンが期待に固唾《かたず》をのんで金網を握りしめているのが、視界の端に見える。ジョーナスの手がぴくりと動き……。

コフィンがうなった。彼は覆面ストッキングから手を離した。水があふれているバケツからホースを拾い、ケージを出て、扉に鍵をかけた。

「くそっ」スティーヴンが言った。

ジョーナスはどさっと金網塀にもたれた。失望感に苛《さいな》まれ、吐き気を覚えた。俺は躊躇《ちゅうちょ》してしまった。コフィンが理性を取り戻す機会など、今を逃したら二度とないかもしれないと、焦って欲張りすぎた。

ルーシー、俺はせっかくのチャンスをふいにしてしまったよ。

ジョーナスは両手で顔を覆った。張りつめていた気持ちが震える長い吐息となって体から出ていく。誰かがかわいいペットを慰めるみたいに、髪に指を差し入れてきた。

「男がひとり、草刈りに行った」チャーリーがジョーナスの様子を気にしながら歌い出した。「メダルに草刈りに行った。男がひとり、犬と一緒に……」そして、子どもたちの誰かが、テディがたまに歌ってくれた箇所をかわりに歌ってくれるのを待った。大抵はジェスかスティーヴンが歌ってくれる。しかし、今日は沈黙が広がるばかりだった。

そのときだ。ジョーナスの心臓に、電線にでも触れたかと思うほどの衝撃が走った。

い、い、い、い、い

男がひとり、犬と一緒に……。

ボブ・コフィンは猟犬を処分した。射殺したということだ。

それはつまり、彼が銃を持っているということだ。

53

レノルズは、〈レッドライオン〉の九柱戯場《スキットルズ》（ボウリングの原型と言われるゲーム）で記者会見を開き、緑色のウールの手袋の存在を公表した。派手な情報ではないが、小さくとも進展があれば、事件の続報として報道され続ける。デイヴィーは、この最新情報をもたらしたのがデイヴィーであるとレノルズが述べるのを聞き、誇らしさで胸がいっぱいになった。

「一連の出来事に関するデイヴィーの記憶は時間とともに鮮明になっています」と、レノルズはつけ加えた。「彼は兄を救いたい一心で、涙ぐましいほどの頑張りを見せてくれています」

レティがデイヴィーの背中を撫《な》で、祖母は「えらかったね、デイヴィー」と褒めてくれた。デイヴィーは寝室に下がったが、緑色の手袋という、突破口になり得る新情報をもたらしたのが自分だと思うと、興奮して寝つけなかった。きっと夜のうちに警察のもとに秘密情報が入るはずだ。明日にはスティーヴンが帰ってくるかもしれない！

残念ながら、翌日の夜を迎える頃にはデイヴィーはもうひとつの貴重な教訓を得ることになる——真実を話したからといって必ずしも見返りがあるわけではないことを。

俺は彼らを愛してる。

おかしなもんだな。それをわかってくれたのが、あの大きいのとはな。俺がやったことに感謝していた。ずっと、あいつは少し頭のねじが緩んでると思ってきたが、蓋を開けてみればあいつが一番賢かった！

何はともあれ、誰かが自分を理解してくれていると知るのはいいことだ。あいつにああ言われて、うれしかった。

それにしても、かわいそうなチャーリーはどうしたもんか。あんなふうに吐いたり下したりしたまま放っておくわけにはいかない。それは間違ってる。あの子らの面倒を見るのは俺の責任だ。もっとしっかり世話してやらないと。でないと、あの子らを放置した輩《やから》と同類になっちまう。

マートンじいさんはいつも言ってた。ちゃんと食べさせてやれないなら、手元に置くべきじゃない。じいさんの言うことは大抵正しかった。

あの子らを手元に置いておきたいなら、頑張ってしっかり食べさせてやらないと。

54

いつもの時間になっても、猟犬係が姿を見せない。

朝、コテージを出てドアを閉める音も、処理室の扉を開けるときの、金属レールの上をきしる甲高い音も、焼却炉から聞こえるくぐもった爆発音も、子どもたちの餌にするために骨と軟骨と腱《けん》を切り分けるシューッというナイフの音も、今日はしない。

姿を見せるはずの時刻を数分過ぎる頃には、子どもたちは落ち着きを失い、一時間が迫る頃には神経質になり、苛立《いらだ》ち始めた。

「いったいどこにいるのよ?」ジェス・トゥックはそればかり繰り返した。「あいつ、遅れたことなんて一度もないのに」

しかし、現実に遅れている。

ジョーナスとスティーヴンは当惑気味に顔を見合わせた。

チャーリーは静かに「緑の瓶が十本」を歌い、ピートはケージの入り口側の金網にへばりつき、首を伸ばして通路の奥をうかがっては、ときおり「今のはあいつだと思ったのに」と、ささやくようにつぶやいた。

「あいつは絶対遅れたりしないのに」ジェスがまた言った。そう口にすることで、それが現実になるみたいに。

スティーヴンはジェスに背を向け、ジョーナスに小声で尋ねた。「いつまで待てばいいだろう？」

ジョーナスは眉をひそめた。「待つって、何を？」

スティーヴンは口を開き、また閉じた。そうだ、何を待つというんだ？　脱出するときを？　助けを呼ぶときを？　それらが実現可能な選択肢だったなら、とうに行動しているはずだ。

「水を少し節約したほうがいいかもしれない」ジョーナスは言った。

スティーヴンはうなずき、伝言を回していった。そして、もう何週間もしていなかったことを再開した。自分の牢獄《ろうごく》を囲む境界を調べ始めたのだ。壁を蹴り、南京錠《なんきん》に草の茎を差し込み、古いセーターみたいに金網がほどけないものかと、塀の端を引っ張った。


二十二口径の拳銃では、頑張るだけ時間の無駄だった。

両目の間に押し当てて使う分には充分な銃も、五十歩ほど離れた場所を疾走するポニーを撃つとなると、てんで役に立たない。二頭ほど、弾がかすった気はしたが、追い込んでとどめを刺せるほどの傷ではなかった。鹿にいたっては射程内に近づくことすらできなかった。

ボブ・コフィンは拳銃を助手席に投げ捨てると、古いディーゼル車のドアを怒り任せに閉めた。

かつては老いて衰弱した家畜が途切れることなく運び込まれ、荒野でポニーや鹿が死んでいると、パークレンジャーから連絡が入ったものだった。冷蔵室はつねに新鮮な肉でいっぱいだった。

しかし、猟犬がいなくなった今、事情は変わってしまった。

最後の牛は盗んだものだ。夜間にジャック・ビギンズの牧草地に忍び込み、最初にでくわした牛をいただいた。あまりに呆気《あっけ》なくて盗んだ気がしなかった。

しかし、同じことを〈ディープウォーター・ファーム〉でやろうとしたら、群れはのっそりと反応し、異常を知らせる車の警報装置よろしくモーモーと鳴きながら、コフィンを取り囲むようにぐるぐる回り出した。コフィンは突き飛ばされ踏み潰されそうな気がして怖くなったが、何としても肉が必要だったから一頭にしがみついた。そこへ、骨と皮ばかりで片目が白濁したコリーが走ってきて牛たちを散らし、横棒が五本渡された門をよじ登って逃げようとするコフィンの足首に嚙《か》みついた。

犬舎には羊が一頭残っているが、そんなものはすぐになくなってしまうだろう。

羊肉がなくなったらどうすればいいのか、コフィンは途方に暮れた。

ジョーナスの視線の先で、スティーヴンが金網の尖《とが》った先端で指をちくりと刺してしまい、顔をしかめた。それでも少年は諦めない。痛めた手を振ると、無駄に終わるとわかっていながらも金網を揺さぶる作業に戻った。

ジョーナスは残酷な真実に思いを馳《は》せた。ボブ・コフィンは自分たちを捕らえ、苦しめている張本人であると同時に、命綱でもあるのだ。たとえばボブが転倒し骨折でもしたら、俺たちは全員死ぬ。あるいは単純に関心を失ったり、怖《お》じ気づいたり、海辺で長めの週末を楽しんだりすれば、俺たちは全員死ぬ。

今、猟犬係はどこか別の場所にいて、自分たちはここにいる。

幼児のごとく無力な状態で。

スティーヴンを見つめながら、ジョーナスは己を呪った。たった一本、細い革を首に巻かれて南京錠をかけられただけで、俺はこれも運命だと諦めた。守ると誓ったはずの子どもたちが目の前にいたのに。ボブが銃を所持しており、自分たちは死の危険と隣り合わせにいるのだと、最初から気づくべきだった。危機的状況に陥る前に、何週間も前から脱出計画を練ってしかるべきだった。それなのに俺は恐怖に囚《とら》われ、考えることを放棄していた。

今この瞬間から、もう一度考え、行動しなければ。

ジョーナスは自分を金網塀につないでいる鎖に指を滑らせた。鎖の輪をひとつずつ入念に調べ、手や歯を使って強度を確かめた。鎖のちょうどなかほどの輪を選び、コンクリートの床に繰り返しこすりつけた。床に傷ができ、輪が削れてぴかぴかの角ができた。

何とかなるかもしれない。もっとも、金属の摩滅が頼みの脱出計画など、皆のバケツの飲み水が半分まで減って食料も尽きる前に、さっさと考えつくべきだったが。

鎖の輪は磨かれはするものの、細りはしなかった。悪あがきに思えたが、ジョーナスはこんなことをしても時間の無駄だという思いを打ち消した。今はこの作業以上に重要なことなどない。これが唯一、俺にできることなんだ。

そう思ったら不思議と前向きな気持ちになり、ジョーナスはより力強く鎖を削った。

スティーヴンが「くそっ、くそっ、くそっ」と言って、また手を振った。

「大丈夫か?」ジョーナスは尋ねた。

「切った」スティーヴンは答え、金網越しに手を掲げてジョーナスに見せた。

ジョーナスは手を伸ばして親指で血を拭ってやった。すぐにまた真っ赤な球体が現れる。

「浅い傷だから大丈夫だ」ジョーナスはそう言ってほほ笑んだ。

「そうだね」スティーヴンも笑い返したが、その笑みはすぐに消えた。「ジョーナス？」と、ためらいがちに尋ねる。「あいつ、戻ってくるかな？」

「戻ってくるよ」ジョーナスは答えた。「俺たちを愛してるんだから」

太陽が空高くにのぼる頃、ピートが言った。「音がした。あいつだ！」そのとおりだった。

ボブ・コフィンが通路を歩いてきた。肉は持ってなく、かわりに確固たる目的と、ひと巻きの細い撚《よ》り紐《ひも》を手にしている。覆面はしているが手袋ははめていない。皆の前を素通りしてチャーリーのケージの鍵を開けると、子牛にロープをかけようとするカウボーイみたいに、輪状の束から紐の先端を出した。チャーリーは立ち上がり、それこそ子牛のようにボブ・コフィンから離れた。

ジョーナスは金網の前で膝立ちになった。「何をするつもりだ？」

コフィンはジョーナスを無視してチャーリーにずんと近づいた。チャーリーはコフィンをかわし、ぼろぼろと泣き出した。

ボブ・コフィンが再度チャーリーを捕らえようとして両腕を広げると、チャーリーは肺が裂けそうなほどに叫びながら、かがみ込んですばやく逃げた。

「おとなしくしろ！」

チャーリーは完全なパニック状態に陥り、門をガタガタと揺らし、体を捻《ひね》ってボブ・コフィンの手からまたしても逃れた。「肉はやだ！　肉はやだ！」

「おとなしくしろ！　じゃないと手袋を取ってくるぞ」

チャーリーはジョーナスのそばへ逃げ、金網にしがみついた。「行きたくない！」と泣き叫ぶ。「ジョーナス！」

ボブが引き離そうとすると、怯《おび》えたチャーリーは崩れるように膝をついた。

「この子に手を出すな！　何をするつもりだ？」

チャーリーは金網の間から手をねじ込もうとしたが、ボブ・コフィンがその手を乱暴に引き戻した。「このちびをここから出すんだよ！」と、うなる。

ジョーナスがその言葉の意味を理解するのに、一瞬時間がかかった。ストッキングで引っ張られているにもかかわらず歪《ゆが》んでいる男の顔を見つめた。

コフィンの目は見えなかったが、本当のことを言っているように感じた。

い、い、約束する。

コフィンを疑ってこの機会をふいにすることはできない。

「チャーリー！　チャーリー、落ち着いて！」

泣いて暴れ、金網にしがみつくチャーリーを、コフィンが両腕を摑《つか》んで引っ張ろうとする。

「手を放してやれ」ジョーナスは猟犬係に鋭く言った。「放してやれ。俺が話して聞かせるから」

コフィンは手を放した。後ろに下がってチャーリーから離れる。チャーリーは金網にしがみつき、抱きしめてやろうとするみたいに両腕を広げているジョーナスと向き合った。

急がないと。ジョーナスはチャーリーの指に自分の指を重ねた。「チャーリー、聞いて。僕の言うことをよく聞いて。君はお家《うち》に帰るんだ」

涙でいっぱいのチャーリーの目が、ジョーナスの目をじっと見た。「お家？」

ジョーナスは力を込めてうなずいた。「そうだ、お家だ。今日。今すぐに。お家に帰ってお父さんに会えるんだよ」

チャーリーがうなずく。その下唇はまだわなないていた。

「だけど、お家に帰るためにはあの人と一緒に行かなくちゃならないんだ、チャーリー。あの人についていって、いい子にするんだ」

「大騒ぎしないで」チャーリーが言う。

「そうだ。大騒ぎしないで、いい子にするんだ」

チャーリーは警戒するように肩越しに猟犬係を見た。

ジョーナスはチャーリーの指を引いて自分に注意を戻させた。「大丈夫だよ、チャーリー。あの人は君に痛いことはしない。約束する」

チャーリーはうなずいたが、まだ半信半疑の表情をしていた。コフィンが手を伸ばしてチャーリーに近づく。チャーリーはよけるように上体を横にそらした。

「約束するから、チャーリー」

ひくひくとすすり泣きながら、それでもじっとひざまずいているチャーリーの首輪の金属の輪に、コフィンが撚り紐の先を差し込む。

「いい子だ」と、なだめるように声をかける。

「この子をどこに連れていくつもりだ？」ジョーナスはコフィンに尋ねた。

「戻す」コフィンは言った。

「自宅に？」

「見つかる場所に連れていく」

ジョーナスは不安を覚えた。「安全な場所なんだよな？」

コフィンが声を荒らげる。「ちゃんと見つかる」

「どこか、自宅のちか――」

「戻すって言ってるだろうが！」コフィンがかっとなって吐き捨てた。

ジョーナスは唇を噛んだ。黙るしかなかった。そうしなければ、正気を失った猟犬係の気が変わってしまうかもしれない。

コフィンがチャーリーを立たせた。

ジョーナスも一緒に立ち上がった。心臓の鼓動も速くなる。チャーリーは家に帰る。俺はひとりの少年を助けることになるのだ。そう思って、出し抜けにパニックに襲われた。

他の子どもたちは、、、、、どうなる、、、？

ジョーナスがコフィンに告げたことは真実だ。チャーリーはおそらく自分が捕らわれていた場所を理解していないし、警察を犬舎に導くこともまずできないだろう。ここで密《ひそ》かに指示を与えても、その情報を警察に伝えられるだけの知能はチャーリーにはない。解放させるならチャーリーは最後にするべきだった。しかし、今さら気づいても後の祭りだ。スティーヴンやジェスならば、一時間とかからずに警察を犬舎に連れてこられただろう。小さなメイジーでさえ、この悪夢を早々に終わらせるだけの情報を警察に伝えられたはずだ。

俺はチャーリーを救い――残りの子どもたちの運命は天に委ねてしまった。間もなくチャーリーは行ってしまう――助けを呼ぶわずかばかりのチャンスもろとも。それでも、どうにかしてチャーリーに伝言を託さなければならない。自分たちがどこにいるか。いや、せめて生きていることだけでも伝えなければ。

コフィンがチャーリーを引いてケージを出ようと向こうを向いた隙に、ジョーナスは金網の隙間から手を突っ込もうとした。しかし、彼の手は大きく、ダイヤモンド型の穴は小さい。顔を歪めながら手をぐりぐりと捻《ひね》り、無理やり反対側に押し出した。親指と手首の間の皮がめくれて血が滲《にじ》んだ。

ジョーナスはチャーリーのうなじを包むように手のひらを当て、撚り紐のリードにつながれたチャーリーを一瞬だけ長く引きとめた。

「さようなら、チャーリー」

「さようなら、ジョーナス」チャーリーが答える。「犬の！ スポットと！」

ジョーナスはチャーリーの首輪の真鍮《しんちゅう》の名札に親指を強く押しつけた。それしか、できることが思い浮かばなかった。

涙混じりのさようならの合唱に見送られ、チャーリーはコフィンに引かれて犬舎を出ていった。

ジョーナスは、手を振り続けるチャーリーを姿が見えなくなるまで見つめると、金網から手を引き抜いた。またしても手の皮がえぐれた。

「すごいよ!」スティーヴンが言った。「今のは本当にすごかった!」

「犬の!　スポットと!」

55

ディープウォーター・ショーのあと、グラント・ファーマーは——彼はその名のと

していた。

おり農業者《ファーマー》だった――家畜の飼料とするヘイレージ用に、牧草地の草を刈らずに放置
　今年の夏は暑く雨も少なかったので、七月の終わりには牧草地の数種類の草は申し分なく育っていた。例年なら刈り取りは八月半ばだが、草は早くも黄色くなり始めており、妻のジャッキーが早めに刈れば季節が終わる前にもう一度刈り取りができるかもしれないと言った。妻の判断は大抵正しい。彼女は夫を説得した。ファーマー自身は予期しない出来事や変化を好まず、一週間前に起きた窃盗未遂事件にいまだ動揺もしていた。何者かが彼の牛を盗もうとしたのだ。二十三番の牛の頭に汚れた端綱《はづな》がつけられていることに、搾乳の際に気づいた。〈アップヒル・ファーム〉のジャック・ビギンズのところも、数週間前に牛を一頭失った。忽然《こつぜん》と消えたのだ。グラントはどうにもいやな気分だった。

　むろん、いやな気がしたのは妻も同じだ。それでも、十二エーカーの牧草地で二度刈り取りをしてヘイレージにできれば、飼育している数十頭のホルスタインのひと冬分の飼料になるし、いくらかは売りに回せるかもしれない。

　農業者《ファーマー》にとって、臨時収入がありがたくないはずがない。むろん、ファーマーにとっても。

　そういうわけで、七月二十三日、グラントはトラクターから堆肥散布機を外し、か

わりにロータリー式草刈り機を取りつけ、道を七百メートル余り走って先日のショー会場となった牧草地に向かった。トラクターの通ったあとには、油断しているオートバイのライダーたちの根性を試すかのように、泥と肥《こえ》が帯状に延々と続いていた。

グラントは左折して、先日ジョーナス・ホリーが猛烈な勢いで閉めた門の内側に入ると、刃を下ろした。多くの農家がそうであるように、グラントも牧草は縞《しま》状に往復しながら刈るよりも、外から中心に向かって四角く刈り取るほうが好きだ。父もそうしていた。グラントは煙草《たばこ》を巻くと、幅広の生け垣を見下ろす、義務や責任からも遠く離れた運転席に座り、古いジョンディアを牧草地の内周に沿ってゆっくりと走らせた。

ひとつ目の角を右に折れる。その直線を四分の三ほど進んだあたりから、踏み越し段と一本のオークの木がある次の角に向かって、牧草地は傾斜している。その傾斜があるために牧草地としての価値は下がる。一画だけ周囲より下がっているのはよろしくない。冬にはそこだけ水がたまってぬかるむし、スチュアート・クレッグという二十歳の愚鈍な作男《さくおとこ》が、勾配をトラクターごと転がって死んでしまい、余計な事務処理を増やすような事態にならないよう、よくよく気をつけなくてはならないからだ。

唯一いいのは、勾配のおかげで踏み越し段が見えないことだ。グラント・ファーマーはハイカーが入ってこないよう、踏み越し段の周りのイラクサは伸び放題にしてある。この牧草地をハイカーが歩いているところを見たことなど、実際には一度もないのだが、下り勾配に入る手前まで来るたびに、今日こそはハイカーの一団が大事な収入源の牧草を踏みつけている現場にでくわすかもしれないと身構えた。

グラント・ファーマーが〝敵意むき出し〟の表情を作り、トラクターの先端が下向きに傾く。

オークの木の下に誰かいる。運転席が下りに入る瞬間、ちらっと夏の装いが見えた。だが、坂を下っていくにつれて牧草に隠れて見えなくなった。

ピクニック客か。ハイカーより始末が悪い。牧草を踏み潰す上にごみまで残していくのだから。

まっすぐピクニック客のもとへ向かいたいのはやまやまだったが、草刈りのラインが乱れるのを嫌い、ぐっとこらえた。イラクサの茂みの端まで進み、右に直角に曲がってオークの木を目指した。

木が近づくにつれて再び服が見えてきた。白い下着と青いTシャツ。いるのはひとりだけのようだ。二十メートル弱の距離まで来ると、それを着ているのが麦わら色の髪の子どもで、横向きに横たわっているのだとわかった。

グラントは大きな緑色のトラクターをとめ、最後の数メートルは丈の高い牧草の間を歩いて少年のもとに向かった。少年は平らに押し倒された牧草の上で、親指をくわえ、丸くなっていた。

どう見ても、あきらかに、死んでいた。

グラント・ファーマーは死には慣れていた。死は悲しいが、最後は皆死ぬのだ。ただ、今回ばかりはそう割り切れなかった。さすがのグラント・ファーマーもしばらくその場に座り込み、少年をじっと見つめずにはいられなかった。男の子は首輪に取りつけられた細いロープでオークの木につながれていた。犬みたいに。

グラントは携帯電話を取り出し、緊急通報の九九九番を押した。しかし、携帯は圏外だった。彼は電話をしまった。トラクターで坂の上まで戻って電波の入る場所を探さなければ。グラントは車まで歩くと運転席に上がった。ここからだと遺体が見える角度もわずかに変わる。グラントはエンジンをかけたが、そのままアイドリングさせておいた。

俺が警察に通報する。そうすると警察が来る。大勢来る。グラント・ファーマーには、警察の四輪駆動車両が牧草をなぎ倒して走り、門に規制線を張る様が目に浮かぶようだった。ひょっとしたら人の侵入を——所有者の俺が入ることさえ——許すまいと、警察官をひとり立たせるかもしれない。捜査員が横にずらりと一列になり、手掛かりを求めて牧草地をゆっくり歩いて、人間ローラープレス脱水機さながらに足元の牧草をぺしゃんこに踏み潰していくだろう。グラントはあまり想像力の豊かな男ではなかったが、そんな彼でもそれらの光景が、犯罪関連の書物に出てくる写真みたいに鮮明に思い浮かんだ。

四十二頭の乳牛のひと冬分の飼料を購入するとなれば、どれほどの出費になるかは、容易に想像できた。

グラント・ファーマーは煙草をもう一本巻くと、腕時計に目をやった。

男の子はすでに死んでおり、これ以上死ぬわけじゃない。

牧草をすべて刈るのに二時間を要した。それが終わってから彼は警察に通報した。

チャーリーは物事をあるがままにして、言われたとおりにするのが好きだった。それだから、骨のおじさんから木の下で待つように言われると、そうした。自分を木につないでいるロープの結び目をほどいてみることさえしなかった。マイクロバスで待っているのと同じだった。ジョーナスは、大丈夫だからと約束して、おじさんの言うとおりにするんだよと言っていた。だからチャーリーはその場に座り、おじさんにさようならと手を振り、お父さんが迎えに来て家に連れ帰ってくれるのを待った。

退屈しないように、いつもの歌を歌った。

男がひとり　草刈りに行った。

メダルに草刈りに行った。

何度か、「こんにちは！」とか「お父さん！」と大声で呼びかけてみたが、短い坂に阻まれた声は遠くまでは届かなかった。

空腹になると草を食べた。露がぎっしりついていたということは水分も摂れたということだ。しかし、同時にそれは、チャーリーの体も濡れて冷えたことを意味した。

三日目の夜、チャーリーは低体温症で死んだ。

彼は一度も大騒ぎをしなかった。

チャーリーの遺体を見下ろしたとき、エリザベス・ライスはそれらの事実を知らなかった。

いずれ知ることにはなる。法医学者がロープの結び目やチャーリーの爪を調べたら。チャーリーの痩せ細った小さな腹を開け、胃の内部に古い肉と新しい草を見つけたら。チャーリーが性的虐待は受けていなかったことも知ることになる。多少の慰めにはなるだろう。

しかし、この瞬間ライスにわかっているのは、泣くまいと懸命にこらえているせいで喉が痛いということだけだ。こんな開けた牧草地で、隣にはレノルズがいて、科学捜査班や医療チームが、バンやトラックや救急車から荷物を降ろしている状況で、泣くわけにはいかない。

ライスの心を激しく揺さぶったのは、親指を口にくわえた姿だった。実際にはティーンエージャーだった少年の、幼い男の子の仕草に胸が詰まった。私の足元でこんなふうに死んでさえいなければ、この先も幼い男の子でい続けたはずなのに。

「ミスター・ピーチに伝えなければならない」レノルズがためらうように言った。

「任せても構わないかな、エリザベス?」

「構いますよ。大いに構いますよ」ライスは答え、声を上げて泣き出した。チャーリーのそばにひざまずく。少年の唇の端にとまっていたハエを払った。ハエはすぐに戻ってきて少年の唇の上をちょこちょこと動いた。

「その子に触るなよ」レノルズは注意したが、ライスは構わずチャーリーの頭に手を当て、細い黄色の髪を母親のように撫《な》でてやった。

この子を死なせた男を見つけたら、やはり母親のように殺してやる。

法医学者が紙製の白いつなぎ姿でやって来た。チャーリーの足元に鞄《かばん》を置き、咳《せき》払いをする。

レノルズはライスの背後に立っていた。彼が今、私を無理やりチャーリーから引き離そうとしたなら、彼の目玉をえぐり出してしまいそうだ。そうなったら私のキャリアはおしまいだ。しかし、レノルズは引き離すかわりにライスの肩に手を置き、優しくこう言った。「さあ、エリザベス。この子のことは、あとは法医学者に任せよう」

チャーリーの柔らかな金髪の頭を切開してしまう法医学者。十億分の一秒だけ、ライスは法医学者にも殺意を覚えた。だが、そこで怒りの感情は消え、とたんに体の力が抜けて立ち上がることすらできなくなった。

終わってしまった。私たちは間に合わなかった。チャーリー・ピーチについては、笛吹き事件は最悪の形で幕を下ろしてしまった。

ライスはうなずき、涙を拭い、ウォータープルーフのマスカラの存在を神に感謝した。レノルズがライスの肘を支え、立つのを手伝ってくれた。

「すみません」ライスは謝った。

「いいんだ」レノルズは答えた。

56

レノルズはドアをノックすると、デイヴィッド・ピーチ宅の玄関前の歩道で待った。他に派遣できる警察官のリストを、頭のなかで十回は見直したが、最後にはこれは自分がやらなければならない仕事だと受け入れた。まだ駆け出しの頃に何度か命じられて遺族に訃報を伝えたが、そんな役目を新米が任されることに驚愕《きょうがく》した覚えがある。

しかし、犠牲者が子どもとなると話は違う。子どものいないレノルズにも、それはわかる。我が子を失った親に残酷な事実を伝える者は、せめて最上位の役職の人間であるべきで、それはレノルズだった。今では僕がすべてにおいて全責任を取る立場にある。そう思ったところで何の慰めにもならなかった。レノルズは何度も空咳《からせき》をした。自分の指一本一本の存在とその動きとが、妙に気になった。動きを止めるためにチャールズ皇太子みたいに体の前で両手を組んだら、余計に緊張感が増した。

どうやって伝えよう？　どう切り出そう？　正しい伝え方とまずい伝え方がある——それだけは覚えていた。レノルズは間もなくスピーチを披露するアカデミー賞受賞者みたいに、頭のなかで話す内容を繰り返し復習した。

こんにちは、ミスター・ピーチ。少しお邪魔してもよろしいでしょうか——まずは、近隣住民や張り込み中の報道陣の詮索の目から彼を引き離す。

座りましょうか？——失神してコーヒーテーブルで頭を打つことがないよう、彼を座らせる。

誠に申し上げにくいのですが、残念な報告をしなくてはなりません——いや、それではあまりに単刀直入だ。しかし、まわりくどい打ち明け方は、核心のみを求めている親の心をもてあそぶに等しい。

チャーリーが遺体で発見されました——それが核心だ。糖衣をかけていない真実だ。マーヴェル警部ならそのまま伝え、先を続けただろう。だが、あの人は模範にはならない。

顔を上げて壁を見つめた。背後の空と同じ、淡い水色に塗られていた。二階の窓ガラスに一枚の紙がテープで貼ってあった。シールやきらきらしたグリッターで飾られ、丁寧に色を塗った文字が並んでいる――チャーリーはここに住んでいます。

出し抜けに涙がこみ上げた。くそっ、くそっ、くそっ。乱暴に拭ったが、すぐにあらたな涙があふれた。牧草の上に横たわって親指をくわえていたチャーリーや、彼がただ眠っているかのように、その髪を撫《な》でてやっていたライスのことを考えた。あのとき、撫でてはいけないと制さなかった自分が信じられない。今からしようとしていることを、彼女に命じてやらせなかったことも。

僕としたことが何たる不覚だ。

レノルズはデイヴィッド・ピーチの不在を願った。神様、どうか彼が留守でありますように。

レノルズが神を信じていないように、どうやら神のほうもレノルズを信じてはいなかったようで、彼が祈ったのとほぼ同時に誰かが階段を下りてくる音が聞こえた。そして、玄関のドアを開けたデイヴィッド・ピーチは、レノルズの顔を見るなり言った。

「チャーリーが死んだんだな？」

ジョーナスのケージの扉を開けたボブ・コフィンの両手は、憤怒《ふんぬ》に震えていた。ボブは覆面はしていなかった。それが、胃が縮むほどにジョーナスを怯《おび》えさせた。ボブは怒りのあまり覆面をし忘れているのだ。

かわりに白い狩猟帽をかぶっている。

ジョーナスは何が起きているのかも、なぜ起きているのかもわからないまま、急いで立ち上がろうとした。相変わらず鎖でつながれていたが、迫りくる攻撃を前に本能的に直立姿勢を取ろうとした。コフィンが襲いかかってきて、ジョーナスは身を守ろうと両手を突き出した。

役には立たなかった。狂気が生む、烈火のごとき凄《すさ》まじい憤怒。打撃は全身に及んだ――手、頭、顔、背中、胸部。ときに鞭《むち》の硬い柄で、ときに刺すように痛い、動物の皮でできた鞭紐《むちひも》で、ときに猟犬係のブーツで暴行を受けた。その間、犬舎には恐ろしい音が響き渡っていた。ジョーナスの肉体を打つ音、金網がガシャガシャと鳴る音、痛みと、それに耐えようとして漏れるうなり声、そして、泣き叫ぶ子どもたちの声。

ボブ・コフィンはジョーナスを力いっぱい打ち続け、ジョーナスは殺されると思った。

なぜだ？

自分が尋ねたのか、尋ねたのならどうやって尋ねたのか、それはわからないが、何にせよ猟犬係はジョーナスの疑問に答えた。腕を振り上げては下ろすその合間に、切れ切れの言葉で答えた。

「あの子は死んだ。死んだんだ。おまえが帰してやれと言ったせいで、あの子は死んだんだ！」

それらの言葉は、ジョーナスの朦朧《もうろう》とした頭に鉄道用の犬釘《いぬくぎ》を打ち込むかのように入ってきた。

チャーリーが死んだ？

猟犬係に腹を蹴られ、ジョーナスは激痛に丸くなった。

チャーリーが死んだ？　そんなの嘘《うそ》だ。

髪に指を差し込まれる。チャーリーの優しい手ではなく、節くれ立った手で髪を摑《つか》まれ、引っ張り起こされ、膝立ちにさせられた。硬く冷たい何かでこめかみを強打され、顔が横を向いてスティーヴンを見る格好になった。スティーヴンは何かを叫びながら、気の変になった動物園の猿みたいに金網塀を叩《たた》いていた。ジョーナスには少年の言葉は聞き取れず、彼の口の形と瞳に浮かぶ恐怖だけが見えた。何も聞こえなかった。何も感じなかった。スティーヴンが叫ぶのを見つめながら、水中のルーシーのことを思った。

約束する。

後頭部に衝撃を感じると同時に、目の前にコンクリートの床が迫ってきた。

ボブ・コフィンのブーツが顔の前を通る。床から鞭が拾い上げられる。自分の呼吸音が頭のなかでヒューヒューと大きく響く。ケージを出ていくブーツを目で追った。猟犬係が門を施錠したとき、その手に黒い拳銃が握られていたことに、ジョーナスは初めて気がついた。

スティーヴンがせっぱ詰まった顔でこちらに何か話しかけていたが、ジョーナスには聞こえなかったし、どうでもよかった。ジョーナスが撃たれるのを阻止しようとして、スティーヴンがボブ・コフィンに何を言ってくれたのかもわからない。関係ない。

チャーリーは死んだ。

ジョーナスは横向きになり、吐いた。

そして、胸を上下させてあえぎ、腹をみしみしときしませ、水っぽく生ぬるい嘔吐《おうと》物《ぶつ》に頰をつけたまま、失った命を悼んだ。

57

誘拐事件は殺人事件に発展した。

事件は重大な局面を迎え、チャーリーの死は悲劇ながら、レノルズは希望を抱かずにはいられなかった。これまで誰もが、誘拐後数時間から数日のうちに殺害されていた子どもらの遺体を発見することを覚悟していた。それが一般的だからだ。しかし、チャーリー・ピーチは二カ月近く生かされていた。それはすなわち他の子どもたちも生きている可能性があるということで、スーパーマンさながらに颯爽《さっそう》と子どもらを救出するチャンスが生まれたということだった。行き詰まっていた捜査に突破口が開けるのはいつ以来か……いや、そもそもこれが初めてだ。活気づく捜査本部車両は文字どおり揺れていた。

子どもたちはブリキの笛の音に導かれて山の洞窟に消えてしまったわけではなかった。チャーリーは牧草地から連れ去られ、同じ牧草地に返された。レノルズは他の誘拐現場にも至急警察官を向かわせ、確認させた。子どもたちが全員、無事に生きていて、〈レッドライオン〉の駐車場にとめたこの車両から三十分とかからない場所にいるかもしれないと考えると、耐えがたいほどに気が急《せ》いた。

いっそのこと自らプジョーに飛び乗り、窓を全開にして荒野を走りながら子どもたちの名を叫びたい衝動に駆られた。彼らがすぐ近くにいる気がしてならなかった。

しかし、同時に時計の針が刻一刻と進んでいることも忘れてはいなかった。しかもそれはもはや、壁にかけられて時を刻む普通の時計ではない。新しい時計はレノルズの頭のなかのダイナマイトにくくりつけられており、その針は尋常ではない速さで進んでいる。誘拐は殺人に発展した——戻すことのできないその事実は、残りの子どもたちの命の危険を千倍にも増大させた。冷徹な意思によって殺害したにせよ、解放するつもりでしくじったにせよ、チャーリー・ピーチは死んだ。残りの六名も待ったなしの危機的状況に置かれている。

それが紛れもない事実であり、今度ばかりはケイト・ガリヴァーに確認するまでもなかった。

ひとり殺した今、犯人は残りも殺しかねない。己の犯行を隠さなければとパニックを起こして殺すかもしれないし、計画が失敗に終わったことへの怒りなり恐れなりから殺すかもしれない。はたまた当初から殺害も計画に入っており、意を決してひとり目の命を奪ったことで歯止めがかからなくなる可能性もある。

あるいは、ひとりずつ順番に殺している可能性もある。ジェス・トゥックとピート・ノックスはすでにどこかに放置され、つながれたロープの先で腐敗し始めているかもしれない。

先ほどまでの高揚感が狡猾《こうかつ》な狼《おおかみ》みたいにふいに牙を剝《む》き、レノルズはうろたえた。

「時間がないわ」

レノルズはぎくりとして、エリザベス・ライスを振り返った。「何だって？」と噛《か》みつくように言う。

「時間がない」ライスは繰り返した。

ライスの言わんとしていることがレノルズにもわかった。割られた窓ガラスにあった白いビニールテープと、残されていたメモ。いずれ被疑者を自白に追い込むために公表せずにおいた、犯人しか知り得ない情報。

しかし、追い込みたい被疑者にはいまだ辿《たど》り着けない。

レノルズはため息をついた。鍵となる重要証拠を公にしたくはなかった。しかし、誘拐が殺人に発展した以上、情報提供を得るためには出し惜しみはしていられない。とりわけ現場に残されていたメモは、人々の関心を呼ぶはずだ。ただし、それは同時に模倣犯を生む危険もはらむ。社会には人を平気で傷つけたり殺したりできるが、独創性だけが欠如している頭のおかしな人間がいる。そういう輩《やから》が、あたかも自分が思いついたかのように笛吹き男のメモを模倣すれば、ただでさえ難航している捜査はかき回され、ますます混迷を極めることになる。

それだけではない。メモは、行方不明の子どもの親たちにとっては不当なものだ。

おまえは　彼らを　愛して　ない。

親を非難するメモ。そして、非難しているのは、控えめに言っても頭のねじの緩んだ人間だ。レノルズはただでさえ苦しんでいる被害者家族を、『サン』紙に人種差別的な投稿をしたり、ＭＳＮに誹謗《ひぼう》中傷を書き込んだりする輩と同類の、愚かな連中の独善的な攻撃の対象にしたくはなかった。

「今はあらゆる協力が必要なときだわ」ライスがレノルズの心を読んだかのように静かに言った。

むろん、彼女の言うとおりだ。

レノルズはうなずいた。「そうだな。メモとテープ」

「報道陣を集めましょうか?」

「お願いしても構わないかな?」レノルズはそう言いながら、誰かが差し出した、鳴っている電話を受け取った。

ポーティスヘッドの科学捜査研究所のジョス・リーヴズからだった。

ライスは何の電話かと探るようにレノルズの表情を観察した。彼の目に驚きが広がるのを見て、もたらされた情報を知りたくて焦《じ》れた。今回は、レノルズが教えてくれなかったら自分から尋ねよう。

永遠とも思えるときが過ぎ、レノルズがようやく電話を切った。ため息をつき、髪をかき上げる。

「チャーリーの首輪から、ジョーナス・ホリーの指紋が検出された」

その知らせにライスの心臓が跳ねた。ジョーナスは生きているんだ！

「指紋には血がついていた」レノルズが続けた。

ライスは息をのんだ。まだ続きがあるようだ。レノルズの表情は暗く、ライスは先を聞きたくなかった。

「血液はスティーヴン・ラムのものだそうだ」

58

チャーリーの死を境に子どもたちの態度は一変した。

皆、泣いた。金網越しに手をつなぎ合った。スティーヴンは、銃を手にジョーナスのケージから歩き去るボブ・コフィンに向かって「ブタ野郎！」と叫び、ジェス・トゥックはコフィンが自分のケージの前にさしかかったところで、扉越しに骨を投げつけた。命中はしなかったが、明確な意思表示だった。

暴行を受けたジョーナスは、血まみれでコンクリートの床にぐったりと丸くなっていた。しかし、それ以上に痛ましいのは、彼の心がチャーリーの死の知らせに空っぽになってしまったことだ。スティーヴンにはわかった。

「あなたのせいじゃない」スティーヴンは言った。

「俺はあの子に、大丈夫だからと約束したんだ」ジョーナスは過酷なまでに正直に、そう答えた。

「ジョーナス、あの男はいかれてる。悪いのはあいつだ、あなたじゃない」

「俺は、あの子に大丈夫だと約束したんだ」

スティーヴンがどれだけ事実を並べて説得しようとも、ジョーナスから返ってくる言葉はそのひと言だけだった。そして、スティーヴンにはジョーナスの惨めさが理解できた。なぜなら、ジョーナスの言うこともまた真実だからだ。彼はたしかにチャーリーに、大丈夫だよと約束した。あのときチャーリーがジョーナスを信用せずに抵抗し、ボブ・コフィンと一緒に出ていかなければ、あの子は今も生きていたかもしれない。

ただし、その場合はチャーリーは今もここに捕らわれたままということになる。もし今、猟犬係に自由にしてやると言われたら、僕はどうするだろうかとスティーヴンは考えた。家族のもとに帰り着く前に死ぬのを覚悟で、申し出を受けるのか。それとも一カ月も替えていない青い下着姿のまま、ここにとどまるのか。

「少なくとも、ジョーナスはチャーリーにチャンスを与えたんだ」しばらくして、スティーヴンはそう言った。

ジョーナスの耳に届いたかどうかはわからない。彼は横向きに横たわったまま、鎖の輪をコンクリートの床でこすり続けた。

スティーヴンの目には、それはもはや希望ではなく狂気に見えた。


記者会見にはそれなりの数の報道陣が集まっていた。前回同様、〈レッドライオン〉のスキットルズ場が会場となった。洞穴のような寒い部屋で、深い渓谷なみに音が反響するので、なかで待つ二十数名のざわめきは、さながら大勢の工場労働者ののものようにやかましかった。

レノルズとライスはドアのすぐ外に立ち——口論していた。

過去にライスと口論になったことはない。

彼女が反対意見を述べたことはあるし、それは彼女の権利でもある。レノルズとしても、チーム内に活発な議論のできる雰囲気は必要だと思っている。ただしそれは、最終的な決定権はレノルズにあると、チーム全員が認識していることが前提だ。

しかし、今日は様子が違っていた。レノルズがジョス・リーヴズとの通話を終え、ジョーナス・ホリーを捜査対象から除外するためにも、連絡をしてほしいと本人に訴えるつもりだと言った瞬間から、口論は始まった。

レノルズが先を続けるより早く、ライスが喧嘩《けんか》腰に言ったのだ。

「何で?」と、無礼と言ってもいいほどの強い口調で詰問してきた。

「あらたな証拠が示唆する可能性について検討しないなら、それは職務怠慢だ」

「指紋は、ジョーナスがチャーリーやスティーヴンと一緒にいたことの証拠であって
──彼が子どもたちを誘拐した証拠にはならない」

「それはわかっている」

「彼は私たちに何らかのメッセージを伝えようとしているのかもしれないわ」

「スティーヴンの血でか?」レノルズは言った。「いいか、僕は何も今すぐ親指の指紋について公表するとは言ってない。まだ不明な点も多いし、社会に著しい動揺を与えかねないからな。現時点ではスティーヴンの家族にも伝えるつもりはない」

ライスは不承不承うなずき、同意を示した。

レノルズはさらに続けた。「ジョーナスに話がしたいと訴えかけても、それは我々が彼の犯行を疑っているという意味にはならず──」

「あきらかにそういう意味じゃない」

「僕はそうは思わない。ジョーナスにメッセージを送ることで何が起きるかといえば、門戸を開くことになる──ジョーナスに関して何らかの情報を持ちながら、これまでそれを表立って口にすることを憚《はばか》ってきた人々に」

ライスは鼻を鳴らした。「あなたは容疑者がほしくて、現段階でそれに一番近い人

物が彼しかいないってだけじゃない。こんなの魔女狩りだわ」

　ＢＢＣの地方ニュース番組「ポインツ・ウェスト」の記者、ボブ・ストライプが男性トイレから出てきた。「失礼、お邪魔をしたんでなければいいが」と口では言ったものの、実際はその反対で、とっとと会見を始めてくれよと思っていることは、その場の誰の目にもあきらかだった。

「いいえ、まったく」ふたりの間をかき分けるように通り抜ける記者に、レノルズは言った。

　そして、彼がスキットルズ場のドアを閉めるのを待ってから言った。「スティーヴン・ラムは疑念を口にした――」

「ばかげた疑念ね。あのケイト・ガリヴァーでさえそう言ったわ」

「ケイトは考えを変えた」

　ライスは唖然《あぜん》と口を開けた。「そんなことが許されるの？」

　レノルズは少しの間、ライスから顔をそむけた。スキットルズ場のドアの四角いガラス窓から、騒がしい報道陣を見る。

　ライスには、レノルズが彼女と情報を共有すべきか思案しているのがわかった。

　意外にもレノルズは話してくれた。

「会見に先だって彼女と話をしたんだ。ケイトは最後のカウンセリングの際、ジョーナス・ホリーに恐怖を覚えたと告白した。そのときに感じた凄《すさ》まじい恐怖が影響して、彼の職務復帰を認める判断をしてしまった気がすると」

ライスは驚愕《きょうがく》した。あの自信過剰のケイト・ガリヴァーが、恐怖を覚えたり、間違いを犯したかもしれないと認めるなど、想像もできなかった。それも、型どおりにしか動けないレノルズみたいな男を相手に。

「何それ！　彼は何をしたの？」

「何も。まあ、聞く限り不審なことはしていない。ケイト曰《いわ》く、ジェス・トゥックの誘拐の件を持ち出したそうだ。そして、人は子どもを傷つけると言った」

人は子どもを傷つける。同じことをジョーナスがスティーヴンにも言っていたことを、ライスは思い出した。

レノルズが続けた。「ケイトは、ジョーナスに対して尋常ではない恐怖と身の危険を感じたそうだ」

「感じた？」ライスは意見を曲げまいとあがいた。「誘拐と殺人の容疑をかける根拠としては、感覚だけでは弱いんじゃない？」

「ケイトは、彼の言い方が怖かったのだと言っていた」

ライスは足先の砂が現実を前に少しずつ崩れ出すのを感じた。出し抜けに、ジョーナスが笛吹き男の怒りが理解できると話していたことを思い出した。彼はあのとき、何と言っていた？　たしか、人は子どもを使い古した傘か何かみたいに、よく見える場所に置いていくと言っていた。あのときはまっとうな意見に思えた。無害に思えた。

しかし、今となっては自信がない。

ライスは唇を噛《か》み、ドアの小窓に顔を向け、黒い額縁に納まった絵画みたいな室内をじっと見つめた。ボブ・ストライプがティーカップに砂糖を一杯、二杯、三杯と入れている。マーシー・メイリックは、片方の靴を脱いで上に掲げ、そのつま先を眉間にしわを寄せてのぞいている。『ビューグル』紙のマイク・アームストロングはスキットルズのピンを並べ始めている。

「まさか彼が妻を殺したと考えてるわけじゃないわよね？」ライスは抑揚を欠いた声で訊《き》いた。

「何を信じていいか、わからない」レノルズが答える。これほど慎重な口ぶりのレノルズは初めてだった。

「私たちはあの場にいたのよ……」

「わかってる」

ライスはうなずいた。もはや反論も尽きてしまった。

「君の懸念はわかるよ、エリザベス。だが今は、ひとりの男の名誉と六人の子どもの命を秤《はかり》にかけざるを得ない」

「もう五人よ」ライスが暗い声で言った。

「そのとおりだ」と、レノルズが言った。


記者会見が終わったあと、ライスは胸騒ぎがしてローズ・コテージに向かった。開けてくれたのはミセス・パドンで、彼女はそのまま廊下に立っていた。「何を探しているの？」と、警戒するように尋ねる。

「わかりません」ライスは台所から始めた。前回とは異なる目で調べていく。

「時間の無駄だと思うけれど」

ライスはミセス・パドンの言葉は無視した。

ジョーナスがライスのために開けた赤ワインのボトルが、カウンターに置かれたままになっていた。半分残ったままだ。請求書は定期的に来るものばかり。洗濯はしてあったがアイロンはかけられておらず、シンクは相変わらず空っぽだった。テーブルに水の入ったガラスのコップがあり、持ったときに指が当たるであろう場所に、うっすらと汚れがついていた。ライスは、森へ向かう子どもたちに助けを求められたとき、ジョーナスがちょうど庭仕事をしていたことを思い出した。

顔を近づけてコップを観察した。ただの汚れ――指紋はない。ライスは体を起こすと台所内を見回した。

「何を探しているの？」ミセス・パドンが台所の入り口から尋ねた。

「手袋です」ライスは答えた。

ミセス・パドンは瞬《まばた》きもせず、ライスをじっと見つめた。

「たとえばウールの手袋とか、庭仕事用の手袋とか？」問いかけてみたが、ミセス・パドンは黙ったままで助けになる気は毛頭ないらしい。もう自宅に帰ってくれたらいいのに。

ライスは庭に出た。ジョーナスがいた場所はすぐにわかった。何もない花壇は土がひっくり返され、新しく土を掘り返した場所にだけ花が植わっていた。ライスは花には詳しくない。エリックが一度も買ってくれることのなかった切り花のことすら、よくわからない。それでも、花壇の青いデルフィニウムや香りの強いフロックスやピンク色のデイジーの立派な茂みを、きれいだと思った。

手袋は見当たらない。

庭の奥に木製の物置小屋があった。なかは暗く、空気がこもってむっとし、土の匂いがした。唯一の窓に花綱《はなづな》みたいに張った蜘蛛《くも》の巣には埃《ほこり》が積もっていた。巣を払おうと手を伸ばしかけて、太った蜘蛛が窓の下枠にいるのを見つけた。

仕方ない、今ある明かりで間に合わせよう。

小屋には道具類の他に、マウンテンバイクが二台あった。スポークの間にやはり蜘蛛の巣が張っている。頭の高さに設置された唯一の棚板には、雑多な缶や瓶や容器が所狭しと並んでいた。ナメクジ駆除剤、除草剤、バラ用肥料、殺虫剤。粒餌の入った大型のプラスチック容器も置かれていた。万が一にもジョーナスの犯行を示す何かが隠されていてはいけないと、ライスは粒餌のなかに手を入れた。その不思議な感触に、肘まで突っ込んだまま、しばらくそうしていた。

小屋の奥には段ボール箱が三つ、積み上げてあった。一番下の箱は、ネズミの寝床の材料にされたらしく食いちぎられて崩れかけていた。かなり暗いその一画の床一面に、ボール紙が紙吹雪みたいに散らかっている。子ども時代にローランドとラティというネズミを飼っていたライスは、ひるむことなく検証を続けた。

一番上の箱には書類が入っていた。窓ガラス修理の保険書類、古い銀行取引明細書、ファクシミリやカメラや電話機や電動サンダーの保証書や取扱説明書。二段目の箱には子どもの描いた絵やノート、丁寧に、だが言葉も綴《つづ》りも子どもらしく自由奔放に書かれた手作りのカード類がぎっしり詰まっていた。

あたらしいあうちでも　げんきでいてください。
さようなら、ミセス・ホリー。せんせえのこと、わすれません！
あいをこめて、ティフより。あいおこめて、リンリンより。ありをこめて、トビーより。

ライスは牧草地に横たわっていたチャーリー・ピーチに思いを馳《は》せ、初めて、子どもを愛し、子どもからも愛される人がどんな人であるかを理解した気がした。

最下段の箱は他に比べてかなり古かった。どこかの時点で湿気にさらされたらしく、入っていた写真は、写真同士がくっついてしまったり、修復不能なほど傷んだりしていた。積み重ねられて硬いサンドイッチのようになり、波打ち、端が丸まり、カビに覆われてしまった写真。ましなものもネズミに食いちぎられていた。かろうじて判別できたのは、色褪《あ》せて染みもついているいくつかの顔だけだった。肩パッド入りの服とスパイラルパーマから判断するに、おそらく一九八〇年代に撮られた写真だろう。

先ほどライスが通ってきた庭に大人の男女が立っており、幼い少年がおもちゃのトラクターにまたがっている。三人を包む日差しは、写真の褪色《たいしょく》によってまぶしさを増している。ライスは、ジョーナスと彼の両親だろうと推測した。目を細くして写真を見ている。写真のなかの三人もまぶしそうに目を細め、長い歳月を超えてこちらを見返してくる。誰ひとり、待ち受ける未来など知る由もないまま。

悲しかった。彼らをこの手に取るのは。彼らの夢や希望や幸せをこの手に取るのは。すべては消え去ってしまっていたから。

ライスは箱を元どおりに積み上げ、家のなかに戻った。

「何か見つかった？」ミセス・パドンが尋ねた。

「ええ」老婦人を挑発するためだけに、そう答えた。

そして居間に入った。

窓からの日差しが空中に舞う埃を照らす部屋で、ライスはルーシー・ホリーの写真を見つめた。写真のなかのルーシーも、やはり未来など知る由もないままに日差しに向かってまぶしそうに目を細めている。愛《め》でてくれるはずの主《あるじ》がふたりとも不在のまま、それでも庭で咲き誇っている花を植えたのは、ルーシーとジョーナスのどちらだったのだろう。

前回と変わらず、時計は七時三十九分で止まっている。青い花瓶も相変わらず空っぽだった。

ペーパーナイフはなくなっていた。

ライスは眉をひそめ、部屋を見回した。台所に戻り、封書類や洗濯物の下を探してみた。開封されていた封筒はどれも端がびりびりに破られていて、ペーパーナイフを使った形跡はなかった。

「何を探しているの？」ミセス・パドンがまた言った。軽いボケの症状が出ているのかしらと、ライスは思った。高齢だからそうであっても不思議はない。

「前に来たときに炉棚にあったペーパーナイフが、ないの」
「あら。それは私にはわからないわ」

ライスにもわからない。ただ、それだけぽっとなくなっていることには意味がある気がしてならなかった。

　手にしたペーパーナイフの冷たい感触と、ソファに座って、ワインに口をつけずにこちらをじっと見ていた——ナイフを見ていた——ジョーナスを思い出した。あのとき、爪の先でナイフを引っかいたら茶色っぽい粉が落ちた。

　ちょうど、固まった古い血のように。

　エリザベス・ライスは動揺して鼓動が速くなった。私は重要な証拠をこの手にしていたのだろうか。のぼせ上がってジョーナス・ホリーのことばかり考えていたせいで、気づくべきものを見落としてしまったのだろうか。

　ここにたしかにあったのに。

　ライスは顔を近づけて炉棚の上を確認した。粉がまだ落ちているはずだと思った。それが見つかれば、間違いなくここにあったのだと確信できる。

　しかし、落ちていない。ライスは木の炉棚に人差し指の腹をゆっくりと滑らせ、その指を確認した。何もついていない。埃がたまって灰色がかって見える部屋のなかで、この棚だけ埃が払われていた。

小さな疑念が湧き上がる。言い方が引っかかったんです。ライスは二階に上がり、すべての部屋を入念に調べた。その間、ミセス・パドンはそれぞれの部屋の入り口から無言でライスの様子を見ていた。ペーパーナイフはどこにもなかった。

六時には、笛吹き事件はあらゆる報道番組のトップに返り咲いた。どのニュースも、捜査対象から外すためにもという、レノルズ警部補の慎重な断りは容赦なく切り捨て、ジョーナス・ホリー巡査が第一容疑者だと報じた。

ここに来て初めて、エリザベス・ライスはその可能性もあると思った。

エムはラジオでそのニュースを聞くなり、泣き出した。

笛吹き男はミスター・ホリーだった。

スティーヴンがひどく警戒していたミスター・ホリー。森に一緒に来てもらうべきだと、私が主張して譲らなかった、ミスター・ホリー。彼こそが、おそらくは妻とチャーリー・ピーチを殺した犯人だった。私が蹄《ひづめ》を手入れする鉄爪《てっぴ》を手に中庭に立っているこの瞬間にも、彼はスティーヴンを殺しているかもしれない。エムの隣では、スキップが彼女のポケットを鼻先で軽く押していた。好物のポロミントをエムがいつも忍ばせていることを知っているのだ。

59

自分でも意外だったけれど、テディはチャーリーが恋しかった。とりわけチャーリーの歌声が恋しかった。近頃はマイクロバスに乗っていても静かでつまらない。その沈黙を破るとすれば、それはカウボーイがどうとか、カスタードがどうとか、小さなプラスチックのカップがどうとかという、ディーン・ピースマンの早口で無意味なおしゃべりだけだ。ディーン・ピースマンといると、テディは気が変になる。それは、ディーンがくだらないことしか言わないからという理由に加え、そのくだらない話を構成する言葉の一音節一音節を明快かつ完璧に発音するからだった。ディーン・ピースマン——イングランド中西部のチェシャーからシモンズバスに越してきたばかりの十四歳——は、無意味でくだらないことしか入っていない頭と、それを証明できる口を持っている。一方のテディは聡明《そうめい》な考えが詰まった頭と、残酷なまでに脳と切り離された舌を持っている。それだから、すばらしい考えや思いを口にした瞬間、それは赤ちゃんの言葉のようになってしまう。まるで、それまでの人生を車椅子ではなくベビーカーで過ごしてきたかのように。

テディは懸命に努力してきた。毎日のように論理的で価値のあることを考えては、その考えを――完璧な形で――脳から口へとエスコートするところを思い浮かべた。思考の手を取り、眼球の後ろを通って、洟《はな》で覆われた黒い鼻腔《びこう》をすぎ、隆起する口蓋《こうがい》の入り口を抜けて柔らかな舌へと導くイメージを膨らませた。そして、その時点でも思考が損なわれることなく思慮深いものであることを確認してから、舌から唇へと思考の背中を押し、子どもの入学式の日の親みたいに誇らしげに送り出す。

しかし、そこに来て思考は靴を脱ぎ捨て、服を破り、気でもふれたみたいに髪をぐしゃぐしゃにかき、わけのわからない不明瞭な赤ちゃん語となって口から走り出て、聞き手を混乱させる。相手は、テディに近づけば理解できるかもしれないというように、車椅子のほうに身を乗り出す。

チャーリーがいなくなった日のことを、誰もテディには尋ねなかった。彼が伝えるべき新情報を持っているとは、誰も考えもしなかった。

実際、話すべき情報などなかった。あの日、追い込まれた警察が必要に迫られて、それまで慎重に公表を差し控えていた事実を発表するまでは。

公表された情報のなかには、白いビニールテープの存在もあった。

自宅のワイドテレビ前の定位置に座り、いつものごとく母にリモコンを握らせてもらっていたテディは、揺れる視界の端から、ニュース番組で映し出される、チャーリーがさらわれ、見つかったホースショー会場の牧草地の映像を見つめた。

完全記憶能力を持つスパイのテディは、即座にあの日のことを思い出した。日差しが強くて、耳に当たるヘッドレストが異様に熱くなったこと。フォックスハウンドの群れが、輝く茶色と白の海みたいに自分を取り囲んで尾を振っていたこと。猟犬係が深紅のジャケットを着て黒いビロードの帽子をかぶっていたこと。そして、猟犬係の鞭《むち》の柄に、下から上まで白いビニールテープが巻いてあったこと。

テディは大声でうなって母を呼んだ。母はつねに、僕の言いたいことを正しく理解してくれる。

60

太陽の光はチャーリー・ピーチとともに死んでしまった。ひと晩のうちに八月の空気は重く灰色になり、よどんだ。そして、猟犬係はおかしくなった。

今まで以上におかしくなった。

蒸し暑かったこの二日間、彼は覆面も手袋もつけず、通路を落ち着かない様子で行ったり来たりしていた。そうかと思えばケージの扉の前に立ち、子どもらのほうに身を乗り出すようにして、声を出すでもなく唇だけを動かし、額から汗を流していた。

日に十回は処理室の扉を開け閉めし、冷蔵室からは、肉を吊《つ》り下げる鎖同士がぶつかる金属音もたしかに聞こえたが、彼が子どもらに食料を運んでくることはなかった。

西で発達中の黒々とした雷雲と同様に、子どもたちの頭上にも恐怖が重く垂れ込めた。メイジーとカイリーは思い出したように泣くことを繰り返し、ジェスは彼女たちの側の金網の前にとどまり、ふたりを慰めようとした。しかし、「緑の瓶が十本」を歌おうとしたら、はじめの一節が終わらないうちに声が割れ、続けられなくなった。それ以降は、メイジーとカイリーはただただ泣き続けた。

子ども向けアニメ番組に、鳥かごに入れられた黄色の小鳥が、猫に狙われるものがある。幼心にその番組が嫌いだったことを、スティーヴンは覚えていた。鳥かごの縦棒同士の間隔がやけに広かった。その気になれば、猫はいつでも前脚をこっそり入れて、針みたいに鋭い爪で鳥を押さえつけられる。絶対にそうはしないのだが、それでもスティーヴンは今にそうするのではないかとつねにひやひやしていた。

猟犬係のぎらつく視線にさらされていると、スティーヴンはあの黄色い鳥になったような気がした。

猟犬係が目的を持った足取りで処理室へ歩いていったあとも、スティーヴンは体の震えが止まらなかった。

ジョーナスは呼吸時の痛みを少しでも和らげようと、折れた肋骨《ろっこつ》を下にして横になっていた。首輪に取りつけられた鎖を、メトロノームみたいに一定のリズムで床にこすりつけている。床にできた溝が深くなると、位置を左に一センチほどずらし、同じ動作を繰り返した。眠るときは、少しずつ削れてきている鎖の輪を握りしめて眠った。ときに、寝てもなお手だけは動いていて、耳元で小さく聞こえる鎖をこする音に目を覚ますこともあった。小さな鎖の輪は持ちにくく、ジョーナスの爪は割れ、指先の皮膚も一緒に擦りむけていった。

こんなことをしても無駄だ。理屈ではわかっていたが、それでも続けた。

今や彼の運命は、感覚のない指のなかでこすられてぴかぴかになっている、亜鉛めっきの鋼鉄の輪にかかっている。ジョーナスはその輪を、手が白くなるほどの力で床に押しつけた。もう千度は試しているが、輪は曲りもしなければ割れもしない。

食料もない。水もない。脱出路もない。

ジョーナスは虎の餌になるためにつながれた愚か者《ゴート》だった。

「あいつは僕らを殺す気だ」スティーヴン・ラムがささやいた。

ジョーナスは見えるほうの目で少年を見た。

「他の子たちには言うな」ジョーナスが言ったのはそれだけだった。

猟犬係は子どもたちをじっと見つめた。大事な所有物のはずなのに、ひとりひとりの弱った姿は、そのまま彼の挫折を突きつけてくるばかりだった。

彼はずっとここで生きてきた。

人生そのものだった。

四十年間、〈ブラックランズ・ハント〉の猟犬を飼育してきた。子育て中のどんな母親よりも長時間、大変な苦労をして飼育してきた。どんな母親より寒さに耐え、汚物を処理し、汗も血も流してきた。泥にまみれ、何キロも歩き、手のかじかみにも、刺すような寒さに耳が痛くなるのにも耐えた。

彼の人生は言うなれば、長く厳しい冬が延々と続いているようなものだった。

ときに――猟犬を……処分する前の話だが――夜の暗がりに座り、アパッチ族の賢人が戦士らに彼らの歴史を伝承するようにして、猟犬の名を世代をさかのぼって唱えることもあった。バンパー、ルーファス、スタンリー、マーカス、メイジャー、パッチ、スカウト。歴代の猟犬の名を列挙した。

そうすると安心感を得られた。ここが自分の居場所だという実感と目的意識を持てた。これまでしてきたことも、この先することも、ひとつの偉大な仕事の一部なのだと感じられた。自分の前にはマートンじいさんが猟犬係を務め、その前にはタウンエンドが務めた。それ以前となるとよく知らないし、重要なことでもない。猟犬の一団こそが受け継いだ歴史と伝統であり、彼の技量と献身の証《あかし》だった。愛情の証だった。

コテージにはリボン徽章《きしょう》やトロフィーが多数あり、古い写真も飾ってある。山高帽子をかぶってほほ笑む、コテージのかつての住人たちのことは知らずとも、猟犬なら全頭見分けられた。七一年生まれのルーパートは、九七年生まれのピッチャーと同じ、三つの斑点が耳にあるのでわかる。八五年生まれのディッパーと、〇九年生まれのデイジーが同じ家系なのも、デイジーが飛節の位置の高い後ろ脚を受け継いでいるのでわかる。そして九一年生まれのファーン。カメラを向けると笑った顔をする特徴は、ファーンの子どもたち、そしてそのまた子どもたちへと伝えられ、小さなフランキーにまで受け継がれた。

最後の発砲音が響くと、犬舎は百六十三年間で初めて静まり返った。その日以降、夜のモノローグは安心も喜びももたらしてくれなくなった。闇のなかで聞いてくれる戦士もいなければ、彼らがその一部をなす歴史ももはや作られない。

ボブ・コフィンには妻も子もいない。家庭を築く時間などなかった。

彼に残された遺産は、うずたかく積み上げた、猟犬たちのまだ温かい体の記憶と、硬直した骸《むくろ》を炎のなかに放り込むのに無様に格闘した記憶だけだ。

俺はたったひとつの大事なものを壊してしまった。

心の痛みは耐えがたかった。彼は扉の金網を握りしめ、今に意識を戻した。

目の前の子どもはジョン・トゥックに似ていた。目の雰囲気と口の形が父親によく似ている。彼女は空《から》のバケツをこちらに突き出し、父親と同じ唇を動かした。

おまえはあの子らを愛してるわけじゃない。

ボブ・コフィンは体の熱で温かくなった綿のつなぎに無意識に触れ、その下にある冷たい拳銃の重みを感じた。

すべては終わりに近づいている。

またしても。

61

レノルズには、テディの言葉はひと言も理解できなかった。それらの言葉をどうやって発しているのかも謎だ。

ひとつの音節を発するだけでも苦悶《くもん》し、永遠にも思えるほどの時間を要した。頭が小刻みに揺れ、顎は痙攣《けいれん》し、目は細くなり、手はぱたぱたと動く。

それでもテディの母は、息子が意味不明な一語を発するたびにレノルズとライスにうなずきかけ、ふたりに通じる英語に通訳した。それはたとえるなら、霊媒師が、拳《こぶし》で叩《たた》いたみたいに突き出たりゆらゆら揺れたりするカーテンに向かって耳を傾け、伯父アーサーの見つからない遺書に関するメッセージを読み取る現場を目撃しているかのようだった。

ただし、ミセス・ルースモアが受け取るのは、死んだ伯父からの伝言よりはるかに興味深いものだ。

レノルズとライスは無言で車に戻ったが、見合わせた顔には、ふたりが長らく見失っていた希望の色が浮かんでいた。

キツネ狩りに関してはまったくの門外漢だったレノルズは、ライスにも聞こえるようにスピーカーホンに設定してから、ジョン・トゥックに電話した。そして、白いテープについて尋ねた。

トゥックは答えた。「ハント・サーバントは鞭に白いテープを巻いて、フィールドでもぱっと目につくようにするんだ」

「ハント・サーバントとは？」とレノルズが問い返す。

「ハントで雇用されている者のことだ」

「ちなみに、ハントで雇用していた人のなかで、あなたが恨みを買っている可能性のある人物に心当たりはありますか？」

「特に思い浮かばない」

ライスが「ああ、もう！」と口だけ動かす。

レノルズは電話を切りかけ、ふと、ヘリコプターから見下ろした中庭に佇《たたず》んでいた男のことを思い出した。空を飛ぶ鉄の鳥に向かって手を振る、食人種みたいだった。

レノルズは胃の底に妙な緊張を覚えた。

「ミスター・トゥック、実は数週間前にハントの犬舎の上空を飛んだんですが」

「ああ」とトゥックは言った。「あそこはもう空《から》だよ」

「しかし、男がいました」レノルズは慎重に言った。

「ボブ・コフィンでしょう。〈ブラックランズ・ハント〉で猟犬係をしていた男でね。まだあそこのコテージで暮らしてるんだ。まあ、それもあと少しだが。この冬にはあそこも売却するんでね」

胃の底にあった緊張が、ミルクがこぼれるみたいにレノルズの全身に飛び散った。胃のむかつきと興奮が同時にやってくる、こんな感覚は初めてだった。自分は絶対に味わうことはないと思っていた感覚だった。

レノルズは否定しようとした。抑えようとした。しかし、その感覚は構わず頭をもたげ続けた。

それは、勘だった。

僕が感じているこれは、あろうことか刑事の勘だ！

レノルズは声が震えそうになるのをこらえた。「あそこには焼却炉がありますね？」

「ああ。たしかにある」

「何のために？」

「だめになった家畜を犬の餌用に解体処理したあと、不要な部位を燃やすんだ。蹄《ひづめ》や皮なんかをね」

「しかし、犬舎が空なのに、なぜ焼却炉がまだ動いてるんですか？」

レノルズのそれまでの人生分ほどにも感じられる、長い沈黙が流れた。

「動いているはずはないんだが」ジョン・トゥックが言った。


焼却炉が低いうなりとともに動き出し、子どもたちはドーベルマンみたいに耳をぴくりとそばだてた。

ジョーナスでさえ、顔の前で鎖の輪を一心に床にこすりつけながらも、胃がかすかに熱くなって反応するのを感じた。

ナイフを研ぐ音がし始め、唾液があふれた。そんな自分に胸が悪くなったが、どうしようもなかった。正直なところ、安堵《あんど》した。水は昨日で飲みきってしまい、早くも舌が膨張して、ねばつく喉を今にも塞ぎそうな気がしていた。

子どもたちは、痩せた体に金網の菱形《ひしがた》が食い込むほどぴったりと塀にへばりつき、処理室だけを見つめ続けた。肉を積んだ台車のガラガラという音を待った。

しかし、その音が聞こえることはなかった。

処理室では、ボブ・コフィンが壁のフックにかけた、子どもたちをふたりひと組につなぐ連結用の鎖を手に取っていた。

これがあれば、あの子らが暴れないように押さえておける。

62

ライスは道が許す限りに車を飛ばした。

というのは控えめな表現だが。

レノルズは助手席にはないブレーキを右足で踏み込み、何度もダッシュボードに片手をついて体を支えた。

「失礼」あわや衝突かと思うほど、すれすれでトレーラーをかわしたあとで、ライスが言った。

「いいんだ」レノルズは返した。きっとライスは上級ドライバーコースを修了しているはずだ。ただ、今それを確かめるのは怖いからやめておこう。

レノルズは身を乗り出し、頭を左にかしげてサイドミラーをのぞいた。隊列を組んでいたはずの後続の三台は見えなくなっていた。本来なら待つべきだが、レノルズはライスに速度を落とさせるつもりはなかった。先ほどの勘は瞬く間に、差し迫った大惨事——切迫した死——の予感に変わり、人類最速のスピードで犬舎に辿《たど》り着くこと以上に重要なことなどもはや存在しなかった。レノルズはすでにウェストンスーパーメアとマインヘッドに救急車を要請し、フィルトンの警察ヘリコプターを現場に向かわせていた。早く辿り着きさえすれば、誰が一番乗りしようと構わない。

レノルズは再びまっすぐに座り、S字カーブではエア・ブレーキを踏んだ。

「実はジョーナスが犯人なのではないかと、不安に思い始めていました」ライスが言った。

「僕もだ」レノルズがうなずいた。

「彼じゃなくてよかった」

「そうだな」レノルズも同意し、正面に迫りくる、道路脇の木立との衝突にそなえるように体を緊張させた。

「髪、すてきだと思います」ライスが言った。

レノルズは驚いた。「ありがとう」と、照れたように前髪に触れる。

ライスはヘアピンカーブを勢いよく曲がりきるとアクセルを踏み込み、珍しくまっすぐに伸びている道を、ぞっとするほどスピードを上げて駆け抜けた。

きっと間に合うと、レノルズは思った。胸の内に希望が広がっていく。

車が鹿の群れのそばを走り抜ける。そのあまりの猛スピードに、鹿はちりぢりに逃げる暇もなくたじろぎ、少し遅れて立ち上がると、あとから来た恐怖に身震いした。レノルズがサイドミラーに目をやると、牡鹿がまっすぐこちらを向き、黒々とした鼻先を上げ、枝角《えだづの》を背中のほうへそらして威嚇していた。

レノルズは見なければよかったと後悔した。

大粒の雨がコンクリートの床に落ちてきて、埃《ほこり》の匂いが立ちのぼった。さらなる雨粒が、波打つプラスチックの屋根をゆっくりと鳴らす。

ボブ・コフィンは犬を二頭ひと組につなぐための鎖の片端を、スティーヴンの首輪の南京錠《なんきん》にかけ、もう一方の端を彼に持たせた。そうして隣の門の鍵をあけると、ジョーナスを指差した。

「その鎖を彼につなげ」

スティーヴンはゆっくりとジョーナスのケージに入った。長らく別々の空間で過ごしてきたあとで、ここまでジョーナスに接近するのは不思議な気分だった。すべてが以前より鮮明でリアルに感じられた。ジョーナスは道端の溝で死んでいるキツネみたいに、体をよじり脇腹を下にして横たわっていた。裂傷は十カ所以上に及んでいる。腫れて黄色と紫色に変色した箇所のぴんと張った皮膚が、膨らみ始めた焼成中《しょうせいちゅう》の食パンのてっぺんみたいに裂けている。スティーヴンが近づくと、ジョーナスは鎖の輪を床にこすりつけるのをやめ、片方の目でスティーヴンをじっと見た。今やジョーナスが生きていることを示すものは、かすかに上下する肋骨《ろっこつ》だけだった。

「体を起こして座れる?」

ジョーナスが手のひらをゆっくりと床につくと、スティーヴンは彼を助け起こして金網にもたれさせた。

そして、自分も床にひざまずき、連結用の鎖のもう一方の端をジョーナスの首輪に取りつけた。スティーヴンとジョーナスは互いにつながれた状態になった。

「ほら」

その声にスティーヴンは振り返った。猟犬係が鍵を手にこちらに身を乗り出していた。ジョーナスを金網塀につないでいる南京錠に向かって顎をしゃくる。スティーヴンは鍵を受け取りながら、猟犬係がジョーナスに接近するのを嫌って慌てて後ろに下がったことに気がついた。

スティーヴンは鍵を外してジョーナスを塀から自由にし、彼がふらつく足で立ち上がるのに手を貸した。

「どこに行くんだ?」と、ジョーナスが尋ねた。

「運動だよ。僕の肩に腕を回して」スティーヴンは言い、ジョーナスは従った。そして、連れだって悪臭に満ちたケージを出た。ふたりが前を通りすぎようとすると、猟犬係が手を差し出し、鍵を受け取ってポケットにしまった。

他の子どもたちはすでに通路に出て、スティーヴンたちを待っていた。ピートとジェス、カイリーとメイジーの組み合わせでそれぞれに鎖でつながれていた。

ジョーナスは骨と皮だけになっていた。彼に限らず皆そうなのだろうとスティーヴンは思ったが、自分の骨に違う男の骨を感じるのは妙に悲しかった。

屋根を叩《たた》く雨音が大きくなり、子どもたちは上を向いて口を開けた。

「行《ハッ》け《プ》！」猟犬係が言った。

前方にいつもの牧草地があったが、猟犬係は腕を広げ、皆に反対方向を向くよう促した。処理室のほうだ。

「ハップ！　ハップ！」

ピートと少女たちは足を小刻みに動かしてゆっくりと向きを変えたが、スティーヴンはその場を動かなかった。

「どこに連れてく気だ？」

「ハップ！」と、猟犬係は言った。

スティーヴンは動かなかった。何かがおかしい。長い間、毎日決まった順序で決まったことをして命をつないできたのに、今日は様子が違う。ジョーナスがケージから出された上に、全員、牧草地ではなく処理室へ移動させられている。スティーヴンは気持ちが悪くなってきた。吐き気とまではいかないが、じきに吐きたくなるような気がした。

「何で牧草地に行かないんだ?」

「ハップ!」

「どこに連れてくつもりだ?」スティーヴンは執拗《しつよう》に食い下がった。

猟犬係はしばし逡巡《しゅんじゅん》してから、曖昧に空を示した。「ヘリコプター」

全員空を見上げたが、ヘリコプターは見えず、音も聞こえなかった。それでも、まずはメイジーが声を上げて泣き出し、カイリーも双子みたいに同調した。

スティーヴン以外の子どもたちは空を気にしながら歩き続けた。ジョーナスさえもが、スティーヴンも当然歩き出すものと思っているのか、重心を動かした。

しかし、スティーヴンは動かなかった。

まだ短い人生だが、過去に直感が外れたことはほとんどない。そして今、スティーヴンの本能という本能は何かがおかしいと告げていた。

「ハップ!」ボブ・コフィンはジョーナスとスティーヴンを突いたり押したりして歩かせようとした。「進め!」

「僕らは牛じゃない」スティーヴンは怒ったように猟犬係の手を振り払った。「牛じゃないんだぞ」

ボブ・コフィンはポケットから静かに拳銃を取り出し、スティーヴンの顔に銃口を向けた。スティーヴンはとっさに頭を下げ、ジェスは甲高い悲鳴を上げた。

「ヘリコプター」猟犬係は一本調子にそう言った。

ヘリコプターなど飛んでいなかったが、六人は銃の存在に青くなり、雨で滑りやすくなっている通路を進んだ。

ジョーナスはスティーヴンに全体重をかけて寄りかかっているわけではなかったが、それでもふたりはよろめかずには歩けなかった。互いの骨張った鋭い肘や腰骨が何度もぶつかった。ジョーナスを長らく金網塀につないできた一メートル弱の鎖が、ふたりの間で揺れ、南京錠がふたりの太腿《ふともも》に当たった。鎖を外すなら首輪側の先端を外すべきだったとスティーヴンは思ったが、今さら仕方がない。銃口を向けられたあとでは、その程度のことは些末《さまつ》なことだった。

六人は轍《わだち》のできたコンクリートのスロープを下りて処理室に入っていった。

スティーヴンは、意識がはっきりしている状態では半分しか――それもブロック壁の割れ目からしか――見たことのなかった処理室内を見回した。想像していたより広い。トラクターが二台は収まりそうだ。そして、ほぼ空《から》だった。部屋の片側に古い木のベンチがあり、そこにナイフが三本、金持ちの夕食の給仕用よろしく並べられているのが見えた。きちんと長さの順に置かれている。他に、つややかな金属製の青色の万力《まんりき》に挟まれた砥石《といし》と、長さのある重そうな鎖が二本、いくつかの足かせとスプリングクリップと錆びた缶。ロニーの車庫にあったスリー・イン・ワン・オイルやカストロール社のグリースの缶もある。

僕を抱きしめたエムの腕、首にかかった彼女の温かな息……「そんなの気にしないよ」の言葉……。

思い出して胸がずきんと痛んだ。

片側の壁に電動ウインチが設置され、その鋼鉄のケーブルだけが、この小屋のなかで唯一真新しい輝きを放っていた。反対側の壁の低い位置には、重量のありそうなフックがボルトで固定されている。ウインチとフックの間の床には排水口と、黒っぽい小さな染みがあった。無数の動物がその場所で殺されてきたことを示す、ただひとつの証《あかし》だと、スティーヴンは見て取った。ちょうどあそこで頭部が首から切り離され、血が滴り落ちたのだ。

フックの脇には枝肉冷蔵室につながるドアがあり、それが半開きになっていた。この先の展開を考えてスティーヴンの胃がひっくり返りそうになる。冷たく臭い肉のなかに閉じ込められたおぞましい記憶が鮮明によみがえった。

「いやだ！　いやだ！」先ほどから続いているメイジーの泣き声が、鉄の屋根を叩く雨音と一緒になってスティーヴンの頭のなかでうるさく反響した。

　この状況では、たとえヘリコプターが真上を飛んでいたとしても、僕たちは誰ひとり気づかないのではないかとスティーヴンは思った。赤外線カメラを通した僕らの姿はどのように映るのだろう。奇妙に寄り集まったいくつもの白い小さな塊が、部屋のなかを小刻みに動き、冷蔵室で次第に灰色に変わり、肉の内側に入れられたとたんにふっと消えるのだろうか。ひょっとしたら、灰色の足や、チャコール色の肘が突き出ているかもしれない。しかし、それが子どもたちだと見抜くには、上空の捜査員らは何を捜しているのかをわかっていなければならない。モニターに映っているものが何であるかをわかっていなければならない。

　ボブ・コフィンがちかちかする細長い蛍光灯をつけ、処理室の入り口の扉を閉めた。レールに油を差していないせいで甲高い音がした。中庭と犬舎と暗くなっていく空が消え、スティーヴンの脳裏に本能的に、古代の石棺の蓋が閉められる鮮烈なイメージが浮かんだ。

　ジョーナスは子どもたちと同じものをその目にとらえた。ベンチ、万力、ウインチ、鎖。しかし、彼が本当に見ていたのはひとつだけだった。冷蔵室につながる、半開きのドアだ。間もなくボブ・コフィンは、怯《おび》える子どもたちを悪臭を放つ屠体《とたい》のなかに、オリーブのなかの赤ピーマンみたいに詰めるだろう。彼は早くもジェスとピートをつなぐ鎖を握っている。そして、抵抗させまいとして拳銃を握ったまま、鎖を引っ張ってふたりを他から引き離しにかかっている。

ただ、何かがおかしい……。

ジョーナスは眉間にしわを寄せ、目を凝らし、スティーヴンから体を離すように身を乗り出して、奥の小さな冷蔵室の様子を確かめようとした。なかが暗いとはいえ目も慣れつつあり、もう少し様子がわかってもいいはずだ……。

自分が見ているもの――あるいは見えなくなっているもの――を理解した瞬間、ジョーナスは足元の地面ががくんと傾いたような気がした。よろめいたジョーナスをスティーヴンがとっさに倒れないように支えた。

「大丈夫?」

ジョーナスはかぶりを振った。

大丈夫ではなかった。

誰ひとり、大丈夫な者はいない。

ジョーナスが何かを言ったが、スティーヴンは聞き取れなかった。

「えっ?」と訊《き》き返した。

「肉がない」ジョーナスが弱々しく言った。「冷蔵室に」

肉がない。スティーヴンは眉をひそめた。そんなはずはない。肉がなければ僕らを隠せないではないか。僕らの発する熱をごまかせない。肉なしに、猟犬係はどうやって僕らを赤外線カメラから隠すというのだ？

どうやって僕たちを冷たくする？

その意味を理解するのに、ずいぶんと時間がかかった。時の流れが遅くなり、止まったように感じた。スティーヴンはジョーナスを見つめ、まるで瞼《まぶた》が錆《さ》びついたかのようにゆっくりと瞬《まばた》きし、首をぎしぎしと回して、奥へと無限に続いているような冷蔵室を見つめた。スティーヴンの脳の神経細胞は、ジジジと音を立てる今にも消えそうなろうそくみたいに、情報を頼りなく伝達した。信号が軸索《じくさく》をのろのろと通って、次の神経細胞へと、まるでふたつの缶と一本の糸で作った糸電話でやり取りするかのように伝わっていく。

そうしてようやく降りてきた答えは、スティーヴンを大型ハンマーみたいに強烈に打った。

「スティーヴン！」

ジェスの悲鳴にも似た叫びに、スティーヴンははっと振り返った。

ジェスとピートは四つん這《ば》いになっていた。ジェスは起き上がろうとしていたが、猟犬係が右足で連結用の鎖をコンクリートの床に踏みつけている。ピートが死に物狂いで抵抗するので、彼に向けられた小さな黒い銃の銃口が、彼の頭を打ったり側頭部を滑ったりしている。

スティーヴンとジョーナスはふたりでひとつであるかのように動いた――それが唯一身動きを取る方法だった。

銃声が耳をつんざく。

ふたりはピートにけつまずくようにして、ボブ・コフィンの上に倒れ込んだ。スティーヴンは銃を握った猟犬係の手を両手で摑《つか》み、蛇でも捕らえたみたいに床に押しつけた。恐ろしくて放せなかった。さっきの銃声が頭のなかで響いていた。雷鳴が鉄のバケツ内で反響しているみたいだった。

すぐ隣でジョーナスと猟犬係が取っ組み合っていたが、スティーヴンは銃にのみ意識を集中した。撃たせないことがスティーヴンの唯一絶対の使命だった。気のふれた猟犬係がその精神状態そのままに激しく抵抗するので、ジョーナスの膝や肘や頭が、嵐の海の波止場につながれた小船みたいに何度となくスティーヴンにぶつかった。

その波が徐々に引いていっても、スティーヴンは震えるほどの力で猟犬係の手首を押さえ続けた。銃を握る猟犬係の指が緩み始めたのを見ても、手首を放して銃を奪うなど、恐ろしくてできなかった。かわりに猟犬係の手を何度も床に打ちつけ、その手から銃が落ちると、だらりと脱力した同じ手で銃を払い飛ばした。床を滑っていった銃を、メイジーとカイリーがすり足で取りに行こうとする。

「触るな！」スティーヴンが怒鳴ると、ふたりは素直に従った。コフィンに対するのと同じくらい、スティーヴンに怯えているような顔をしていた。

ずいぶん長い間、スティーヴンはその場にうつ伏せになったまま、動かなくなった手首を押さえていた。これですべては終わったのだろうか。それとも、ボブ・コフィンがスティーヴンとジョーナスを唐突に跳ね飛ばし、全員を殺すだろうか。映画ならそうなる。

スティーヴンは周囲を見回した。ジェスがピートを助け起こしていた。ピートは失禁していたが、無理もないとスティーヴンは思った。

最後に、ようやくこわごわと猟犬係の顔を見た。

ジョーナス・ホリーは、彼を金網につないでいた長い鎖をボブ・コフィンの喉に巻いて絞めていたのだった。コフィンの顔色は赤黒く、小さな青い目をいっぱいに見開いてジョーナスを見上げていた。口の端から唾が小さな泡となってぶくぶく出ている。

「もういい、ジョーナス！　銃は押さえたから！」スティーヴンはあえぎながら言った。

ジョーナスは猟犬係のポケットをさぐって鍵を取り出し、胸で上体を支えて頭を上げた。手こずりながらも顎の下の南京錠に鍵を差し込むと、錠がカチリと外れた。鎖がジャラジャラと音を奏でながら、身をくねらせて進む蛇みたいにボブ・コフィンの胸の上に落ちた。

ジョーナスがスティーヴンの体もろとも立ち上がり、膝に力の入らないコフィンを部屋の向こう側へ引きずっていく。スティーヴンといまだつながれている事実など、気にもかけないジョーナスの動きに、スティーヴンは首が痛かった。

「鍵を貸して」と息を切らしながら頼んだが、ジョーナスは無視し、コフィンの首から長く垂れている鎖の端を壁に固定されたフックにかけた。そして、喉に食い込む鎖の間に手を入れて緩めようともがくコフィンの傍らにしゃがんだ。

ジョーナスはコフィンの顔をじっとのぞき込むと、彼の首に巻いた鎖を強く引っ張った。「こんなのは愛とは言わない」と、低くささやく。

スティーヴンは慄然《りつぜん》とした。今のは以前にも聞いた声だ。やはり僕の思い違いなどではなかった。

いい、いいんだ。

もう帰っていい。

ジョーナスが再び立ち上がり、すぐ隣でスティーヴンがよろめいたりつまずいたりするのも構わず反対側の壁の前まで行くと、ウインチからケーブルを引き出した。猟犬係は床に横たわったまま、ほとんど動かない。両手で喉の鎖をつかみ、真っ青な唇から哀願するようなか細い声を漏らしている。ジョーナスは引き出したケーブルを猟犬係のブーツに巻きつけて結んだ。

「やめろ！」スティーヴンはしわがれた声で訴えた。「やめろ！」

しかし、ジョーナスはスティーヴンを押しのけ、彼が転んでもそのままずんずん歩いた。スティーヴンは後ろ向きに引きずられた。首輪を引っ張られる格好になり、ぞんざいにヘッドロックをかけられているみたいだった。少し前までは衰弱しきり、車にはねられて轢死《れきし》した動物みたいだった人質が、いまや十人力にも思える。首からぶら下げた十代後半の少年は邪魔にはなっても、ジョーナスの歩みの妨げにはならなかった。スティーヴンは体を支えようとジョーナスの腕を摑み、天井を見上げた。垂木《たるき》にカーテンみたいに張った蜘蛛《くも》の巣や、ロニーの車庫と似たような細長い蛍光灯が見えた。背中をそらし、首を伸ばして、自分たちがどこに向かっているのかを確かめようとしたスティーヴンの目がとらえたものは、ウインチの隣に並ぶ壁のボタンだった。

ジョーナスはボブ・コフィンを真っ二つに裂くつもりだ。

頭のなかに早くも生々しい映像が浮かび上がった。猟犬係の体が引っ張られ、絶叫とともに、筋肉が裂け、首も伸びて裂け始め、赤いリコリス菓子みたいな血管やチューインガムみたいなピンク色の皮膚が露出する。そのまま頭部が勢いよくちぎれてぴくぴく痙攣《けいれん》しながら部屋の隅へ転がっていき、それ以外のボブ・コフィンの体は、血しぶきを上げ、左右に振れながら床を引きずられ、最後は死体の足裏が壁に衝突する。ジョーナスがウインチの前で立ち止まり、スティーヴンは首をよじって彼の目を見上げた。

何も映らないうつろなサメの目みたいだった。猟犬係の銃の銃口みたいに冷たく真っ暗だった。そこにあったのは、スティーヴンが以前にも見た顔だった。もう二度と、この顔を忘れるなどという過ちを犯すものか。

「あんたが彼女を殺したんだ」スティーヴンはささやいた。「僕は知ってる」

ジョーナスは何も言わなかった。屋根を叩く雨音が戦場の太鼓みたいに轟《とどろ》くなか、ウインチの電源が入る音をスティーヴンははっきりと聞いた。

「ここから出ろ！」スティーヴンは天井に向かって叫んだ。「ジェス、他の子たちを連れて出ろ！」

そして、目を固く閉じて耳を塞いだ。それでも死に向かうボブ・コフィンの悲鳴を消すことはできなかった。

63

ヘリコプターより先に、ライスの運転する車が〈ブラックランズ・ハント〉の犬舎に到着した。

そうなるだろうと、レノルズは思っていた。

雨は今や土砂降りに変わり、車を一歩出た瞬間にずぶ濡《ぬ》れになった。レノルズは中庭を走り抜けた。左手には空《から》の犬舎が、右手には厩舎《きゅうしゃ》があった。

「気をつけて！」ライスが後ろから叫んだが、レノルズは不用心に突っ走った。説明のつかない恐怖が、レノルズを生まれて初めて無鉄砲にした。

前方にスロープがあり、それを下った先に大きな建物がある。入り口の扉が甲高い音を立てて開くのを見て、レノルズが躊躇《ちゅうちょ》していると、白い光の向こうから四人の子どもたちが嵐のなかへ走り出てきた。レノルズはぎょっとして立ち止まった。子どもたちは半裸で、怯《おび》えきって涙をぼろぼろ流していたが、滝のような雨のなかでも、レノルズはひとりひとりが誰であるか、我が子のように認識した。

「エリザベス！」と怒鳴り、スロープを駆け下りる。

ジェス・トゥックが建物のなかを指差し、叫んだ。「あの人があいつを殺しちゃう」

レノルズが屋内に駆け込んだそのとき、ボブ・コフィンの断末魔の叫びが響き渡った。

間に合わなかった。

大きな破裂音がして、コフィンの首に巻かれていた鎖がふたつにちぎれた。そのまましュルシュルと飛んで壁に当たり、割れた鎖の輪がひとつ、レノルズの足元を硬貨みたいに滑っていった。猟犬係もコンクリートの床を逆方向に滑り、反対側の壁にブーツの足がぶつかり、両膝がかくんと折れた。

「どうなってるんだ！」レノルズは部屋を飛ぶように横切り、ウインチの電源を切った。ジョーナス・ホリーとスティーヴン・ラムがそこにいた。ふたりに向き直った時点では、レノルズはアドレナリンが放出されて興奮状態だった。

しかし、彼らの姿を見たとたん、愕然《がくぜん》とした。

ジョーナス・ホリーは全身血にまみれ、打撲傷だらけで、片目はほとんど塞がり、胸と腹部のまだ新しい傷からは出血していた。その隣に——鎖でつながれて——いるスティーヴン・ラムは、哀れに泣くような高い声を発していた。固く閉じた目を絶対に開けまいとして歯を食いしばり、両手で耳を塞いでいる。

「スティーヴン？」レノルズは声をかけ、肩に手を触れた。「スティーヴン、もう大丈夫だ」

スティーヴンが目を開ける。その顔につかの間、安堵《あんど》の表情が浮かび——だが、すぐにパニックに陥り、手を振り回して叫び出した。

「そいつを僕から離して！　離して！　お願いだからそいつを離して！　お願いだから……」

ジョーナスとレノルズは、スティーヴンが振り回す拳《こぶし》を可能な限りかわそうとした。レノルズは、「もう大丈夫だから」と「もう終わったから」という言葉をひたすら繰り返したが、取り乱しているスティーヴンの耳には入らない。その混乱のさなかに、ジョーナスが両手をスティーヴンの喉にかけ——ふたりをつないでいた鎖の錠を外した。スティーヴンはジョーナスの手から鍵を奪い取り、相手を突き飛ばすようにしてジョーナスから離れた。床に倒れたスティーヴンは、四つん這《ば》いで必死に逃げ、処理室の扉まで辿《たど》り着いたところでようやく立ち上がると外に飛び出した。

レノルズはあまりに疑問が多くて、どれひとつ訊《き》くことができなかった。一方、ジョーナスはその場に佇《たたず》み、たった今夢から覚めたかのように目を瞬《しばたた》いていた。つかの間の静寂を、雨音と、ようやく上空に来たヘリコプターの回転翼の音が破る。

レノルズはひざまずき、コフィンの首に巻かれた鎖を外した。救急車のサイレンの音が近づいてくる。コフィンには必要だ。一応まだ息はあるが、動かない。どれほど憤慨する事情があったにせよ、コフィンにこのような真似《まね》をしたのがジョーナス・ホリーなら、彼はどこかおかしい。著しくおかしい。レノルズは本能的にそう感じたし、それが非科学的だろうと構わなかった。

部屋の中央の床に拳銃が落ちていた。通常であれば、科学捜査班が現場写真を撮るまでは触らずに置いておけと命じるところだ。しかし、目の前の状況は異常であり、レノルズはさっとボブ・コフィンをまたぐと、拳銃を拾い上げた。手元にあるほうが安全に思え、その瞬間、自分は今の今まで危険を感じていたのだと初めて自覚した。

この場所で過去二カ月、あるいは二分の間に何があったのか、誰にもわからない。レノルズは、笛吹き事件の本当の真相があきらかになっていくのはこれからなのではないかという、いやな予感に襲われた。ぞくりとした。刑事の勘とは厄介なものだ。それを働かせることは、窓を開けて吸血鬼を招き入れてしまうに等しい。はじめのひとりを入れてしまったが最後、こちらの意思とは関係なく次々に入ってきてしまう。大股で入ってきた救急救命士たちに、レノルズはボブ・コフィンを指差した。救命士のひとりがジョーナスの肩に毛布をかけ、処理室の外へ連れていく。

その様子をレノルズは目で追い続けた。

扉の近くで、ジョーナスが身をかがめて割れた鎖の輪を拾った。光にかざし、手のなかでひっくり返す。ねじ折れてもとの形を失った輪は、割れた箇所だけこすれてぴかぴかになっていた。

レノルズは、ジョーナスが「何で鎖の輪がこんなところに落ちてるんだ?」とつぶやくのを聞いた。

ライスは厩舎の乾いた馬房のひとつで、子どもたちを毛布でくるんでいた。皆泣いていたが、今日ばかりは泣いたらいいと思った。

救命士のひとりがスティーヴンから受け取った鍵を手に子どもたちの間を回り、彼らが長らくつけられていた首輪の錠を外していった。

スティーヴンは外に立っていた。先ほどライスが、雨に当たらないよう、なかに誘導しようとしたら、彼は身をよじってライスから離れた。「入りたくない！」そう言ったあと、声を穏やかにして「ありがとう」と言った。

ライスはうなずき、灰色のごわごわとした国民保険サービス《NHS》の毛布を持ってきて渡してやった。子どもたちがひとり、またひとりと、待機中の救急車に連れていかれるなか、スティーヴンは厩舎の壁にもたれて震えていた。子どもたちの涙でぐしゃぐしゃの顔は雨に洗われ、スティーヴンにさようならと手を振るその表情には、まだ半信半疑ながら希望の色が灯っていた。ジェス・トゥックはスティーヴンを抱きしめてから、その場をあとにした。

ふたりの救命士がスティーヴンも連れていこうとしたが、彼は拒否した。

「病院には行きたくない」

「でも、ちゃんと調べないと」ひとりが言った。

「どこも悪くないから」

救命士はスティーヴンの腕を取った。優しく、だがしっかりと握っている。スティーヴンはその手を振り払い、救命士を押し戻した。再びパニックが襲ってくる――。

そのとき、傍らにすっとエリザベス・ライスが立った。前回同様、髪が濡れていたが、今回は不機嫌そうには見えなかった。

「救急車に乗ってくれなくて」と救命士は訴えたが、ライスは手を振って彼を遠ざけ、スティーヴンに向き直った。

「まっすぐ家に帰りましょうか」ライスは言った。

スティーヴンは目の奥が急に熱くなった。両腕を広げて自分を迎える母や、眼鏡の奥の目を見開き、涙を光らせる祖母、自分の帰りを喜ぶデイヴィー、そして手のひらに感じるエムの温かな背中を想像したら、胸がいっぱいになった。それらのイメージに圧倒されてしまい、すべてを抱きしめたくて腕の筋肉が引きつった。

「お願いします」と、スティーヴンは答えた。そして、ライスに両腕を回し、母に会うまでの間、かわりに抱きしめてもらった。

ライスの肩越しに、ふたりの救命士に挟まれて、足を引きずりながら歩いていくジョーナス・ホリーが見えた。ジョーナスは茶色の目をスティーヴンに向け、手を挙げた。

スティーヴンは挙げ返さなかった。救命士らがジョーナスを支えて救急車に乗せるのを見つめながら、病院に向かう道中で衝突事故に遭えばいいと願った。

そして、ライス巡査部長のあとについて、いまだブレーキの焼け焦げた匂いのする車に向かった。

64

子どもたちの帰宅は、本人たちの想像どおりに迎えられた。いや、想像以上だった。ジェス・トゥックは父と母に両側から挟まれ、抱きしめられた。押し潰されそうになりながら、こんなにぴったりくっついてしまって、私たち親子の体は二度と離れなくなってしまうのではないかと思った。レイチェルはその傍らで――笑顔と鉤爪《かぎづめ》みたいなネイルを貼りつけたまま――同じことを考えていた。

ピート・ノックスの両親は夫婦円満を取り繕って息子を迎えた。近隣住民は帰宅を祝し、フラッグガーランドとケーキを用意してストリート・パーティを開いた。祝いの最中に皆が車になぎ倒されてはいけないと、議会さえもが通りの封鎖を許可した。ピートはカップケーキを半分とコーラをひと口胃に入れただけで気持ち悪くなってしまった。体が元に戻るまでには時間がかかるだろう。

母親はピートのあとを紐《ひも》付きミトンの片割れみたいについてまわり、父親はそんな妻の様子を見つめていた。その顔には、どんなに頑張ってもあの日の早朝に駐車場で妻に浴びせられた言葉が忘れられないと書いてあった。そんな父の表情にピートがその場では気づかずにいられたのは、せめてもの救いだった。そのときのピートは帰ってこられたことがただただうれしかった。

メイジーとカイリーは親の愛を溺れるほどに受け、すっかり過保護にされ、スクールバスに乗ることは二度となかった。

少女ふたりが無事に戻って数日後、スクールバス運転手のケン・ビアードは少女たちの自宅前にとめた車のなかにいた。体がぶるぶる震えて止まらず、そこに来た目的を行動に移すことがどうしてもできない。そんな彼を励ましてともに歩道を歩き、少女らの家のドアを彼のかわりにノックして、彼が少女ふたりに直接謝罪し、許しを請えるように支えたのは、ケンの娘カレンと、マークといういたって普通の名の——マスカラは塗っていたが——恋人だった。

メイジーもカイリーもふたりの家族も寛容な気持ちになっており、それはその後もずっと変わらなかった。

スティーヴンは、皆から痣《あざ》ができるほどに抱きしめられた。レティは何日も泣いたり笑ったりし、ジュードおじさんは中古ではなく箱に入った新品のＸｂｏｘを買ってきてくれ、祖母は「ほらね、だからスティーヴンは戻ってくるって言っただろう！」と繰り返した。実際には一度もそんなことは言わなかったのに。

デイヴィーは兄を抱きしめ、泣きそうになったのをこらえて、かわりにばかと言った。そのばかには、彼の想《おも》いのすべてが詰まっていた。

体調面ではスティーヴンの回復は早かった。まともに食べられるようになるのには数週間かかったが、人間らしいものが食べられるのだから、リハビリも苦にはならなかった。精神面は……それなりに落ち着いていた。

スティーヴン自身もそれは意外だった。

たしかに、バスルームの消毒薬の匂いがすると胃がひっくり返りそうになるし、無意識のうちに喉に触れていることも頻繁にあった。長らく首輪をされていたから癖になっていた。それでもライス巡査部長から、子どもたちの心のケアのため、被害者支援課がカウンセリングの手配をしていると告げられると、スティーヴンは丁重に断った。

僕は生き延びたんだ、そうだろう？　過去は過去で、大事なのはその過去を生き延びたということだ。今の自分には生きるべき未来があり、考えるべき大切なことがたくさんある。

なかでも、とりわけ大切なこと……。

エムは心変わりしてルイスやラロとつき合ってはいなかった。スティーヴンの帰りを待っていてくれた。

「一生待ち続けたと思う」エムは熱を込めてそう言った。初体験のあと、ふたりして息を切らし、くらくらしながらベッドに横たわっていたときのことだった。

スティーヴンはエムを抱きしめた。ついに男になった今、それでもスティーヴンは今までと変わらない少年のままのような気持ちだった。ただし、今までよりずっと幸せな少年だ。ルイスは僕がセックスをしたと見破るだろうか。気づかれませんようにとスティーヴンは願った。この瞬間の目撃者は、部屋の壁からこちらを見下ろす、言葉を持たないものたちだけでいい。叔父ビリーと、アンジェリーナ・ジョリーと、リバプールのイレブン。

「一生はとてつもなく長い時間だよ」スティーヴンは慎重に言った。

「よかった」と、エムは言った。「ずっと一緒にいようね」

翌日、ふたりは会えなかった時間とスズキのバイクの原形を取り戻すため、一緒に坂を歩いた。バイクは、ロニーとダギーがスティーヴンのためにすでに完成させていて、あとはキーを回してギアを入れるだけになっていた。

もう二度と、ローズ・コテージの前を歩いて通らずにすむ。

新聞各紙やテレビ局の、子どもたちへの取材攻勢は凄《すさ》まじかった。とりわけ、飲酒可能な十八歳になる前に二度も殺されかけ、二度とも生き延びたスティーヴンに対してはすごかった。マーシー・メイリックは四度も自宅玄関まで押しかけ、その都度謝礼の金額を吊《つ》り上げた。四度目の訪問では泣き落としにまでかかった。

しかし、デイヴィーにしてみたら腹立たしいことに、兄は楽をして金をもらうことにまったく興味を示さなかった。だから、デイヴィーはマーシー・メイリックのライバルである、『デイリー・スター』紙の記者に自分の話を売った。記事は、異常者を引き寄せる兄という見出しで掲載された。デイヴィーは百十五ポンドの謝礼でスティーヴンのために新しいスケートボードを買い、罪悪感が清められた気がした。その後、シェインと黒いペンキを持って〈スプリンガー・ファーム〉を訪れると、母屋の壁の、ミスター・ピーチはアホという落書きを消した。

その日以降、ふたりが〈スプリンガー・ファーム〉に出かけることはほぼなくなった。もっともデイヴィーはそれから何年も、黒く炭化した垂木《たるき》や、暗い煙突や、シェインがほしがらなかった、がらくたの入った箱のことを何度も思い返した。

当然のことながら、デイヴィッド・ピーチが息子の帰宅を祝うことは叶《かな》わなかった。他の子どもたちが家族のもとへ返されるなか、彼はレノルズ警部補と並んで競馬中継「チャンネル４レーシング」を観ていた。捜査を指揮してきた警部補は、どういうわけかテレビカメラや子どもたちの親の感謝に浴する栄誉を部下の巡査部長に譲り、デイヴィッド・ピーチと高級モルトウイスキー〈グレンフィディック〉のボトルをあけながら、ドンカスターの三時四十五分のレースの勝ち馬を気にしているふりをした。

レノルズは酒飲みではないので、はじめのショットでむせかけた。それでも四杯目あたりからは慣れてきた。

ふたりは次第にへべれけになり、呂律《ろれつ》も回らなくなっていった。そんな彼らを囲むように、色とりどりの花やテディベアが部屋を埋め尽くしていた。数えきれないほどの人々が、チャーリーの冥福を祈って少年が暮らした小さな青い家の玄関先にそっと置いていったものだった。

息子の葬儀を終えてしばらくは、デイヴィッド・ピーチは引っ越そうと考えていたが、最終的には友人たちのいる場所に残ることを選んだ。

今はその友人のなかにジョン・トゥックも含まれている。彼はかつての半分もいやな男ではなくなっていた。

帰宅を歓迎されて驚いた唯一の人物は、ジョーナスだった。

病院に三日間入院した彼は、タクシーで帰宅した。太陽が荒野の向こうに沈む頃、ローズ・コテージに戻ったら、エリザベス・ライスが玄関先でスペインのリオハワインを手に待っていた。

「病院から連絡があったの。あなたが強引に退院したって」

「やることがいろいろあったから」

「レノルズ警部補が明朝話をしたいそうよ」

「でも、今夜でなくていいと」ジョーナスは言った。

「そうね」と、ライスは言った。「今夜はいいらしいわ」

ふたりはなかに入り、台所のテーブルでワインを飲んだ。テーブルには、ミセス・パドンが置いておいてくれたベジタリアン・シチューとともに、黄色の付箋《ふせん》に書かれたメモが残されていた。


百四十度で四十五分（摂氏よ、ジョーナス！）


ジョーナスは付箋を剝《は》がし、ライスと話をしながら、固い筒状にくるくると丸めた。正確には、もっぱら話していたのはライスだった。ジョーナスは黙って聞いていただけだが、ちゃんと耳は傾けていた。

その後、ボトルを持って居間に場所を移した。前回とまったく同じ流れだが、あとの展開は違うものになると、ライスは下腹部のあたりで感じていた。

ふたり並んで窓辺に立ち、夜がエクスムーアの空を海みたいな青緑色に変えていくのを眺めながら、ライスはジョーナスの唇にキスをした。

一瞬、ふたりして渇望の渦にのまれかけたが——ジョーナスはすぐにぎこちなくライスから離れ、空にのぼる月を見つめた。

「暗くなってきた」と、彼は言った。

ライスはうなずいた。自分がばかみたいだった。求められていない愚か者。

炉棚のルーシー・ホリーが園芸用スコップを手に、永遠に暖かな場所でほほ笑みながら、ライスをじっと見ている。

「ここにあった小さな金色のペーパーナイフはどこにやったの?」ライスはうつろな声で尋ねた。

振り返ってライスを見たジョーナスは、海みたいな空を背景に影絵のようになっていた。一方の肩の上には月が、もう一方の肩の上には金星が輝いている。

「覚えてない」と、ジョーナスは肩をすくめた。

ライスがローズ・コテージから出てくるのを待っていたかのように、ミセス・パドンが彼女の家の玄関を開けた。「だから時間の無駄だと言ったのに」彼女はそう言った。

ライスは唇を噛《か》んだ。

しかし、それも門に着くまでだった。ライスはぱっと振り返った。「お節介ばばあは引っ込んでてくれる？」

ミセス・パドンは静かにドアを閉め、ライスは泣きながら〈レッドライオン〉に戻った。

数時間後、ライスは寒さで目を覚ました。寒かったのは部屋の窓が開いていたからだった。

窓を閉め、でたらめに並ぶ眼下の屋根を見渡し、上空の月を見上げた。紫がかった灰色の空に光り輝く、まん丸の月。この場に本があったなら月明かりだけで読めるだろうが、あいにく本類はすでに小さな鞄《かばん》にしまい、明日の帰宅に備えて部屋の入り口に置いてあった。かわりに片手を掲げ、銀色に照らされた手のひらに縦横に走るしわや線を見つめた。古い四十五回転レコードの溝に音楽が記録されているように、この手のひらの線にも本当に私の未来が刻まれているのかしらと思った。刻まれているのだとしたら、どんな音楽を奏でるだろう。ラブソングか、それとも苦い失恋のカントリーソングか。

ライスはため息をついてうつむくと、額を冷たい窓ガラスに預けた。

窓の下枠に、ペーパーナイフが置いてあった。

ライスは火傷《やけど》でもしたみたいにびくりとした。息ができなくなった。

慎重に窓辺を離れ、急ぎバスルームに向かうと、ティッシュペーパー数枚を手に窓のそばに戻った。そして、そのティッシュで、持ち手に何かが刻まれた、小さな短剣型の金色のペーパーナイフをつまみ上げた。

月明かりに照らし出されたのは、〝ウェストンスーパーメアからの贈り物〟という文字だった。

もう窓は閉めたのに、エリザベス・ライスは震え出した。

65

本来なら、ジョーナスは今頃シップコット村でレノルズ警部補と対面しているはずだった。しかし、そうするかわりにウェストンスーパーメアの広く平坦な砂浜を、アイスクリームを食べながら歩いていた。

靴と靴下はアイスクリーム屋のバンの下に置いてきた。誰も盗みはしないだろう。少なくとも、夜になってアイスクリーム屋の車が走り去ってしまうまでは。そして、夜になるのはまだ何時間も先だ。

今日もすばらしい好天に恵まれ、急いで食べなければ、バニラアイスが溶けて拳《こぶし》を流れ落ちてしまいそうだった。

海は休暇を楽しむ人々でにぎわっていたが、何しろ砂浜はどこまでも広く、人々はアイスクリーム屋のそばに集まっていたので、それ以外の場所はがらんとして見えた。ジョーナスは新しい桟橋に近づいた。夢に出てくる古い桟橋は火事に見舞われ、海に囲まれたまま燃え落ちたのだ。ジョーナスは杭《くい》の間を歩きながら周囲を見回した。ここにルーシーはいないのに。

今はもう、それがわかっていた。

悲しくはなかった。今日みたいな日に悲しくなるはずがない。太陽はじりじりと照り、砂はひんやり冷たく、アイスクリームは甘く、俺は約束を守った。

少年を守った。

チャーリーは守れなかった。それは悲しいが、ジョーナスのなかの少年は守った。人は子どもを傷つける。そうなのだ。それが真実なのだ。一方で、子どもがそこから逃れ、回復し、生き延びることができるのもまた真実だった。スティーヴン・ラムは二度もそれを証明した。ボブ・コフィンに示されるまで、ジョーナスは子どもの回復する力のすごさを知らなかった。自分自身にもその力があったことを知らなかった。

子どもがほしいと言ったルーシーは正しかった。それを叶《かな》えなかった俺が間違っていた。今ならジョーナスにも理解できる。それでも、ルーシーはきっと許してくれる。

当時の俺は今とは違う人間だった。しかし今は、ひとりの完全な人間になれた気がしている。長らくばらばらな感覚を抱えて生きてきたのが、初めて完全体になれた気がする。

波打ち際まで来たジョーナスの素足を、優しい波が冷たく洗う。返す波が砂浜を海に引き込もうとして、つま先の下の濡《ぬ》れた砂がかすかに流れる。ジョーナスの顔に自然と笑みが浮かんだ。喜びに胸が高鳴る。

ジョーナスはアイスクリームを食べきると、身をかがめて波で手を洗い、再び起き上がると目を細めて一面の青を見つめた。実際には何キロも沖合にあるスティープホルムという島を、やけに近くに感じた。海上にそびえる島の緑が、太陽の光を受けて美しく輝いている。ジョーナスは一度も島に渡ったことはないが、野生のシャクヤクが群生していると聞いたことがある。いつか、この目で見てみたい。水平線に目を転じると、海峡を挟んで反対側に細く灰色に伸びるウェールズがぼんやりと見える。

ジョーナスは日向《ひなた》の犬みたいに伸びをした。穏やかな気持ちが全身を満たしていく。大丈夫、すべてうまくいく。エリザベス・ライスは聡明《そうめい》だ。ペーパーナイフの柄に付着していた血液はルーシーのものではないと、確かめてくれるだろう。

そのことが、どうにかしてスティーヴンの耳にも入り、妻を殺していないという言葉は真実だったと、彼がわかってくれたらいいとジョーナスは願った。

ジョーナスにまつわる真実は他にもある。それらはもっと不穏なもので、ウインチにつながれたボブ・コフィンの姿を目にしたことで、ジョーナス自身もそれらが真実だとようやく心底納得した。

ジョーナスは制服を脱ぎ、ひとつひとつたたんで丁寧に重ねて置いた。ズボンを脱ぐ前に辺りを見回したが、近くには誰もいなかった。ズボンはボタンがひとつ取れていて、縫いつけられないまま今日まで来てしまったので、するりと簡単に下に落ちた。ボタンは妻と似ている。どちらも物をつなぎとめる。ジョーナスはボタンを失い、妻も失った。それでも少なくともそのひとつは、どこに行けば見つかるか知っている。

下着一枚になったジョーナスは、冷たい海水に入っていった。腹部の傷跡が海面に隠れたところで、泳ぎ出した。

海で泳ぐのは何年ぶりだろう。記憶していたより楽だった。塩が支えてくれる。スティープホルムに向かって泳いだ。島に行くつもりはなかったが、目指すものがあるほうが泳ぎやすい。壊れたモーターボートみたいに一カ所をぐるぐる回ってしまっては恥ずかしい。

遠くへ泳ぐほどに幸福感が増した。クロールで泳ぎ、学校で習ったとおりに右腕を上げたときに息継ぎをした。うまく息継ぎできることもあれば、海水が鼻に盛大に入ることもあった。それでもジョーナスは力がみなぎるのを感じた。清められるのを感じた。ばらばらではない完全な自分を実感した。もう何にも縛られることはない。二度とない。

やがて、ジョーナスはくたびれた。

腕はかろうじて海面に出るかどうかで、肺は縮まってしまった気がした。足は泳ぎ出したときよりはるかに重くなっていた。ジョーナスはその場で立ち泳ぎをし、岸に向き直った。

ずいぶん遠くまで泳いでいたことに我ながら驚いた。ウェストンスーパーメアが、おもちゃの町みたいに水平線上にちょこんと載っている。波にゆっくりと体を持ち上げられると、多目的施設〈ウィンター・ガーデンズ〉と、日差しを受けて輝く白い新桟橋ははっきり見えたが、それ以外はこの距離からでは判別できなかった。広い砂浜も、ただの茶色の細い線だ。

すでに誰かが俺の靴を盗んだだろうかと考えて、そういえば一時間分の駐車チケットしかランドローバーに置いてこなかったと思い出した。

ジョーナスは笑った。肺が焼けるように熱く、短い笑い声しか出せなかった。ジョーナスは沖に出すぎており、腕はひどく疲れ、足もあまりに重かった。それでも怖さは感じず、孤独だとも思わなかった。

ジョーナスは浜に背を向けて再び泳ぎ出した。疲れた腕を上げ、鉛みたいに重い足を蹴り、太陽の光を吸い込むように口を上に向けることだけに集中した。
ストロークが力を失っていくごとに、心は喜びで満たされていった。
自分が学んだことのすべてを、ルーシーに話すのが待ち遠しかった。

謝辞

エクスムーアのハントのスタッフや会員の皆様のご協力なくしては、本書を書き上げることはできませんでした。貴重な時間と知識を惜しみなく分けていただき、心より御礼申しあげます。

また、高い見識と創造性と細やかなチェックで支えてくださった、トランスワールド・パブリッシャーズ社の編集、デザイン、マーケティング・チームの皆様にも御礼申し上げます。なかでもセーラ・アダムズ氏、ベン・ウィリス氏には多大なるお力添えをいただきました。ありがとうございました。

訳者あとがき

松原　葉子

『ブラックランズ』、『ダークサイド』に引き続き、英国南西部サマセット州エクスムーアにあるシップコット村が舞台の、ベリンダ・バウアー三作目『ハンティング』。

前作の衝撃の結末から約一年半後の五月、父のキツネ狩りが終わるのを、ひとり車に残って待っていた十三歳の少女ジェシカ・トゥックが忽然《こつぜん》と姿を消します。車に戻った父親が無人の車内で見つけたものは、ハンドルに貼りつけられた黄色の付箋《ふせん》と、そこに書かれた〝おまえは彼女を愛してない〟というひと言。

警察は当初、家出の可能性を疑いますが、ジェスは戻らず、数日後には第二の誘拐事件が発生します。狙われたのは家族での休暇を楽しんでいた九歳の少年、ピーター・ノックス。タオルを取りにひとり車に戻ったきり行方不明になり、車のハンドルにはまたしても黄色の付箋と、〝おまえは彼を愛してない〟という非難の言葉が残されています。警察は連続誘拐事件として捜査を開始。過去に三度、悲惨な犯罪に巻き込まれた小さな村を、四度目の事件が襲ったとあり、マスコミも殺到します。しかし、犯行は止まらず、第三、第四の誘拐が立て続けに発生するのです。

原題『Finders Keepers』は、「拾いものは見つけた人のもの」という意味で、このあとに「losers weepers（なくした者は泣きを見る）」という言葉が続くことわざです。その言葉どおり、そばに保護者の姿もなく、車にぽつんとひとりでいる子どもを見つけては、我がものにしていく犯人。短い非難の言葉を残す以外、何の説明もなければ、身代金の要求もありません。突然我が子をさらわれた親たちは、悪夢のような現実を前になすすべもなく、ただ泣くばかりです。

そんななか、六人目の被害者となったのがスティーヴン・ラム――『ブラックランズ』の主人公で、今では十七歳の少年です。同時に、『ダークサイド』の主人公だった村の巡査ジョーナス・ホリーも、どういうわけか失踪《しっそう》します。妻を亡くして以来、一年半にわたって休職していたジョーナスが、誘拐事件発生とときを同じくして復職し、スティーヴンの誘拐とともに姿を消したのは単なる偶然なのか。犯人は誰で、何が目的なのか。有力な手掛かりを得られないまま、ひと月、ふた月と時間だけが無情に過ぎていきます。子どもたちは果たして無事に帰るのか、それとも――。

『ブラックランズ』、『ダークサイド』、そして本作『ハンティング』は、それぞれに独立した物語でありながら、結果としてトリロジーになっています。前二作の気の滅《め》入《い》るような暗い冬とは打って変わり、本作は初夏から夏にかけて物語が展開します。

晴れわたる青空、まぶしい緑、咲き誇る花々。英国が一年で最も色にあふれ、美しく輝く季節だからこそ、誘拐犯の行動はいっそう不気味さを増し、不器用なまでに実直に生きてきた犯人が追いつめられて、狂気の世界に落ちていく悲しさが際立ちます。

　ところで、本作ではハント、すなわちキツネ狩りの狩猟団体がひとつの鍵となっています。もとは地方の農村部において、家畜を襲う害獣の駆除を目的として始まったとされるキツネ狩り。十七世紀になると、貴族が専用の猟犬フォックスハウンドを飼育するようになります。キツネ狩りは、馬を駆り、猟犬の集団を操ってキツネを追跡、仕留める形へと発展し、次第に上流階級のスポーツとして定着していきます。

　これに対し、動物愛護の観点から批判が高まり、一九四九年に狩猟禁止法案が初めて議会に提出されます。以降五十年以上にわたり、反対派と擁護派の間でキツネ狩りの是非論が繰り広げられることになります。反対派は、娯楽のためにに無用にキツネを追い立て、猟犬に嚙み殺させる行為は残酷だと主張。一方の擁護派は、家畜を守るためにも害獣であるキツネの数をコントロールする必要があること、また狩りは単なる娯楽ではなく、長年続いてきた地方社会の伝統であり、生活の一部であることを訴えます。実際、地方にはキツネ狩りによって生計を立てている人々がいます。たとえば、猟犬の飼育・訓練や狩り当日の猟犬管理を任される猟犬係、狩りの際に猟犬係を補佐するウィッパーイン、犬舎での猟犬飼育を補佐するケンネルマン、テリアを使役犬として訓練し使うテリアマンなどがそれに当たります。他にも、馬の装蹄師《そうていし》や飼料供給業者、ハント参加者の宿泊先となる民宿やパブなど、キツネ狩りの恩恵を受けている人々は少なからず存在します。それらのことを理解しないままに、都会の人間が田舎の伝統と生活を壊すのはいかがなものかと、擁護派が不満をくすぶらせる様子は、作中にも描かれています。

結局、二〇〇四年十一月に禁止法案は成立しますが、それに先立ち、九月にはロンドンで大規模な狩猟禁止反対デモが行われ、地方から集まった大勢の人々が国会議事堂前に集結、負傷者を出す事態となり、数名が議場に乱入するという異例の騒ぎにまで発展。都市と地方、さらには階級間の問題をはらむキツネ狩り問題の難しさが浮き彫りになったのでした。

さて、過去の作品同様に、本作でも各キャラクターが丁寧に生き生きと描かれています。思春期特有の気難しさと繊細さを見せるジェシカに、朗らかで皆から愛される、太陽のような少年チャーリー。前作に引き続き登場するレノルズ警部補は、大金をつぎ込んだ植毛の具合をやたらと気にしています。すっかりお馴染《なじ》みとなったスティーヴンの祖母も健在ですし、愛らしかった弟デイヴィーは思いどおりにならない人生への苛立《いらだ》ちを抱え、見事なまでの反抗期に突入しています。しかし、とりわけ注目されるのは、前二作でそれぞれに心に大きな傷を負ったスティーヴン・ラムとジョーナス・ホリーかもしれません。ふたりが自身の壮絶な過去にどう決着をつけ、いかなる未来を選ぶのかという点も、本作の見どころのひとつです。

著者ベリンダ・バウアーは、二〇一三年一月には、ウェールズ南部の都市カーディフを舞台とした、アスペルガー症候群の若者が主人公のクライムノベル『Rubbernecker』を発表、現在は五作目を執筆中とのことで、精力的に創作活動を続けています。シップコット村に別れを告げ、まったく新しい舞台と登場人物を得て、どのような物語が紡ぎ出されるのか、今後の作品も楽しみです。

最後に、本書を訳すにあたってお力添えをいただいた皆様に、この場を借りて心より御礼申し上げます。

二〇一三年七月

小学館文庫

好評新刊

相性
三浦友和
最も大きな人生の転機は「結婚」。俳優・三浦友和が夫として、父親として、半生を語ったベストセラーを文庫化！

踏んでもいい女
斉木香津
私だって、ちゃんと生きてるのに――。大ヒット作『凍花』と対をなす、〝愛が、足りない女たち〟のミステリー！

彼女との上手な別れ方
岡本貴也
最低男の予想もつかない行動に、胸も目頭も熱くなる！　読むと、絶対人にすすめたくなる、最高に素敵な物語。

斬ばらりん2 京都動乱編
司《つかさ》城《き》志朗
川島　透
薩摩を脱藩した合伝流鉄炮師範の斬《しばし》善次郎が、幕末の志士とともに京の都を疾走する書き下ろし痛快活劇第2弾！

コーヒーに角砂糖の男
イアム
日本最大級の小説投稿コミュニティサイト「エブリスタ」で閲覧数史上1位の極甘ラブストーリー待望の書籍化！

ハンティング
ベリンダ・バウアー
松原葉子／訳
ゴールド・ダガー賞受賞作『ブラックランズ』から3年、ついにすべての謎が解き明かされる。シリーズ完結編!!

小学館文庫

好評新刊

銀座ナイルレストラン物語

水野仁輔

亡き中村勘三郎が愛した、日本で最も古く最も有名なインド料理店の3代にわたる味わい深いノンフィクション。

映画 謎解きはディナーのあとで

東川篤哉／原作
黒岩 勉／脚本
涌井 学／ノベライズ

シンガポール行きの豪華客船で殺人事件が発生。容疑者は乗員乗客3000人。麗子と影山が洋上で〝謎〟に挑む！

砂の交渉 日米合弁

長野慶太

派閥の対立や先方の思惑で、二転三転する日米合弁の行方は！日経小説大賞受賞作家による国際色豊かな経済小説。

美しい昔
近藤紘一が愛したサイゴン、バンコク、そしてパリ

野地《のぢ》秩嘉《つねよし》

ベトナム戦争の最前線で活躍したジャーナリスト近藤紘一の人生を追う。ベトナム、タイ、フランスの写真も収録。

サイゴンから来た妻と娘

近藤紘一

敏腕新聞記者が結婚したベトナム人妻と娘が日本へ。文化のギャップを描いたあのベストセラーが新装版で登場。

戦中派動乱日記

山田風太郎

江戸川乱歩や横溝正史らと交流し、旺盛な執筆と無頼な生活をしていた昭和24年25年。戦後日記シリーズ第3弾。

本書のプロフィール

本書は、二〇一二年に、イギリスにおいて刊行された「FINDERS KEEPERS」を、本邦初訳したものです。

小学館文庫

ハンティング

著者　ベリンダ・バウアー
訳者　松原葉子《まつばらようこ》

二〇一三年九月十一日　初版第一刷発行

発行人　稲垣伸寿
発行所　株式会社　小学館
〒一〇一-八〇〇一
東京都千代田区一ツ橋二-三-一
電話　編集〇三-三二三〇-五七二〇
　　　販売〇三-五二八一-三五五五
印刷所――――中央精版印刷株式会社

造本には十分注意しておりますが、印刷、製本など製造上の不備がございましたら「制作局コールセンター」（フリーダイヤル〇一二〇-三三六-三四〇）にご連絡ください。（電話受付は、土・日・祝日を除く九時三〇分～一七時三〇分）
Ⓡ〈公益社団法人日本複製権センター委託出版物〉
本書を無断で複写（コピー）することは、著作権法上の例外を除き、禁じられています。本書をコピーされる場合は、事前に日本複製権センター（JRRC）の許諾を受けてください。JRRC〈http://www.jrrc.or.jp e-mail:jrrc_info@jrrc.or.jp ☎〇三-三四〇一-二三八二〉
本書の電子データ化等の無断複製は著作権法上での例外を除き禁じられています。代行業者等の第三者による本書の電子的複製も認められておりません。

この文庫の詳しい内容はインターネットで24時間ご覧になれます。
小学館公式ホームページ　http://www.shogakukan.co.jp

©Yoko Matsubara 2013　Printed in Japan
ISBN978-4-09-408785-7

たくさんの人の心に届く「楽しい」小説を!

第15回 小学館文庫小説賞 募集

【応募規定】

〈募集対象〉 ストーリー性豊かなエンターテインメント作品。プロ・アマは問いません。ジャンルは不問、自作未発表の小説（日本語で書かれたもの）に限ります。

〈原稿枚数〉 A4サイズの用紙に40字×40行（縦組み）で印字し、75枚から200枚まで。

〈原稿規格〉 必ず原稿には表紙を付け、題名、住所、氏名(筆名)、年齢、性別、職業、略歴、電話番号、メールアドレス(有れば)を明記して、右肩を紐あるいはクリップで綴じ、ページをナンバリングしてください。また表紙の次ページに800字程度の「梗概」を付けてください。なお手書き原稿の作品に関しては選考対象外となります。

〈締め切り〉 2013年9月30日（当日消印有効）

〈原稿宛先〉 〒101-8001 東京都千代田区一ツ橋2-3-1 小学館 出版局「小学館文庫小説賞」係

〈選考方法〉 小学館「文芸」編集部および編集長が選考にあたります。

〈発　　表〉 2014年5月に小学館のホームページで発表します。
http://www.shogakukan.co.jp/
賞金は100万円(税込み)です。

〈出版権他〉 受賞作の出版権は小学館に帰属し、出版に際しては既定の印税が支払われます。また雑誌掲載権、Web上の掲載権及び二次的利用権(映像化、コミック化、ゲーム化など)も小学館に帰属します。

〈注意事項〉 二重投稿は失格。応募原稿の返却はいたしません。選考に関する問い合わせには応じられません。

第13回受賞作「薔薇とビスケット」桐衣朝子

第12回受賞作「マンゴスチンの恋人」遠野りりこ

第10回受賞作「神様のカルテ」夏川草介

第1回受賞作「感染」仙川 環

＊応募原稿にご記入いただいた個人情報は、「小学館文庫小説賞」の選考及び結果のご連絡の目的のみで使用し、あらかじめ本人の同意なく第三者に開示することはありません。